Romain Balestra

Hérédité

Fleur de cerisier

Éditions Baudelaire

Envois de manuscrits :
Éditions Baudelaire – 27, place Bellecour – 69002 Lyon

Introduction
Un cheveu dans la gamelle

« Caserne de Bière, au fin fond du canton de Vaud. Il est tôt, mais le bataillon mené par le lieutenant François Watanabe est en place et s'enfonce délibérément dans les méandres d'une brume telle qu'il en devient alors difficile d'apercevoir la mort, même de près. »

— Allô, Capitaine, vous m'entendez ? Pour l'amour de Dieu, répondez… Vite !

— Ici le capitaine Pannatier. Mais, bon sang, qui est à la radio et que faites-vous des usages ? Soldat ! Dois-je encore, à ce stade de votre formation, vous rappeler qu'il faut vous annoncer avant de…

« *Brusquement, le capitaine est interrompu car la situation se fait grave.* »

— S'il vous plaît, écoutez-moi, Capitaine. Ici c'est le soldat Castro, je vous supplie de stopper l'exercice sur le champ. C'est le lieutenant Watanabe, il… il est fou, il…

« *Sous les grésillements de la radio, la communication devient difficile.* »

— Vous chuchotez, soldat ? J'ai du mal à saisir ce que vous tentez de m'expliquer. Répétez ! Vous m'entendez ? Réitérez !

— Il est sur le toit du char. Il délire. Le lieutenant Watanabe est complètement dingue et ses ordres n'ont plus de sens. J'ai peur, Capitaine, il va nous faire tuer.

« *Abasourdi, le capitaine prend une minute pour réfléchir. Mais, l'urgence faisant, Castro s'inquiète.* »

— Capitaine ? Allô, Capitaine, que dois-je faire ?
— Ne prenez pas de risque, soldat, stoppez-le ! Vous m'entendez, je vous ordonne de le neutraliser sur le champ !

« *Grésillements répétés.* »

— Confirmez, soldat ! Vous êtes toujours là, mon garçon ? Confirmez !

« *Le silence à nouveau, puis soudain des hurlements et une voix de fond.* »

— Lâchez cette radio, chien ! Quant à vous, là-bas, démarrez ! Nous prendrons la colline, que vous le vouliez ou non !

« *Grésillements.* »

— Lieutenant, c'est vous que j'entends à l'autre bout ? Lieutenant Watanabe, prenez cet émetteur ! Ici c'est le capitaine Pannatier qui vous parle. Répondez, c'est un ordre !

« *Aucune réponse. Derrière le grondement sourd du moteur, la communication se fait difficile, mais toujours audible.* »

— En avant, misérables soldats ! Prouvez votre foi, lavez votre honneur et priez !

— Mon Lieutenant, vous êtes fous, arrêtez ça !

« *Hurle un autre soldat.* »

— Soldat Castro, c'est toujours le capitaine qui vous parle. Que se passe-t-il, bon sang ? Stoppez donc ces fichues machines, c'est un ordre !

— Detraz, coupe ! Coupe le moteur ! Oh, Seigneur, ayez pitié… non !

« *Sous les prières du soldat Castro, un bruit infernal vient retentir jusque dans l'émetteur du capitaine.* »

— Allô, soldat, vous êtes là ? Lieutenant Watanabe, vous êtes là ? Quelqu'un ? Char de commandement, répondez ! Nom de Dieu, char de commandement, je vous somme de répondre !

« *Silence total.* »

* * *

« Quelques heures plus tard, dans une salle de conférences bondée, tous les hauts grades de la place de Bière se sont réunis en cellule de crise.

La parole est au commandant de corps. »

— Messieurs les cadres, bonsoir. Prenez place, je vous prie. Comme vous le savez, l'heure est grave, aussi grave que la perte de cinq de nos éléments. Des hommes sous notre commandement et pour lesquels je ne peux m'empêcher de me sentir foutrement responsable. Ils étaient soldats appointé, et lieutenant. Certains étaient des pères, d'autres beaucoup trop jeunes. Leurs noms, vous les connaissez : qu'ils restent à jamais gravés dans nos mémoires. Quand bien même le temps nous est compté, je vous prie, Messieurs, de bien vouloir respecter la réglementaire minute de silence.

« *Soixante secondes s'achèvent et le discours reprend.* »

— Selon mes sources, la police militaire a déjà ouvert l'enquête et selon ces mêmes sources elle ne tardera pas à la refermer. Les agissements de notre collègue et camarade auront beau représenter une énigme pour chacun de nous, les faits restent néanmoins concluants. Ainsi, sont écrites noir sur blanc les conclusions du rapport de police stipulant que le lieutenant Raphaël Watanabe a outrepassé ses droits, bafouant ainsi les règles élémentaires de sécurité. Cette erreur lui a valu de provoquer la mort de ses hommes suite à un accident de manœuvre. De son côté, projeté du véhicule avant impact, le lieutenant Watanabe, frustré d'un acte manqué, a décidé de s'ôter lui-même la vie à l'aide de sa baïonnette d'ordonnance.

Messieurs, voilà que pour la seconde fois je lis ces faits et pourtant je n'y crois toujours pas.

Au regard de la police militaire, une affaire comme celle-ci ne transcende ni ne surprend. En gros, inutile de tergiverser sur les raisons du pourquoi, l'essentiel étant déjà là. Toutefois, il démange à certains représentants du ministère de chercher à vouloir sonder l'esprit des morts, comprendre ce qui a bien pu se passer dans la tête de notre collègue pour qu'il en arrive ainsi à vouloir se détruire. Ainsi nous aurons d'ici peu la visite d'une sorte d'expert en psychiatrie spécialement mandaté pour cela. Un psycho-criminologue, comme ils l'appellent. Personnellement, devant pareille nouvelle, je dois bien vous avouer, Messieurs, que ma joie est mitigée car bien que soulagé de sa présence j'aimerais déjà que cet expert tourne les talons et disparaisse à jamais de nos plates-bandes. En effet, je l'imagine tout aussi envahissant et curieux qu'un audit dans ma propre entreprise.

« *Des rires légers résonnent dans l'assemblée.* »

— Trêve de plaisanteries, voulez-vous, chers confrères ! Je vais dorénavant vous demander de briefer vos hommes du mieux que possible. S'ils venaient à être questionnés, qu'ils ne parlent pas sans savoir. Faites-leur comprendre qu'il serait d'autant plus déplacé d'alimenter ragots et autres ouï-dire.

Capitaine Pannatier, je me tourne vers vous à présent car je me sens soucieux. Voyez-vous, j'aimerais savoir si vous vous sentez tout à fait préparé à ce à quoi vous pourriez être exposé dans les jours à venir. En tant que capitaine du bataillon sacrifié, vous serez forcément pointé du doigt. Loin de moi l'idée de vous rajouter de la pression, mais vous devriez savoir qu'aux yeux du monde extérieur, le responsable c'est vous. Enquêteurs, militants d'associations antimilitaristes, familles des victimes et peut-être même vos proches, vont vous mener la vie dure. Il est probable que leurs réprimandes vous amènent à douter de votre véritable innocence dans cette affaire.

« *Prenant une profonde respiration, le commandant de corps se redresse au-dessus de son pupitre de conférence et n'a d'yeux que pour son interlocuteur, le capitaine Pannatier.* »

— Écoutez-moi, Pannatier… Charles. Rien, vous m'entendez, rien ne doit jamais vous faire penser cela. Gardez en tête que dans cet amphithéâtre nous sommes tous impliqués et s'il doit y avoir un coupable, si cette foutue presse veut un coupable alors elle devra faire avec nous tous, et ce pour la simple et bonne raison qu'ici aucun de nous n'aurait pu prévoir un tel merdier.

« *Un tollé d'applaudissements retentit maintenant dans la salle.* »

— Je sais, Messieurs, combien il est difficile de conserver son sang-froid dans de telles circonstances. Seulement, je vous demanderai de ne pas oublier qui vous êtes et ce que vous représentez ici au sein de l'armée confédérée. Conservez donc votre rôle, soyez coopératifs et surtout ne laissez rien traîner qui pourrait bafouer notre intégrité. D'ailleurs…

« *Les yeux braqués sur un autre subordonné, le commandant de corps s'enquiert de rien laisser passer.* »

— Supérieur d'intendance Papilloud. Une attention toute particulière pour vous car j'aimerais que vous clôturiez temporairement le forum de la compagnie et, si cela est également possible, que vous supprimiez l'historique de la libre messagerie. Tant que faire se peut, j'aimerais éviter les détournements d'information, les rumeurs infondées et tout autre écrit nuisible au groupe. Ne laissons pas la presse farfouiller jusque dans nos poubelles et trouver du soi-disant pain béni dont ils raffolent. Notre crédibilité sera remise en question et nombreux seront les détracteurs qui profiteront de notre faiblesse pour nous salir et reconsidérer l'armée de milice.

Une fois de plus, l'institution devra prouver à la population suisse qu'elle est de bonne foi et endosse complètement la responsabilité de ses erreurs, demandant pardon des conséquences de ses actes. Des excuses seront nécessaires à l'apaisement de tous les esprits et, bien sûr, le peuple sera sans pitié. À la suite de quoi, il pardonnera et oubliera comme il a oublié les précédentes fautes et enterré les mauvais souvenirs adjacents.

Toutes ces réprimandes n'ont pas de poids sur le long terme, elles ne peuvent indéfiniment hanter ce système de défense que le peuple continue malgré tout de voir comme une tradition.

Messieurs, ainsi permettez-moi de terminer mon discours par une constatation personnelle…

Voyez-vous, lorsque l'on parle de défaillance système au sein même d'une structure où toutes les précautions ont pourtant été respectées, ont dit généralement que l'erreur est un coup du sort. Alors, faites-le également. Dites-vous que tout ceci n'est qu'un coup du sort, une défaillance système ou un cheveu dans la soupe, si vous préférez. Quoi qu'il en soit, gardez simplement à l'esprit que les précautions ont été respectées et qu'elles restent à l'ordre du jour.

Messieurs, cette réunion s'achève, je vous remercie.

Garde à vous ! Cette entrevue est terminée, repos !

Chapitre I
Amours et désespoirs

« À Genève, trois jours après. Il est neuf heures, dans un trois-pièces et demi miteux, mais hors de prix, à la rue des Charmilles. »

— *Baby-boy*, tu m'aimes ?

Baby-boy... Mais d'où sort-elle ce sobriquet stupide ? Encore une chose qui n'a pas de sens et n'en aura peut-être jamais si je ne lui dis pas ce qu'elle veut entendre. Pourtant je l'aime, oui je l'aime, mais comment lui dire sans défaillir ?

Répond, Lyssandre, ou c'est la fin et pour de bon, me dicte ma conscience, employant l'ultimatum. Mais bien malgré cela, je n'y arrive pas, rien ne sort. Je regarde le visage de Soraya changer d'expression et reste là bêtement sans rien dire. Comment diable peut-elle encore y croire, après tout ce que je lui fais subir ? Faible, je suis trop faible et lâche aussi.

Tu me dégoûtes ! Oui, c'est vrai, ma conscience à raison : dégoûtante, mon attitude mériterait une sanction d'autant plus que Soraya attend toujours une réponse à sa question. Seulement, lâche comme à mon habitude, je préfère encore fuir son regard et m'abandonner sur sa bouche pincée d'appréhension. Alors, bêtement et fatalement, je reste là à attendre de voir apparaître à nouveau cette moue triste et pleine de désespoir. Une expression que je ne connais que trop bien d'ailleurs.

Parfois... non, souvent en fait, j'ai l'impression d'être un sadique et cela me tue, je n'en peux plus, cette passivité me tue. Misérable et pathétique comme à mon habitude, je tente un baiser forcé, mais Soraya me retient de sa main, elle attend sa réponse. De mon côté, je reste là, penaud, le regard perdu, la bouche béante jusqu'à l'entendre soupirer, anéantie et forcément déçue.

Il y a quelques minutes à peine, nous nous adonnions à la plus folle étreinte sexuelle qu'il m'ait été donné de vivre et à présent c'est le malaise. Voilà que je gâche un moment précieux car tout à fait incapable de répondre à la plus élémentaire des questions. Pire encore, puisque je tente maintenant de me justifier par des mots, oui, de simples mots.

Abruti ! Oh, que oui, je le suis !

— Désolé, Soraya, je… euh… Je… tu…

Pathétique ! Certainement. Je dirais même que je le suis tristement et ne comprends pas. Moi qui pourtant crèverais d'envie de pouvoir hurler mon amour sur les toits, je ne suis même pas capable de le chuchoter à l'élue de mon cœur. Pire qu'un bègue, je ne fais même pas l'effort de finir ma phrase, bafouillant sans même savoir par où commencer. Je gâche tout et laisse les gens que j'aime me glisser des doigts sans jamais leur avouer ce que je ressens pour eux.

Au jeu de l'amour, je fais comme toujours, je passe, pensant éviter la casse.

Oui ! Seulement, infortuné, tu ne sais faire que perdre, et passer ton tour. Évidemment ! C'est là un fait que la voix dans ma tête fait résonner d'évidence.

— Ce n'est pas grave, Lyssandre, me dit Soraya résignée une fois de plus.

Elle me sourit, mais c'est pour mieux cacher sa peine car comme à son habitude, elle se lève, s'approche du bureau et feint de trouver une occupation. Elle cherche encore à me préserver de son chagrin, mais je ne mérite plus tant d'égard puisque je ne cesse de vivre et revivre cette scène tel un éternel recommencement. Le plus drôle, ou devrais-je dire le plus pathétique, c'est que je le fais encore avec la certitude que je l'éviterai la fois suivante.

Pauvre de moi, pauvre Soraya ! Elle a beau me tourner le dos à chaque fois, cela ne m'empêche pas de savoir ses yeux noisette, submergés d'un flot de larmes. Des larmes si lourdes de sens qu'elles entraînent avec elles toute la joie naturelle de ce visage métissé africain dont le teint ébène ne devrait jamais avoir à flirter avec l'eau salée du malheur.

Jamais je n'aurais imaginé exercer une telle influence négative au bonheur de cette jeune Camerounaise pleine de joie de vivre. Le second fruit d'un amour entre Monsieur et Madame Ouedraougo et l'heureux événement d'un clan familial dont les mots d'ordre sont chaleur, tolérance et tendresse. Je l'ai d'ailleurs appris dès ma première rencontre.

Tout de suite accueilli dans leur famille, tel un membre à part entière, je me voyais déjà revivre ma vie d'antan ou du moins en avoir le sentiment. Je me disais qu'au fil du temps, je percevrais ces gens comme une famille, ma famille, et que leur joie finirait naturellement par avoir raison de mes peurs. Malheureusement, j'observe à présent le visage de ma bien-aimée et comprends avec horreur que c'est moi qui influe sur elle et non pas l'inverse comme je l'aurais tant souhaité.

Partagé entre la peur et l'amour, je me retrouve acculé et incapable de répondre favorablement à l'aveu le plus évident. Devant la seule question à laquelle je ne connais que la réponse, je reste pourtant de marbre ou plutôt de pierre car c'est probablement ainsi qu'elle doit maintenant me percevoir. Pour elle et ceux de sa famille, je suis à la fois fort et dur. À leurs yeux, je dois paraître tel un mur de béton armé que l'on pourrait bien souiller, forcer, malmener, sans que rien ne vienne jamais perturber sa solidité. Pourtant, Dieu sait qu'ils ont tort, car au fond, tout au fond de ce roc, bat un cœur même si peu à peu il se meurt.

Ma vie est devenue un calvaire et l'expression de mes sentiments une vraie torture. Un problème à l'équation dramatique, dont le résultat pourrait être funeste si je me convenais de penser à la mort en unique solution.

… La grande faucheuse, en réponse à mon dilemme ? Non ! Je ne veux pas y penser. Je veux plus. Il est tard et je n'ai plus le temps de tergiverser car Frédérique m'attend. Je dois partir.

— Pardonne-moi, ma belle, mais il est presque dix heures et Fred doit sûrement m'attendre au cabinet, lui dis-je fuyant une fois de plus son regard en même temps que mes responsabilités.

Dès lors la mal-aimée soupire, chassant délicatement ses larmes du bout de ses doigts comme elle le fait toujours puis tournée vers moi me dit clairement :

— Va ! Fais ce que tu as à faire et ne te préoccupe surtout pas pour moi, dit-elle le regard vide, sans haine, mais plus que jamais déçue.

Dans ces moments-là, quelquefois, il m'arrive d'envier ces couples qui se disputent pour un rien et se rabibochent juste après, forcément conscients de la futilité de leurs différends.

— Pardonne-moi, Soraya, je suis pathétique ! Quand bien même j'ai conscience de la chance qui m'est donnée de t'avoir à mes côtés, il m'est encore impossible d'exprimer ce sentiment comme je le souhaiterais. Arriverais-tu encore à me croire si je te disais que ceci n'est qu'une passade et que tôt ou tard, je serai forcément guéri ?

— Hum, je voudrais encore pouvoir y croire, Lyssandre ! Seulement, fatiguée d'espérer, je n'en ai plus la force.

Face à ce risque majeur qui dangereusement se précise, je lui prends le bras, ramène sa poitrine contre la mienne, passe la main gauche sur sa nuque puis l'embrasse. D'abord réticente, Soraya refuse de me regarder dans les yeux puis, soudain détendue, réalisant peut-être qu'il lui reste encore un peu de ce fameux espoir, m'offre alors le baiser de la dernière chance. Ce doux et langoureux baiser me contraint, frissonnant au sein d'une réflexion qui me pousse à imaginer ce qui pourrait bien se passer si j'échouais aux enjeux de cette ultime chance à l'amour. Dès lors, mon cœur se serre, j'ai du mal à respirer et, ne pouvant m'empêcher de paniquer davantage, je suffoque.

— Lyssandre lâche-moi, tu me fais mal ! se plaint la belle piégée entre les paluches de cet être rustre et insensible que je suis.

Surpris par ses gémissements de douleur, je réalise qu'inéluctablement je la fais souffrir et si ce n'est pas moralement c'est physiquement. Alors brusquement je retire mes mains de ses hanches et m'écarte d'elle, effrayé par ce geste regrettable. Je me confonds en excuse, mais pour Soraya c'en est trop car sans réponse de sa part, je réalise soudain l'ampleur de la blessure au point que lui demander pardon pour la énième fois ne suffit plus. Elle n'y croit définitivement plus.

Mon Dieu ! Je me désole, c'est affligeant. Incapable de lui exprimer que je l'aime, tout ce que je sais dire à présent, c'est pardon. Pardon d'être moi, pardon d'être comme ça, pardon de n'avoir finalement su n'être qu'un sot.

Sans un mot, Soraya sort de mon appartement, emportant avec elle la chaleur de son amour qu'elle laisse se substituer aux courants froids de la solitude. Alors, je grelotte, laissant bien des peurs s'emparer de moi, m'entourant de leurs bras dans cet appartement devenu soudain trop grand. Puisqu'à défaut de ma petite amie, je n'ai même plus mon frère pour me tenir compagnie, sa chambre demeurant toujours aussi froide depuis son départ à l'armée. Ne me restent alors que les souvenirs et les angoisses liés aux fantômes de mes regrettés parents.

Maman, Papa…

Non ! Arrête de penser à eux, Lyssandre ! Prends plutôt un de tes cachets et pense à ton boulot. Rappelle-toi ce que t'a appris Frédérique et récite-le encore et encore.

Tu t'appelles Lyssandre. Tu exerces une profession riche en expériences, pour laquelle chaque jour est un défi. Tu aimes ces défis car ils sont le remède à toutes tes mauvaises pensées ! Ils sont le remède à tes angoisses et les réponses à tes idées noires.

Oui ! Je m'appelle Lyss… Je…

Père, mère si de là-haut vous m'entendez, j'aimerais vous dire que…

Argh ! Sale faible !

Seul avec moi-même dans cet appartement maudit et étouffant, je commence à divaguer. Mon Dieu ! Il faut que je sorte et vite !

En même temps que j'enfile une veste et rassemble mes affaires, je pense à Fred qui m'attend dans son cabinet. Je pense à lui car cela me fait du bien : c'est mon ami, une valeur sûre avec laquelle je peux compter quoi qu'il arrive. Alors d'accord, il est psychiatre, ça aide, d'autant plus que ce n'est pas n'importe qui… Et puis c'est un ami, mon seul ami. Docteur Frédérique Arcaro que la profession reconnaît sous le titre solennel de spécialiste en psycho-criminologie. Un titre que lui-même ne comprend pas d'ailleurs. Enfin pour ce qui me concerne, il demeure et restera « Fred » ! Un homme sans chichi, fuyant le tintouin, n'aimant pas que l'on en fasse tout un *pataquès*.

Sans prétention aucune, il ne regarde ni ne juge autrui avec la condescendance que son statut pourrait lui donner. Humble, tout comme je le suis moi-même, Fred aurait plutôt tendance à se sentir inférieur aux autres et c'est là toute la différence. J'aime sa compagnie, tout comme il apprécie la mienne. Moi, l'étudiant prometteur de vingt-cinq ans et lui, l'illustre érudit aux vingt-cinq années d'expérience. Deux âmes malheureuses et condamnées à disparaître, mais qui ensemble se reconstruisent, se plaisent et se complaisent bon gré mal gré.

Merci, Leti !

Laëtitia Cannoli, c'est à elle que nous le devons finalement, elle était mon professeur de psychiatrie légale et c'est elle qui dès l'aboutissement de mon cursus scolaire à l'institut jugea opportun de me présenter celui qu'à l'époque, elle surnommait « mentor ». Car lorsqu'elle-même était étudiante, cette expérience de trois mois chez Frédérique lui avait permis de trouver sa voie. Une chance de carrière qu'elle n'a jamais oubliée, tout comme elle n'a jamais oublié l'homme.

À la suite de quoi, à chaque fin d'année, elle envoyait l'un de ses meilleurs éléments auprès de Fred pour effectuer un stage de quelques jours ou quelques mois suivant affinités entre le maître et le disciple. Ainsi, faisant d'une pierre deux coups, elle offrait à son prodige un bagage et de la compagnie à son vieil ami et ermite, Frédérique.

Elle savait qu'il était un peu dépressif, mais elle ne savait pas tout. Avant moi, personne ne l'a su. Quant aux étudiants qui passaient chez lui, ces derniers ne restaient pas suffisamment longtemps pour comprendre quel était son mal. Pas le temps. En quelques jours seulement, l'étudiant connaissait les bases de la profession. À peine un mois, et l'expérience acquise du jeune disciple avait déjà largement de quoi forger son chemin de vie ou, plus pragmatiquement parlant, son orientation professionnelle. Il y a exactement un an et demi, j'avais le même objectif, ignorant dès lors encore que j'allais rencontrer mon père spirituel. Après deux semaines seulement, je ne pouvais déjà plus me passer de lui. Après trois mois, j'aurais voulu qu'il m'adopte et après un an, alors qu'il aurait déjà dû me mettre à la porte depuis longtemps, je compris que pour lui j'étais devenu tout aussi indispensable. À ses yeux, je devins le fils qu'il n'avait jamais eu, ce dont il avait toujours souffert. « L'image de ma plus grande peine, l'incarnation vivante de mon plus grand regret », dit-il toujours lorsqu'il évoque avec beaucoup de regrets son passé d'homme seul car incapable d'aimer.

Parfois j'ai peur lorsqu'il me parle de son passé, car j'ai toujours l'impression d'y voir là comme une prédiction de mon propre avenir. Un futur terne, sans amour ni famille et déjà enterré six pieds sous une masse de travail inconsidérée, au sein d'un cabinet froid.

Sur le chemin du cabinet, alors que mon esprit n'a de cesse de s'interroger à propos de mon avenir, je m'efforce de penser à quelque chose de plus gai. Me vient alors le souvenir de ma toute première expérience sur le terrain. Une journée durant laquelle Fred pensait pouvoir m'initier aux rudiments de la profession sans penser un seul instant que la tendance finirait par s'inverser au point que ce soit moi qui finalement donne la leçon. Et d'ailleurs à cet effet je me souviens très bien du brigadier présent ce jour-là et de ses dires à mon sujet :

« Non ! Vous ne me ferez pas croire que ce garçon n'est qu'un apprenti, car si tel est le cas, c'est au prodige qu'il nous faut clamer ! » avait-il annoncé clairement.

L'inspecteur Richard Perrin et Frédérique n'en revenaient pas non plus. Mais qu'avais-je donc pu faire pour les impressionner de la sorte ? Je revois les expressions sur le visage de Fred, tantôt étonné, tantôt fier. Un moment, j'ai même pensé le voir ému, mais j'affabule peut-être un peu. Mais quoi qu'il en soit, je me souviendrai toujours de ses mots alors confiés à froid :

« À peine sorti de l'œuf que déjà l'élève dépasse le maître. Félicitations, fiston ! »

Ce jour-là et pour la première fois, il m'appelait « fiston » et moi, je me réappropriais ce qualificatif après bien des années d'absence. Trois ans, très précisément trois ans que Giorgios Zacharias, mon père, n'était plus.

D'un pas décidé je poursuis mon chemin jusqu'au cabinet, traversant quartiers et parcs publics, l'esprit toujours focalisé sur ce qu'il ne faut pas, mais je me refuse au mélodrame. Exit Giorgios et autres pensées macabres, j'en reviens à cette fameuse journée d'initiation dont je ne me souviens pas de tout, mais me rappelle en revanche ce qui fut le cas d'étude.

En effet, il ne s'agissait là que d'un gamin, quinze ans, pas plus. L'adolescent, visiblement traumatisé, venait d'assister au trépas de ses deux parents. Une chute mortelle du balcon, bref, un accident de ménage tout aussi déplorable qu'inexplicable.

Pour l'enquête, étant le seul rescapé du drame, il va sans dire que le témoignage du jeune Maxens demeurait crucial. Seulement, fragile, tout juste orphelin et muet, sa parole est alors très vite devenue « La » pièce manquante de l'enquête. D'ailleurs, de leur côté, décontenancés et incapables, ces messieurs de la police durent se rendre à l'évidence que patience et empathie ne suffisaient plus pour espérer sonder l'esprit endommagé du jeune homme.

Ah ! Je me souviens encore du moment où le téléphone se mit à sonner au cabinet. Fred butait sur un rapport de police indescriptible pendant que moi je tentais de déchiffrer une note de médecin aussi illisible que redondante de technicités linguistiques. En somme, le début d'une journée bien barbante.

L'appel avait duré, quoi... deux minutes montre en main et Fred avait déjà son caban sur le dos, sa serviette de cuir à la main et moi, son apprenti, sous le bras. En moins de temps qu'il ne faut pour le dire, nous arrivâmes là-bas et, passé la porte, nous fûmes accueillis tels des messies.

« Messieurs, le garçon est juste là ! Bonne chance, il est muet apparemment ! » nous annonça l'inspecteur Perrin suite au rapport de ses hommes. De soi-disant professionnels dont les conclusions ne reposaient pourtant que sur de simples convictions et pour cause, ces messieurs de la brigade n'étaient pas pédagogues, mais c'était bien là leur moindre défaut.

En effet, tels de sensibles spectateurs d'un jeu de dupes, ils vinrent immanquablement se heurter au précepte du mutisme. Soit, le mécanisme de défense infantile par excellence. Ainsi aux yeux de ces messieurs, l'infirmité était une évidence ; seulement, muet, le gamin ne l'était aucunement, non ! Plutôt bien renseigné, ce gosse savait tout simplement comment tromper son monde. Malheureusement pour lui, il ignorait encore à qui il allait bientôt avoir à faire.

Si je me souviens, en pénétrant les lieux, jamais je ne me serais dit combien l'instant présent serait crucial au destin de ma carrière, surtout que je n'étais que novice. Toutefois, lorsque j'eus pris conscience du stratagème employé par cet enfant et de l'aveuglement total témoigné par mes confrères, je sentis là comme un devoir d'intervenir. C'est donc téméraire, mais non suicidaire, que je me lançai dans l'intimidant inconnu, un peu comme le serait un borgne aux pays des aveugles. Je tombais d'ailleurs des nues d'entendre qu'aucune hypothèse n'avait été émise sur l'éventualité d'un homicide. Évidemment que non ! À les entendre, Perrin et ses hommes auraient donné à ce gamin le Bon Dieu sans confession.

« Le petit est traumatisé, il a probablement vu ses parents dégringoler ! » disait l'un des policiers.

« Pauvre gosse, voilà des séquelles qu'il portera à vie », disait un autre.

Pour le jeune, la mayonnaise prenait bien et en l'absence formelle de preuve, tout jouait en sa faveur. L'immeuble étant ancien et la rambarde fuyante : il ne s'agissait donc là que d'un tragique accident, point final.

Rien ne pouvait donc plus accabler l'adolescent. Rien, sauf peut-être moi ayant également perdu mes deux parents et connaissant plutôt bien le sujet. Ainsi à travers ce garçon, je devais me voir moi quelques années plus tôt, subissant alors le naufrage de ma vie tout en bravant les océans et les tempêtes au rythme des saisons et du temps qui passe.

Toutes ces prouesses, je les ai faites à huis clos, dans ma tête, où les peines sont obstacles, où la détermination se veut survie et l'abandon une réponse au suicide. D'ailleurs la mort, parlons-en… Elle qui constamment me guette et m'interpelle, m'invitant à la rejoindre en ce monde spirituel et fantasmagorique dont elle ne cesse de me vanter les louanges. Un monde soi-disant meilleur, sans deuils, sans faux-semblants, sans responsabilités et surtout sans peine.

Un temps j'y ai cru et puis je me suis réveillé, lâchant de mes mains tremblantes cette lame de rasoir rédemptrice, douce et salvatrice. Il aurait suffi d'un geste, un seul, mais non car il y avait cette force, cette volonté de vivre qui à chaque fois me faisait ressortir de cette baignoire d'eau limpide sans jamais avoir à la souiller de mon sang.

Maxens et moi avions donc ce point commun, tous deux victimes et orphelins. Plus qu'une coïncidence, le cadre semblait lui aussi nous mettre sur un même pied d'égalité. Appartement luxueux, quartier huppé, une école privée, des œuvres d'art un peu partout et qui sait, peut être un chalet en Valais ? Tout cela n'aurait rien eu à envier à mon ancien cadre de vie en des temps, je dirais… plus heureux. Ainsi, à force de rapprochements, je commençais à percevoir en ce drame la rétrospection du mien vécu il y a cinq ans de cela. Seulement, d'un fond similaire, il n'en était rien pour la forme car au vu des réactions de Maxens quelque chose semblait clocher.

En effet, à travers lui et jusque dans ses yeux j'aurais dû voir la peine au point de m'y retrouver, souffrant et me languissant au point de ne plus tenir en place, à lutter contre moi-même tout en surexploitant ma rage et ma haine jusqu'à l'étourdissement. Mais non ! Au lieu de cela, j'observais ce jeune homme de quinze ans, confortablement assis au fond de son canapé, les mains sur les genoux, la tête basse, cherchant à se dérober autant que maintenir sa langue liée pour se protéger. Protéger son jeu de comédien d'un éventuel faux pas, voilà ce qu'il tentait de faire maintenant que la supercherie avait parfaitement fonctionné. Ainsi, prenant conscience du machiavélisme de cette affaire, une part de moi s'offusqua, percevant simplement la comédie de cet enfant comme un affront à ce que fut ma propre peine.

Le gosse avait son secret, mais il était maintenant question que je le perce au risque de faire de tout ceci une affaire personnelle. C'est donc au grand dam de ces messieurs de la criminelle que j'allai finalement m'asseoir en face du jeune garçon, prenant mes aises tout en essayant d'attirer son attention. Je bouillonnais d'impatience à l'idée de le provoquer, mais il fallait que je la joue finaude. Je pris donc une grande respiration, histoire de me calmer et de rassembler mes idées. Puis, en une infinie réflexion, je laissai mon regard se perdre dans les alentours.

Les lieux regorgeaient de trésors et de pièces de musée en tout genre. Il y avait de la peinture abstraite, mais surtout des meubles anciens et diverses antiquités, comme d'horribles masques africains, des boucliers et autres pièces d'armurerie acérées. Sur le moment et devant tant de merveilles, je reconnais m'être égaré car pour la première fois depuis une bonne dizaine d'années renaissaient en moi quelques vieux souvenirs littéraires. Le souvenir de ces histoires que Marina, ma mère, nous racontait à mon frère et moi-même avant que nous nous endormions.

En effet, tous ces objets me rappelaient les récits héroïques des Massaïs d'Afrique noire et autres sultans de Ceylan que j'aimais à entendre. La lance, le poignard, l'épée, le bouclier, ils étaient bien là et en tous points semblables à ceux que mes héros d'un soir brandissaient lors des batailles. À cet instant, c'était comme si l'imaginaire de mon enfance devenait réel ; d'ailleurs, à ce propos, je me souviens même que l'idée m'en fit tourner la tête.

Il fallait que je me ressaisisse, c'était évident ! Toutefois je revivais là un instant si cher à mon cœur que pour rien au monde je n'aurais voulu m'en défaire. D'autant plus qu'il y avait aussi cette forte odeur d'encens particulièrement épicée qui, je dois le dire, n'arrangeait rien de l'état euphorique dans lequel je m'embourbais peu à peu.

Ainsi, laissant s'affaisser mon corps au fond de ce canapé, les nerfs adoucis par les arômes du Bengale, je m'imaginais à huit ans, allongé au fond de mon petit lit, me forçant à ne pas fermer les yeux afin d'entendre la suite des aventures du prince de Perse ou de tout autre personnage épique.

À cet âge, l'enfant hyperactif que j'étais le jour se retrouvait souvent le soir, alors croulant de fatigue au point de dormir debout. Pourtant, bien malgré cela, je ne pouvais décemment entamer de nuit sans que cette dernière ait été précédée d'une histoire contée.

En ces heures et dans ce canapé, je crois être redevenu un instant ce garçonnet insatiable de nouveaux récits et dès lors aurais aimé que l'on me raconte une histoire. La légende de ces lieux par exemple, voire pourquoi pas le mythe de ce drame.

Toujours plongé dans un profond mutisme, Maxens ne semblait pas près de satisfaire ma curiosité. Restait au chérubin qui sommeillait en moi à répondre de cet affront. De la frustration que serait une expédition chez Morphée sans conte de fées. Alors, une poussée hors du canapé accompagnée de grandes respirations. Quelques sauts d'excitation, des pas sur la droite et quelques-uns sur la gauche. Une contemplation de tout et de rien. Je devenais soudain si ingérable que je m'insupportais moi-même. Capricieux ? Peut-être. Turbulent ? Certainement ! Professionnel ? C'est sûr ! Car au beau milieu de ces antiquités, je n'eus pas de peine à me prêter au jeu et retirer l'épingle, à savoir les photographies de famille disséminées çà et là au-dessus d'une commode près de l'entrée. Des objets bien plus conventionnels que tout le reste, mais qui savaient mieux que tout autre raconter la vérité. J'observais donc ces portraits, ces photos de famille, de célébrations et sur beaucoup d'entre elles se trouvait Maxens, le visage marqué d'un bonheur non dissimulé. Alors pourquoi ? Pourquoi je découvre les joies du passé immortalisées sur papier glacé sans que le présent ne soit stigmatisé ? Pour le savoir, je retournai sur le canapé et, face au garçon, demandai simplement quelle erreur ses parents avaient bien pu commettre pour mériter ce châtiment. Durant les trois minutes de silence général qui suivirent mon accusation, je ne me suis jamais senti aussi seul. Pire, je sentais le regard de l'assistance peser sur mes épaules. Heureusement, le gosse ouvrit la bouche. Le visage fermé, les lèvres pincées et les yeux remplis de désespoir, ce dernier décida de répondre par une autre question. Résonne encore en moi ce ton de voix intense qu'il employa :

« Vous savez quel jour on est ? » me demanda-t-il d'une manière solennelle.

J'avais idée de la réponse qu'il attendait car en entrant tout à l'heure dans l'appartement, j'avais entendu converser deux agents consternés, blâmant alors le résultat d'une tragique journée de fête.

« Ce jour, Maxens, est celui de votre anniversaire », lui répondis-je alors.

Il se força d'un sourire léger qui finalement ne dura pas longtemps, et pour cause : sa deuxième et dernière question fut ses aveux.

« Et vous savez ce que mes parents m'ont avoué, aujourd'hui ? »

Justement, ignorant à ce sujet, je hochai la tête avec comme une soudaine appréhension. Il m'avoua alors le crime que je redoutais et les raisons qui l'avaient amené à le commettre. Ainsi, le jour de ses quinze ans, Maxens apprit de ses parents qu'il avait été adopté. Désappointé et trahi, le besoin de déni poussa l'enfant à se jeter sur les portes-fenêtres du balcon où se trouvaient ses parents. Bien malencontreux, le geste fut si violent qu'il projeta la mère contre la rambarde cédante, n'empêchant guère la pauvre femme de chuter lamentablement, entraînant avec elle un mari aussi surpris qu'incapable.

Sous les aveux du jeune homme, soudain je devins empathique et plutôt que juger ses actes je préférai encore me dire combien bercer d'illusions sa vie n'aurait été qu'un rêve et ses parents un mensonge. Un moment, je fis même abstraction de la gravité de ses actes pour envier ce garçon enfin libéré de sa tourmente. Alors qu'il se réveillait là d'un songe de quinze années, moi, désespéré, je me demandais et me demande encore combien de temps il me faudrait finalement pour sortir de celui qui me tourmente depuis ma majorité.

Plus tard, le sort de Maxens fut décidé par le tribunal de l'enfance pendant que de mon côté je recevais les éloges de mes supérieurs. Méritais-je tant de reconnaissance ? Non ! C'était de la chance car à cet examen je connaissais le sujet, c'est tout.

Chapitre II
Briefing

« Dans le quartier de Saint-Jean, seul au fond de son cabinet, le maître Frédérique Arcaro, expert en psycho-criminologie, se languit de son apprenti car il est dix heures et toujours pas de Lyssandre Zacharias. »

Sur le palier j'introduis ma clé, mais aucun verrou. Le patron est déjà là, ce qui je dois le dire n'a rien d'étonnant.

Dix heures ! C'est la tuile. Bon tant pis, le mal est fait… Avec un peu de chance, il aura déjà trié le courrier. Je n'en peux plus de cet administratif récurrent et sans saveur. Trier, consulter, classer sont des mots qui d'ailleurs me font horreur. Mais peut-être pas autant que Fred lorsqu'il déboule sur moi à peine ai-je posé un pied sur le grinçant plancher de bois.

— On peut savoir où t'étais ? commence-t-il à dire.

Et sans me laisser le temps de répondre, il poursuit le cours de ses remontrances :

— Je crois bien que je t'ai laissé une bonne trentaine de messages, certains plus virulents que d'autres, enfin bon tu m'excuseras, mais tu sais combien j'ai tendance à me faire du souci dans ce genre de cas où tu joues les abonnés absents. Je m'inquiète, j'angoisse, je "psychote" et puis je finis par dire n'importe quoi.

Ça y est, voilà que j'ai droit à la scène de ménage maintenant. Il faut dire qu'après toutes ces années de vie commune, nous avons comme qui dirait développé « nos petites habitudes de couple ». Et quelle ironie ! Moi qui m'évertue à préserver mon couple, j'en oublie que je partage déjà ma vie avec Frédérique. Un conjoint de travail à qui je dois visiblement rendre des comptes. Alors oui, j'avoue apprécier cette attention qu'il me porte, mais Fred attend trop de moi. Il m'étouffe, me jugeant trop souvent absent alors que c'est pourtant à lui que je dédie le plus clair de mon temps.

J'aurais beau faire plus encore que cela ne servirait à rien et pour cause : l'homme se contente peut-être de peu, mais au travail, le bourreau qu'il est ne semble jamais satisfait. Ainsi derrière cet homme que je considère comme un père sévit un malin tentateur qui par le labeur se montre tantôt salvateur tantôt pernicieux.

D'un côté, il me soulage le temps d'une journée de travail, m'éloignant du souvenir angoissant de feu mes parents, mais de l'autre, il requiert tant ma présence que je n'ai plus le temps de vivre. Bon sang, rien que d'y penser cela me file le bourdon et une fois encore j'en deviens sarcastique. D'ailleurs, pardonne-moi Fred, mais là il me faut relâcher la pression…

— Enfin P'pa ! Je lui rétorque d'un ton détaché.

Puis j'ajoute :

— Il va bien falloir qu'un jour tu réalises que j'ai vingt-cinq ans, et que par conséquent je suis en droit de découcher autant qu'il me chante.

— Oui, vingt-cinq, soit un quart de siècle et à cet âge on devient responsable, figure-toi ! me répond Fred, entrant dans mon sarcasme sans même y avoir été invité.

Le vieux singe me grimace alors un air moralisateur, puis brusquement sourit et me prend dans ses bras comme jamais mon père ne l'avait fait de son vivant.

— Joyeux anniversaire, mon grand !

Il n'a pas oublié et pour l'occasion, je vois qu'il s'est même endimanché. Un bel effort, et une sacrée dégaine de vieux beau qui plus est. Adieu le trench et bonjour le tweed : ce matin, le dandy a opté pour la chemise de coton sur pantalon de lin et paire de mocassins en daim.

Sobre, tendance rétro-vieillot mais carrément élégant ! Un look mature, évoquant respect tout en me laissant d'ailleurs penser qu'il serait temps d'en faire autant et enfin délaisser mes vieilles baskets souillées, mes jeans délavés et autres vestes « collégienne » boulochées.

— Vingt-cinq ans, ce n'est pas rien ! me dit Fred tout en me serrant fort contre lui.

Dans ses bras, je me sens bien et profite alors de ce réconfort tout en gardant à l'esprit qu'il est aussi le risque de me rendre plus vulnérable encore que je ne le suis déjà. Encore fragilisé du décès de mes parents, la plaie demeure béante et remplie d'idées noires qui constamment m'empêchent d'avancer.

En effet, car depuis cet accident je vis dans la peur, j'ai peur d'aller trop loin, de trop aimer de trop donner, de trop bâtir, et ce au risque de tout perdre en un clin d'œil, une fois de plus fragilisé par la mort. Là est mon dilemme, car comment faire pour aimer ces êtres chers que je m'imagine déjà perdre ?

Soraya, Fred… si vous saviez combien la mort m'obsède à présent ! Si seulement vous saviez quels tourments j'endure, vous comprendriez pourquoi je suis si souvent distant. Ce que j'ai déjà vécu ne m'immunise en rien contre le chagrin et j'ai peur, j'ai peur que ça recommence encore.

— Un an de plus donc, s'exclame Frédérique, m'extirpant brusquement de mes sombres pensées.

Puis il poursuit :

— Un nouveau cap de franchi, voilà qui aspire à de nouveaux choix. Que vois-tu donc pour la suite ? Je veux dire, as-tu des projets ?

Où veut-il en venir ainsi affublé de son air coquin ? Je n'ai pas l'habitude qu'il me cuisine de la sorte sur mon avenir et surtout comme ça, de but en blanc.

— Pour tout te dire, Fred, le présent n'est pas très prometteur. Quant à l'avenir, il ne m'augure rien de meilleur.

— On s'est réveillé du mauvais pied, on dirait, me lance Fred tout en se pressant d'allumer la machine à café. Tu vas me raconter cela autour d'un bon petit kawa bien noir… le petit coup de trique des matins merdiques. J'ai pas raison, Lyss ?

— Oui, Fred.

Ses grands gestes et son timbre de voix enjoué me font rire, et ce bien que je n'en aie pas le cœur.

— Tu ne l'es peut-être pas autant que ton café, Frédérique, mais tu es fort, fort pour me faire rire même lorsque les journées sont aussi amères que ce petit noir que tu me sers.

— Chaotiques peut-être, mais ce jour reste spécial, mon garçon, et il est loin d'être terminé. Oui, crois-moi, le meilleur est à venir, mais avant cela j'aimerais savoir… Qu'est-ce qui cloche avec ta Soraya ? me demande-t-il alors qu'il me tend une tasse brûlante que je saisis par le bord puis l'anse, des gestes machinaux puisque mon esprit est ailleurs.

Je repense à ce qui s'est passé ce matin et cherche tant bien que mal à le comprendre ou du moins le justifier, même si l'essentiel m'échappe encore.

Fred reprend :

— Aurait-elle oublié ton anniversaire ? Tu n'as pas eu droit aux câlins sous la couette et c'est pour ça que tu es en colère ? me demande Frédérique d'un air coquin, l'index levé comme pour exprimer une idée.

— Hum ! Oui, plus ou moins, je réponds, ne sachant bien que répondre à cela.

— Comment ! Elle t'a oublié ?

— Pire ! En réalité, Soraya ne sait pas que c'est mon anniversaire. Elle ne sait pas quel est mon deuxième prénom, quelles sont mes origines, qui étaient mes parents et ce qu'ils faisaient avant de mourir. Pour te dire, elle n'a jamais rencontré mon frère ni ne sait quelle est ma couleur préférée ou comment j'aime boire mon café. En fait, Soraya ne sait rien ! Elle ne sait même pas que je l'aime et d'ailleurs, elle ne le saura peut-être jamais puisque bien malgré moi, je fais tout pour qu'elle l'ignore.

— Mais, Lyssandre… pourquoi ?

— La peur. Tu le sais bien, Fred, j'ai peur d'aimer. Depuis la mort de mes parents, je ne m'en sens plus capable ; la preuve, je suis pétrifié rien qu'à l'idée de ce qui pourrait advenir si je m'engage plus avec elle. Aimer me rend vulnérable et c'est d'ailleurs ce qui se passe avec toi, avec cette amitié que l'on a. Alors bien sûr, le jeu en vaut la chandelle car sans toi je serais au trente-sixième dessous voir six pieds sous terre ; seulement, si demain il devait t'arriver quelque chose, je ne m'en remettrais pas, je ne m'en remettrais plus.

— Je comprends, Lyss, et n'en pense pas moins à ton sujet, mais si tu veux mon avis, ce serait une erreur de considérer ceux que tu aimes comme ça, comme des sortes de fardeaux affectifs.

— Ce n'est pas ce que je voulais dire, Fredo, et Soraya et toi n'êtes pas des fardeaux, au contraire… Vous m'avez sauvé la vie et y contribuez encore chaque jour.

— Je me demande bien lequel de nous deux a le plus l'étoffe du sauveur. Ces dernières années, tu es souvent resté des nuits entières à bosser avec moi. Je me sentais revivre, sortant un tant soit peu de ma solitude. Alors, disons plutôt que c'est toi qui m'as sauvé, Lyss.

— Je l'ai fait pour moi aussi, pour me sentir mieux, utilisant le travail comme un dérivatif contre mes angoisses. Mais je l'ai fait au détriment de ma vie amoureuse et de Soraya que j'ai délaissée lamentablement.

— Je suis navré, Lyssandre, je n'ai jamais souhaité ça.

— Tu n'es pas coupable, tu ne m'as pas forcé la main que je sache. Il n'engage que moi de reprendre ma vie.

Silencieux, Frédérique fait mine de comprendre, me laissant gérer ma peine comme je l'entends. Seulement, je le connais, il se retient, mais crève d'envie de faire plus pour moi.

Il n'y peut rien, c'est un type bien.

Subrepticement, il s'approche de moi, passe derrière mon dos puis, posant ses mains sur mes épaules, me fait asseoir à ma place habituelle.

Que fait-il ? Maladroitement, il malaxe mes épaules croyant peut-être les masser pendant que de mon côté je demeure les yeux fixés sur l'affligeant monticule de paperasse disposé au-dessus du grand bureau. Le capharnaüm commun et significatif d'une entente cordiale entre l'esprit ô combien bordélique de mon mentor et le mien. Le tout supporté par un bureau de bois massif, subissant au gré du temps les conséquences d'un labeur que nous avons fini par appeler « notre bordel organisé ». Et puis Fred se détache de derrière mon dos après avoir littéralement massacré mes omoplates, puis passe derrière le bureau en pagaille. Ce bon vieux billot où se tranchent les conclusions et derrière lequel Fred vient justement se positionner en bourreau prêt à trancher.

— Lyssandre, j'ai quelque chose à te dire, dit-il solennel, prêt à asséner son coup de grâce.

Mais avant, il attrape de sa main droite le dossier de « l'héritier » et s'y installe confortablement.

« L'héritier » : ainsi ai-je rebaptisé ce fauteuil de bureau défraîchi de type Louis XVI, car non seulement il est le legs du paternel de Fred, mais aussi l'héritage d'un monstre sacré de la psychiatrie et le témoin non négligeable du succès professionnel du clan Arcaro. Le trône d'un règne de trois générations sur lequel grand-père Génaro, père Santiago et fils Frédérico suèrent sans relâche, délaissant famille au profit d'une carrière et d'un gage de qualité qui se doit de perdurer.

Trois successions et toujours cette pièce d'artisanat aux faux-semblants d'assise, s'étant plus révélée être une geôle et même un sépulcre pour l'un d'eux. Tel fut le cas de Santiago qui en plein travail exprima son dernier souffle, ici, seul, à l'écart de tous et dans l'indifférence la plus totale.

Aujourd'hui, si Fred conserve encore cette maudite chauffeuse c'est aussi pour se rappeler qu'il est dangereux de vouer sa vie à son travail même si lui-même n'en est pas moins victime d'une certaine manière.

Lorsqu'il y prend place, Fred reconnaît ses erreurs, ces mêmes erreurs commises par son père quelques années auparavant et se fait alors la promesse que ce siège demeurera comme tel et jamais ne deviendra un sanctuaire où l'on exerce, dort, dîne et meurt à regret.

— Tu m'écoutes, Lyss ? Encore dans tes pensées ? Bref, comme je le disais, la journée n'est pas terminée alors ouvre bien grandes tes esgourdes.

J'ai la nette impression que derrière tout ce mystère se cache une surprise, et ça m'inquiète !

— Tu fronces les sourcils, Lyss, je te sens sceptique. Ne va pas te faire trop de mouron, mon garçon, tu vas vite comprendre. Mais pour cela, j'aimerais que tu répondes franchement à une question qui me taraude depuis ce matin.

— À savoir ? Je lui demande, étonné.

— À savoir ce qui peut bien amener l'armée à vouloir prendre contact avec, je cite, le soldat Zacharias.

Suite à cela, je reste sans voix. Je le regarde, étonné, sans savoir quoi répondre.

— Je te rassure, j'ai été aussi surpris que toi. Seulement, maintenant que je découvre ton visage, j'ai carrément peur de comprendre. Rassure-moi, tu es bien réformé ?

— Mais qu'est-ce que… Mais oui, enfin ! Je lui jure, prêt à y mettre ma main au feu.

— Trois appels consécutifs depuis ce matin, un toutes les vingt-cinq minutes, pile-poil ; bref, réglés comme du papier à musique, l'armée quoi.

— Qu'est-ce qu'ils me veulent encore ? Je réponds, étonné ma foi.

— À ton avis, Lyss ? S'ils te cherchent, c'est peut-être que tu n'es pas en règle

— Impossible, Fred, j'ai été réformé, je te le redis et il y a déjà belle lurette. Je dois avoir quelque part chez moi un document qui atteste cela.

Je le lui confirme, bien que de mon côté je n'en sois finalement pas certain.

De ses yeux abattus, je comprends que Frédérique se fait des idées, il « psychote » encore, faisant ressurgir cette éternelle hantise qu'il a toujours eue de me voir partir cinq moins durant à l'autre bout du pays. D'ailleurs, telle une condition *sine qua non* découlant du contrat, je me souviens même qu'à mon embauche Fred avait particulièrement insisté sur le fait que l'armée ne vienne jamais perturber mon apprentissage. Il voulait que je lui en fasse la promesse, comme si ce n'était qu'à moi seul qu'il incombait de décider ! Toutefois, l'absurdité de sa demande me fit prendre conscience déjà à cette époque du degré d'angoisse dont il était atteint au regard de la solitude. Nous nous connaissions à peine que déjà il semblait terrorisé à l'idée même de me voir lui tourner les talons pour les faire claquer quelque part en Suisse profonde. Aujourd'hui, avec ce curieux coup de fil, je comprends qu'il angoisse toujours à cette idée.

— Ne t'ai-je jamais parlé de mon recrutement ? me demande-t-il étrangement motivé d'une nostalgie frôlant l'euphorie

— Euh, non, je réponds d'une voix effacée car un peu perplexe à l'idée de l'entendre me parler de cela.

— Maintenant que j'y repense, ce fut bien là l'une des expériences les plus marquantes de toute ma vie ! On dit que l'armée vous change un homme : dans mon cas, c'est plutôt en y étant proscrit que je n'ai plus été le même… Fils de commandant, sportif de haut niveau et lauréat d'une des plus prestigieuses universités du pays, je me voyais déjà tout qualifié pour intégrer l'élite. Erreur ! Je ne faisais là que vendre la “peau de vache” avant même de lui être subordonné.

Amusé par son jeu de mots, il sourit puis reprend :

— Bref, curieux et plein de fougue, mon jeune âge me rendait enjoué à la simple idée d'en être. Malheureusement pour moi, l'expérience fut si brève que mes pieds plats ne vinrent jamais fouler le sol d'entraînement. Je suis tombé si bas de ce piédestal sur lequel je m'étais présomptueusement établi qu'une fois en bas, les fesses rivées au sol, je ne pus que constater combien ma vie n'était faite que d'illusions. Fils à papa, nombriliste et arrogant, je pensais que tout m'était dû et ce même dans l'échec. D'où ma douleur, puisqu'à la suite de cette réforme, je n'eus de mon père ni compassion ni pitié. Cette inaptitude, ou plutôt cet échec comme il le qualifiait, lui donna l'occasion de me mépriser plus que d'ordinaire et à moi de découvrir le vrai visage de cet élitiste sans cœur. Enfin, tout ça pour dire que je garde encore un mauvais souvenir de l'armée et bien que je n'y aie jamais véritablement mis les pieds, l'idée même de te savoir là-bas me tracasserait au plus haut point !

Frédérique abaisse le regard, il est gêné car ses propres sentiments le mettent mal à l'aise. Alors, pour ne pas complètement se refermer sur lui-même, il respire profondément et poursuit par des excuses, ce qui semble le rassurer.

— Pardonne-moi cette réaction, Lyss, mais je ne sais plus trop quoi penser concernant les véritables raisons de ce coup de fil. J'angoisse, c'est tout !

— Tu t'inquiètes pour rien, Fred et je ne comprends pas pourquoi ces zigues de l'armée ne t'ont pas expliqué les raisons de cet appel. Sûrement un impayé dans la taxe.

— Oui, peut-être, mais il y a encore autre chose qui me turlupine et dont tu n'es pas au courant, enfin pas encore.

— Je ne comprends pas Fred, il y a un souci ? Que dois-je savoir ?

Je demande, intrigué, pendant que Fred prend une grande respiration et m'annonce directement :

— Je veux te confier notre prochain contrat. Tu… enfin voilà, c'est mon cadeau d'anniversaire.

— Merde, Fred ! Je… Oh pardon, désolé du gros mot, mais ce que tu me proposes là, c'est… Waouh ! Nom de Dieu… Euh non, encore une fois, ce n'est pas ce que je voulais dire ; enfin, tu me pardonneras ce langage de charretier, mais je suis tellement ému que je ne maîtrise plus mes mots.

Ma surprise et mon bafouillement amènent Fred à fortement rire de la situation.

— C'est si rare de te voir heureux, Lyss, qu'il en devient même amusant de t'entendre jurer. Va ! Exprime-toi !
— Je ne sais comment te remercier ni que dire… J'espère seulement que je serai à la hauteur, lui dis-je tentant de maintenir mon calme alors qu'en moi c'est l'explosion totale.
— Tu le seras, j'en suis convaincu, me répond Fred confiant.
— Si tu savais comme je trépigne d'impatience ! Mais, dis-moi, cette affaire, de quoi s'agit-il au juste ?

« *Silence.* »

Brusquement, Fred prend une pose et réfléchit, il cherche ses mots.
— Si je te dis : véhicule accidenté, trois morts plus un suicide à l'arme blanche. Que font quatre victimes de sexe masculin et armés jusqu'aux dents, tu penses à quoi ?
— Je *pense* que de nos jours, la réalité aurait tendance à dépasser la fiction. Seulement là, c'est du cinoche, on nage en plein western.
— Ne t'emballe pas, Lyss, mais imagine maintenant les acteurs flanqués de treillis et tous réunis autour d'un même devoir patriotique à Bière dans le canton de Vaud.
— Attends voir, mais ça sonne militaire tout ça, ou du moins ça y ressemble fort.
— Bingo ! Apparemment tu n'as pas lu les journaux, mais la Suisse est en émoi et la presse ne parle que de ça. L'enquête bat son

plein entre les autorités locales et la police militaire, mais ils ont encore besoin d'une expertise sur le plan psycho et c'est là que nous entrons en jeu… enfin que TU entres en jeu, Lyss.

— Attends, Fred, mais c'est énorme ! J'espère vraiment être à la hauteur et… Mais alors… le coup de fil, c'est ça ?

— Impossible, puisqu'officiellement tu n'es pas affilié à cette affaire en tant qu'expert mandaté. Ce que je te propose là, même la proc' ne le sait pas… Je te le dis, j'y comprends rien. À moins que…

Ça y est, le vieux semble retrouver la mémoire, il était temps ! Le bougre commençait à m'effrayer avec son histoire de coup de fil.

— … À moins que le procureur Lecoultre t'ait déjà annoncé aux autorités militaires comme substitut. Oui, mais non car si tel avait été le cas, Maître Lecoultre m'aurait consulté au préalable. Non, c'est véritablement de ton incorporation qu'il s'agit. Ou alors…

— Ho là, minute papillon ! Je te vois venir avec tes réflexions aux allures de monologue qui ne mènent à rien. Au fond, ce que tu veux c'est que je les appelle pour qu'enfin l'on soit fixé. Mais je t'arrête tout de suite, Fred, car pour être franc, je n'ai là aucune intention de le faire.

— Comment, tu ne veux pas savoir ? Tu préfères attendre que ce soient les autres qui te mettent devant le fait accompli ? Pourtant là-bas tu devras bien y faire face.

— Je continue de croire que ces appels ne sont que des rappels à l'ordre et sûrement des arriérés de paiement sur la taxe car ça fait un moment que je ne leur ai rien versé. Et si effectivement c'est le cas et qu'ils me cherchent pour me réclamer du fric, alors tu m'excuseras, mais je préfère encore jouer les abonnés absents.

— Je comprends ta réaction, mais réfute encore l'idée, car excuse-moi, mais si ce n'était là qu'une question de taxe alors on t'aurait envoyé un rappel voire même ces messieurs de la police militaire… La proc' ! Oui, définitivement, ce ne peut être qu'elle.

Cette friponne a tout manigancé et je suis sûr qu'elle l'a fait pour m'emmerder. Elle m'en veut c'est sûr, dit-il le sourire crispé.

Nerveusement, Fred s'interroge sur ce fait qui totalement échappe à son contrôle. Une occasion pour moi de le taquiner un peu…

— Dès lors, mon cher Frédérique, permets-moi de reprendre tes dires car si maître Lecoultre est effectivement à l'origine de cette affaire, c'est que pour elle l'élève a su dépasser le maître, tout simplement, lui dis-je en concluant ce dialogue insensé par une touche d'humour.

— Oh, il le dépasse, mais il est encore loin de l'enterrer, c'est pourquoi j'insiste maintenant sur le fait que tu ne m'évinces pas totalement de cette affaire, mais me tiennes au courant de tes avancées. Tu as mon numéro de téléphone, donc dis-toi que je veux un rapport détaillé d'heure en heure.

Ainsi Fred me fait part de la seule et unique règle découlant de ce contrat de confiance dont il me fait l'honneur. Une règle qui pour moi va de soi et à laquelle j'accède par évidence.

— Évidemment ! Je lui rétorque, lucide.

J'ajoute même :

— Étant encore novice en la pratique, je ne saurais comment me passer de tes conseils avisés ! D'ailleurs, je l'avoue, je redoute un peu de faire cavalier seul. Adieu, le duo Batman et Robin ! À compter de maintenant ce sera juste… Batman, dis-je fièrement.

— Ah, parce que c'est toi, Batman ? Oublie pas qui est le patron, non plus.

— Je te fais marcher, Fred, garde ton masque et tes collants : il est évident que c'est toi Batman ! Tu restes le patron et c'est justement pour cette raison que c'est à moi qu'il revient d'aller profiter des charmes de la campagne militaire. Ses relents de cirage, ses nuitées irritantes de piqûres d'insectes et de draps de laine. Ses réveils au son du clairon et bien sûr la cantoche, dont la réputation n'est plus à faire, lui dis-je en riant.

— Tu oublies le bon vieux bizutage et les chiottes à la turque, répond-il en se fichant de moi.

Ah, l'humour du patron ! Plus souvent toléré qu'apprécié, voilà maintenant qu'il laisse à désirer, ne faisant guère l'unanimité. Heureusement, le concerné ne tarde à comprendre et reprend son sérieux.

Je l'observe, il avance sa chaise et pose ses coudes sur le bureau, tels deux piliers pour y reposer sa tête. Songeur, il me regarde alors, béat de fierté, puis me sourit, fondant de grands espoirs à mon égard.

— Arrête ton charme, Fred, tu vas finir par me mettre mal à l'aise, là, avec ton regard de braise et ton mutisme déstabilisant.

— Excuse-moi, Lyss, je pensais à un truc soudain. Tu me croiras ou non, mais il s'avère que j'ai tellement confiance en toi que je n'éprouve même pas le besoin de fondamentalement te mettre en garde ou te préparer à cette nouvelle expérience. Je n'en ressens ni le désir ni le besoin, conscient que d'un naturel tu sauras faire ce qu'il faut.

— Tu aurais peut-être dû te taire, finalement, car maintenant je suis vraiment mal à l'aise, lui dis-je avec le sourire tout en amenant la discussion sur quelque chose de moins gênant. Il me faut prévoir un logement, une chambre d'hôtel ? Bière c'est à combien d'ici ? Cent bornes environ ?

— Moins une cinquantaine. À toi de voir, mais personnellement je resterais sur place d'autant plus qu'ils ont une chambre pour toi là-bas. Cela t'aidera à t'imprégner des lieux, même si je dois reconnaître que ces derniers ne sont pas des plus plaisants.

— Sauf erreur, je dois encore avoir par ici quelques t-shirts et sous-vêtements propres datant de ma dernière nuit au cabinet. Donc, je ne crois pas avoir besoin de passer chez moi.

— Et Soraya ? me demande Fred, posant là un problème auquel je n'avais pas pensé.

Mais comme toujours je trouve une parade car je suis un enfoiré, ne l'oublions pas.

— Je l'appellerai une fois arrivé là-bas pour lui dire où je suis.

Sans conviction.

— Tiens, fils, je te donne mon sac de sport fétiche, je l'ai depuis mes vingt berges. Mais attention, je ne t'en fais pas cadeau ! C'est un prêt.

Lorsqu'il me tend son sac, je sens qu'il tremble légèrement. A-t-il encore peur pour moi ou est-il simplement ému ?

— Je suis si fier, Lyssandre. Tu m'excuseras si je rabâche mes dires, seulement mon sentiment est si fort et le mot si faible que je me dois de le répéter sans cesse. Tu n'es définitivement pas comme les autres, je veux dire comme mes précédents élèves. Jeune et inexpérimenté, tu n'avais pourtant rien de plus pour te démarquer et puis tu as commencé à te montrer moins crédule, ne faisant jamais de ta candeur ton handicap. Très vite, tu as gagné ma confiance, devenant ce prodige à qui je n'ai pas eu peur de confier mon nom, ma notoriété et chaque secret de ma vie privée. En somme, tu es ce qui m'est arrivé de mieux depuis ces vingt dernières années ! Il serait donc temps pour moi maintenant de te rendre la pareille, tu ne crois pas ? Laisse-moi combler tes espérances et répondre enfin à cet espoir de guérison qui tant t'obsède depuis toutes ces années. Laisse-moi essayer du moins.

Le regard bas, je tente de lui répondre sans le froisser, mais avant que je n'exprime le moindre mot il contrecarre mon geste.

— Je sais bien ce que tu vas me dire, Lyss, je connais ton choix. Seulement à force de te voir te détruire, un jour viendra où malgré moi, je ne répondrai plus de mes actes et te clouerai sur ce divan que tu le veuilles ou non.

Tiens ! Le divan, je l'avais oublié, celui-là. Encore pire que « l'héritier », le divan c'est un peu « l'exorciste » : on s'y installe malade et en ressort plus démuni que jamais. Il y en a pour qui ça fait du bien, mais pas moi car j'ai la tête dure et pleine d'angoisses. Mais ça, Fred ne le comprend pas. Il aimerait m'analyser, mais je ne suis pas prêt et quand je pense à l'estime qu'il me porte et la confiance qu'il m'octroie, je me tue de ne plus pouvoir braver mes propres interdits pour lui. Un jour peut-être, je trouverai la force de me livrer à toi, Frédérique, mon mentor, mon guide, mon père spirituel. Toi qui m'offres cette chance de carrière sans même sourciller, et ce malgré les risques que l'échec saurait causer à son image ainsi qu'à sa réputation tout entière.

— Lyssandre, tu es pensif. Rien ne presse, je te demande juste d'y réfléchir. Mais revenons-en à l'enquête, veux-tu ? J'ai ici quelques documents fournis par le procureur que je n'ai malheureusement pas eu le temps de consulter. Je te laisse le soin de pallier ce manque et de m'en faire part dès que ce sera fait. Je sais combien l'administratif n'est pas ton fort, mais pour ta première affaire j'imagine que tu feras un effort. Tu as intérêt ! me lance-t-il, le regard assassin.

Bon sang ! Voilà un avertissement qui sait me faire comprendre combien des fois je peux être négligent, voire carrément je-m'en-foutiste. Une remarque qui d'ailleurs me met subitement mal à l'aise et résonne en moi désagréablement comme un sentiment de susceptibilité. Je suis déstabilisé et ne sais que répondre pour ma défense. Alors, je tente une blague lorsque Fred me tend les docs du procureur.

— Ah oui les documents. Tu es sûr que tu ne veux pas y jeter un coup d'œil, Fred, au cas où ?

Prenant une pose sévère, le front plissé, le regard perçant, Frédérique ne comprend pas le sens de ma question et pense peut-être à de l'insolence. Alors, rapidement, je reprends et m'explique :

— Attends, Fred, ne va pas croire que je cherche à bafouer ton autorité ou même critiquer ton travail, mais imagine un instant que dans cette chemise se trouve un élément n'étant destiné à personne d'autre qu'à toi, lui dis-je, énigmatique, tout en me contenant de trop sourire car soudain, une envie de le chambrer trotte en moi.

Je poursuis :

— Tu sais, comme un mot doux par exemple ou une lettre enflammée, voire même un cliché olé olé, bref ce genre de document qu'on aurait tendance à qualifier de “compromettant”.

Ça y est, son visage s'adoucit, sans doute a-t-il saisi l'humour ?

— Ah, d'accord, j'ai compris, c'est encore une de tes allusions grivoises. Je ne comprenais pas où tu voulais en venir avec tes histoires et ton air faussement emprunté… J'aurais dû me méfier, me dit-il le rire jaune.

— Tu m'excuseras, Fred, mais cette allusion n'est pas totalement vide de sens : tu admettras que Maître Lecoultre n'est pas vilaine et c'est même une très belle femme. Je me trompe ?

— Très belle en effet, mais très jeune aussi. Sophie doit bien avoir quelque chose comme vingt ans de moins que moi.

— Sophie ? Ai-je bien entendu, Fred ? Tu appelles le procureur par son petit nom, il y a donc bien anguille sous roche.

— Arrête tes idioties, Lyssandre, c'est n'importe quoi ! s'offusque Fred.

— Peut-être, mais j'en connais pas beaucoup, moi, des assermentés qui tutoient leurs procureurs.

Voilà maintenant que Fred sourit bêtement, il semble même un peu gêné. Aurais-je malgré moi touché un point sensible ? Enfin, je les savais souvent complices tous les deux mais de là à se conter fleurette, parce que c'est bien de flirt dont il est question ? Oui, à voir l'air idiot qui se dessine maintenant sur le visage de Frédérique, c'est bien là une amourette.

Sans un commentaire, l'homme reprend son sérieux, se redresse, les épaules droites, les fesses calfeutrées au fond de son siège, puis tout en faisant nerveusement de l'ordre sur son bureau, recadre la discussion. Un rituel propre au personnage et par lequel je dois comprendre que le sujet est clos désormais.

— Voilà les documents, reprend-il. Conserve-les précieusement car, à défaut de photos coquines, j'y ai glissé ton ticket de transport. Et le train ne part que cet après-midi, ce qui nous laisse le temps de bavarder un peu. J'espère que cela ne te dérange pas ?

— Pas le moins du monde, je lui retourne, affichant un sourire forcé, affligeant.

Dieu sait de quelle théorie le grand manitou compte me faire état aujourd'hui ? Je crains le pire.

— As-tu déjà entendu parler de cette conception schématique de l'amour que l'on appelle yin et yang ?

Ça y est, j'en étais sûr. Et en plus il s'agit d'une théorie sur l'amour. Je pense, ironique, mais bon, je joue le jeu pour une fois :

— Effectivement, cela me rappelle quelque chose. Un rond entremêlé de noir et de blanc, c'est ça ?

Vas-y, joue-lui la carte de l'élève assidu, avec un peu de chance le vieux ne s'attardera pas sur le sujet.

— Un rond noir et blanc, c'est exact. Il s'agit d'un idéogramme formé de deux parties, la femme représente le noir et l'homme le blanc. Par leur forme ondulée, les deux parties s'épousent, laissant germer en leur sein respectif une part de l'autre. Pourquoi je te parle de ça ?

Oui, on se le demande…

— Probablement pour te rappeler qu'en amour les choses fonctionnent ainsi. En gros, si tu veux que ça marche tu ne dois faire qu'un avec l'élue de ton cœur et la laisser germer en toi telle une obsession. Ton esprit n'ayant d'yeux que pour elle, il est clair qu'ensuite tout le reste, comme les angoisses par exemple, devient secondaire. D'une pierre deux coups : tu t'ouvres au bonheur et te détournes du malheur.

— Je vois ou tu veux en venir, Fred. Ainsi, obsédé par l'amour, il ne l'est plus par la mort, c'est exact ? dis-je cherchant à résumer en hâte.

— Oui ! Mais tu me sembles sceptique, fils. Est-ce si absurde pour toi ?

— C'est profond, je le conçois, mais ce n'est là que théorie poétique et naïve. Car il n'y a pas que l'amour dans la vie, il y a aussi tout le reste.

— Mais c'est quoi le reste ? Le boulot ? Ton stage ? Ces choses sont-elles réellement importantes ?

— Bien sûr ! Je pense au boulot, le cabinet, les montagnes de travail et, oui, je me dis que pour moi l'obsession c'est ça. Les dossiers, les rapports et ta réputation à tenir. Je crois que pour moi l'amour c'est autre chose, c'est secondaire. Enfin, merde, Fred, ce n'est pas ça qui va nous faire vivre !

— Surveille ton langage, Lyss, et oublie les prétextes comme la notoriété ou l'argent. Je sais très bien que pour toi le labeur et toutes les heures que tu y consacres ne te servent que d'échappatoire, car tu veux fuir ta vie. Tu ne veux plus ni penser au passé ni imaginer l'avenir, préférant te perdre dans un présent qu'il te faut consulter, compléter et classer.

Je comprends bien, et d'ailleurs par cette histoire de yin et de yang je n'ai bien évidemment pas dans l'idée de te convaincre du contraire. Non, ce que je veux avant tout c'est que tu aies le choix et que tu ne sois pas la victime de tes propres décisions. Après, qui sait, peut-être que ce principe fondamental chinois et vieux comme le monde saura plus te parler que le sempiternel rabattage d'un vieil ami psychiatre.

Tout comme toi j'ai eu mon lot d'angoisses, Lyss. Ces dernières n'étaient peut-être pas les conséquences d'un deuil, mais à l'époque, ne faisaient pas moins de ma vie un enfer ! Il est arrivé un moment où j'ai dû prendre une décision : soit poursuivre ma carrière soit suivre mes sentiments. Et à tort j'ai choisi l'amour, mais l'amour de ma profession.

— Nathalie ? Tu regrettes encore ? Je lui demande, faisant renaître les fantômes de son passé.

— Amèrement, oui ! Nathalie, elle pour qui mon amour n'aura finalement été que chassés-croisés, rendez-vous reportés et anniversaire bâclés. C'était comme si le yin s'était détaché du yang, laissant ainsi flétrir leurs germes à peine matures.

— Tu regrettes les sacrifices, la vie de famille, les gosses et tout le reste ?

— C'était il y a trente ans, Lyssandre ! Il devrait y avoir prescription et pourtant je continue de me poser la question, tu sais, celle qui commence par : "Et si seulement". Quelquefois même, il m'arrive de m'imaginer assis sur un banc, à ses côtés. Je lui serre la main et jubile de voir s'épanouir devant nous toute une ribambelle d'enfants et petits-enfants.

Plongé dans ses pensées, le visage assombri, le regard éteint, la tête baissée, Fred se morfond. De mon côté, je pense à lui, à sa relation à l'amour et dès lors ne peux m'empêcher de penser à son père ou plus précisément aux erreurs de ce dernier, et remarque alors que le parcours du fils n'a guère différé de celui de son géniteur, comme si Fred s'était retrouvé victime d'une sorte de malédiction héréditaire ou destin génétique.

Je m'égare alors et sous d'improbables hypothèses, viens comparer ma vie à la leur, mais soudain un bruit grave et mécanique vient perturber ma réflexion : c'est l'horloge de Santiago, il est midi. Je déteste ce bruit peut-être autant que l'objet lui-même, dont le tic-tac incessant, me rappelle cruellement le temps qui passe. Sous cette structure de bois massif, sa présence pèse sur mes épaules comme elle a pesé sur celles de Santiago juste avant que retentisse le son du glas.

Les paumes de ses deux mains plaquées sur la table, Fred prend appui et se lève d'une traite. Les épaules relevées, le dos droit, il inspire profondément, expire lentement puis s'énerve.

— Une fois de plus, tu t'arranges pour que la discussion ne soit plus dirigée sur toi, ce qui me fait réaliser combien ta carapace est dure et ta défense bien rodée. Pas facile, d'autant plus que je me fais vieux maintenant. Je n'ai plus autant de patience qu'avant, je manque de logique et parfois même de jugeote, c'est effarant. Je suis maintenant comme ces vieux radoteurs qui constamment te parlent de ce temps que les moins de vingt ans ne peuvent pas connaître.

— Holà, vieil homme, tu ne vas pas me fredonner *La Bohème*, j'espère ?

— Pour sûr, non ! Connaissant ma voix, je ne saurais que faire tort à ce pauvre Aznavour, mais comme le ferait ce dernier en fin de prestation j'aimerais saluer mon public et me retirer de la scène. Je veux prendre ma retraite et quitter le spectacle de cette vie qui aura duré près de quarante ans.

— Dois-je comprendre que tu joues ton dernier acte, Fred ? Je lui demande, pas si surpris que ça.

— Du moins je nous y prépare, car il me reste encore quelques années à tirer avant le grand saut, je te rassure. Le temps de former la relève, si tu vois ce que je veux dire… répond-il en me lançant un clin d'œil. Viens là maintenant que je te serre dans mes bras afin que ce jour déjà marqué d'une pierre blanche le soit aussi d'un geste tendre et profond.

— Et si au lieu d'une simple accolade, je te demandais de m'accompagner à la gare, tu serais d'accord ?

À cette proposition Fred, reste muet, mais, tout excité, trépigne sur place allant çà et là dans la pièce du bureau tout en évitant de s'encoubler sur une pile de classeurs. Que cherche-t-il ? Frédérique saute en direction de la penderie pour en tirer une veste qu'il enfile et une autre qu'il laisse tomber sur le sol. Devant tant d'agitation, je lui demande si tout va bien, mais, trop occupé à farfouiller dans sa garde-robe, il ne me répond pas et me tend une chemise turquoise.

— Si tu veux être crédible, il va falloir que tu enfiles une chemise et s'il te plaît délaisse ton blouson d'adolescent prépubère pour une de mes vestes en toile, me dit-il usant de cet air sérieux que je lui reconnais parfois, mais pour des choses tout de même plus importantes que le choix d'une tenue vestimentaire.

Il ne m'avait encore jamais proposé d'endosser la moindre fripe lui appartenant, mais le geste est généreux et n'est pas pour me déplaire, connaissant les goûts du personnage bien souvent axés « griffe de luxe ».

— Entendu Fred, mais pour la veste j'en veux une vintage avec les pièces de cuir aux coudes, elles reviennent à la mode.

— Qui l'aurait cru ? dit-il en riant.

Puis telle une suite logique, il me propose le café de la gare. Une offre que j'accepte non sans une joie bien mal dissimulée car après la promotion, le relooking et maintenant l'invitation au restaurant. Je sautille littéralement. J'en oublierais presque d'angoisser et jusqu'au café de la gare demeure sur un nuage, l'esprit léger.

Pendant le repas, entre deux gorgées de Gamay et toujours pendu aux lèvres de Fred, je n'éprouve pas le besoin de penser aux idées noires. S'ensuivent : café, pousse-café, addition et Fred m'accompagne ensuite sur le quai de la gare comme un père, attendant patiemment que le train démarre pour m'adresser un au revoir, la gorge serrée, mais le regard scintillant de fierté.

Je t'aime, Frédérique, vieux fou.

Chapitre III
Bréviaire du soldat

Pour me rendre à la caserne, je prends le régional jusqu'à Morges puis continue dans un train local du nom de BAM. Une tôle verdoyante dont les initiales ne stipulent que trois patelins : Bière, Apples et Morges, mais qui en réalité n'en dessert pas moins de quatorze… et s'arrête à chaque pisse de chien.

Tiens, une expression qui me revient, saluant là un phrasé grossier que mon père pouvait avoir quelquefois, malgré ses principes de vieux rabat-joie.

Heureusement, des fois il se lâchait un peu, mon vieux chypriote de paternel. Si seulement il était là, il aurait été sur le quai de la gare juste à côté de Fred et aurait été fier de son fils. Lui pour qui la réussite professionnelle passait avant tout, il aurait été comblé de me voir prendre ma vie en main et devenir quelqu'un. D'ailleurs, combien de fois nous a-t-il rebattu les oreilles avec ça, Matt et moi ? Faire les bons choix ! Ne pas s'égarer ! Ne pas perdre son temps. C'était vraiment usant et ça en devenait tel que nous finissions par acquiescer à ses dires, quels qu'ils soient. Une sorte de compromis nécessaire à ce que la discussion ne s'éternise, voire ne s'envenime comme lorsque, contrarié, le vieux laissait ressortir cette personnalité toujours trop engagée, trop sérieuse, voire agressive parfois. Et pourquoi ? Pourquoi toujours s'imposer en « *pater familias* » alors que pour nous impressionner, il lui suffisait de nous raconter les récits de son passé. Son enfance en Grèce, la chocolaterie de son père, ses choix de vie, la Suisse, l'amour… Maman.

Sacré paternel, tu savais pourtant nous rendre admiratifs, à nous faire boire tes paroles tel un breuvage bienfaisant et réconfortant. Je suis bien triste aujourd'hui de ne plus entendre tes passionnantes narrations que je regrette d'autant plus lorsque je me retrouve seul comme maintenant. Ah, Giorgios, si seulement tu étais là, je suis sûr que tu ferais de ce triste instant de solitude un voyage inoubliable.

Heureusement, il me reste ton legs, ta passion pour la musique classique dont les mélodies ont très souvent tendance à me ramener à ton souvenir, convaincu dès lors que ton esprit n'est jamais bien loin.

Prenant appui sur l'accoudoir de la banquette, je me penche sur ma sacoche dans laquelle je plonge mes mains pour récupérer mon MP3, véritable bijou de technologie qui l'espace d'un instant saura raviver l'héréditaire passion.

Là, je l'ai, ce petit truc qui tient dans le creux de ma main et que je rebaptise au gré de mes envies : mon « clavecin miniature », mon « conservatoire de poche » ou encore mon « collectif de compositeurs en conserve ».

Rapidement, je branche les écouteurs que je glisse au fond de mes esgourdes et paré, d'un balai tactile engagé, me laisse submerger par la grâce et le génie de Chopin. La suite du trajet se déroule de façon remarquable. Il me suffit simplement de fermer les yeux et je me retrouve dans un chalet en Pologne, fumant la pipe sur un rocking-chair au coin d'un feu paisible et chaleureux.

Pourquoi la Pologne ? Chopin peut-être, mais peu importe car seul l'imaginaire compte. Les yeux fermés, l'esprit séduit par la mélodie, je ne vois plus le temps passer. Les trente minutes de trajet reliant Genève à Morges filent comme des secondes et déjà le régional siffle mon arrivée.

La correspondance se fait rapidement car le fameux BAM encore brûlant de sa mécanique échaudée vient d'arriver sur l'autre quai. En effet, la demoiselle de métal à la robe carrossée verdoyante et jupon de fer forgé déboule, fumante et patiente, à mon arrivée. Entre elle et moi, seulement deux voies nous séparent. Malheureusement, pour la rejoindre il me faut emprunter ce passage sous-terrain insalubre et nauséabond dans lequel je m'aventure totalement inconscient car plus que l'urinoir du monde marginal de Morges, ce passage sent comme l'antichambre du diable sans les cadavres gisant au sol, bien sûr.

Bref, vaillant, mais surtout très à la bourre, je prends mon courage à deux mains et traverse d'une traite l'écœurant et puant coupe-gorge, luttant tant bien que mal contre l'adhérence d'un sol terriblement poisseux. Sans même faire usage de l'immonde main courante saisie de rouille, je m'éjecte enfin de ce sous-sol de la peur pour embarquer *fissa* dans ce que je pourrais qualifier, sans exagérer, de « train fantôme » : un créneau silencieux, macabre et froid de banquettes délaissées et fenêtres grandes ouvertes où la mort monte en passagère et vient s'asseoir juste là, tout près de moi.

Bon sang ! Trente minutes comme cela, le trajet promet d'être rude. Une aubaine pour la mort, cette vieille sadique encapuchonnée qui forcément viendra me tourmenter chemin faisant. Heureusement, ses grands airs ne peuvent rivaliser avec ceux de mes compositeurs favoris, alors je m'installe à mes aises, laissant mes jambes s'étaler sur la banquette, puis d'un doigt fais jouer l'orchestre, congédiant l'artiste polonais pour son congénère allemand, le fabuleux Robert Schumann dont la mélodie fera de ces lugubres environs mes pénates. Une demeure chauffée du centre de Vienne à l'heure de la collation, j'y sens le parfum des infusions et le goût particulier des douceurs et viennoiseries. C'est un régal !

Au sein de ce songe éveillé, j'exulte d'un bien-être exquis, les papilles en éveil d'un sucre pourtant de synthèse. Le plaisir est court, trop court, car déjà le train annonce en stridence la fin des réjouissances. C'est l'interlude musical, le train freine et stoppe complètement les machines. Le chef de gare siffle le terminus et les portes s'ouvrent. Enfin nous y sommes.

« Pause » Une simple pression et le chef d'orchestre amateur que je suis stoppe compositeurs et musiciens jusqu'au prochain acte. Les jambes un peu flageolantes de mon imaginaire décontracté, c'est d'un pas vacillant que je sors du véhicule.

À l'extérieur, la gare de Bière semble bien déserte et malgré un temps plutôt clément, personne ne semble daigner en profiter. Tranquillement, lentement, l'atmosphère pesant lourdement sur mes épaules, je pénètre dans le village qui tout aussi désert que la gare me fait l'effet d'une ville fantôme… J'en ai des frissons. Heureusement, le chemin qui mène à la caserne ne manque pas d'indications et me permet ainsi de ne pas trop m'éterniser dans le coin… À la bonne heure ! Plus loin, hors du village, côté rural, les champs s'étendent à perte de vue, mais toujours aucun signe de vie. Ni paysan ni ancien combattant, pas même un bâtard errant.

Tout en suivant les panneaux, j'atterris au bord d'une route, bien sûr sans voitures, mais au bout de laquelle je décèle en partie la caserne. Je ne suis plus très loin et déjà toute l'étendue de ladite forteresse se dévoile sous mes yeux. Arrivé près de l'entrée, je vois qu'il y a du mouvement et toutes les terrasses des quelques bars en bordure sont pleines à craquer de civils. L'ambiance est festive, il y a de la musique, certains dansent pendant que d'autres lèvent leurs verres à la santé d'un tel, puis à celle d'un autre, puis encore un autre, bref… les occasions de boire sont nombreuses et l'alcool ne manque pas. Il y a du monde et vu l'hécatombe au village, je me dis que les villageois ont tous répondu présents pour célébrer je ne sais quoi. Un anniversaire peut-être.

Ton anniversaire ? s'exclame subitement la voix dans ma tête, sarcastique comme toujours, mais je m'en fiche pas mal car de toute façon je n'aime pas les surprises. Enfin, bref, je m'égare, tête baissée, sans trop m'écouter penser. Je file en direction du bâtiment et de cette première grande porte s'ouvrant à moi ou laissant s'échapper un gaillard décoré de type gradé, le pas mécanique et décidé.

En avant... marche ! Une, deux, une deux, s'amuse à penser ma conscience. Ce qui me décroche un léger sourire de confiance.

J'interpelle alors l'homme en cavale avant qu'il ne finisse de trotter les cinq dernières marches menant à la porte d'entrée.

— Excusez-moi, Monsieur, est-ce bien le secrétariat ? Je lui demande, le doigt dirigé vers l'entrée du bâtiment.

Mais visiblement cette simple question l'importune, car il me répond :

— *Kopfertami nonemôôl*[1]. *Jawohl* !

Puis, énervé, il file de plus belle. On dit que les Suisses allemands sont moins chaleureux que les Suisses romands, mais c'est faux. Bref, impatient de prendre mes fonctions, j'entre dans le bâtiment et franchis le hall d'un pas décidé, poursuivant mon ascension marche après marche comme si ces lieux m'étaient familiers. Guidé par la providence et motivé d'un certain culot, je jette ensuite mon dévolu sur la première porte close, entrant même sans frapper au préalable. Une bruyante intrusion dans le bureau d'intendance qui me fait vite regretter ce geste spontané... surtout vu l'intendant présent. Un gaillard aussi haut que large, décoré de la tête aux pieds, qui s'approche maintenant tel un char d'assaut fait de chair et d'os. À cet instant précis, je voudrais fuir, mais il est trop tard, le malabar est juste devant moi et si près qu'à côté de lui je me sens tout petit, penaud même. Je me surprends à baisser les yeux, intimidé. Je remarque alors qu'il porte de bien belles bottes... imposantes, c'est le mot. Mazette ! Vu les chaussons, le bonhomme doit faire au moins du quarante-huit de pointure. De quoi dormir debout tout en jouant les piquets de garde. L'image me fait sourire, mais rapidement j'efface le rictus de mon visage car l'homme tend sa main pour me saluer.

— Vous êtes l'expert, je présume ? Moi c'est Leckerli, je suis le fourrier.

---

1 Insulte suisse alémanique signifiant : « Nom de Dieu ».

La voix grave et l'accent à couper au couteau sont amusants, mais c'est surtout le nom qui bat les records… Ai-je bien entendu son nom ?

— Excusez-moi, mais je n'ai pas bien saisi votre nom, lui dis-je un peu gêné, non sans humilité.

— Non, vous avez bien entendu, mon nom est Leckerli, comme les petits biscuits.

Bien sûr.

— Oui je sais, c'est amusant, d'autant plus qu'à l'armée, cette friandise est souvent distribuée aux soldats… Amusant, non ? me répond-il d'une voix légère et enjouée.

Une réaction en forte inadéquation avec l'image stricte et réglementaire qu'il laisse paraître. En effet, drôle d'oiseau que ce fourrier car visiblement son ramage ne se rapporte en rien à son plumage et du biscuit, carré mielleux et tout sucre, il n'en a pas que le nom, mais en serait presque l'incarnation. Son côté fleur bleue vient même se confirmer sous les traits d'un discours au savant mélange de tristesse et de compassion à l'égard même des récentes victimes.

— Quand je pense aux gamins, lance-t-il l'âme en peine.

Puis il reprend :

— Et quand je pense que ça s'est passé ici, sous le drapeau de la confédération ! C'est dramatique, hein ?

Merci, fourrier, pour ce discours émouvant qui confirme pleinement combien le biscuit est tendre, moelleux et peut-être même suffisamment mature pour quelques questions.

— À propos de cela, fourrier Leckerli, quel est votre point de vue sur l'accident ou plutôt que savez-vous de tout cela ?

— *Ach*, pas grand-chose vous savez, mais des faits uniquement. Il faut dire que ces derniers temps j'ai été occupé avec les nouvelles recrues. Il faut les nourrir, les loger, les blanchir, c'est beaucoup de travail, vous n'imaginez pas.

— Sans véritablement m'en rendre compte, je veux bien croire que votre tâche n'est pas de tout repos et compatis. Mais permettez-moi d'insister, car qu'entendez-vous par "des faits" ?

— *Och*, ce qu'on en dit, le bouche-à-oreille quoi, répond le fourrier le regard vague, prenant le temps de la réflexion pour me répondre alors plus précisément :

— C'était une erreur de manœuvre sur le *battlefield nummer drei* ou celui que l'on appelle *no man's land.* Un terrain compliqué et parsemé d'embûches comme cette fameuse bute... la bosse du diable. Un passage que seuls les chauffeurs les plus chevronnés empruntent, mais le leur n'était qu'un gamin, un bleu, avec à peine une quinzaine d'heures d'entraînement au compteur. Après quoi, ce sont les journaux qui nous informent du reste. On nous dit que trois soldats ont péri et qu'un gradé s'est suicidé, mais on ne sait ni pourquoi ni comment.

Le fourrier ne me dit rien de plus. Pourtant cette rapide description d'accident aura suffi à évoquer en moi l'horreur d'une nouvelle vision d'angoisse. Comment ? Comment ont péri ces quatre hommes ? Je les imagine succomber sous les flammes, carboniser sous la douleur des enfers, alors victimes comme l'ont été mon père et ma mère avant que leurs âmes ne les abandonnent.

Mon Dieu, une fois encore je m'imagine cette scène et mes parents séquestrés dans cette bagnole en flammes. Je les vois comme si j'en étais témoin, observant l'horreur avec cet imaginaire qui me tue. Qui me tue tant je le décortique et le détaille.

Assez ! C'est intolérable ! Le regard fixé droit devant, brusquement je sombre. Une fois encore mon esprit s'égare en un passé torturé toujours bien présent et bien ancré. Heureusement un bruit vient me sortir *in extremis* de ma rêverie. Une paume de main claquant, s'écrasant violemment contre le plateau du guichet d'intendance car le fourrier s'impatiente. Il doit penser que je suis du genre distrait, voire carrément dédaigneux, mais il se trompe... Si seulement il savait.

— Vous êtes avec moi, Monsieur Zachary ? Avez-vous seulement entendu ce que je viens de vous dire ?

— Zachary ? Excusez-moi, fourrier, je… Je m'étais égaré en de bien tristes pensées, mais heureusement vous m'en avez extirpé.

— Vous vous moquez de moi ?

Comment ? C'est lui qui écorche mon nom et c'est moi qui me moque de lui…

— Pas le moins du monde, Monsieur Leckerli, je réponds un peu pris de court de le voir monter dans les tons.

— Je disais que le capitaine Pannatier aurait voulu que vous passiez dans son bureau dès votre arrivée. Il a d'ailleurs insisté comme une priorité sur tout le reste. Le problème étant qu'entre ses fonctions de haut dignitaire et son devoir auprès des familles des victimes, l'homme est aussi surchargé que je peux l'être en semaine de recrutement. Donc, si vous pouviez vous arranger pour être disponible en même temps que lui, cela simplifierait les choses.

— Pardon, est-ce là un ordre ou une simple suggestion de votre part, Monsieur le fourrier ?

Bouleversé par les sombres pensées de tout à l'heure, je prends soudain les choses trop à cœur et m'emballe. Était-ce véritablement un ordre ? Sûrement ! Et je refuse m'y plier. Ce n'est pas à moi d'être à leur disposition, mais plutôt eux d'être à la mienne.

— Ce n'est pas un ordre, Monsieur Zachas, mais vous auriez tort de monter sur vos grands chevaux car rencontrer le capitaine est dans votre intérêt.

— Bien sûr ! lui dis-je sans trop réfléchir.

Et j'ajoute :

— Il n'aura donc qu'à me siffler pour que j'accoure, puisque c'est ainsi que les choses fonctionnent ici.

— Comme vous voudrez ! me répond-il, haussant les épaules, le regard baissé sur son registre.

L'homme change de sujet et m'annonce qu'une chambre est à ma disposition si je le souhaite. Mais à la question, je reste dubitatif.

Soudain je repense aux couettes qui grattent, au son du clairon, au cirage et tout le reste et accepte malgré tout car de nos jours tout ce qui est gratuit est une aubaine.

— À la guerre comme à la guerre… J'accepte.

— Très bien ! me répond fièrement le fourrier qui me sourit de toutes ses dents. Voici la clé de la chambre 42, bâtiment C4 au mess des officiers. Pour les couvertures, n'oubliez pas de les prendre à l'entrée des dortoirs, vous verrez les chariots. Quant à tout le reste, aux questions et réclamations, vous pourrez vous en remettre à Quentin Baumann, il sera votre chauffeur.

— Pardon ! Un chauffeur, et pour aller où ? Je lui demande, étonné.

— Où vous voudrez sur les neuf cents hectares de notre place d'armes. Cela n'a peut-être l'air de rien, mais le complexe est énorme, gigantesque même, et dangereux qui plus est. Il vous faut un chauffeur… Baumann ! insiste-t-il comme s'il avait affaire à un demeuré.

Puis les louanges de ce sergent machin.

— Je vois, oui, dis-je, dubitatif quant à l'idée d'être chaperonné de la sorte, mais cela me permet de comprendre le petit jeu du fourrier qui en m'offrant chauffeur et gîte s'assure de garder un œil sur moi tout en contrôlant mes moindres faits et gestes.

— Baumann sera à votre disposition pour vos déplacements, il serait donc judicieux que vous en profitiez. Sauf erreur, il doit déjà être en bas, à vous attendre dans le parking juste derrière le bâtiment.

Blaireau ! Avant d'en finir avec moi, le fourrier me transmet une liste de mises en garde et de restrictions diverses et agrémente le tout en m'énumérant oralement des tas de règles supplémentaires que bien évidemment je ne prends pas la peine d'écouter, me sentant bien au-dessus de tout cela et pour cause : mandaté par la justice, je n'ai cure de ces règles de bienséance militaire. Je ne suis pas là pour négocier mes méthodes de travail, mais pour les appliquer. Non, mais quel manque de respect ! Aveuglée par sa suprématie, l'armée s'octroie le droit de me donner des ordres et de m'imposer des règles. Pire, elle porte même atteinte à mon intelligence, faisant passer une garde rapprochée pour les services d'un simple chauffeur. C'est inadmissible ! Ces gens cherchent à me conditionner, encadrer l'élément dérangeant pour qu'il ne fasse pas de vagues. Mais qu'ils aillent au diable, je n'ai pas de temps à perdre en jacasseries inutiles et dialogues de sourds.

Fuis, Lyssandre ! Échappe-toi de cet étau militaire qui se referme sur toi, t'empêchant d'agir comme bon te semble, encourage ma conscience qui des fois, je l'avoue, me fait faire les bons choix. Elle a raison, je dois le faire à ma manière et esquiver les pièges tendus tout comme les griffes de ce vil fourrier, cette brute épaisse se donnant des allures de gentilhomme.

Quel comédien celui-là ! Ce n'est sûrement pas à coup de phrases mielleuses, de sourires tendres et de gestes tout sucre que l'homme a obtenu ses galons. Il joue les hypocrites et me sous-estime, ce qui est une erreur car non seulement je ne vais pas me soumettre à ses règles, mais je vais faire en sorte d'éviter son chauffeur et manquer le rendez-vous avec ce fameux capitaine Pannatier… Qu'ils aillent se brosser !

— Baumann connaît bien le complexe, renchérit le fourrier. Il vous montrera les champs, les halles, les bureaux et les cantonnements.

— Oui, mais avant cela j'aimerais m'entretenir avec le personnel médical de cette caserne. Dites-moi où je peux les trouver, y a-t-il une infirmerie ou quelque chose du genre ici ?

— Bien sûr ! Bâtiment F comme farmacie…

— Vous voulez dire P comme pharmacie, je corrige, sans le juger pour autant car de toute évidence il parle mieux le français que je ne parle le suisse allemand.

Seulement, fier, l'homme se fiche bien de ma petite leçon de vocabulaire et enchaîne :

— Oui, enfin, on se comprend, répond l'âne en souriant de ses belles dents, comme si son sourire pouvait pallier sa bêtise.

Malheureusement, non, on ne se comprend pas.

— Pour être sûr d'arriver à bon port, vous n'aurez qu'à le demander à Baumann.

C'est ça ! Et moi je dis que ça ne va pas le faire du tout. Je ne connais pas encore ce garçon, mais une chose est sûre, je le déteste autant que je déteste Monsieur Leckerli, les biscuits et *tutti quanti.*

— Vous ne semblez pas rassuré, Monsieur Zachriaz ? Bon, je vous fais un dessin.

Zachriaz ? Je rêve ! Enfin pas autant que quand je le vois dessiner son plan… Même un enfant de quatre ans s'en sortirait avec plus d'honneur que ce grand con pathétique, mais je ne relève pas et accepte son brouillon immonde tout en imitant l'un de ses sourires débiles dont il a le secret.

— Bien, ma tâche est terminée. J'espère que vous ne manquerez de rien et si je peux faire quelque chose de plus, sachez que je suis là.

Je vous remercie, fourrier, mais vous en avez déjà suffisamment fait, lui dis-je péjorativement, bien sûr.

Et l'homme, toujours souriant, me salue d'une poigne franche et surprenante telle une réponse à mon arrogance que je regrette lorsque je vois ma main disparaître sous un étau fait de chair et d'os. Alors sa main se resserre et je sens rapidement mes doigts frêles craquer sous la pression de ses énormes phalanges de rustre… Mes doigts de pianiste. Moi qui n'ai jamais eu le privilège d'effleurer les notes d'un piano, voilà que je n'en serais même plus capable. Navré, Messieurs Schumann et Chopin, mais la relève n'est plus de mon ressort. Il aura suffi d'une rencontre avec cette brute épaisse de Leckerli pour que l'artiste sommeillant en moi s'éteigne à jamais. Sous la douleur, je me surprends à divaguer, mais heureusement le craquement n'est dû qu'à quelques articulations rouillées et c'est avec plus de peur que de mal que je récupère ma main. Leckerli, quant à lui, tourne les talons et disparaît dans une pièce annexe.

Seul, je me retrouve alors seul avec moi-même et déjà s'éveille en moi une angoisse ou plutôt une appréhension. En effet, voilà une première prise de contact qui me laisse perplexe quant au bon déroulement de mes investigations. Serai-je à la hauteur ? Seul ici, je me trouve plus vulnérable et j'ai peur de m'emporter ou me laisser submerger.

« Tu prends les choses trop à cœur Lyss ! » aurait dit ma mère Marina voyant son fils apeuré tel un enfant seul et abandonné. Maman ! Ton souvenir est encore si frais dans ma tête que fermer les yeux me suffit à te retrouver. Ce n'est pas bon pour moi, mais Dieu que j'ai besoin de me souvenir de toi, de tes yeux, de ton sourire, du châtain doré de tes cheveux et de tout le reste ! Les souvenirs, c'est tout ce qu'il me reste, alors je laisse mon imaginaire les décupler pour te redonner vie au mieux et ça marche. Tu es là avec moi, tu t'approches, je sens déjà ton parfum qui m'entoure, puis tu me prends la main et je sens maintenant ta chaleur… tu es bien là. Aide-moi, guide-moi car je ne veux pas être seul ici, mais je veux qu'ensemble, nous prenions les choses en main et faisions de ces quelque neuf cent hectares un jeu d'enfant.

L'idée me fait sourire et pleurer en même temps, mais ce n'est et restera là qu'un fantasme malheureusement. Ma mère me manque et son souvenir est une drogue qui me fait sombrer peu à peu. Je ne devrais pas penser à elle, mais ne veux pas l'oublier pour autant. Alors, que faire finalement de cette plaie béante qui ne cicatrisera jamais ?

Ça suffit ! Je pense trop. D'abord mon père sur le quai de la gare puis ma mère à présent. Où que j'aille, mes démons me suivent partout, j'en ai la boule au ventre et le cœur noué. J'angoisse, merde ! Je sens que ça vient… peur, panique et déjà du mal à respirer, vite il faut que je sorte d'ici ou je vais suffoquer.

Une main sur la poitrine, la tête baissée, je me précipite dans la cage d'escalier et descends, franchissant les marches tout en pensant à Fred… J'aimerais l'appeler. Sa voix saurait sûrement apaiser mon angoisse naissante, pourtant… pourtant je m'y refuse car c'est trop tôt : flancher maintenant serait une honte pour moi, pour lui, pour tout le monde.

Après quelques marches seulement, je suis exténué. Toute cette précipitation et cette cogitation m'empêchent de reprendre mon souffle correctement. Entre deux étages, je m'arrête et écoute mon corps qui exténué me force à m'allonger tant que faire se peut le long des marches, dos contre le mur. Ma tête vrille en un tourbillon incessant et ma vue se trouble. Heureusement, il y a cette affichette colorée sur laquelle je parviens à contenir mon regard et calmer par conséquent mes vertiges. Placardée sur le mur entre deux étages, on ne pourrait la rater et pourtant je ne l'ai pas vue à l'aller. On dirait… mais oui, ça y ressemble. On dirait le plagiat d'une propagande militaire américaine bien connue, celle où l'on voit un Oncle Sam convaincant, le doigt pointé en avant.

Ici, sur cette adaptation, c'est un soldat suisse que l'on voit pointant du doigt. Le casque a remplacé le haut-de-forme étoilé et le kaki camoufle le patriotique costume bleu, blanc, rouge du vieux Ricain. Et au pied de l'affiche, on peut lire en toutes lettres la phrase : « *I Want You For Armygeddon* ». J'ignore bien ce que cela signifie, et ce que son contenu semble promouvoir, mais je dois avouer que cela suscite en moi beaucoup de curiosité. Pour l'heure, l'esprit un peu plus léger et le cœur plus calme, je poursuis ma descente où à chaque étage je retrouve l'image de ce soldat me pointant du doigt et ce qui m'avait échappé à l'ascension se répète maintenant comme un avertissement ou sorte de mise en garde. Main sur la poitrine, je contrôle mes palpitations. Tout va bien, la tempête interne semble s'être dissipée. Plus de boum-boum, non ! Je plonge ma main dans la poche de ma veste pour me donner un air décontracté et tranquille, je franchis les dernières marches du bâtiment quand soudain… au fond de ma poche je sens la présence de tout un tas d'objets que je ressors d'une pleine main, découvrant là un vieux ticket de parking, un bonbon emballé et quelques pièces de monnaie étrangères.

— Ce n'est pas à moi ! dis-je à haute voix, car toutes ces petites choses, comme cette veste d'ailleurs, ne sont pas à moi, mais à Frédérique.

Alors, curieux je poursuis l'exploration de toutes les poches et recoins de cette veste, palpant çà et là ledit vêtement de bas en haut pour y trouver d'autres choses plus intéressantes comme cet objet large et rectangulaire qui prend presque toute la place de la poche intérieure droite. On dirait un petit livre de poche ou un truc du genre. La Bible ? Non ! C'est un carnet de notes, un petit calepin, magnifique et entièrement recouvert de cuir dont l'odeur du neuf embaume à peine. Je le sors de la poche et l'effeuille.

Mais… il est vide ! Toutes les pages sont vierges. Toutes sauf une, rédigée par la main de Fred et dont les mots me sont destinés. Je lis : « Le talent est une chose, la mémoire en est une autre, il est parfois bon de prendre du recul. »

Le coquin ! Il a dû glisser cela dans son vêtement au moment où… jolie attention ! Son geste me touche même si, au fond, il ne me surprend guère. Il ne me connaît que trop bien. Moi, son jeune apprenti à la méthodique fougueuse. Il sait que par moi-même je n'irai pas prendre de notes dans un calepin. Ce qui ne m'empêche pas toutefois de noter mes réflexions à tout va et sur n'importe quoi.

« Prendre du recul. » Réfléchir et ne rien laisser au hasard, il m'en croit capable. Alors soit ! Je vais me faire une joie d'utiliser son calepin de scribouillard.

Devant l'entrée, je pousse la lourde, la main fermement agrippée au métal glacial de son oblongue poignée. Enfin dehors, je déboule les quelques escaliers extérieurs restants et trotte jusque dans l'enceinte principale, où je découvre avec stupeur l'étendue de cette place d'armes de Bière. Une surface enrichie d'une verdure fertile et généreuse qui va bien à l'encontre de tout ce que l'on ne saurait trouver ici dans le berceau de la guerre et du chaos. Une nature dominée, maîtrisée, mais ma foi toujours resplendissante, si tant est que l'on fasse abstraction du vieux canon laissé là sur le côté gauche du terrain ou l'immonde symbole fait de métal rouillé qui cruellement me rappelle où je suis.

Plus loin, je découvre la présence d'une jolie fontaine faite de pierre travaillée et cuivre poli, installée en bordure d'un terrain de sport verdoyant, fraîchement entretenu. Et par-delà cette bordure s'étend un large chemin blanchi de pâle rocaille que surplombent de puissants bouleaux érigés en bordure finale tels d'implacables gardes-frontières. Je me sens bien soudain : ici je respire le bon air, c'est agréable. La perfection de ce panorama me laisse songeur et perplexe au point de croire que tout ceci n'est peut-être qu'un leurre créé sournoisement et de toutes pièces entre les dortoirs et les halles d'entraînement dans un but bien précis.

Ce petit paradis qui n'est pas le fruit du hasard. Constamment fréquenté par le va-et-vient des soldats engagés, il est une récompense aussi inaccessible que la liberté de ces mêmes soldats. Que ce soit une partie de football, une rafraîchissante discussion près de la fontaine, ou juste une sieste à l'ombre d'un arbre, tout n'est qu'illusion. Une cruelle tentation constamment miroitée aux yeux de ceux qui ne peuvent en profiter. Je pense alors au fameux principe de la carotte et du bâton, laissant mon imaginaire prendre le dessus et transformer le soldat en un canasson hébété qui ne voit pas plus loin que le légume qu'il convoite. L'image est amusante, elle stimule mon inspiration au point d'interpréter la caserne comme un ranch, un établissement bardé de jeunes étalons conditionnés, bridés, attelés et flanqués d'œillères pour une vision aussi étriquée que doivent être leurs pensées.

Ma vision est un peu satirique, mais force est de constater que cette comparaison me déroute de réalisme. Quel serait alors mon rôle dans cette interprétation onirique ? Un bienfaiteur, une sorte de vétérinaire, l'ami des bêtes, celui qui tend à murmurer à l'oreille des bourriques ? Oui, c'est ça, un véto qui poireaute pour son tacot, d'ailleurs que fait cet écuyer ? Fouette, cocher, fouette ou je ne saurais que trop bien t'ignorer. Oh et puis qu'importe… Va et ne te manifeste jamais.

Chapitre IV
Gradé désappointé

Cela fait maintenant bien dix minutes que j'attends bêtement l'arrivée de ce chauffeur, et Dieu que je déteste attendre ! Surtout lorsque la récompense est contraignante. Je devrais profiter de cette aubaine pour fuir et mener ma barque comme je l'entends ; d'ailleurs, c'est décidé, je taille la route. Je prends mes affaires et dénué de conviction, mais non sans intuition, m'engage dans l'allée principale et parcours le chemin goudronné tout en balançant la tête de gauche à droite avec attention… J'observe les horizons.

Au détour d'une ruelle soudain déboule un camion chargé de soldats qui passe devant moi et me laisse entrevoir les têtes alignées des quelque trente gaillards bringuebalés de gauche à droite au fond de ce mastoc bahut à roulettes.

Pauvres gamins ! me dis-je, sachant qu'ils ne sont sûrement pas à leur aise là-dedans.

Et un instant je m'imagine à leurs côtés, serré comme une sardine au fond de ce rafiot qui tangue et tangue encore sous les remous incessants d'un bitume escarpé de campagne. Rien que de l'imaginer me donne la nausée, alors je ferme les yeux et respire profondément. Mais, ne faisant pas attention, brusquement je me heurte et bouscule ce type sorti de nulle part. Une sorte de cuistot entièrement vêtu de blanc, du couvre-chef au tablier immaculé… Enfin ça, c'était avant que ma maladresse ne l'oblige à s'étaler de tout son long sur le sol.

De son côté l'homme est sonné, mais très vite se relève, furieux, et pour cause : voilà que le pain frais qu'il portait gît maintenant sur le sol souillé et encore humide de la veille.

— *Verdammt Touristen !* me hurle le maladroit.

Car, puisque son pain n'est plus bon qu'à nourrir les vers, il semblerait que ce soit de ma faute. Bon d'accord, je marchais les yeux fermés, mais il faut croire que lui non plus n'était pas à ce qu'il faisait. Pourtant le gus – encore un Suisse allemand – ne l'entend pas de cette oreille et se montre même agressif avec moi. Je ne sais plus où me mettre et, sous ses assauts répétés de réprimande, je me sens presque fautif demeurant tel un gamin grondé d'avoir fait une bêtise.

Profil bas, je laisse l'homme énervé ramasser ses mollassons morceaux de pain, acceptant même un dernier regard assassin de sa part. Seulement, le cuisinier ne fera pas deux pas avant d'être brusquement et sévèrement réprimandé à son tour sous un flot de mots germanophones moyennement agréables fusant par-delà mon épaule.

Mais qui diable est ce fou furieux qui maintenant vocifère derrière mon dos ? me dis-je en me retournant pour découvrir un grand type débraillé à l'uniforme difforme, le visage quasi dissimulé sous la visière d'une casquette mollachue et le regard alors à peine visible derrière des petites lunettes rondes façon beatnik.

Sévère ! Ce type en a tout l'air, mais ce *look*… Quel *look* ! Il en perdrait presque toute crédibilité. Que l'on ne vienne pas me dire que cet énergumène est un gradé. Et pourtant, j'ai beau ne pas y croire, pour le commis de cuisine c'est une autre histoire. Coupable, le jeune homme en tablier blanc se prosterne maintenant devant moi, la mine déconfite et le regard confus.

— *Entschuldigung*[2], me dit le circonspect, devenant à son tour aussi confus qu'un gosse qui se fait disputer.

Un pardon que j'accepte, mal à l'aise, puisque contraint. Ainsi, plus par compassion que rédemption, j'accepte ses excuses, mais la situation est humiliante tant pour lui que pour moi et je déplore l'intervention de cet importun culotté et fort mal fagoté.

---

2 Pardon, en suisse allemand.

— Monsieur Zacharias ! s'exclame l'indésirable, peu après que le cuisinier s'est éclipsé. Désolé pour cette pathétique leçon de supériorité, mais, voyez-vous, je me sentais forcé de mettre un terme à cet affront. Voilà quatre mois à peine que ce rustaud de cantinier travaille ici et déjà il ne fait pas de distinction entre un soldat et une personne de l'extérieur, une personne importante qui plus est. Enfin bref, une fois de plus, pardon, je me présente : je m'appelle Quentin Baumann, je suis votre chauffeur.

Ah ! C'est lui, le "*taxi driver*" qui visiblement se donne des airs de "*bodyguard*".

— Excusez-moi, mais qu'est-ce qui vous permet de débouler comme ça, pour vous immiscer dans ma vie et vous soucier de mes problèmes ? Je lui demande avec l'amer sentiment de n'avoir pu gérer le problème de moi-même.

Je déteste ça.

Le jeune homme alors ravale fierté et assurance pour finalement ne plus trop savoir où se mettre.

— Vous, euh... vous m'en voyez navré. Monsieur, je... Je suis confus, tente-t-il de répondre, regrettant déjà son attitude.

Une occasion pour moi de lui faire croire qu'il m'est redevable.

— Oublions cela, voulez-vous, je ne suis pas du genre rancunier, non, bien loin de là, lui dis-je afin de le rassurer.

Puis j'ajoute :

— Navré, je suis un peu dur avec vous. Laissez-moi me faire pardonner en vous octroyant un peu de liberté et pourquoi pas vous laisser profiter de votre journée plutôt que bêtement me suivre au gré de mes volontés.

Le garçon fronce les sourcils, il se doute de quelque chose. Alors, j'en rajoute un peu.

— Vous comprendrez, Monsieur Baumann, que je ne ressens guère le besoin d'être véhiculé. Je ne suis pas là pour faire du tourisme mais investiguer ces lieux. Je ne vois pas dès lors comment ce genre d'opération pourrait efficacement se faire à travers le pare-brise opaque d'une carlingue sûrement cradingue – sans vouloir vous offenser.

Bien joué, Lyss ! Un argument qui ne manque pas de pertinence. Seulement, j'en fais trop et sous-estime un peu facilement ce garçon qui bien que lèche-bottes n'est pas idiot pour autant.

— Désolé, Monsieur Zacharias, mais j'ai été mandaté pour vous conduire au sein du complexe. Le commandant désire de moi que je lui fasse un rapport détaillé de tous nos déplacements. Vous ne voudriez pas que je reçoive un blâme pour avoir manqué à ce devoir ?

Logique ! Pour sûr, ce gamin est loin d'être con. Je dirais même qu'il est doté d'un remarquable talent de persuasion, puisque, bien évidemment, je capitule. Je m'en voudrais qu'il finisse pénalisé par ma faute, alors je le laisse gagner cette manche mais non le jeu. Jeu de dupes, auquel d'ailleurs, je me suis laissé prendre, croyant à tort pouvoir sous-estimer l'adversaire. Comment diable ai-je pu être si prétentieux ? Je ne le connais même pas.

— Sergent Baumann, puisqu'apparemment nous allons faire route ensemble, je vous prierai dès lors de me mener jusqu'au médecin de garde.

— Très bien ! Nous y serons en moins de deux. Mais suivez-moi, le véhicule est juste là, dit le jeune homme excité comme une puce.

Puis il ajoute :

— Oui et s'il vous plaît Monsieur, ne m'appelez pas "sergent", mon grade est "appointé" mais ne m'appelez pas non plus comme ça. Pour l'heure, Baumann fera très bien l'affaire.

— Appointé, vous dites ? Et en quoi consiste ce grade exactement ? Je lui demande alors tout en montant dans le véhicule.

Lorsqu'il s'installe à son tour et pose les clés sur le véhicule, il ne démarre pas tout de suite mais se tourne vers moi et répond à ma question.

— À rien en vérité. Un pin's de plus sur mon uniforme. D'ailleurs, cette distinction, je la porte bien malgré moi car pour être franc, je n'ai rien fait pour cela. Enfin rien de plus que transporter les grosses huiles d'un point A à un point B, me répond-il modestement.

Puis il démarre.

— Amusant ! Par "grosses huiles" vous voulez dire les gradés, les "sardines", comme on dit dans le jargon.

Le garçon me sourit puis ajoute :

— "Grandes huiles", "sardines" ou "cabirs", tout ça c'est de l'argot militaire. Le dialecte du grand-père.

— Dois-je comprendre par là que c'est le vôtre qui en est à l'origine ?

— En effet ! Quand j'étais petiot, j'ai vécu un temps chez mes grands-parents au fin fond des campagnes vaudoises. D'un côté, il y avait le vocabulaire scolaire et de l'autre celui du grand-père. Un franc-parler qui avait tendance à me faire rire autant qu'il me fascinait. L'argot du vioque, c'était le dialecte du bidasse d'antan.

— Quentin, je sens un léger pincement dans votre voix car visiblement le sujet vous tient à cœur. Sachez que je partage votre sentiment car mon père également causait souvent avec des mots d'argot, un vocabulaire bien à lui que je conserve ancré dans ma mémoire et ce, même cinq ans après sa mort.

— Je suis navré, répond timidement Quentin.

— Étant petit, je ne comprenais pas le sens propre de la majorité de ses mots mais remarquais combien ses extravagances linguistiques savaient provoquer l'hilarité auprès de ses amis et de ses enfants.

— Oui ! C'est exactement ça ! s'exclame Quentin soudain amusé de ce sentiment commun. Pour ma part, je me souviens qu'avec le vieil homme ce n'était pas triste. Il me récitait des phrases entières en argot et moi du haut de mes sept ans, j'en pleurais de rire. Moi non plus, je n'en comprenais pas le sens et pourtant malgré cela, je me faisais un devoir de les apprendre par cœur. Oui ce qui m'amusait à l'époque c'était d'en mémoriser le plus possible pour pouvoir les ressortir plus tard à mes petits camarades de classe. Pendant des années les frasques de mon grand-père m'ont suivi, faisant souvent de moi le clown de la bande.

J'observe Quentin avec un œil attentionné et remarque peu à peu que sa joie s'estompe, laissant place à la tristesse.

— Il y a peu de temps encore, je faisais rire en disant "larfeuille" pour désigner le porte-monnaie ou encore "goguenots" pour les toilettes. Il y a peu de temps, on disait de moi que j'étais un idéaliste, un utopiste, on me proclamait original au *look* inimitable. Il n'y a pas si longtemps d'ailleurs, on venait solliciter ma présence pour mon ouverture d'esprit et mon optimisme. "Levons nos verres en l'honneur de Quentin. Puisse-t-il toujours nous éclairer par ses idées et ses valeurs !" disait l'un d'eux il y a moins d'un mois, juste avant que tout bascule.

Empli d'une peine insurmontable, le jeune soldat se livre sans détour ni appréhension à l'inconnu que je suis.

— Tout s'est passé très vite. Un rendez-vous, quelques tests et je me suis retrouvé enrôlé à devoir défendre ma bonne foi auprès de ceux qui m'avaient pourtant toujours accepté jusque-là. Subitement, j'ai baissé dans leur estime et j'ai eu beau leur dire que ce n'était pas de gaîté de cœur, les prouesses exceptionnelles d'autres amis reformés jouaient en ma défaveur. "Pourquoi tu n'as pas fait ci ? Pourquoi tu n'as pas fait ça ?" Ils y allaient tous de leur réprimande alors qu'au fond, moi-même je ne savais guère ce que je foutais là… à l'armée.

Concrètement, je sais que quelque chose m'y a poussé. Le karma, peut être bien. Quoi qu'il en soit, cette chose m'a ouvert les yeux, non seulement sur la sincérité de tous ceux qui osaient clamer notre amitié mais aussi sur cette étiquette de rebelle à laquelle ils me faisaient tous faussement croire. Alors bien sûr, cette caserne ce n'est pas le palace. On y est cloîtré, surveillé, soumis, oui ! Oui mais une chose est sûre, de là on s'en sort grandi ou en tout cas plus mature. Aujourd'hui, j'ai beau être crasseux et mal rasé, porter le treillis comme un sac et fumer le cigarillo de temps en temps, je ne crois plus à mon image de révolutionnaire indépendant. Cette apparence n'est plus que le reflet de mon passé ; quant à mon esprit, il semble vouloir aller de l'avant. Pardonnez-moi, Lyssandre, mais je parle, je parle, seulement on se connaît à peine. J'espère au moins que je ne vous ennuie pas trop avec mes histoires. On a beau être nombreux ici, parfois on se sent seul avec personne à qui parler.

— Soyez à l'aise, Baumann, surtout ne ressentez aucune gêne à mon encontre. Écouter les gens fait aussi partie de mon travail vous savez. Laissez-vous aller car de toute évidence, ce que vous ressentez ne demande qu'à sortir.

— J'ai tant de haine, vous savez. Plus j'avance et plus j'ai l'impression que la vie se veut rude, cherchant toujours à détruire ce que je me suis efforcé de bâtir jusque-là.

Ne m'en parlez pas !

— Qu'est-ce qui m'attend, concrètement, lorsque je sortirai d'ici après cinq mois de service ? Rien ! Je devrai repartir à zéro, repenser ma vie, mes études, mon relationnel, ma philosophie. Je vais devoir à nouveau tout rebâtir. Foutu karma ! Il y a ma foi des jours ou j'aurais préféré qu'il me laisse dans l'ignorance.

Intéressant ! Voilà un gosse bien déboussolé, paradoxal et contradictoire au demeurant. Au fond il ne comprend pas son problème, mais son problème c'est finalement de n'être encore qu'un enfant. Quel âge doit-il avoir sous ses mèches blondes et ses petites lunettes rondes ? Une vingtaine d'années tout au plus. Bref, vingt ans et déjà forcé d'endosser l'uniforme du combattant. Et il n'est pas le seul. Combien sont-ils à déambuler dans ce complexe avec leurs tenues de G.I. Joe flambant neuves ? Combien sont ces gosses que l'on appelle "soldats" alors qu'ils ne sont encore qu'étudiants, apprentis, sortant fraîchement des salles de cours et tout juste des jupes de leurs mères. Ils ne sont que des gamins surestimés par l'uniforme et c'est là tout le problème. Baumann en est l'exemple même. Crédule, naïf, jeune, trop jeune, en tout cas suffisamment pour croire que ceux qui le jugent aujourd'hui ont été des amis par le passé. Heureusement viendra le jour où il fera la part des choses et écoutera alors ceux qu'il aura choisi d'écouter, mais pour l'heure c'est moi qu'il va devoir entendre car j'ai des excuses à lui faire.

Désappointé par son arrogante intervention et croyant qu'il était bien ce petit chef insolent qu'il laissait paraître, je me suis fourvoyé à son sujet et pour ça j'estime lui devoir réparation. Une seconde chance, visant à remettre les pendules à zéro parce qu'il me plaît bien ce gosse. Il n'est pas tout lisse. Il est juste, comme moi.

— Je ferais mieux d'arrêter de parler de moi car je vous sens ailleurs, Monsieur Zacharias. Serait-ce le paysage qui vous fascine autant ? me demande ce garçon me voyant pensif, le regard fixé par-delà l'horizon.

— Euh non ! Je réponds un peu surpris. Pardonnez mon impolitesse, je pensais à autre chose mais je vous écoutais soyez en sûr. Pour ce qui est du paysage, par contre, il faut bien avouer que je ne le trouve pas transcendant.

— Vous me rassurez. Je n'en pense pas moins.

— Vous savez ce qui me rassurerait ? Je lui demande prenant brusquement conscience d'une chose manquante.

— Non. Dites-le-moi.

— Où sont les ceintures de sécurité ?

— Ah, ça ? Il n'y en a pas ! Non, aucune. Par contre, vous avez toutes sortes d'encoignures auxquelles vous pouvez vous accrocher. En gros, vous avez l'embarras du choix mais si je puis me permettre, laissez toutefois une main libre pour croiser les doigts, histoire que notre virée ne tourne pas au cauchemar, annonce Quentin d'un rire amusé.

Voilà qui est rassurant ! Il y a donc des pneus tout terrain, un pare-chocs en acier, un toit armaturé double résistance, un pare-brise blindé, mais… pas de ceinture. En somme, c'est une vraie forteresse de l'extérieur mais un corbillard de l'intérieur. Une constatation humoristiquement noire qui me fait soudain l'effet d'un signe macabre. Pourtant, penser que je puisse mourir par la simple fatalité d'un accident de la route, comme ce fut le cas pour mes deux parents, ne me traverse jamais l'esprit et pour cause : je n'y crois pas un seul instant. Je sais pertinemment qu'en temps voulu la mort se voudra pour moi bien plus sournoise. En effet, ce n'est sûrement pas le hasard qui l'amènera à frapper mais plus un acte désespéré et délibéré de ma part. Elle est derrière moi, je la sens jour après jour s'appuyer un peu plus sur mes épaules, la lame de sa faux effleurant ma gorge frêle. Une image qui me fait froid dans le dos mais que je chasse rapidement de mon esprit grâce à ce jeune soldat qui par sa simple présence m'aide à en faire abstraction.

Au détour d'une halle, je lance la discussion et directement demande à Baumann ce qu'il sait à propos de l'accident.

Vague ! Tout ce que je sais est vague et pour cause : sollicité de part et d'autre pour des trajets ici et là, je n'ai jamais le temps de souffler et encore moins de m'informer. Dès lors, tout ce que je sais à ce sujet découle des quelques confidences laissées par les gradés que je conduis. Certains me disent que c'est la malchance, d'autres me parlent d'une erreur, une erreur de commandement. On emploie des mots comme "schizophrénie", acte de folie, on me dit que cet homme... ce Watanabe, s'est ôté la vie, qu'il s'est tailladé l'abdomen. Ah bon ! Rien que ça ? À l'égard du lieutenant, chacun y va de sa propre théorie mais au final, tous se rejoignent sur un mot, un seul, le désespoir. Quand j'entends ça, je ne désire pas en savoir davantage. C'est peut-être un peu égoïste de ma part, mais je préfère encore que toute cette histoire ne m'affecte trop, car je me connais. Si j'y pense trop, alors je me dis que ça aurait pu être moi, ce jour-là et dans ce char à la place d'un de ces pauvres gars.

Visiblement, Baumann est un garçon sensible. Avec moi il se dévoile et c'est plaisant. Rien à voir avec cet être présomptueux et sans scrupule de tout à l'heure, voilà sa vraie personnalité qui maintenant se dégage.

Sympa !

— Changeons de sujet, Baumann. Passons sur les ombres et faites-moi plutôt lumière sur ce fameux complexe. Racontez-moi tout ça voulez-vous ? Racontez-moi donc ces murs.

Lorsque je lui demande cela, Baumann me lance un regard rapide puis, tout en restant concentré sur la route, sourit. Il lève le pied, ralentit puis, à l'aide de son index, commence maintenant à me fractionner le paysage en quatre secteurs : la halle des chars, où tous les blindés et autres machines de guerre sont entreposés, entretenus et préparés à l'engagement ; les dortoirs, représentés par quatre bâtiments, A1, B1, C1 et annexes ; le quartier général et mess des officiers qui regroupe les salles de cours théoriques, la cafétéria, le secrétariat et les bureaux du commandement ; puis le dernier secteur, mais non des moindres, celui que tous appellent *no man's land*, à savoir les terrains d'exercices, de tirs et de tests en tous genres.

— Alors, par quoi commençons-nous, Monsieur Zacharias… l'hôte de ces messieurs du gouvernement. Ah oui ! Le complexe sanitaire, vous m'avez dit.

— Oui, effectivement, mais juste avant j'aimerais que l'on s'arrête un instant, si c'est possible.

Sans piper mot, en bon soldat obéissant, Baumann se range sur le bas-côté puis stoppe le moteur de sa guimbarde grinçante. Je le regarde, il se tourne vers moi et m'offre alors toute son attention.

— Écoute, Quentin. Je veux bien accepter de toi que tu me chaperonnes, m'épies et m'escortes. Seulement, tous les deux on a quoi ? Sept, huit ans d'écart. Épargnons-nous dès lors les galons, les titres, les Monsieur et autres vouvoiements. Qu'en penses-tu ?

— Vous avez raison, souligne Quentin qui pour ce faire se présente à nouveau. Je m'appelle Quentin, appointé Quentin pour vous servir, euh… te servir.

— C’est bien mais nous pourrions également mettre de côté les titres de noblesse. Tu es Quentin Baumann. Tu n’es ni soldat, ni appointé, ni quoi que ce soit. De mon côté, je serai pour toi Lyssandre Zacharias et on oublie Monsieur. Tout compte fait, oublie aussi mon patronyme. D’origine grecque, il est assez difficile à prononcer et tout le monde a tendance à l’écorcher. S’il te plaît, ne me fais pas cet affront.

Quentin m’observe soudain avec stupéfaction. Mon franc-parler semble lui plaire et le mettre plus en confiance. Avec joie, il accepte mes conditions. S’ensuivent alors quelques regards de sympathie, puis je lui tends le croquis du fourrier Leckerli.

— Voici un plan que le fourrier a pris soin de griffonner pour moi. Il semblerait que ce soit le chemin menant au bloc sanitaire. Toutefois, si l’on regarde attentivement, on peut y voir également comme une girafe. Qu’en penses-tu ?

Il suffit d’un rapide coup d’œil pour que Quentin réalise l’énormité de la chose et éclate de rire en conséquence. De ses deux mains il prend le papier qu’il observe alors de loin, bras tendus et, tout en s’exprimant comme le ferait un amateur d’art à l’accent hispanique proche d’un Salvatore Dali, dit :

— Dé toute évidence, c’est bien là l’œuvre incontestable d’oune artiste.

Euphorique, il poursuit ses dires, usant de qualificatifs ironiques tels qu’œuvre perplexe et genre avant-gardiste. Puis vient provoquer en moi l’hilarité lorsqu’il dit de Leckerli qu’il est un visionnaire dont le travail trop en avance sur son temps ne saurait être apprécié qu’après sa mort, malheureusement.

Son humeur et son humour original me séduisent. Il me plaît bien, ce gosse, il me rappelle un peu ce garçon que j’étais, bien avant le drame. Heureux, comblé, se gavant d’un bonheur qu’il pense pouvoir connaître indéfiniment, sans savoir qu’un jour soudain, on viendrait le lui retirer. D’un œil amusé j’observe Quentin rire, et au fond de moi ne pense qu'une chose… espérer qu'une telle chose ne lui arrive jamais.

— Monsieur ! Enfin, je veux dire… Lyssandre. Je vais peut-être vous surprendre mais, voyez-vous, si je suis chauffeur ici c'est que je connais bien le complexe. Nul besoin de consulter de plan ni interpréter de dessin incompréhensible gribouillé par l'intendant, dites-moi simplement où et nous y serons.

Oui ! Ça, Leckerli me l'avait bien dit.

— C'est évident ! dis-je pendant que mon esprit s'égare un peu plus en des pensées ternes.

Cette fois-ci, il aura fallu un rien. Un échange anodin, un rire partagé et voilà que je repense une fois de plus à ma vie, mon drame de famille.

— Pardon, Quentin. Je ne suis pas à ce que je fais. De sombres pensées me taraudent, mais ne vous en faites pas. N'y prêtez guère plus d'attention et emmenez-moi plutôt au bloc F comme pharmacie, comme dirait Leckerli.

— Mon Dieu !

— Oui, Quentin, ça a été ma réaction également.

— C'est parti.

Moteur, frein à main, première. Quentin pied au plancher s'engage maintenant en direction du nord. Durant le trajet, il ne me demande rien, ne me pose aucune question mais obéit, respecte mon intimité et pour l'heure ça m'arrange. En chemin, nous passons devant la halle des chars où j'aperçois une bonne douzaine d'hommes s'atteler sur un de ces mastodontes d'acier dits obusiers. Tous, tous semblent graviter autour de cette pièce d'artillerie, telles des fourmis sur un morceau de sucre. Certains sont à califourchon dessus et d'autres sont pratiquement couchés dessous. À les voir s'affairer ainsi, ils m'inspirent l'exotisme des monteurs d'éléphants d'outre-mer, voire encore des cornacs de Ceylan, sortis tout droit des histoires que ma mère me contait le soir. D'ailleurs c'est amusant, j'ignore quelle en est sa signification mais un pochoir blanc de ce même mammifère orne le côté droit du véhicule. Curieux, je me renseigne auprès mon partenaire qui, habitué des raisons et coutumes locales, doit probablement en savoir plus sur la question.

— C'est Babar ! me répond Quentin comme d'une évidence.

Puis il poursuit :

— C'est là un signe de reconnaissance utilisé pour distinguer l'appartenance aux batteries. L'éléphant que tu vois résulte d'un choix libre, celui du lieutenant affilié. Pour être plus précis, chaque commandant de batterie décide du logo qui représentera son équipe tout au long de l'engagement. L'image en question peut être tout et n'importe quoi ; souvent, c'est un animal, un prédateur. Là, en l'occurrence, c'est un pachyderme et c'est assez étonnant que tu l'aies remarqué car celui-ci fait justement jaser. Au départ il devait représenter la force même de l'animal, quelque chose d'aussi brutal qu'une charge ou une parade de défense ; seulement, la réalisation s'est révélée très minimaliste, voire infantile. D'où l'appellation "Babar" comme le héros des livres pour enfant.

— Je comprends. Et ça, qu'est-ce que ça signifie ? Je lui demande en lui désignant un char marqué d'un drôle de motif arrondi.

— Ah, celui-là ! Je n'ai jamais su ce que ça voulait dire. En revanche, je sais qu'il fait partie de la batterie 42.

— 42 ? Mais ce chiffre c'est… la batterie du lieutenant Watanabe ?

— Non ! Tenzin. C'était François Tenzin, le premier lieutenant et donc le commandant.

— Pour sûr ! Watanabe n'était que lieutenant, je devrais pourtant le savoir. Il faut vraiment que je bûche vos galons car je ne peux pas me permettre ce genre de lacunes.

— Nous y voilà, s'écrie Baumann à mon grand étonnement.

Puis il se gare sur le côté.

— Très bien. Je te remercie. À présent, donne-moi ton numéro de téléphone, que je t'appelle dès que j'en aurai fini avec ce secteur.

— Oui, sauf que… vois-tu… c'est impossible ! Ma tâche étant principalement de te coller au train, il serait tout à fait déconcertant que l'on me surprenne bafouant cette unique directive. Imagine un peu la réaction des gradés si l'un d'eux me piquait en plein flagrant délit d'école buissonnière. On me fera peler comme une patate et condamner à je ne sais quelle corvée.

— Bon d'accord mais tu vas faire quoi en attendant ? T'as un bouquin au moins ? Tu n'as même pas de musique dans ce bahut.

— T'en fais pas pour moi, Lyss. Je vais lire, ça me fera du bien. Euh, rassure-moi, je peux t'appeler Lyss ?

— C'est comme cela que mes amis m'appellent. Ce serait donc avec joie. Lire, tu dis ? Mais lire quoi ? Tu n'as même pas le canard de la veille.

— Je vais lire… Ben tiens, je vais lire le bréviaire du soldat, me répond-il avec un sourire scindé d'ironie.

— Arrête ton char, Quentin, et prends ça. À défaut d'autre chose je te confie ce que j'ai de plus précieux. J'espère seulement que tu aimes la musique classique.

De ma poche, j'extirpe alors mon lecteur MP3, lui confie puis m'éloigne avant même de l'entendre formuler sa critique au classique. J'en sais quelque chose, j'étais comme lui à son âge. Adepte du mouvement punk rock, si l'on m'avait servi du Bethov' ou du Tchaïkov' j'en aurais craché d'indignation.

Bien sûr, je ne connais pas Quentin et encore moins ses goûts en matière de musique mais à en croire son *look* style *Woodstock* revival, on se dit que le clavecin n'est pas son genre. Plus familier des grondements robotiques à l'artistique Daft Punk et autres tempos à répétition se faisant Justice, il jurera, sûrement comme tous les jeunes de son âge, n'avoir aucun attrait pour Chopin, Debussy ou Mozart. Et cela est d'autant plus faux, puisque l'amour de cette musique n'est qu'une question de maturité. Ils l'ignorent peut-être, mais déjà brûle en eux cet amour profond pour la grande composition. Ainsi en m'éloignant du véhicule, c'est avec confiance que je laisse

Quentin entre les mains de ces compositeurs de génie et si ce garçon est un tant soit peu curieux, alors peut-être que l'alchimie se fera prématurément.

Chemin faisant, de mon côté je tombe, impressionné, sur une architecture des plus déroutantes ! Véritable représentation d'un bloc de glace en version béton, devant lequel me viennent à l'esprit les mots comme “glacial” et “carcéral”.

Barricadée de bas en haut et affublée de barreaux, cette piaule me fait l'effet d'une taule. Un placard, un mitard, que dis-je un bagne imprenable pourtant surmonté d'un F comme faille, frêle et fragile, puisqu'au loin déjà s'ouvre la porte sans que personne n'en sorte. Dès lors, sans demander mon reste, je boutonne ma veste et entre dans le complexe.

Chapitre V
Tout feu, tout flamme

À l'intérieur, il ne fait pas froid, bien au contraire. Une cale retient la porte car une irritante tiédeur plane dans l'atmosphère, me serrant la gorge de façon tenace. À peine entré, je voudrais ressortir mais soudain j'entends le bruit de quelqu'un qui farfouille, met de l'ordre ou du désordre. D'où proviennent ces bruits ? J'ai du mal à réfléchir car il fait chaud et ma veste m'incommode, d'autant plus que maintenant elle empeste le tabac froid.

Derrière moi la grande porte se referme, stoppant net l'évacuation des courants d'air odorants.

La cale n'a pas tenu ! me dis-je alors qu'apparaissent autour de moi de fines particules de cendres virevoltantes et désorientées mais silencieuses.

Il y a eu un incendie ici, me dis-je alors que les cendres soumises à la gravité viennent maintenant s'écraser sur le sol pour enfin mourir doucement… calmement.

Macabre ! s'exclame la voix dans ma tête.

Oui ! D'autant que le bâtiment est désert. Plus un bruit ne retentit. Alors, attiré par ce silence mort, je m'engage dans l'ascension d'un large escalier de béton. Quatre à quatre, je gravis les paliers par de grandes enjambées que rien ne semble arrêter. Rien, sauf peut-être ce brouhaha retentissant soudain.

Qu'est-ce que ? On aurait dit le son du verre se brisant, puissance dix. Après quelques secondes d'écoute attentive, je n'entends rien de semblable mais des bruits divers de cartons vides et d'objets qui s'entrechoquent. Cela semble venir des étages plus hauts. Sûrement quelqu'un de peu méticuleux déballe ou empaquette des choses en hâte. Rapidement, je pars à sa rencontre, franchissant les paliers sans trop respirer l'air ambiant. Je jette un œil rapide dans les couloirs de chaque étage, espérant croiser un regard, mais dans ce boulevard de portes closes personne ne se manifeste.

Cinquième étage, je suis essoufflé. Toutes ces années d'études à rester assis derrière un bureau auront finalement eu raison de mes capacités physiques. Désabusé, lorsque je pense enfin atteindre mon but j'entends à nouveau les bruits retentir. Mais Dieu qu'ils sont encore loin, c'est déroutant !

Combien d'étages encore ? Je me demande, exaspéré, alors que l'ascension de ce bâtiment semble interminable. Et pourtant, vu de l'extérieur, il n'en paraissait rien. Trompé, je me fais maintenant l'effet d'une proie piégée dans un monde paranormal et sadique où souffrent les êtres fous qui osent s'y aventurer.

Masochiste ! vocifère ma conscience en me pointant du doigt, car visiblement lésée par ma spontanéité malsaine.

Huitième étage, je n'en peux plus. Le souffle me manque et le peu d'air que j'inhale me fait tousser à en cracher mes poumons. De plus, mes yeux s'irritent tellement de cette poussière ambiante que plus je les frotte, plus j'aggrave les choses. Tout me pousse à reculer et pourtant c'est encore motivé, sous le joug d'une curiosité suicidaire, que je me force à continuer, laissant la folie guider mes pas.

Dixième étage, je suis sur les rotules mais c'est là. Une porte est grande ouverte, bel et bien marquée par les stigmates d'un feu préalablement déclaré.

Épuisé, les pattes coupées, je m'accroche à la porte comme à une bouée au milieu de cet océan de brume grisâtre, déferlant en une houle régulière, submergeant totalement le bâtiment. Déterminé, je boutonne ma veste jusqu'en haut, remonte mon col de chemise que je plaque contre mon nez, puis plonge.

À l'intérieur, je n'en mène pas large, car l'irritation me fait pleurer et je ne vois rien dans cette pièce noircie malgré la lumière qui se dégage d'une fenêtre ouverte au bout de la pièce. Ce qui explique l'effet courant d'air et la diffusion de cette cochonnerie nauséabonde dans tout l'immeuble. En clignant des yeux toutes les deux secondes, je m'efforce de voir plus loin que le bout de mon nez, ce qui n'est pas gagné. En même temps, d'autres bruits résonnent à nouveau dans les couloirs. Ils semblent toujours aussi lointains, comme haut perchés dans un coin de ma tête. Un fait qui d'ailleurs me rend nerveux. Serait-ce là mon imaginaire qui me joue des tours ? Je me demande, inquiet. Ce qui n'est pas pour me rassurer, car en général, lorsque je me laisse aller, souvent je finis par converser en compagnie des morts, mes parents plus précisément – thème récurrent de ma psychose.

Tire-toi, Lyss ! ordonne ma conscience à qui je ne donne pas tort puisqu'ici plus rien ni personne ne me retient… Quoique. D'un dernier coup d'œil dans la pièce embrumée, je remarque la présence de deux impressionnantes armoires métalliques de dossiers suspendus.

Seraient-ce les dossiers médicaux qu'elles renferment ? Soudain l'idée de m'en assurer m'excite et je bondis face à ces dames de métal desquelles je tire un premier tiroir, vide, puis un autre plein à craquer de dossiers… Bingo ! Dedans, tout est intact, alors immanquablement me vient l'excitation de l'interdit. L'adrénaline monte en moi et je ne peux m'empêcher de penser bon gré mal gré que cet incendie arrive à point nommé. Je me vois déjà subtiliser le dossier du gradé suicidaire et par cet acte faire avancer mon travail d'un bon considérable !

Fais-le ! ordonne une conscience sournoise et qui cherche une fois de plus à me pousser au délit… nuisible. Dieu que j'en ai marre de celle-là !

Fais-le ! répète-t-elle, imperturbable.

Et quoi ? Outrepasser les règles et franchir les barrières de la déontologie ? Exit Hippocrate et son serment. La voix dans ma tête s'en fiche car c'est de cette manière qu'elle veut me voir avancer. Accablé, tête baissée, je me laisse alors une fois de plus influencer par son impudence : pendant que ces messieurs du caducée jurent de se tenir au secret bien gardé, moi je leur subtilise la clé.

Ainsi, le nez toujours écrasé sous mon col de veston, filtrant ma respiration à travers les mailles du tissu, j'ouvre le tiroir que je laisse coulisser jusqu'au butoir. Les yeux plissés, la tête plongée dans les dossiers, je tente bon gré mal gré de lire les noms figurant sur les fiches. Parmi tous ces patronymes, aucun ne m'inspire et pour sûr : je ne sais même pas ce que je cherche ! Honegger, Hueli, Haupt, Ivaldi, Jacomino. Qui sont-ils ? Klebber, Krauss, Loretan, Luesher, Monnier. Aucun intérêt ! Oberson, Pasquier, Zacha… Bon Dieu ! Zacharias. Matthieu ? Mon frère ! Mon petit frangin ! Toi ici et dans cette caserne, quelle coïncidence ! Il aura fallu que le hasard s'en mêle pour qu'enfin nous nous retrouvions. Que vais-je bien pouvoir te dire après toutes ces années ? Vais-je au moins te reconnaître ici entre tous ces treillis ? Tu m'as tellement manqué que depuis notre séparation je n'ai eu de cesse d'espérer que le hasard s'en mêle comme à cet instant, attendant bêtement que la providence nous rassemble à nouveau. Soudain, l'idée de retrouver mon frère m'excite et m'effraie à la fois. J'ai peur qu'il m'en veuille de l'avoir tant délaissé ces dernières années. Mon Dieu ! Je ne me sens pas bien tout à coup, l'émotion de cette découverte accouplée à l'empoisonnement de cette atmosphère nocive me chavire le cœur. Si je ne sors pas d'ici au plus vite, je sens que je vais vomir. Il me faut de l'air et vite !

Guidé par l'instinct et ses pulsions, je subtilise le dossier de mon frère avec la conviction profonde que le jeu en vaudra finalement la chandelle, puis je me précipite hors de la fournaise endormie mais non moins fatale. Quatre à quatre, je descends les marches des dix étages en hâte, usant d'une main courante forte utile au maintien de ma cadence effrénée. Sur la dernière ligne droite, je me sens pousser des ailes car enfin jaillit la lumière de l'extérieur et l'air se fait plus respirable. Approchant de la porte de nouveau entrouverte, l'excitation est à son comble et je sens déjà l'odeur particulière des pâturages de Bière, ne remarquant d'ailleurs guère que ma main ne tient plus la rambarde et que je pars, le corps à la verticale.

D'abord hypnotisé puis complètement aveuglé par la lumière du jour s'immisçant, je trébuche gauchement mais finis divinement dans les bras d'une femme ou plutôt d'un ange protecteur. Les mains sur ses hanches célestes, laissant nos deux corps lentement basculer vers le bas, nous nous emportons dans une valse, les yeux fermés et le cœur battant. Tout mon être et mes sens chavirent sous le parfum enivrant de cette femme aux formes accueillantes et généreuses. Je suis charmé, complètement séduit, et je m'abandonne, acceptant résigné ce qu'il adviendra de nous.

Lorsque mon corps heurte le sol, la douleur se fait absente. Mon dos a beau s'écraser sur un carrelage aussi dur que glacial, je ne sens finalement que la douce chaleur de cette jeune femme venant maintenant s'allonger contre moi, sa cuisse glissant le long de mon entrejambe, ce qui s'avère être aussi agréable que gênant.

Mystérieuse jeune femme sortie de nulle part. Mais d'où venait-elle et que faisait-elle ainsi les bras chargés de cartons dont le contenu se retrouve maintenant éparpillé partout sur le sol ? Délicatement, je m'écarte du corps de cette pauvre fille encore choquée d'avoir vu se substituer le lourdaud de quatre-vingts kilos que je suis au léger poids de ses quelques ouvrages de médecine et autres reproductions d'organes en vinyle.

— Toutes mes excuses. Mademoiselle, je ne vous ai pas fait mal au moins ?

Heureusement, la ravissante victime s'en sort avec plus de peur que de mal. En l'aidant à se relever, du coin de l'œil, je la regarde. Élégante, la vingtaine, haute comme trois pommes mais quel charme et, mon Dieu, quelle silhouette ! Ses atouts sont si convaincants que son tailleur aussi réglementaire et strict soit-il n'arrive pas à les dissimuler. De mon côté, bien qu'égaré, les pupilles encore dilatées de cette lumière qui m'a fait trébucher quelques minutes auparavant, j'accroche mon regard sur le joli minois qu'elle affiche. Un visage de poupée aux yeux clairs sublimés d'un teint de soie immaculé en partie dissimulé sous une chevelure blondie à l'or fin. La belle s'illumine d'un sourire qui très vite se crispe car le choc a été rude et les retombées se font sentir. Je l'imagine d'abord s'évanouir puis non, elle reprend du poil de la bête, fronçant les sourcils, fâchée peut-être. Je m'attends à de la réprimande ou des insultes même. Pourtant c'est avec beaucoup d'étonnement que je l'entends me demander pardon.

Des excuses ? C'est absurde. S'il y a bien un fautif ici, c'est moi. Moi qui telle une brute épaisse salement éduquée, bouscule, abîme voir souille la prestance de cet être divin.

— Surtout pas ! *Mea culpa* puisque c'est moi qui sans scrupule vous suis tombé dessus comme le serait un amoureux transi, le cœur en folie. Heureusement, vous n'avez rien de cassé, c'est déjà ça. Laissez-moi vous aider à ramasser vos affaires, je lui demande tout en me précipitant sur le premier objet qui me tombe sur la main et quel objet !

— Magnifique cortex que voilà ! Vous ne devriez pas laisser traîner de si beaux organes, lui dis-je affichant un sourire charmeur.

Une plaisanterie qui pourtant ne semble pas la faire sourire.

— Hémisphère gauche du cervelet, plus précisément, me répond-elle d'un air hautain et quelque peu agacé.

C'est idiot. Je n'avais nulle intention de la froisser. Oublions dès lors l'idée du flirt puisqu'apparemment je ne l'en sens guère encline. Pourquoi ne pas la flatter plutôt ?

— Pardonnez mon ignorance, je ne pensais pas avoir affaire à une spécialiste… Étudiante peut-être ?

— Non, je ne suis pas étudiante, Monsieur

Et de deux, quelle poisse !

— Mon nom est Fanny Birstein, assistante de médecine et seconde du spécialiste en chef. Vous me prenez peut-être pour une midinette écervelée, soit ! Vous ne seriez de loin pas le premier macho que je rencontre à penser cela. Toutefois vous devriez savoir… soldat dont je ne connais pas le nom… que malgré mon sexe et mon âge j'ai moi aussi du galon et par conséquent je n'apprécie guère que l'on me sous-estime.

— Du calme, Miss Birstein. Ne montez pas sur vos grands chevaux, car de toute évidence vous vous méprenez à mon sujet. Non seulement je ne suis pas un soldat… Enfin, regardez-moi : est-ce là un accoutrement de bidasse ? Je me présente : Lyssandre Zacharias, assistant en psychologie criminelle – je suis des vôtres. Et puisqu'on en parle et que je m'y connais un peu dans le domaine du cérébral, je dirais : hémisphère gauche du cervelet, partie dite "dominante" et dont la fonction se rapporte au langage, pour être au plus précis, je lui rétorque avec une pointe d'orgueil, pour la forme.

— Psycho-criminologue hein ? Quelle idiote ! Ça m'apprendra à jouer les érudites devant n'importe qui, et ce d'autant plus devant quelqu'un qui n'est justement pas n'importe qui. Bref, pardonnez-moi. Je vous ai pris à tort pour l'un de ces odieux galons rentre-dedans et machos. Laissez-moi donc reformuler mon approche et me re-présenter à vous comme je le mérite, à savoir : Fanny Birstein, unique spécimen féminin complètement dépourvu de cortex… tous hémisphères confondus bien sûr. Vous pensiez que c'était impossible ? Eh bien, détrompez-vous !

— Vous n'êtes pas une fille dénuée d'encéphalogramme ou d'intelligence car, quand bien même il ne m'aurait pas déplu de vous avoir comme sujet d'étude, je vous trouve tout à fait lucide, comme je trouve lucide le fait que vous soyez sur la défensive vis-à-vis des hommes, surtout en ces lieux !

Mais qu'est-ce qui me prend tout à coup d'être si élogieux envers cette fille ? Je lui fais du gringue, alors que la pauvre se plaint de tous ces machos qui lui jouent la sérénade des mâles protecteurs. Je suis ridicule, d'autant plus qu'elle m'ignore et regarde ailleurs me trouvant sûrement pathétique avec mon baratin à deux sous. Ou alors, elle est perdue dans ses pensées…

— Dites ! Vous ne seriez pas ce spécialiste dont tout le monde parle, par hasard ? L'homme mandaté pour comprendre l'esprit de ce lieutenant… de ce tueur… ce monstre. Pensez-vous trouver des raisons à ses actes ? Attendez, j'espère que vous n'allez pas les justifier et faire comme tous ces psychiatres d'assassins, ces avocats du diable ?

Quel tempérament ! Cette femme a du cran, c'est évident. Cela a beau me déstabiliser et lui conférer un certain charme, je ne vais pas pour autant me justifier ou m'excuser pour ses beaux yeux.

— Je n'ai aucun compte à vous rendre, Mademoiselle.

Ses grands yeux s'ouvrent soudain, elle est gênée.

— Désolée, je ne sais vraiment pas ce qui m'a pris, dit-elle un peu désemparée même.

Cette petite est bien nerveuse et sa défense est vive. Son désir d'en découdre avec l'espèce masculine semble entièrement aveuglé d'une haine qui l'empêche de rester objective.

— Vous n'êtes pas tendre avec moi, Mademoiselle. Voilà maintenant deux fois que vous m'agressez. À croire que vous m'en voulez.

La jeune femme baisse alors les yeux, coupable de ne trouver aucune raison valable à sa colère.

Inutile d'en rajouter en la réprimandant, je pense.

— Oublions cela voulez-vous et dites-moi plutôt ce qui se passe ici, je lui demande alors comme si je ne savais rien.

— Un incendie, criminel sans doute. Il s'est déclaré hier tard dans la soirée et c'est le concierge qui s'en est aperçu ; toutefois il n'a vu personne ni entrer ni sortir, aucune trace du pyromane en question.

— Criminel, vous dites ? Pourquoi tant de certitude, s'il n'y a pas de pyromane ?

— En effet, je n'en suis pas totalement certaine mais… j'ai comme un pressentiment, une intuition.

— Ah ! L'intuition féminine, elle a souvent fait ses preuves, vous savez ! Dites-m'en plus, Fanny…

Motivée, la jeune femme se livre sans détour.

— Monsieur, je ne saurais même pas par où commencer et ça risque d'être long.

— Ça tombe bien, j'ai tout mon temps, Miss Birstein.

— Vous l'aurez voulu, dit la jeune femme retrouvant le sourire. Elle raconte :

— À la suite de cet accident sur le champ de bataille, la panique s'est rapidement installée et les consultations ont afflué. Mon supérieur, le docteur Romanens et moi nous sommes alors retrouvés du jour au lendemain à devoir assurer de nombreux cas de psychose, de crises d'angoisses et autres traumatismes. Très vite, le cabinet est devenu une sorte de confessionnal échappant, diligence oblige, au contrôle de ces messieurs du haut commandement. Ce qui, je confirme, a dû fortement les froisser.

— Vous pensez que le haut commandement s'est senti menacé par quelques aveux révélés çà et là ?

— Et pourquoi pas ? répond Fanny avec autant d'énergie que de conviction.

— Parce que je trouve que vos allégations sont un peu tirées par les cheveux. Si j'en crois vos dires, l'incendie aurait été provoqué dans un but de faire disparaître des preuves mais des preuves de quoi ? Et puis pourquoi ne pas s'attaquer directement au confident, le docteur Romanens ? Après tout, l'homme en sait bien plus que ce qu'il aura bien pris la peine de coucher sur du papier.

— D'une certaine manière, ils l'ont fait en renvoyant mon chef de stage au civil un peu avant que ne se déclare l'incendie. Ainsi on efface les preuves, on fait table rase et quoi… on oublie ? explique la jeune femme haussant les épaules, fataliste.

Pour ma part, je l'écoute mais reste sceptique quant à l'identification du coupable. Le haut commandement ? Non ! Grotesque ! Cet incendie n'est rien de plus que l'œuvre d'un amateur ou d'un être que le désespoir aurait rendu gauche. Il me suffit de repenser aux fameuses armoires au contenu préservé et intact pour m'en convaincre.

— Vous ne devriez vraiment pas douter de votre intelligence, Mademoiselle Birstein, car une écervelée n'aurait pas pu pousser la réflexion sur toute cette affaire comme vous venez de le faire.

— Merci du compliment mais ne vous moquez pas de moi, Monsieur Zacharias, et aidez-moi plutôt à ramasser tout mon barda, voulez-vous.

— Je suis sincère, lui dis-je tout en ramassant livres poussiéreux et autres outils médicaux archaïques.

Parmi toutes les choses répandues sur le sol, je remarque la présence d'un ouvrage particulièrement ancien. Un de ceux qui avaient déjà retenu mon attention dans la bibliothèque du père Arcaro il y a près d'un an de cela. Il s'agit d'un pavé de quelque neuf cents pages, relié de cuir et marqué en lettres d'or. Une antiquité du dix-septième plus qu'un outil de travail. La preuve, tout est écrit en latin.

— Mais dites-moi, Mademoiselle, que comptez-vous faire exactement avec cette panoplie de chaman ? lui dis-je en souriant.

Puis je reprends :

— Non ! Ne répondez pas, je vous taquine ! C'est juste qu'en vous voyant avec ces articles du siècle passé, je pourrais vous comparer avec une certaine Élisabeth Blackwell.

— Un nom qui ne me dit rien, qui est-ce ? me demande Birstein, curieuse d'en savoir plus sur le sujet.

— Un personnage intéressant et pour ma part, les restants d'un vieux sujet d'étude scolaire. Pour résumer : Miss Blackwell, femme du dix-neuvième siècle, fut la première Américaine à obtenir un diplôme de médecine. Pourtant, bien malgré cela, on lui refusa l'entrée dans la plupart des hôpitaux de New York et sans se décourager face aux féroces jugements de ses pairs du sexe opposé, elle fonda son propre établissement. Voilà ! Et quand je vous regarde vous affairer de la sorte, rapatriant ces objets telles les fondations d'un nouveau lieu de pratique, animée qui plus est par un désir profond de pratiquer envers et contre tout, je vous admire Miss Blackwell… euh Miss Birstein, dis-je accompagnant ce faux lapsus d'un léger rictus.

— Dans le genre flatteur, vous êtes incorrigible, Monsieur Zacharias. En récupérant tous ces objets, j'essaie en quelque sorte de prendre les devants au lieu d'attendre bêtement que l'on m'attribue un nouveau local ou que l'on me transfère ailleurs. Et pas si obsolètes que cela, ces objets feront très bien l'affaire au sein de mon cabinet de fortune.

— Avec ou sans appui, vous semblez bien décidée à le faire renaître de ses cendres et vous avez bien raison.

— Au chômage technique depuis deux jours, je le fais pour moi mais aussi pour le nouveau médecin-chef de la caserne qui arrive demain dans l'après-midi et qui à peine aura-t-il pris ses fonctions se verra contraint de s'exiler jusque dans l'aile est. Alors d'accord, ici l'odeur est insupportable mais c'est toujours mieux que d'aller s'enterrer là-bas, loin de tout.

— Un nouveau médecin vous dites ? Exit donc le précédent… Romanens c'est ça ?

Oui, Éric, qui comme je vous le disais est retourné au civil compte tenu du fait que sa présence devenait gênante. Son cours de répétition a pris prématurément fin il y a trois jours de cela, me répond-elle sèchement car encore irritée sur le sujet. Ils l'ont évincé car Éric en savait trop et qu'il représentait par conséquent un risque pour eux. Ces fourbes, ils ont profité du fait que Romanens était en pleine rédaction de sa thèse pour lui rendre de ce temps qu'il n'avait pas ou plus, car trois semaines de répétition militaire c'est vingt et un jours de recherches gâchés. Enfin bref, il est parti mais le travail continue avec un autre médecin et un autre cabinet. On efface les erreurs et on recommence… ou du moins on continue car c'est ainsi que fonctionnent les choses. On ne s'attarde ni ne s'étend, on encaisse tout simplement et puis on passe à autre chose. Quant aux victimes, un jour on les oubliera, amnésiques de leurs histoires jusqu'à leurs noms.

— Ce que vous dites est bien triste Fanny et pourtant si vrai ! Quant à Romanens, ça n'a pas dû être simple.

— Du jour au lendemain l'homme a dû s'improviser psychiatre et assistante sociale, ne sachant comment répondre au mieux face à la détresse d'un tas de gamins endeuillés, choqués. Même pour moi l'expérience a été traumatisante.

La jeune femme soudain détache son regard et baisse la tête, attristée. Elle ajoute :

— Il y a d'abord eu ce garçon maigrichon. Mon Dieu, il était si pâle, il tremblait ! Et puis il y en a eu un autre et un autre, tous paniqués. La psychose semblait se propager en épidémie, les rendez-vous affluaient. Romanens était aux premières loges, donnant alors à ce phénomène l'appellation : "attaque de panique post-traumatique". Quelle horreur, une bonne expérience mais un peu traumatisante je dois le dire !

— Vous semblez si atteinte par tout cela, Miss Birstein. Sentez-vous encore la force de continuer ?

— Seul l'avenir me le révélera, mon ami. Pour l'instant, je préfère ne plus y penser. Tout ce qui m'importe est d'achever ma formation ici, tout en continuant de croire que rien ni personne ne me fera me détourner de cette ambition. En effet, qu'il soit criminel ou misogyne, aucun obstacle ne saura ébranler mes motivations ni empêcher mon père d'être fier de sa fille.

Au timbre de sa voix se manifeste la hargne d'une jeune femme bien décidée à ne pas baisser les bras de sitôt. Déterminée, elle me parle de son père dont la fierté semble ne se mériter que par les actes. Un perfectionniste tout comme l'était mon propre père à qui je pense soudain, me demandant bien si d'où il est il me voit et s'il est fier de moi.

Je l'espère…

— Monsieur Zacharias, vous m'écoutez ? me demande la demoiselle, fronçant les sourcils, un peu déçue de me voir m'égarer alors que nous discutons.

— Désolé, Mademoiselle Birstein, j'avais la tête ailleurs. Vous disiez ?

Goujat ! Tu n'as pas honte de snober cette fille qui t'ouvre son cœur et te parle avec ses tripes ? Tu as su capter son attention, certes mais tu n'en es pas digne.

— Ce n'est pas grave. Je vous disais que la patience est une vertu qu'il me faut exploiter pour pouvoir récolter les lauriers de mon labeur.

Sous le sens profond de ses paroles, mes yeux se plongent dans les siens et, comme fasciné d'autant de charisme et de ferveur, je me noie, complètement dominé, soumis par son charme. Les mots me manquent, ce qui est bien dérangeant car cela me vaut d'être à ses yeux nul différent de tous ses autres "prétendants" déambulant entre ces murs. Muet, je continue à la contempler laissant bien quatre à six secondes s'écouler. Son visage d'abord sérieux s'adoucit peu à peu, puis c'est un sourire qui se dessine enfin… radieux, presque complice.

— Monsicur, j'aimcrais vous montrcr cc qui parfois m'aide à surmonter l'hostilité de ces lieux, me confie-t-elle avant d'ajouter : ce ne sera là que l'affaire d'une minute tout au plus.

Sa proposition sonne comme un privilège et peut être la preuve que pour elle je ne suis pas qu'un parmi tant d'autres mais juste quelqu'un de différent.

J'accepte.

— Vous allez apprécier le spectacle, j'en suis certaine.

— Quel mystère ! lui dis-je avant qu'elle me refile son carton d'objets divers et telle une gazelle ouvre la voie, sautillant avec énergie le long de ces marches qui me font horreur et que je franchis écœuré par un arrière-goût de cendre.

Premier, quatrième, huitième et enfin dixième étage.

Encore ?

Oui, seulement cette fois l'ascension se fait plus motivante car, hypnotisé derrière le balancement de hanches mêlé au parfum enivrant de Fanny Birstein, je gravis les sommets tel un coureur cycliste dopé aux charmes féminins. Une fois en haut, je reprends mes esprits car l'ensorcellement s'estompe et déjà mon corps se plaint de courbatures, de point de côté et de palpitations, donnant qui plus est naissance à de puissants vertiges.

Je vacille.

Réactive quant à elle, Birstein dégage le carton de mes bras affaiblis puis me retient avant que je ne m'écroule totalement. Elle presse sa main droite entre mes lombaires ainsi que sa main gauche au-dessus de ma poitrine agitée et régularise peu à peu ma respiration et me détend. Apaisé enfin, mes douleurs articulaires s'estompent et je sens même émaner de moi une force viscérale, une chaleur, une excitation, un désir envers cette femme qui attarde ses mains sur mon corps telle une amante dévouée et bienfaitrice. Mais je devrais me calmer car ses intentions ne sont point licencieuses et je me fais des idées, prenant mes désirs pour des réalités. Sous une façade de gentleman, je laisse alors mon esprit se tordre et mon sexe s'étendre évoquant toutes sortes de turpitudes et pensées impures.

Dégoûtant ! Je ne m'estime guère mieux que ces mâles du restant de la meute que l'instinct guide au gré de leurs pulsions. Bon Dieu, Lyss, reprends-toi, tu vaux mieux que cela tout de même ! Toutes ces années d'études à te satisfaire de masturbation intellectuelle n'auront donc pas suffi à annihiler l'instinct primitif en toi ?

Exaspéré par mon comportement, je m'oblige à avoir une pensée pour Soraya qui par trop de sacrifices à mon égard n'aimerait pas me voir en proie à de telles pulsions alors qu'elle de son côté sué sang et eau pour que notre couple perdure malgré mes troubles. Allez ! C'en est assez. Je ne suis pas de ces hommes-là et ne le serai jamais.

— Par ici voulez-vous ? me lance la jeune femme déjà postée au centre du couloir, devant une pièce située entre les escaliers et le cabinet sinistré.

D'un geste lent et séduisant Birstein m'interpelle, ravivant des pensées osées à son égard.

Bon sang ! Définitivement tenté, c'est bien sans grande maîtrise de moi-même que je la rejoins sans oublier de prendre son carton ou du moins ce qu'il en reste. Agitant son index comme elle le fait pour me faire venir jusqu'à elle, Birstein admet alors qu'ensemble nous jouons de connivence un jeu dangereux.

— Posez cela ! J'apprécie votre galanterie mais je préfère encore plus que vous vous ménagiez. Laissez donc ce carton et approchez-vous, histoire que je puisse faire les présentations.

Oui ! Galant, la raison pour laquelle j'ai accepté son invitation et de lui rendre service même si j'en profite pour constamment la reluquer.

Tout doux Lyssandre, chuchote la voix dans ma tête se faisant elle-même plus raisonnable que je ne le suis – c'est un comble !

Aux côtés de Miss Birstein j'entre dans la pièce et me mords les lèvres de ne plus trop savoir comment considérer cette femme.

— Mesdames, êtes-vous là ? Êtes-vous décentes ? annonce Fanny amusée, pénétrant les lieux avec prestance. Pour une fois, c'est un gentilhomme que je vous amène là, affirmc-t-cllc cn mc lançant un sourire complice.

— Mademoiselle… Comment accepter pareille flatterie sans basculer inexorablement dans l'orgueil et la surestime de soi ? Désolé, mais je préfère encore me taire ou plus modestement rougir sans trop y croire car pour être franc je ne me sens guère différent des autres hommes de cette cour militaire.

— Taisez-vous, Monsieur Zacharias, dit-elle si calmement que j'en perds mes repères.

Alors sans un mot j'avance et entre dans la pièce, posant mon regard sur… eh bien, sur ce qui me crève les yeux… C'est… c'est merveilleux ! Fascinant, hypnotique. Là devant moi, érigé au fond de la pièce, ce large aquarium dans lequel s'exprime une œuvre colorée et éphémère. Dans l'eau tout se mêle et démêle sous une danse mélangeant des teintes cyan, pourpre, ocre et magenta. Des couleurs tant vives et sublimées par la brillance de l'eau qu'elles me font oublier tout ce que je croyais beau avant cela.

— *Synchiropus splendidus*, six spécimens… des femelles essentiellement. Qu'en pensez-vous, Monsieur Zacharias ? Ne sont-elles pas exceptionnelles ?

À cela, je ne puis qu'acquiescer car devant tant de magnificence je ne trouve même pas de mots pour lui répondre.

Elle poursuit :

— Tout à l'heure, vous me demandiez comment je faisais pour encore supporter mon quotidien en ces lieux. La réponse est là. Sous la beauté de ces élégantes, je m'abandonne, sereine, purifiant mon corps des souillures de mon quotidien et du genre masculin. Ici, je ne me fie plus à l'image déformée qu'ils ont de moi mais me complais à être femme à nouveau. C'est vous dire combien mon engouement pour ces chimériques et aquatiques escapades est devenu important, passant de l'indispensable au substantiel en très peu de temps. Je voue maintenant un véritable culte à ces petites déesses de la mer qui d'une façon certaine reflètent ma propre image en ces lieux. Vous savez, comme une espèce rare que l'on épie sans vergogne. Une féminité capturée sous une prison de verre hyaline, mise à nu et salie par un imaginaire salace.

Soudain un silence s'installe entre nous et bien sûr, je ne trouve pas les mots.

— Désolée, Lyssandre, je vous mets mal à l'aise…

— Pas du tout ! Je suis juste un peu gêné d'être homme en ces instants et j'ai honte moi aussi car je ne suis pas insensible à vos charmes et vous suscitez en moi un sentiment que je ne m'explique pas. Dès lors, je suis navré si de ce fait je chute maintenant de ce piédestal sur lequel vous m'avez je pense à tort placé, je lui avoue, sincère.

Mais je l'entends glousser et cacher son humeur sous une main délicate.

— Vous me faites rire, Monsieur Zacharias. Même lorsque vous pensez manquer de tact, vous restez courtois. Vous n'avez vraiment rien en commun avec ces machos qui roulent des mécaniques dès que je leur passe devant. Vous êtes bien mieux que ça et je sais parfaitement reconnaître un compliment lorsqu'il me vient d'un homme de valeur.

Trop d'égard, trop d'honneur, mais prends garde à toi fillette car à force de jouer les admiratrices aveugles tu te noies dans les yeux de l'être triste et pathétique que je suis. Idiote, tu aurais tort de voir bon, galant ou attentionné car tu serais bien étonnée de découvrir qui je suis réellement et combien je peux être lâche et négligent. Demande à Soraya qui, la pauvre, continue de faire les frais de mon incompétence, ne comptant plus les sacrifices sur l'autel de notre amour, ni les larmes déversées.

— Merci, Fanny ! Ce que vous dites me va droit au cœur. Seulement si je ne veux pas perdre la face et demeurer gentleman à vos yeux, je dois vous quitter, prétextant un devoir professionnel. Une raison que la politesse vous poussera à respecter, même si du plus profond vous saurez qu'il ne s'agit là que d'une fuite à l'anglaise. Alors vous vous direz : *Pas si courtois, finalement.* Et vous aurez raison car je ne le suis pas.

— Vous êtes un sacré numéro, Monsieur Zacharias, dit la demoiselle souriante.

— Je le crois aussi, Mademoiselle Birstein. Sur ce, le devoir m'appelant, je vous quitte. Je vous libère de mes griffes mais non sans oublier de remercier notre amie la bienfaitrice providence d'avoir permis notre rencontre. Malgré un premier contact assez brutal pour moi, la violence ne se sera jamais montrée aussi douce qu'en ce jour.

Avant de quitter Fanny Birstein, je lui prends la main et y appose un baiser. Un geste qui d'ordinaire ne fait pas partie de mes habitudes mais qui là prend un sens.

Gentleman dit-elle ?

Chapitre VI
Triste désillusion

Le pas précipité, je quitte enfin ce bâtiment aux âpres relents de cendres froides comme fuyant l'antre du diable tentateur qui par deux fois m'aura poussé au vice. Le larcin d'abord et la luxure ensuite, faisant passer cette pauvre Fanny Birstein pour une gourgandine de piètre condition. Enfin, loin de tout cela, je rejoins Quentin qui m'attend.

— Il est là ! s'exclame-t-il visiblement réjoui de me voir revenir, car pour lui l'attente fut longue.

Il demande :

— Comment s'est déroulé ce premier contact ?

— Plutôt chaotique, lui dis-je en grimpant dans le véhicule mais sans trop développer car rapidement je lui propose d'aller boire un café dans un endroit qui me permettait de me poser et pourquoi pas revoir l'ordre de mes priorités et lire ce foutu rapport du procureur.

— Évidemment ! répond Quentin me lançant un clin d'œil.

Puis il annonce :

— Il y a non loin de là une cafétéria intégrée au complexe. De plus il est cinq heures et à cette heure-ci, la salle est sûrement déserte. Tu y seras tranquille.

— *Wunderbar !*[3] lui dis-je, enjoué, avant d'ajouter : mais ce coup-ci j'insiste, tu viens avec moi. Il devient nécessaire au bon suivi de cette enquête que tu avales un café et détache enfin tes fesses de ce siège auto.

---

3 Magnifique, en suisse allemand.

— Inutile de lutter contre… j'accepte mais avant toute chose, laisse-moi te rendre ceci, demande Quentin en me tendant le baladeur MP3 que je lui ai confié tout à l'heure.

Et il dit :

— Navré, Lyssandre, mais la musique classique c'est pas mon truc. J'ai essayé et réessayé, j'ai même fermé les yeux pour mieux ressentir les choses mais… mais non.

— C'est normal ! lui dis-je compréhensif.

Et je développe :

— Tu n'es tout simplement pas prêt pour cela, enfin pas encore mais demain tu verras, cette musique te semblera salvatrice. Alors, elle te fera voir et sentir des choses que tu n'aurais pu imaginer.

— Si tu le dis, me rétorque Quentin marqué d'un sourire désabusé comme pour exprimer un “cause toujours, tu m'intéresses.”

Peu importe ! Durant le trajet et jusqu'au réfectoire, je téléphone à Frédérique histoire de l'affranchir un tant soit peu de mes avancées sur le dossier… autrement dit : rien de transcendant. Mais bon, je compose le numéro et suis la procédure instaurée par Fred. À l'autre bout du fil, c'est l'étonnement :

— C'est de la transmission de pensée, dit-il avant de clarifier : j'allais justement t'appeler pour avoir de tes nouvelles et aussi jouer les secrétaires.

— Pardon ! Tu peux me répéter cela ? Je lui demande, éberlué par le terme qu'il vient d'employer.

— De nouveau ce capitaine de l'armée – tu ne l'as pas rencontré ? Il essaie désespérément de te joindre.

— Et en bonne secrétaire, tu as bien évidemment filtré, rassure-moi ? Je demande, taquin.

Mais Frédérique ne semble pas s'en amuser. Il reste grave et dit :

— Je crois que c'est important car bien que muet comme une carpe sur les raisons de son appel, l'homme m'a tout de même laissé entendre qu'il pouvait s'agir de ton frère… Matthieu.

Lorsque j'entends ce prénom, mon esprit ne fait qu'un tour. Ça y est ! me dis-je, il a fini par craquer. Pourtant je le savais, je l'avais pressenti, on ne peut pas éternellement vivre dans le déni et ce même affublé de la plus tenace des carapaces. Sûrement fêlée, je reçois ce coup de fil à présent… Pauvre Matthieu, dans quel état est-il à présent ? Lui qui se croyait suffisamment fort pour dissimuler sa peine sous les traits de caractère forcés d'une forte tête insensible.

Ça en devenait pathétique mais c'est ma faute après tout car j'aurais dû être plus présent pour lui, le soulager voire au moins l'apaiser. Merde ! J'ai fait des études de psycho, je sais comment ça marche et puis en tant qu'aîné c'était mon rôle, tout simplement.

D'un autre côté, je dis ça mais je connais bien Matthieu et têtu comme il est, il ne m'aurait pas laissé faire sans broncher ; je suis pareil, je ne vais pas l'en blâmer. Il aurait refusé mon aide tout comme moi-même je refuse qu'un Frédérique m'aide.

« Tu n'es pas mon père ! » m'aurait-il sûrement sorti comme il l'a souvent dit depuis la mort de nos parents. Non, en effet, je ne le suis pas, je ne l'ai jamais été et jamais ne le serai mais je suis ton frère et je suis terrifié à l'idée de te savoir te noyer là où moi je touche le fond depuis longtemps.

Matt, toi qui pensais que l'armée serait une solution au problème… au vu de coup de fil, il faut croire que ça n'a pas été le cas. Alors quoi ? Bercé d'illusions ou simplement désespéré, je t'entends encore me dire que l'institution militaire saurait endurcir ton esprit et annihiler tes peines les plus profondes. Foutaises ! Ce coup de fil sonne le glas de tes illusions et le cri d'alarme d'un frère en déroute.

— Allô Lyss ! Tu es toujours avec moi ?

Toujours pendu au combiné mais perdu dans mes pensées, j'entends Fred qui s'impatiente ; alors je le rassure, lui promettant de m'entreprendre au plus vite avec ce fameux Pannatier. Pour l'enquête par contre, je n'ose lui dire que je m'égare et bien moins lui avouer qu'à ce stade de la journée, je n'ai toujours pas consulté les documents du proc'. Pourtant, malgré ces écarts, qui me font douter de mes capacités, j'entends la voix du mentor qui m'encourage.

Il sait ! Cet homme me connaît si bien qu'il peut aisément lire la détresse au simple son de ma voix. Plus qu'un mentor, il est ce bienfaiteur dont la confiance me donne l'énergie nécessaire pour continuer d'avancer dans ma voie. Lorsqu'enfin je raccroche, bardé d'encouragements, je me sens coupable et bien mal à l'aise de ce comportement déplorable et laxiste dont je fais preuve depuis mon arrivée ici.

J'ai honte. Tenant fermement le cellulaire dans ma main crispée, je me blesse et dans ma tête j'entends des hurlements. Quelqu'un crie mon nom :

— Lyssandre… Lyssandre

Mince ! Quentin, il doit me prendre pour un fou, à me voir toujours l'esprit ailleurs et je crois que mes silences l'incommodent au point qu'il se sent obligé de lancer une conversation. Il demande :

— Dis-moi, Lyssandre, lorsque tu es entré dans ce bâtiment, n'aurais-tu pas croisé cette fille… la toubibe ?

— Une fille ? Je répète, jouant les étonnés alors que je crois savoir qu'il s'agit de Berstein.

Quentin explique alors :

— Tous les matins, lorsque je prends mon service, je l'aperçois qui marche au bord du chemin menant au complexe médical. Des fois, je lui souris quand je la croise même si elle de son côté me snobe ; mais peu importe car sa seule présence me suffit pour mettre un peu de couleur dans ma journée habituellement vert-de-gris. Faut dire qu'elle est canon et l'est sûrement plus encore sous sa blouse et son uniforme. Autant te dire qu'entre mes quatre parois de tôle, les fantasmes fusent à son égard. Elle est tellement désirable, je boirais même l'eau de son bain avec le plus grand des plaisirs !

— Voilà bien là une pratique dégoûtante, Quentin. Répugnante et pourtant terriblement révélatrice du degré de folie que l'homme peut atteindre face aux charmes d'une femme. Seulement tu fais fausse route, jeune homme, car cette fille n'est pas qu'un corps : l'enveloppe si belle soit elle n'a rien à envier à la beauté de ce qu'elle renferme. Alors oui, Quentin, je l'ai effectivement rencontrée et j'ai moi aussi été charmé mais j'ai surtout discuté avec elle et…

— *Lucky guy !* lance Quentin qui, impatient, me demande d'emblée ce que je sais sur Birstein.

— L'envers du décor, tout simplement. Sa bonté, sa générosité, et l'érudition impressionnante de cette fille qui n'est pas qu'une paire de fesses. Oublie le fantasme, la demoiselle ne demande qu'à être considérée pour ce qu'elle sait et non ce qu'elle est.

Brusquement, Quentin se dresse contre son siège auto. Il est gêné peut-être par son attitude ou ses dires un peu macho.

— Navré, Lyssandre, je… Je ne suis pas comme ça, tu sais, explique Quentin confus et suffisamment mal à l'aise pour se confier un peu plus. Je ne suis pas de ce genre de gars qui pensent avec leur sexe, mais des fois quand on est entre potes… on se la joue gros durs. Mais sous nos déguisements de loups, nous ne sommes que des agneaux. Je pense même que la plupart d'entre nous ne l'ont jamais fait.

— Quoi donc ?

— Danser le branle du loup… faire l'amour quoi !

— Parce que toi… Quentin Baumann, tu…

— Oui, euh, enfin ce n'était pas…

Face à la question, de grosses gouttes de sueur dégoulinent le long du visage écarlate et grimaçant de Quentin. Sans dire un mot de plus, je le regarde s'enfoncer dans ce que j'appellerais là une crise de déni carabinée. Mon mutisme ne l'arrange guère : il se contredit, s'emmêle les pinceaux, bafouille et finalement s'avoue vaincu.

— J'avoue ! Je ne l'ai jamais fait.

— Et alors, c'est problème ?

— J'ai vingt et un ans, donc oui, c'est un problème.

— Un diktat de société tout au plus car, comme disait mon père : “Tout vient à point à qui sait attendre”. C’est vrai ! Pourquoi se précipiter, au fond ? Le jour viendra, tu seras prêt et pourras laper la toilette de ta dame autant que ta soif d’érotisme te le permettra… Celle de Fanny Birstein ou d’une autre d’ailleurs.

— Birstein ? Ouh ! Ce nom sonne comme une castration et ça me refroidit soudain.

— Détrompe-toi, Quentin, le caractère épicé de cette fille ajouté au miel de ses paroles fait de cette personne quelqu’un de réellement agréable. Figure-toi que même après l’avoir brutalisée et plaquée au sol, elle s’est excusée.

— Brutalisée ? Plaquée au sol ? répète Quentin les yeux écarquillés de surprise et il y a de quoi.

— Oui. Présenté comme cela, c’est vrai que l’on pourrait se poser quelques questions mais rassure-toi, je n’ai fait que la bousculer malencontreusement et me suis retrouvé allongé sur elle, bêtement.

— *Lu-cky-guy* ! répète Quentin définitivement admiratif.

Puis il stoppe le véhicule sur le parking du cantonnement et nous poursuivons notre trajet à pied sous le rythme cadencé de nos deux foulées aux sonorités différentes.

— Lyssandre ? Tout va bien, qu’est-ce que tu regardes comme ça ? me demande Quentin, surpris de me voir prendre de la distance et scruter ses pieds.

— Tes groles ! Je regarde tes groles, je lui réponds, intrigué.

— Mes K.S ? Ces “écrase-merdes” répondant au doux nom de Kampfshuhe mais que je traduirais plus facilement par : “chaussures de torture réglementaires, réputées pour leur inconfort et leur tendance à infliger des cloques”, explique un Quentin faussement ravi.

— C’est de la torture… et genre vous ne marchez qu’avec ça ?

— On marche, on court et on dort même avec car elles peuvent nous servir de coussin quand on bivouaque en forêt. À l’engagement, dès les premiers jours, on nous rabâche les oreilles sur le fait que ces pompes sont une aubaine mais qu’il faut un temps pour les faire et s'y faire. Foutaises ! Même après deux mois, mes pieds demeurent un champ de cloques où les cors prolifèrent. Je ne suis vraiment pas à l'aise là-dedans... Personne ne l'est. Marcher avec est un vrai supplice et chaque soir lorsque je les retire pour dormir, je pleure le martyre.

Content de porter mes petites baskets légères, je rejoins Quentin qui en sautillant continue de me devancer pour aller se jeter épaule la première contre les portes doubles de la cantine. Je le suis de près et déjà me réjouis de boire un bon café et prendre du recul, Nom de Dieu, car c'est pas du luxe... Il va peut-être me falloir plus qu'un café ou, comme dit souvent Fred : « Le coup de trique de la journée ».

Dans la salle, il y a comme une odeur de chocolat chaud qui déjà éveille en moi des envies de douceurs mais il y a surtout cette mélodie de fond, légère et tout aussi agréable qui subitement me met à l'aise comme si j'étais ici chez moi. On dirait du classique mais c'est sans conviction, ça semble provenir du libre-service, voire tout près de la caisse au bout du comptoir.

— Entends-tu ce remarquable jeu de piano, Quentin ? Je lui demande, enjoué, avant d'ajouter : cela sonne si baroque... on dirait Bach.

Complètement exalté, je me laisse transporter au cœur de ce réfectoire quasiment désert ou seuls quatre gaillards cassent la croûte, s'accordant une pause entre deux contraintes.

— Il n'y a pas foule on dirait, dis-je à haute voix alors que visiblement Quentin n'est plus à mes côtés. En effet, bien plus sensible aux onomatopées aiguës des bornes d'arcades près de l'entrée, le garçon s'est laissé envoûter différemment. Grand bien lui fasse, tant que cela lui permet d'oublier un tant soit peu son quotidien de pousse gradés.

De mon côté, je m'en vais graviter autour du réfectoire, cherchant tant bien que mal à trouver l'émetteur de cette étrange composition dont je ne reconnais pour l'heure ni les notes ni le style. Ce n'est pas du Bach car cela sonne plus moderne. Debussy peut-être ? Me rapprochant encore un peu plus de la source, les notes se meurent et le morceau change, laissant place à quelque chose de plus… familier. D'ailleurs ce rythme, je reconnais ce rythme qui rapidement me soulage et me met en confiance. Là, c'est Bach mais quel est le nom de cette composition déjà ? Peu importe ! Je me sens bien et presque aussi à l'aise qu'en terrain conquis, surtout lorsque je longe le libre-service avec la routine de celui qui vient se ravitailler ici chaque jour.

Le bras tendu, flegmatique et complètement hypnotisé par la musique, je récupère un plateau puis le fais glisser le long du rail métallique aux reflets miroitants. Un à un, je parcours les différents étalages de glaces, boissons sucrées, bonbons, barres chocolatées et viennoiseries en tout genre ; les odeurs se mélangent et m'écœurent. Rien ne me tente jusqu'à ce que mes yeux se posent sur les chromes rutilants d'une antique machine à café italienne. Une mécanique de toute beauté, ou l'œuvre même d'un *designer* automobile reconverti dans la restauration.

Pour se servir c'est facile, tout est indiqué : deux pressions et déjà le café coule brûlant dans la tasse, laissant s'échapper un parfum exquis sous les notes délicates de Bach. Dans ces moments-là, je comprends combien les plaisirs de la vie sont faits de choses simples.

— Deux express, sucre et crème, ça vous fera donc quatre francs et huitante centimes s'il vous plaît, me réclame le caissier lorsque j'arrive à sa hauteur.

Un septuagénaire méchamment cassé par le métier, le visage fatigué, les mains tremblantes et le dos voûté. Délaissant ma monnaie, j'en profite pour lui demander le titre du morceau en diffusion et l'homme, détachant le regard de sa caisse pour mieux me considérer, m'annonce d'un large sourire édenté :

— *L'Art de la fugue* par Johann Sébastien Bach, en sol mineur. Écoutez-moi cette merveille, mélangeant délicieusement douceur et fureur.

Apposant les deux mains au-dessus de sa caisse enregistreuse, le vieillard ferme les yeux et savoure l'interlude. Ce n'est qu'après un court instant qu'il revient à lui brusquement ramené à la réalité, se refusant de lui-même cette liberté.

— Entre trois et six heures de l'après-midi, il n'y a jamais personne ici, explique le vieillard cherchant à se justifier.

Puis il poursuit :

— En salle règne le silence car les murs ne résonnent plus au brouhaha des soldats. C'est à ce moment-là que j'en profite pour passer mon disque. Un cadeau de mon jeune neveu regroupant les plus belles compositions classiques. Pour moi c'est un antidouleur adoucissant mes maux de tête et calmant mes nerfs car j'en ai fichtrement besoin, surtout entre la tempête de midi et l'ouragan du souper.

— Car c'est vous qui servez les soldats ? Je demande, accablé, vu son âge et son état de santé.

— Dieu m'en préserve ! Seulement, parmi les soldats se comptent aussi quelques palais délicats qui par principe ne veulent pas toucher aux menus de la cantine. Souvent fils de bonne famille, ils dépensent ici pour manger plus qu'ils ne gagnent en une journée de service mais ils s'en foutent royalement. Alors tous les jours je me tape les trente couverts de ces fines bouches et ça rit, ça chante, ça tape du pied, sans parler de ce truc bruyant que je dois laisser tourner en permanence lorsqu'ils sont là… ordre de la hiérarchie.

Suivant le regard du caissier, je comprends qu'il me parle d'un téléviseur installé en hauteur et branché mais sans le son.

— Ah ! Nom d'une pipe, hurle le vieillard se flagellant de reproches. Une fois encore j'ai oublié d'éteindre cette cochonnerie. À force de l'entendre gueuler le même discours encore et encore, j'en avais fini par lui couper le caquet, mais j'aurais dû l'éteindre. Qu'ils aillent au diable ! Blâmez-moi si vous le voulez, moi je n'en ai plus rien à secouer. Mais c'est qu'il débarque celui-là. Vous ne savez pas ce qui se trame ici ?

— Il faut croire que non, je lui réponds fébrilement.

— La technologie, mon garçon. Apparemment nous serions à l'aube d'une armée sans dommages et tenez-vous bien… sans morts. Une armée de belles foutaises, ouais ! s'exclame le vieux, ironique et on ne peut plus nerveux.

Mais qu'est-ce qu'il baragouine ? Perdu entre vociférations et bribes d'information, la synthèse devient pour moi impossible. Je me vois dans l'obligation de lui demander un peu d'indulgence.

— Pardonnez mon ignorance mais je ne comprends toujours pas le problème.

— Armygeddon, voyons ! Je vous parle de ce fichu programme d'entraînement virtuel, bizarroïde.

— Armygeddon… Ça me dit quelque chose en effet, j'ai vu des affiches en descendant les escaliers du bâtiment d'intendance. Je me demandais ce que c'était, mais donc vous dites qu'il s'agit d'un programme d'entraînement pour les soldats ?

— Ces sagouins placardent les murs d'affiches et comme si ça ne suffisait pas, je dois diffuser et me coltiner leurs espèces de réclames sur la télé. Saletés d'Amerloques ! Ça vient de chez eux tout ça.

— Dites-m'en plus, ça m'intéresse, je lui demande, car le vieil homme semble remonté et pour l'enquête tout est bon à prendre.

Mais le caissier me trouve soudain trop curieux et me demande qui je suis, à croire qu'il n'a pas la conscience tranquille.

— Zacharias, je suis… j'ai été mandaté pour enquêter sur les récents incidents.

— Serge Morgenegg pour vous servir… et même remuer des brancards s'il le faut, me confie le caissier voyant maintenant à travers moi comme l'occasion de dénoncer quelque chose.

Je suis tout ouïe.

— Puis-je vous poser une question, Monsieur Morgenegg ?

— Mais je vous en prie, répond le vieux briscard se forçant d'un beau sourire édenté.

— Selon vous, pourrait-il y avoir un lien quelconque entre ce qui s'est passé sur le *no man's land* et ce fameux programme d'entraînement virtuel ?

— Pas impossible, ça fait des semaines que je vois débarquer des gamins fatigués, les yeux injectés de sang car ils se sont entraînés pendant des heures. C'est pas bon, en plus de se flinguer les yeux ça les rend fous-fous et après ils font n'importe quoi sur le terrain donc oui, il y a pt'être un lien.

Délicatement le vieillard se lève de sa chaise puis disparaît au fond de ce qui semble être une cuisine. Dommage, j'aurais bien eu d'autres questions à lui poser.

— Vous... Excusez-moi. Vous êtes là, Monsieur ? Je m'enquiers, impatient.

L'homme réapparaît alors, un rouleau de pièces entre les mains.

— Oui, je suis là, s'écrie le caissier, venant casser son rouleau sur le côté de sa caisse enregistreuse. J'ai toujours été là, moi, ajoute-t-il, convaincu. J'y ai d'abord fait mon service militaire puis suis revenu pour bosser et faire toutes sortes de boulots et gagner ma croûte. Et maintenant, à près de soixante berges, je me cantonne à la cantoche. Vous saisissez le jeu de mots ? demande-t-il avant de faire un truc répugnant avec sa gorge et de m'exposer à nouveau ce sourire effrayant.

— J'ai saisi, merci.

— Mouais, enfin tout ça pour dire que j'en ai sué, mon garçon, j'en ai bavé et pour autant que je me souvienne, à mon époque le service militaire c'était pas du cinoche. R'gardez voir mes mains, encore meurtries par le cuivre et le plomb. Quand je pense qu'aujourd'hui il suffit de poser son cul dans un siège, les yeux rivés sur un écran, le doigt sur un bouton pour jouer les obusiers, j'en ai la nausée. Ce truc électro-machiavélique n'est rien d'autre qu'une machine à lobotomiser les ignares impétueux. Oh et puis ce slogan qui passe et repasse en boucle toutes les demi-heures avec ce même refrain et ces mêmes discours ! Voilà bien la preuve que l'on veut nous abrutir...

enfin, plutôt eux, les gamins, car pour ma part je ne compte plus, dit-il avec un pincement au cœur qui fleurerait presque la nostalgie.

Puis tout en pestant sur ceci et sur cela, le vieux se détache une fois encore de sa caisse enregistreuse et disparaît. Avec lui ma patience est mise à rude épreuve et, malgré tout ce qu'il me raconte, je reste sur ma faim. Alors l'envie de le rappeler, prétextant une erreur de caisse, me taraude mais les cafés sont prêts et je n'ai pas envie qu'ils refroidissent. Devant une assistance toujours déserte, je viens jeter mon dévolu sur la première table présente face à moi et sans même retirer ma veste je saisis ma tasse de porcelaine que je porte brûlante à mes lèvres pour en déguster l'amer plaisir. Aride torréfaction ? Ou brûlant jus de chaussette ? De quelques gouttes ingurgitées je ne saurais le définir car avant de pouvoir en juger un brouhaha vient gâcher cet instant.

— C'est encore ce vieux caissier… Morgenegg.

En effet. Dans sa cuisine, l'homme apparemment échauffé fait un boucan du diable, se plaignant de ne pas retrouver ce qu'il cherche. Lorsqu'enfin il refait surface en salle, je comprends qu'il a perdu sa télécommande. Il traîne alors ses savates jusqu'au poste de télé qui bien qu'installé en hauteur n'empêche pas le vieux de sentir l'âme d'un alpiniste et grimper sur une chaise au risque de perdre sa dernière décennie de vie sur Terre. Tout ça au nom d'une bataille désespérée contre l'audiovisuel.

— Attendez ! Je crie en me précipitant vers lui alors qu'il tient entre ses mains le dossier d'une frêle chaise de bois.

Puis j'ajoute :

— Je vais m'en occuper, d'accord ? Je lui dis avec insistance car je ne suis vraiment pas d'humeur à ramasser ce type à la petite cuillère.

L'ancien me remercie puis retourne à sa caisse pendant que de mon côté je commence l'ascension au moyen d'un mobilier pour le moins casse-gueule. Lorsqu'enfin j'atteins le sommet, le corps droit et les épaules relevées, je sens mes jambes tanguer dangereusement de gauche à droite au-dessus de l'instable structure. Par instinct, je m'agrippe à l'armature qui maintenant, en plus de la télé, me supporte moi et je m'y tiens comme une bouée de sauvetage, sous les remous incessants d'un mobilier cassant.

— N'allez pas abîmer mon poste, jeune homme, me crie le vieux alors que je risque tout de même ma vie pour lui.

Un pied sur le dossier de la chaise, l'autre sur l'assise et les deux mains sur l'armature, je retrouve enfin l'équilibre osant même lâcher une main de l'armature non pas pour éteindre le poste comme me l'a demandé le caissier mais pour monter le son et écouter ce que raconte le spot promotionnel. Et d'ailleurs, ça commence…

Durant la présentation vidéo, une voix en fond sonore s'impose : « Engagez-vous dans l'armée ! » ordonne-t-elle avant de venir vanter les mérites de l'incorporation militaire de façon générale. Ses dires vont du prestige de constituer la principale force d'attaque de l'armée au privilège de travailler sur des véhicules de combats uniques, et bien sûr n'oublie pas de mentionner l'assouvissement de ci et l'honneur de ça. En bref, des gratifications lourdes et redondantes mais qui doivent plaire probablement, enfin je pense. Ensuite, pendant une bonne minute sont énumérés les points positifs de la profession d'artilleur, pour enfin aborder le sujet phare de l'émission, à savoir : Armygeddon. Logiciel qui dès lors est relevé au rang de révolution. La guerre ! Oui, mais virtuelle. Un peu comme le serait une partie de jeu vidéo pour adolescents prépubères et d'ailleurs, la phrase choc : « La guerre comme si vous y étiez » détonne à la fin du clip comme un argument de taille. Seulement qui ? Qui ça intéresse de se retrouver en milieu conflictuel, tout en percevant cela comme un jeu ? Pas moi en tout cas !

Mais celui qui par sa naïveté de jeune homme ignore bien ce qu'est la guerre, ajoute une conscience dont les propos péjoratifs ne sont pourtant pas dénués de sens.

Quand finalement je tourne l'interrupteur sur la position *OFF*, je mets un terme à la propagande et *L'Art de la fugue* peut enfin reprendre ses droits ici, dans ce réfectoire désert. Quel bonheur !

Prudemment je descends de ma chaise et regagne la terre ferme pour profiter du dernier couplet et reprendre une dose de caféine, ma foi tiède à présent.

Avant de commencer à bûcher, je lance un regard instinctif vers l'extérieur et il pleut. Toute la journée il aura fait un temps radieux et voilà que soudain il pleut. Le ciel revêt son masque de tristesse et sur les baies vitrées du réfectoire ruissellent de grosses larmes. Serait-ce un mauvais présage ? Bah ! Le temps peut se gâter, il ne compromettra pas ma mission. Goulûment, je finis le restant de ma tasse et d'un œil regarde à nouveau ce cher Baumann toujours captivé sur son flipper qu'il malmène à grands coups de reins comme s'il lui faisait l'amour en amant indélicat. À le voir ainsi s'acharner sur sa machine, je dirais que ses hormones le titillent ; il est vraiment temps pour lui d'avoir sa première expérience charnelle. Enfin bref, laisse-le se frotter à sa machine tant que bon lui plaira et ressaisis-toi, mon Lyssandre, car le temps presse et l'heure est plus que jamais à la besogne.

Poussant la vaisselle souillée de marc de café, je fais place au contenu de ma sacoche que je renverse à plat devant moi. Stylo et bloc-notes d'un côté, éléments du procureur Lecoultre de l'autre. J'entame la phase de réflexion de mon travail, m'imposant d'être aussi méthodique et consciencieux que j'ai été bordélique et négligent jusque-là. Pour commencer, sur une page blanche que j'intitule « témoins », je répertorie le nom de toutes les personnes ayant été spectatrices du drame, à savoir les quatre membres du PCT dont le fameux lieutenant Watanabe. PCT, ou poste de commandement de tir qui, si je comprends bien, est une sorte d'annexe au poste de commandement *PC*... donc jusque-là tout va bien, me dis-je confiant. Puis, les yeux rivés sur le rapport et le stylo dansant sur le brouillon de papier blanc, j'énumère ensuite les noms et prénoms des témoins à savoir : le soldat à la manœuvre Boisot, l'appointé de transmission Berset, le caporal Papilloud et le quatrième, mais non des moindres, le lieutenant et commandant François Tenzin – le chef d'orchestre. D'ailleurs, à propos d'orchestre, j'entends maintenant jouer Bach et le titre *Prélude*. Un morceau que j'aime beaucoup. De quelques notes entamées, je ferme les yeux, je m'imagine alors confortablement assis sous un arbre florissant, centenaire et puissant, en dessous duquel je pourrais profiter d'une légère bise, tout juste tiédie par les rayons d'un soleil résistant. Je sens déjà cet air sensuel qui vient flatter mes sens et séduire mon corps, naturellement nu et inanimé en cette nature à la fois délicate et agitée.

Au son de cette composition comme au ressenti de cette illusion, rien ne semble venir perturber l'instant. Aucune fausse note, aucun malaise ne vient ébranler l'éphémère sauf peut-être les cris de Quentin qui n'en peut plus d'essuyer défaite sur défaite, ce qui me ramène cruellement au fait.

Allez Lyss ! se damne la voix dans ma tête, de ce travail qui n'avance pas.

Quelle plaie !

Plus concentré, le nez rivé sur ma lecture, je reviens aux soldats de manœuvre Boisot et appointé Berset qui depuis l'incident auraient cumulé crises d'angoisse et troubles de la personnalité pour se retrouver maintenant placés en isolement sanitaire.

Classique ! me dis-je. Puis je passe directement au cas suivant : bouleversé mais moins atteint, le caporal Papilloud aurait quant à lui demandé qu'on lui donne prématurément congé. Ce qui ne m'arrange vraiment pas car avec deux hommes en quarantaine et un autre renvoyé chez lui, il ne me reste plus que le premier lieutenant Tenzin à consulter. Selon ce qui est écrit là, l'homme n'a pas tardé pour rempiler sur un nouvel exercice de tir en campagne, demandant de plus qu'aucun traitement ne lui soit imposé – ce qui est étonnant je trouve, vu les circonstances.

D'un revers de la main, je tourne la page et énumère maintenant le nom des victimes en commençant par le lieutenant Watanabe pour qui les faits restent clairs, à savoir cette erreur tactique qui cause la mort de quatre de ses hommes et le pousse ensuite à se taillader l'abdomen par incision latérale à l'aide de sa baïonnette d'ordonnance préalablement aiguisée. Pourtant selon les précisions données, ces armes sont généralement émoussées et doivent le rester jusqu'à la fin de l'engagement. Celle de Watanabe a été travaillée plusieurs heures à l'avance, ce qui prouve que ses actes étaient prémédités. Le suicide était prévu comme il devait être : brutal. Mais l'accident du char faisait-il aussi partie d'un plan ? Ces hommes devaient-ils mourir également ?

— Alors, ça travaille dur ? demande Quentin réapparaissant souriant, comblé de son étreinte avec la machine à sous.

Le jeune homme ne s'assied pas mais s'éloigne aussitôt, prétextant la soif du *performer*. Apparemment, il vient de battre son propre score et s'en félicite.

— Je vais me faire un Ovo choc. Tu veux quelque chose, toi ? me demande Quentin gueulant depuis le comptoir.

Je ne réponds pas à sa question mais lui en retourne une autre en contrepartie. Une question qui me taraude…

— Dis-moi, Quentin, tu as une baïonnette, toi ? Je lui demande pendant qu'il récupère un plateau sur la pile prévue à cet effet.

— Comment ? répond-il en revenant vers moi, curieux d'une telle question.

Puis il reprend :

— Tu me demandes si j'ai une baio' ?

— Oui… Excuse-moi de te demander ça à brûle-pourpoint mais c'est pour mon enquête. J'aimerais savoir à quoi elle te sert.

— À rien, comme la majorité du matos qu'on nous file ici. La lame est émoussée, la pointe est arrondie donc à part la fixer sur le fusil pour faire joli ou la lancer contre un arbre pour jouer les lanceurs de couteaux amateurs, je ne lui vois pas d'utilité… Si encore on pouvait les aiguiser mais c'est interdit, annonce Quentin en reprenant le chemin du libre-service.

Interdit d'aiguiser ? Baissant mon regard sur le papier, je pense à cette lame comme une obsession soudaine. Un élément ayant certes son importance mais qui ne devrait pas prendre le pas sur ma réflexion, car même si tout porte à croire au suicide rien n'exempte le meurtre non plus. Meurtre… un mot qui fait s'emballer mon cœur pendant que s'intensifie *Prélude* et son tourbillon mélodique si particulier. J'en ai presque du mal à me concentrer, la musique m'invite à quitter mon feuillet des yeux pour une fois encore m'évader et fuir. Oui, mais fuir quoi ? C'est absurde !

Lyssandre, reprends-toi, Bon Dieu ! Tu ne peux te soustraire à tant de folâtreries, me somme une conscience plus que déterminée avant d'ajouter : *Maintiens ton esprit focalisé sur l'essentiel !*

Oui, tant bien que mal, je poursuis ma lecture et énumère maintenant les noms des victimes :

Lieutenant Raphaël Watanabe,

… appointé Detraz,

… soldat Castro,

… soldat Zacharias.

Comment ? Matthieu Zacharias… Matt ?

Épris d'une pulsion soudaine, je me lève, mortifié, le corps totalement raide ; je veux crier mais je suis serré à la gorge et mon cœur bat fort, trop fort. Merde ! Je… Je tremble, pétrifié, j'ai des vertiges, je ne sens plus rien, je tombe, me cogne, le carrelage est froid mais… c'est le noir, la musique s'est arrêtée, j'ai froid.

Chapitre VII
Assommé de discours moral

— Matt… ? Matthieu ?

Ma vue est trouble mais je le sais, je le sens, il est là… mon frère.

Tu es bien là, tu n'es pas mort, hein ? Tu n'aurais pas osé me faire ça, pas toi ?

Silencieux à cette question, ce frère que je ne décèle que très mal devant moi me laisse avec ma peine et quand je m'approche, il s'éloigne.

— Matt ! Attends-moi, bon sang ! Où vas-tu ?

Peu à peu, son image disparaît dans ce paysage blanc et cotonneux qui nous entoure et que je découvre maintenant.

— Reviens, on se retrouve enfin, je lui crie alors qu'il disparaît et me laisse seul, dans ce monde immaculé de blanc et macabrement froid.

Saisi par la peur, je tremble, mon corps s'engourdit, gelé, prisonnier de ma propre chair. Alors je voudrais crier, hurler de désespoir mais même cela, je ne peux pas car ma bouche est scellée. Dieu que j'ai mal à la tête, même mes pensées s'annihilent !

Quelle souffrance ! se plaint ma conscience, pendant que d'autres voix la rejoignent. D'abord lointaines, je les entends s'intensifier de plus belle et se mouvoir enfin en un dialogue concis et parfaitement audible. Ce sont deux personnes qui conversent.

« *Je m'en veux terriblement, si vous saviez. Moi qui pensais avoir fait mon possible, c'est idiot ! J'aurais dû persévérer, quitte à me déplacer jusque chez lui* », se plaint le premier d'une voix grave, masculine mais serrée, comme pincée de sanglots. Quant à l'autre, je lui reconnais une voix familière…

« *Lyssandre est un loup solitaire, vous savez, capitaine Pannatier. Vous déplacer ne vous aurait même servi à rien* », répond l'interlocuteur…

C'est Fred. Pour sûr, c'est lui, il est à mon chevet et discute avec un certain capitaine Pannatier, mais qui est-il ?

« *Je ne peux même pas me défendre de l'avoir tenté… Si seulement je n'avais pas été autant à cheval sur les procédures, j'aurais envoyé paître le protocole, me confiant à vous, son maître de stage et ami. Ainsi vous l'auriez affranchi plus en douceur et nous n'en serions pas là aujourd'hui.* »

Le capitaine a la voix qui tremble car il s'en veut, mais de quoi ? Pourquoi ? Mon mal de tête m'empêche de penser. Fred parle à nouveau :

« *Ce qui est fait est fait, Capitaine, vous avez fait de votre mieux pour le prévenir… En vain malheureusement mais ne vous inquiétez pas : dès son réveil, je lui dirai que vous êtes passé le voir et ne manquerai pas de lui signaler combien vous avez été avenant et respectueux. Soyez sûr qu'il comprendra son erreur car n'oublions pas non plus qu'il a lui aussi sa part de négligence dans cette histoire.* »

Ils parlent de moi, de ma nonchalance et de mes erreurs impardonnables pour lesquelles d'ailleurs je voudrais leur demander pardon, surtout à Frédérique, l'homme qui a toujours cru en moi et qu'aujourd'hui je déçois. Bon sang ! Je voudrais réagir mais ne peux pas puisque toujours captif dans ce corps en veille et incapable, inerte, je ne peux même pas faire tressaillir mes paupières. Et soudain c'est le calme plat, je n'entends plus les voix… plus rien.

Fred ? Où es-tu Fred ? Ne m'abandonne pas, dis-moi quelque chose s'il te plaît, je suis sans repère, ne voyant plus qu'un halo de lumière prendre de l'ampleur et devenir aussi grand et omniprésent qu'étouffant. Heureusement, quelqu'un s'approche de moi faisant éclipse avec la lumière. J'entends d'abord ses pas, puis sa voix : c'est une femme, un doux parfum fruité s'ensuit et s'intensifie lorsqu'elle pose une main sur mon poignet et l'autre au-dessus de mon front.

— Enfin, vous ouvrez les yeux, Monsieur Zacharias, c'est très bien. Le réveil est un peu difficile, vous êtes encore groggy et vos pupilles sont bien dilatées. Vous allez ressentir comme des maux de tête, voire éprouver des sortes de troubles sensoriels, mais rassurez-vous, c'est normal.

Réconfortante, je l'entends qui tournoie s'affairant autour de moi comme une abeille sur du miel. Elle me frôle, me chatouille puis attrape mon avant-bras toujours tendrement mais de façon ferme et maintenue. C'est alors qu'elle me pique… la bougresse !

— Vous allez sentir un léger picotement dans votre bras gauche, me dit-elle sans gêne alors que je souffre le martyre par sa faute.

Bon sang ! Moi qui la trouvais réconfortante, voilà qu'elle me plante sournoisement sa seringue alors que j'ai horreur des piquouses. Je sens déjà cette pointe de métal me ponctionner le bras et l'imagine aussi large qu'une aiguille à tricoter. Rien que d'y penser, ça me donne des haut-le-cœur.

Des picotements dit-elle ? Tu parles ! C'est un véritable essaim d'abeilles folles qui bourdonne maintenant dans mon bras. Heureusement, le membre s'engourdit rapidement, ce qui me soulage un peu, même si je peine à recouvrer la vue, subissant l'injection avec encore plus d'appréhension. Une situation que je n'avais plus éprouvée depuis mon enfance et là je pense à ma mère venant à mon secours pour me donner la force et m'endurcir, car paradoxale mais équilibrée, Marina avait bien un côté mère poule mais non sans limites et dans un cas comme celui-là, le bisou cicatrisant aurait été précédé d'un petit discours moralisateur. Elle aurait dit que la crainte n'est jamais justifiée et que les mauvais moments si éprouvants soient ils, ne durent éternellement.

Quel personnage ! Je l'appelais Maman mais elle était à la fois mère attentionnée et femme assumée. Plus je vieillis, plus elle me manque et plus son visage disparaît comme un souvenir qui se meurt. Et ça ne fait que cinq ans seulement qu'elle n'est plus. Qu'est-ce qui va rester d'elle plus tard ? J'espère au moins son regard… salvateur et qui veut dire : « Je suis là, mon fils ». Tes bras me manquent, Maman, j'aimerais que tu sois là pour m'enlacer chaudement comme tu le faisais quand nous étions enfants Matt et moi. Enivré par ton parfum d'amande douce, je sentirais battre ton cœur brûlant à travers ce tricot fétiche à rayures bleu marine et blanc. Toi, pendant ce temps, tu passerais tes doigts dans mes cheveux en me disant comment combattre la tristesse et relever la tête quand tout s'écroule autour de moi. Ou peut-être que tu resterais muette face l'hécatombe que subit notre famille.

Pauvres de nous.

Enfin, on me retire l'aiguille : la sensation est désagréable et mon bourreau d'infirmière n'y va pas de main morte. Heureusement, elle me lâche le bras car il semblerait que quelqu'un vient me rendre visite.

— Lyssandre ! Mon amour, comment te sens-tu ?

Cette voix, ce parfum, cette douceur c'est… c'est un ange, mon ange.

— Soraya ! Ma belle. Enfin tu es là ! S'il te plaît approche, au moins que je te sente à défaut de te voir, je lui avoue grimaçant car toujours tributaire de mes paresseuses paupières et de mon piètre état. Belle, je t'imagine même resplendissante, j'aimerais te voir, contempler ta beauté dans ses moindres détails et réaliser combien j'ai de la chance de savoir que tu m'aimes. Et maintenant je t'imagine rougir par ce que je viens de dire mais j'en veux plus Soraya, je veux te voir et te dire enfin combien je t'aime, Soraya. Eh oui, il aura finalement fallu que je frôle la mort pour trouver la force de te l'avouer mais je t'aime. La vie est foutrement trop courte.

« *Silence.* »

Longuement, le silence s'étend maintenant dans cette chambre d'hôpital car ce que je viens d'avouer laisse Soraya muette d'un bonheur dans lequel je me laisse porter également. Et puisque ma bouche se fait violence, alors je pense, je pense aux souvenirs regrettables de notre relation puis les exorcise à tout jamais comme ce visage triste d'une bien-aimée délaissée. Une moue déchirante que je ne prenais même pas la peine d'adoucir avant de fuir et m'en détourner lâchement. Mais tout ça est bien fini car je ne vois plus ma bien-aimée que sous un visage lumineux, épanoui, se réappropriant fraîcheur et joie de vivre et quand Soraya s'approche de moi et me caresse le bras, je n'ai plus besoin de mes yeux, je la vois parfaitement.

— Tiens le coup, *baby-boy*, mon homme. Je suis là maintenant et Frédérique est là aussi ; nous sommes tous présents et terriblement soulagés que tu te réveilles enfin.

Soraya… Des sanglots altèrent le son de sa voix, je le sais, je le sens, c'est triste à dire mais je ne connais que ça.

— Ne pleure pas, ma belle, je lui demande, coupable.

Mais elle s'y refuse et dit :

— Laisse-moi, Lyssandre, c'est de bonheur que je pleure.

Brûlantes en effet, ses larmes que je sens s'écraser et couler le long de mon bras ne sont plus les mêmes mais bien la preuve qu'une flamme se ravive par-delà les cendres du malheur consumé.

Sous les caresses et les mots doux de Soraya, je voudrais continuer à lui susurrer mon amour, seulement mes maux de tête et ma bouche pâteuse me font tellement souffrir que je me sens exténué au moindre mot prononcé.

— Tiens ! Bois un peu d'eau, fiston, ça te fera du bien.

— Papa, c'est toi ? Je demande avec la nette impression de délirer, malgré une certaine lucidité d'esprit.

Néanmoins, avant d'entendre la réponse, je me relève et avale cette rasade d'eau que l'on verse dans ma gorge… véritable bénédiction.

— Ton père ? Non, Lyss. J'aurais bien aimé l'être mais c'est juste moi, Frédérique.

— Pour moi… c'est tout comme, lui dis-je, souriant péniblement.

Il ne répond pas de suite mais le connaissant, je l'imagine ramener sa tête en arrière et laisser échapper ce fameux rictus d'homme comblé.

— L'infirmière nous a expliqué que peut-être tu arriverais à exprimer quelques mots, mais je ne m'attendais pas à entendre ceux-ci… Toutes mes condoléances pour ton frère. Je suis navré pour ton frère. Je n'ai jamais eu la chance de le rencontrer mais je crois savoir à travers tes mots que c'était quelqu'un de bien.

— Pourquoi… pourquoi tu parles de lui au passé ? Il n'est pas mort que je sache, je le vois même dans mes rêves.

— Désolé, Lyssandre, mais ce n'est pas possible et tu le sais, explique Fred.

Mais je ne veux pas le croire : à vingt et un ans, Matt a toute la vie devant lui.

— Tu te trompes, Fred. Aïe ! Ma tête, j'ai si mal !

— Doucement, Lyss, tu es encore très faible, il faut que tu te reposes.

— Je… Je ne veux pas qu'il meure, Fred, je suis fatigué tu comprends. Je ne veux pas, je ne veux plus endurer ça… jamais !

— Je sais, mon garçon, mais tu ne seras pas seul dans cette épreuve, il y a Soraya, il y a moi, on reste à tes côtés, ajoute Frédérique d'une voix chaude mais à peine capable de faire taire mes angoisses.

— Vous êtes là, vous êtes là… oui mais pour combien de temps ? Combien d'années vous reste-t-il avant que la mort ne vous arrache à mon cœur comme elle ne cesse de faire avec tous ceux que j'aime. Partez ! Allez-y, fuyez tant qu'il est encore temps car, comme la peste, je ne fais qu'attirer le malheur autour de moi.

— La peine te fait dire des choses insensées, mon Lyssandre, car il est trop tard pour nous demander cela. Soraya perdrait l'amour de sa vie et moi un fils.

Ce que m'avoue Frédérique me calme d'un côté pour mieux me bouleverser d'un autre et soudainement je me retrouve en proie au flot de larmes alors que je commençais tout juste à retrouver un semblant de vue sur les silhouettes d'un père attentionné et d'une amante éperdue. Quelques clignements de paupières et je les vois, leurs deux visages atteints par le même flou émotionnel et contagieux que le mien, comme ces larges perles d'argent que je vois glisser sur le visage satiné de Soraya. Tous les trois nous nous laissons guider par nos émotions, victimes de nos tristes conditions mais enfin libres.

— Frédérique ! Je ne suis pas dans mon état normal. Je viens de perdre Matthieu et pourtant je ne ressens pas la peine comme je devrais. Il est mort et pourtant je souris, apaisé, heureux même. Pourquoi ?

— Il y a une explication rationnelle à cela, mais je pense qu'il est encore un peu tôt pour te l'expliquer, répond Frédérique embarrassé au point d'éviter mon regard.

Mais j'insiste et sa réponse se fait avec hésitation.

— Tu as… tu as subi un choc. En tombant tu t'es cogné la tête et n'en es pas sorti complètement indemne, il y a des séquelles et… Désolé, fils, pardonne-moi mais je n'y arrive pas.

Subitement Fred s'écarte, dissimulant un visage submergé de larmes. Ses émotions prennent le pas sur sa réflexion et l'homme de science n'est plus qu'un père inquiet.

— *Baby-boy !* s'exclame Soraya qui s'avance et prend ma main entre les siennes pour prendre la relève et m'annoncer la nouvelle : tu es amnésique, dit-elle de ses yeux hypnotiques mais tout de même rassurants malgré le lourd diagnostic.

— Amnésique, hein ? Vous savez quoi ? Peu importent les mots, je m'en fous, rien ne peut plus m'atteindre. Je vous ai près de moi et c'est tout ce qui compte.

Frédérique sourit, il est apaisé, comme lesté du poids de l'appréhension, ce qui le pousse d'ailleurs à ne plus dire un mot mais réfléchir et je profite alors de ce calme pour exprimer ce que je ressens.

— Fred, Soraya. Le passé étant ce qu'il est, il est inutile de revenir dessus, tout comme il m'est inutile d'appréhender l'avenir et angoisser à son propos. Je vis dans le présent et c'est maintenant que je vais vous dire ce que j'ai sur le cœur.

— Quoi donc, fils ? demande Fred, s'approchant de moi par la droite.

— Oui ! Que veux-tu nous dire, ajoute Soraya, toujours assise à ma gauche, tenant ma main fermement.

— Je vous aime. Je t'aime, Fred et te le dis sans gêne ni malaise parce qu'un amour inavoué n'est finalement rien ; je te le dis comme je ne l'ai jamais dit à mon père ou du moins pas assez. Je t'aime, Soraya, et pardonne-moi, mon amour, pour toute la peine causée pour mes écarts, mes défauts et j'en passe. Pardonne-moi encore une seule fois car c'est la dernière et parce que l'échec n'est plus envisageable entre nous : ce n'est plus une simple promesse mais un objectif ultime. Quant à Matthieu… pupille de la famille, prunelle de mes yeux, petit être fragile que je me suis efforcé de protéger et sur qui je me suis fait loi de veiller. Je t'ai finalement abandonné, laissant probablement alcool, tabac, et mauvaises fréquentations parfaire ton éducation de jeune homme. Je n'ai consacré de temps qu'au labeur, ma petite personne et ses douleurs. J'ai failli à mon devoir de grand frère, pardonne-moi.

Sa main se resserrant fermement sur mon avant-bras comme pour me saisir d'une vérité qui m'aurait échappé, Soraya se manifeste m'ouvrant les yeux sur sa propre vision des choses.

— La mort n'est que fatalité, me dit-elle, ajoutant avec ferveur que ni les actes ni les mots ne peuvent changer cela.

— D'une certaine manière, je te donne raison, Soraya, mais il n'empêche qu'en tant qu'aîné, j'ai complètement ignoré mon frère pendant ces quatre dernières années.

À cela et face à tant de culpabilité enfouie, la jeune femme devient muette et se détache de moi, résignée.

— Désolé, mon amour. Je salue les efforts que tu fais pour m'empêcher d'être trop dur avec moi-même et je t'en remercie mais vois-tu, si je me force à agir ainsi c'est que d'une manière je veux porter ce fardeau qui est le mien. Je veux culpabiliser cette fois et ne plus avoir à le faire ensuite, car je suis las de mes nuits blanches lorsque le sommeil tarde et las de mes rêves agités quand enfin il se manifeste. Je veux vivre et ne plus me dire aussi que pour Frédérique et toi, ce n'est qu'une question de temps, que notre bonheur est compté et que quoi qu'il arrive la mort viendra de toute façon. Je veux que vous soyez près de moi, je veux vous aimer et l'assumer.

Les yeux humides, le regard préoccupé, Frédérique affiche une moue qui n'augure rien de bon. Je le sais car depuis ce temps passé auprès de lui, j'ai fini par le connaître et reconnaître quand il est emprunté, gêné ou désolé. Dans ces cas-là, il a les épaules rentrées, le regard fuyant et c'est toujours avec beaucoup de réserve qu'il cherche à entamer la discussion, ou ne le fait même pas suivant l'humeur.

— Fred, mon ami. Tes pensées te trahissent, lui dis-je avant même qu'il ne lance de lui-même.

Puis j'ajoute :

— Ne me laisse pas dans l'ignorance et dis-moi franchement ce qui te tracasse.

— Lyss, je vais donc y aller franco, répond-il, faisant naître en moi l'appréhension.

— Soraya te l'a dit, tu es malade… amnésique. Ce qui veut dire qu'à partir de ce jour tes souvenirs vont peut-être s'assombrir, voire disparaître totalement… Tu comprends ?

Visiblement, Fred insiste pour que je comprenne ma peine. Il trouve peut-être que je dédramatise un peu trop la situation et c'est pourquoi il se fait du souci pour moi.

— Je te retrouve bien là, Fred. Tu n'as peut-être pas eu d'enfant mais d'un parent tu as clairement la fibre. La preuve… Tu te fais du souci pour rien. Non seulement j'ai encore toute ma tête mais mes souvenirs sont bien là, je te rassure. Faisons le test, laissez-moi trois minutes, en tête à tête avec moi-même, et je ne donne pas longtemps pour que mes angoisses ressurgissent et que la mort vienne me rendre visite et m'apporter des fleurs. Amnésique ? Si seulement ! dis-je ironique avant d'ajouter : vu l'hécatombe qu'a été ma vie jusque-là, si je pouvais en oublier deux ou trois passages ça m'arrangerait. Seulement, aucune maladie ne me fera jamais oublier que ma famille est morte. Ma peine est gravée et le restera *ad vitam aeternam.* Tu m'entends, Freddo ? lui tapant du poing sur ma couchette d'hôpital.

— Calme-toi, Lyssandre ! J'appelle le docteur, s'exclame Fred inquiet de me voir agité.

— Non ! Surtout pas, laisse tomber. Je vais dormir, laisse-moi juste dormir un peu s'il te plaît.

— Entendu, Lyss, repose-toi. Prends tout le temps qu'il te faut et ne t'en fais pas pour l'enquête, je m'en occupe, annonce Frédérique pensant là me soulager d'un poids…

À tort !

Usant des dernières forces qu'il me reste, je me redresse au-dessus de mon oreiller puis lance un regard désespéré en direction de Fred, exulte mon objection.

— Ne fais pas ça, Fred. En me retirant l'affaire, tu me ramènes au deuil de mon frère.

— Loin de là, Lyss, je ne veux tout simplement pas que tu en fasses quelque chose de personnel et perdes la notion de ce qui est juste ou pas.

— Ne me retire pas l'enquête, Fred, je t'en supplie, j'implore Fred par un dernier râle de désespoir.

Je suis exténué, mes yeux se ferment, mes muscles se détendent et je m'engage dans la pénombre où les battements de mon cœur ralentissent pour se faire plus calmes. Je me détends, les notes de *Prélude* résonnent à nouveau, ce qui me rassure, et pourtant… Pourtant quelque chose cloche. Une sensation d'inconfort et des dizaines de picotements aigus un peu partout sur ma peau. C'est comme si sous mes vêtements grouillait une armée de fourmis soldats cherchant à extraire de leurs mandibules je ne sais quelle denrée sur mon épiderme. Pourtant lorsque je porte mes mains sur mon corps et jusque sous mes vêtements, je ne sens pas la moindre présence mais une peau nue et réchauffée. Une chaleur intense qui semble d'ailleurs émaner de ce soleil étrange aux rayons surlignés d'un rouge écarlate. L'astre se lève sur un fond atmosphérique peint à l'encre noire et apparaît en étoile rouge sang pour s'étendre et tacher la plaine jusqu'à moi. Étouffante, omniprésente, je la sens me brûler la peau à travers cette fine blouse d'hôpital que je porte et, sous les notes accélérées d'une œuvre de Bach massacrée, je faiblis genoux à terre sur un sol étonnamment doux. Prenant une profonde respiration, je me mets en position accroupie et de mes mains caresse ce sol lui reconnaissant une texture végétale et foisonnante mais ce monde reste sombre et mes yeux aveugles. Je ne peux qu'imaginer ce que je touche, pensant à un parterre verdoyant aux coloris tout juste ravivés par la rosée du matin. Une nature réconfortante qui me donne un peu de baume au cœur et me fait apprécier l'instant même si j'ai un peu peur. Heureusement, j'arrive à me calmer, les battements de mon cœur reprennent un rythme normal, les notes faussées de *Prélude* se meurent en un silence rédempteur et enfin ma vue se précise sur l'étendue de cette terre inconnue sur laquelle je me trouve. Un monde vaste mais non infini puisqu'au loin s'étend une barrière de roche semblant délimiter la terre du néant et cet aigle de pierre au-devant duquel je m'approche, curieux, pieds nus.

Plus j'avance et plus l'animal se dévoile, les ailes rentrées et le regard fixé sur l'infini. Fasciné, je n'ai d'yeux que pour lui et manque presque de tomber dans le vide lorsque je m'approche du bord car cette terre semble avoir une limite : après, c'est le néant, vertigineux, attirant, envoûtant. J'ai comme un désir fou soudain…

— Inutile ! Quelle en serait la symbolique, puisqu'à l'évidence ta race est vouée à l'échec, explique l'oiseau de roche qui bien que de pierre ne semble pas de marbre puisqu'il se meut en des gestes lents et se rapproche même de moi secouant la terre de tout son poids.

Et il poursuit :

— Homme, tu ne serais ni le premier ni le dernier à le faire mais un exemple parmi tant d'autres avant toi.

Face aux propos de cette sculpture de pierre qui parle, je dirais que les mots me manquent autant que les bras m'en tombent.

— Quoi ? Tu pensais que je n'étais qu'une statue ? Sache, petit homme, que je suis bien plus que cela. Je suis tel que tes semblables m'ont toujours fait, à savoir symbolique, imposant et destructeur. De l'invasion romaine à oppression allemande en passant par la superpuissance américaine je suis l'emblème de tous vos crimes, les serres à jamais souillées par le sang. Saute ! Saute, petit être insignifiant et puissent, tous ceux de ton espèce te suivront dans cet élan pour le moins sensé, explique l'aigle avant de finalement se détourner de moi et déployer ses ailes de granit pour disparaître dans l'éternel.

Mais qu'est-ce que cela signifie ? Toujours penché au-dessus du vide, mon esprit s'égare, interrogé par le pourquoi du comment d'un sujet qui m'échappe alors que tout ce que je veux c'est sauter et voler comme cet oiseau pourtant de pierre. Je veux virevolter, sentir le vent me bousculer, me malmener. L'expérience me tente mais quelque chose m'en empêche pourtant. Un mur transparent, dressé là devant moi comme une sécurité entre le vide et la terre ferme. De mes mains je sens sa présence, mais ne distingue pourtant rien de son apparence. Résigné, je longe l'invisible muraille qui ne présente aucune faille, ce qui m'amène à me demander comment l'aigle de pierre a fait pour passer au travers. De mes deux poings je frappe aussi fort que possible contre cette paroi, mais toujours rien. Ce n'est qu'après quelques coups de pied bien placés qu'une vibration prend forme et secoue le sol puis un bruit retentit. Un brouhaha de métal hurlant et mécanique strident, résonnant *crescendo* derrière mon dos et qui semble provenir de cette pièce d'artillerie, ce char d'assaut vrombissant au beau milieu de la plaine. Le véhicule est sombre, souillé des chenilles jusqu'au canon et noir comme du charbon. Son apparence est trompeuse mais au milieu de ces pâturages, le contraste est flagrant et la silhouette du cuirassé trahit.

Que fait-il ?

Acculé contre la paroi de verre, je ne peux que rester là à observer le va-et-vient incessant de cette carlingue chenillée, malaxant la terre par des remous frénétiques. Piégé sous cette arène de verre, je ne me sens ni rival ni gladiateur mais juste une proie de chair devant un prédateur de fer et j'ai peur. J'ai peur car voilà maintenant qu'il se tourne en ma direction et m'observe, crachant un nuage de fumée anthracite qui déjà imbibe l'immaculé ciel de coton blanc pendant que le chauffeur, si tant est qu'il y en ait un, se fait menaçant. Par de violents à-coups, il fait vrombir sa machine donnant des accélérés de plus en plus forts, laissant ses chaînes patiner sur l'herbe et défigurer la terre de deux larges cicatrices à son démarrage.

Pleine puissance, il fonce en ma direction pendant que, pétrifié, je sens déjà les maillons de métal me parcourir le corps et faire rompre mes os sous leur passage. J'imagine le pire mais soudain la volumineuse créature change de forme au beau milieu de sa course et sous mes yeux le métal se meut en quelque chose de plus organique, voire animal. Oui ! C'est un éléphant dont la charge grossière s'affine plus il avance et, sous des foulées plus souples, le pachyderme devient équidé galopant. C'est un pur-sang, un mustang aussi noir et sombre que le sont les cieux. Mais la métamorphose ne s'arrête pas là car telle une tache d'encre de *Rorschach*, mouvante, la monture redessine sa silhouette au gré de son approche pour enfin laisser apparaître son cavalier. Un guerrier tout en armure et aussi sombre que l'est son destrier dont la chevauchée fait retentir le cliquetis hypnotique de son attirail. Déroutant, le cavalier qui par-delà le masque grimaçant qu'il porte laisse apparaître son regard de mort et couvert d'une coiffe d'acier, surmontée de cornes acérées, n'est pas un homme mais un démon qui galope jusqu'à moi. D'une main il tient la bride et de l'autre dégaine un sabre à la lame éméchée et rouillée jusqu'à la garde.

Anéanti, je reconnais alors l'image du guerrier samouraï, faisant brusquement émerger le souvenir d'une traumatisante virée au musée lorsque je n'étais encore qu'un enfant impressionnable. À cette époque déjà, la vue de cette même amure – car c'est la même – inanimée par-delà le cordon de sécurité me faisait horreur. Alors maintenant que je la vois mouvante et menaçante, je suis tant mortifié que mes jambes flanchent et je finis à genoux, totalement soumis. Tout près de moi, l'homme et sa monture lentement me contournent pour disparaître derrière moi. Alors je sens le souffle brûlant du cheval me parcourir la nuque et me glacer l'échine, faisant frissonner mon être des pieds à la tête. La sensation est désagréable mais de courte durée car soudain l'animal ne souffle plus ou du moins je ne le sens plus. Mes nerfs se détendent, mes muscles se relâchent, je ne pense à rien mais me concentre simplement sur une partie de mon corps à savoir ma nuque sur laquelle je ressens comme une pression puissante et déchirante jusqu'à la jugulaire. Pour peu je croirais que l'on me scinde en deux, laissant l'acier brûlant pénétrer ma chair et mon sang pour me délester de ma tête.

Je meurs.

Le cœur battant, je m'éveille alors de ce mauvais rêve. Je suis en nage, mes draps sont trempés, j'ai chaud et malgré mes soudaines sueurs froides je continue de transpirer à grosses gouttes.

— Du calme jeune homme, vous êtes en lieu sûr, respirez donc tranquillement et tout ira bien, me dit cet inconnu à la voix rauque mais terriblement réconfortante.

Lorsque j'ouvre les yeux, je regarde alors ledit inconnu en blouse blanche. Il vient de poser sa main droite sur mon front humide puis sa main gauche sur ma poitrine, comme pour canaliser mon angoisse. De sa voix posée cet ange immaculé m'ordonne de respirer profondément, ce qui très vite m'apaise et me met plus en confiance.

— Qui êtes-vous ? Je demande alors qu'au même moment je crois ressentir un bien-être, le même que lorsque j'étais entre les mains de Miss Birstein.

— Je suis neurologue, c'est moi qui vous ai ausculté. Mais ne vous laissez pas distraire et continuez de respirer profondément. Inspirez à fond par le nez puis expirez par la bouche, voilà c'est très bien.

Sous les mains salvatrices de ce professionnel en blouse blanche, mes palpitations ralentissent et mes angoisses s'évanouissent.

— Ça passe, vous vous sentez mieux, n'est-ce pas ? Navré pour ce réveil brutal mais il est préférable que vous ne dormiez pas autant.

— Je faisais un rêve dans lequel on me décapitait. La sensation était d'ailleurs si intense que j'en ai encore le goût du sang même si la douleur restait supportable comme engourdie. Enfin, quoi qu'il en soit, je ne peux que vous remercier de m'avoir sorti de là.

Amusé, le toubib hoche la tête, laissant apparaître un léger sourire qu'il efface rapidement lorsqu'il attrape le dossier de la chaise disposée près de mon lit et s'installe près de moi, le regard droit. Très sérieux l'homme s'apprête à me mettre dans la confidence.

Je sais déjà ce qu'il va me dire, donc soit je l'écoute parler, laissant faire que tombe le couperet, soit je prends les devants et c'est moi qui le coupe dans son élan. Étant le seul auteur de ma vie, je décide de ne pas demeurer impassible face à la sentence et dit :

— Désolé, Docteur, mais je ne veux pas entendre ce que vous avez à me dire car vous aurez beau prendre des gants pour le faire je refuse d'endosser cette pathologie et le costume de victime qui va avec.

— Vous savez, Monsieur Zacharias, quand bien même vous voudriez mettre un nom sur cette pathologie cela ne serait pas possible car le problème est bien plus complexe que cela. Laissez-moi vous en dire plus, demande-t-il la tête basse mais le regard toujours droit, convaincant. De plus, vous êtes certifié psychanalyste, cela devrait donc vous intéresser, ajoute-t-il usant de ma curiosité comme d'un prétexte pour m'amadouer.

Et ça marche.

— Je vous écoute, Docteur.

— Bien, lorsque vous vous êtes évanouis dans cette cantine, votre tête a violemment heurté le sol. Heureusement vous êtes passé à côté d'une fracture ou même d'une commotion plus grave. Néanmoins, le choc a quelque peu ébranlé le lobe orbito-frontal qui est cette partie sensible que l'on appelle aussi "siège des inhibitions", dit-il en appuyant son index et son majeur contre ma tempe. Alors, troubles de la mémoire, de l'identité ou simple inhibition ? Avant de définir le terme exact, il faut voir comment tout cela évolue au quotidien.

— Mon quotidien… ma vie quoi, c'est mon boulot, dès lors quand vous me dites troubles de la mémoire, j'entends "tumeur" et "cancer", ma tête n'étant ni plus ni moins que mon seul outil de travail. Si celui-ci vient à rouiller, c'est pour moi la mort du métier d'artisan.

— N'allez pas déjà peindre le diable sur la muraille, Monsieur Zacharias car, même si je suis sceptique sur le mal qui vous ronge, ce n'est pas une raison pour sombrer dans le mélodrame.

— Hum ! Alors, selon vous, je ne devrais pas imaginer le pire mais attendre sagement qu'il se concrétise, c'est ça ?

Acculé devant mon désir de demeurer pessimiste, le docteur prend du recul et dit :

— Au moins, vous reprenez du poil de la bête. Je ne sais pas comment vous êtes dans la vie de tous les jours mais je remarque un fort caractère et c'est bien, en tout cas c'est mieux que de s'apitoyer sur son sort.

— Désolé, Docteur, je me suis emporté, je ne suis pas comme ça d'habitude. Enfin, de par ma mère j'ai toujours eu un moral d'acier, seulement à la suite de sa mort ma force de caractère s'armant de déni et de pessimisme a peut-être fait de moi un homme insensible très souvent braqué ou sur la défensive.

— Inutile de vous justifier, je comprends, merci. En tout cas je ne vais pas vous retenir davantage, car vous me semblez suffisamment fort et sain d'esprit pour reprendre le cours de votre vie. Vous verrez bien comment tout cela évolue, Lyssandre. J'ai déjà prévenu votre généraliste de la situation car il vous faut un traitement. Jusque-là, tentez de vous ménager du mieux que vous pourrez. Ne prenez aucun risque inconsidéré et si vous sentez que quelque chose cloche, une absence, un oubli, une vision, voire des cauchemars, appelez ce numéro.

Un cauchemar ? Je devrais peut-être lui parler de ce dernier fraîchement évoqué en méli-mélo d'images de guerre, de peurs inconditionnelles et de métamorphoses animalières…

Le neurologue me tend sa carte, que je prends non sans hésitation mais pourquoi ? Un doute soudain… et si parler de tout ça faisait de moi un phénomène à la pathologie étrange que l'on réduit au rang de cobaye car on ne sait guère de quoi il souffre véritablement ?

Je n'ai pas envie de ça.

— Vous allez poursuivre l'enquête ? me demande le doc avant de développer : votre ami Frédérique m'en a touché deux mots même si j'en avais déjà lu pas mal dans la presse locale. Navré pour votre frère.

— Si vous saviez, Docteur, combien j'ai redouté cet instant, cela n'aura pourtant pas amené le destin à m'en faire grâce.

— Toujours le même dilemme ! Et pour ma fille c'est pareil, il ne se passe pas un jour sans que je me ronge les sangs à son sujet. Seulement, comme vous le dites très justement, ce n'est pas en agissant de la sorte que la providence se montrera plus clémente.

Détachant son regard pour fixer le vague avec attention, l'homme s'abandonne : il pense sûrement à sa fille.

— Comment s'appelle-t-elle ? Je lui demande par sympathie ou curiosité, je ne sais pas.

— Pardon ? répond le toubib, sortant brusquement de ses pensées.

Mais il a entendu ma question et répond :

— Fanny. Je pense à elle et à son stage et ne suis pas rassuré, surtout après ce qu'il s'est passé là-bas.

— Là-bas ? Je répète, ne sachant pas de quel endroit il parle.

— La caserne ! affirme-t-il avec un sarcasme d'évidence.

Alors je comprends que sa fille Fanny en stage – de médecine sûrement – à Bière n'est autre que Miss Birstein dont le souvenir me revient brusquement comme les notes délicates de son parfum et de cette étreinte brutale ayant marqué notre rencontre.

— Birstein ! Denis Birstein, vous êtes le père de Fanny ! Voilà qui est amusant car, par un hasard des plus fortuits, votre fille et moi avons fait connaissance là-bas. Une personne remarquable, intelligente et tout à fait charmante. Je comprends votre inquiétude, mais soyez rassuré car votre fille est forte et s'en sort plutôt pas mal là-bas, malgré les faits et l'ambiance très… masculine.

— Cela ne me surprend pas finalement, me répond Birstein rassuré et honoré par ces quelques éloges, que d'ailleurs il juge bon de récompenser au risque d'enfreindre le secret professionnel. Psychose, annonce-t-il d'un air insistant comme si ce mot n'était ni plus ni moins que la clé de mon enquête.

— Psychose ? Je m'interroge…

— Des enfants… fragiles, ajoute Birstein le cœur lourd d'une vérité qu'il semble vouloir expier avec moi.

— Sylvain Boisot ne sait même plus qui il est. Quant à Philippe Berset, ce garçon souffre de tellement d'identités qu'il ne sait plus laquelle adopter. Vingt ans… vous vous rendez compte ? Vingt ans et déjà psychotiques.

— Le fameux masque aux deux visages, c'est comme ça qu'on l'appelle dans le jargon de la psychanalyse. Différent du classique “mécanisme de défense” contre les peurs du quotidien, il est un double de substitution plus fort qui n'hésite pas à faire de l'ombre à l'original devenu trop faible. Une vraie saloperie, n'ayons pas peur des mots.

— Mais, Docteur Birstein, quelles sont exactement les raisons qui vous poussent à croire en la psychose plus qu'au traumatisme ou choc émotionnel ?

— Des raisons j'en ai, car cela fait maintenant plusieurs semaines que je reçois des cas d'épilepsie importants chez mes jeunes patients… des recrues souvent. Ils sont enclins au surmenage et sont les victimes d'une surexposition à l'image, comme on le voit chez des personnes accros au petit écran ou aux jeux vidéo. Au début je ne pensais pas qu'il pouvait y avoir de lien avec l'armée ou ce qu'il s'y passe, mais quand ma fille Fanny m'a parlé de l'existence de ce simulateur et du temps que passent les soldats dedans alors j'ai compris. J'ai compris la douleur et les crises, souvent bénignes et temporaires mais qui parfois donnent suite à de la paranoïa voire à de la psychose.

Sous le poids de ses arguments, Birstein met le doigt sur un point que j'allais sûrement négliger.

— Avez-vous entendu parler de ce simulateur, là-bas à la caserne ? Sauf erreur, ça doit ressembler à ces engins utilisés dans l'aéronautique pour apprendre à piloter, ça doit être assez monstrueux…

Et de ce soi-disant monstre, Birstein tente de me faire la description sans s'en rappeler le nom alors que dans ma tête il trotte telle une obsession qu'il me faut expier, exulter :

— Armygeddon !

— Oui ! C'est ça… "Armygeddon ou l'armée sans risques" comme ils disent dans les journaux alors que depuis l'arrivée de ce truc, le corps médical de Morges n'a jamais été autant sollicité sur le sol militaire de Bière. Néfaste, ce truc perturbe et affaiblit clairement ceux qui y participent ; c'est pourquoi je vous conseille de chercher par là. Creusez donc un peu plus sur Armygeddon et vous découvrirez peut-être ce qui aura rendu fou ce lieutenant.

Sur ces dernières paroles, Birstein se lève de sa chaise pour s'en aller reprendre sa ronde. Mais avant de disparaître, l'homme vêtu de blanc se place sous l'éclairage d'une lumière vive et, tel un ange bienfaiteur, me souhaite bonne chance.

De la chance, il va m'en falloir mais pour l'heure je veux du calme car au fond de mon lit je me sens vidé, absent. Les yeux rivés vers la fenêtre, j'observe, captivé, le simple spectacle d'une nature fortement agitée et, hypnotisé, je regarde même danser les arbres au travers de cette fenêtre d'hôpital sans qu'aucune pensée ni préoccupation ne vienne entraver l'instant. Plus de peurs ni d'angoisses et bien moins de questions sans réponses : je me sens libre et débarrassé de toute contrainte. Seraient-ce là les premiers effets de l'amnésie ? Peut-être suis-je maintenant atteint d'un mal étrange qui me ferait oublier la douleur des plaies les plus profondes. Voilà qui semble absurde…

Oui, absurde, d'autant plus que je vois le fantôme de mon frère planté là, juste devant moi. Pour l'heure, il est seul mais dans un moment suivront les spectres des parents, comme toujours.

« J'ai peur que tu en fasses une affaire personnelle », a dit Fred à mon réveil. Peut-être n'a-t-il pas tout à fait tort car, pertinente, sa remarque prend tout son sens, le pied à peine posé hors du lit, car Matt est toujours là et me suit du regard, m'observant même sous ma douche. Il traîne dans ma tête et trotte nerveusement pendant que de mon côté je ressasse les faits et m'habille. Il m'écoute lorsque je pense à tout ce qui cloche comme cet incendie et le congé prématuré de Romanens. Et lorsque je descends les escaliers de cet hôpital de Morges, Matt est toujours là. Je ramène ma sacoche en bandoulière avec une pensée pour le Tibétain, le premier lieutenant Tenzin, déjà de retour au service comme si pour lui aucune séquelle ne devait être à déplorer alors qu'il était le supérieur direct de la victime et par conséquent ne pouvait qu'être proche si ce n'est intime.

Sillonnant les rues ombragées du centre de Morges, je traverse les quartiers au rythme des pensées qui assaillent mon esprit en bribes de souvenirs post-traumatiques, comme les propos vociférés par le caissier de la cantine militaire ou tout ce qui concerne Armygeddon, ses affiches et ses spots publicitaires. Pour tout cela ma mémoire ne semble pas faire défaut, ce qui me rassure vis-à-vis de mon amnésie. D'autant plus qu'une fois atteint le quai en direction Bière, les éléments cruciaux fusent et se mettent en place telles les pièces d'un puzzle géant qui s'assemble et forme l'image d'un foutu simulateur de combat. Birstein à sûrement influencé mes choix, mais je me dis effectivement qu'une séance ou du moins une visite de cette chose ne serait pas dénuée de sens.

Soufflant, sifflant, le BAM est déjà là mais je ne monte pas tout de suite, laissant les quelques soldats présents monter avant moi. Alors je pense soudain à Quentin qui, vêtu de ce même uniforme et bien calfeutré dans le siège de son Puch, doit m'attendre et peut-être même se faire du mauvais sang à mon sujet. J'imagine déjà son visage, mais une odeur irritante et dérangeante vient soudain me gêner dans ma créativité. Un vent chaud au parfum mécanique craché des entrailles du véhicule en attente. Une odeur presque nauséabonde qui me fait carrément m'éloigner pour mieux voir au loin le chemin que prendra le train et qui me mènera sans détour au repentir de mes erreurs passées. Alors, maso mais néanmoins convaincu que ce choix demeure le bon, je m'installe dans le BAM et suis le trajet avec autant d'attention et d'attente qu'un gamin comptant les jours avant Noël.

Quinze, vingt, trente, quarante-deux minutes et vingt secondes avant d'arriver enfin sur le quai de gare de cette bonne vieille région de Bière. À peine le chef de gare sonne le terminus et ouvre les *lourdes* que déjà je saute du train pour filer à travers le village et les pâturages puis retrouver enfin la caserne militaire devant laquelle je deviens Don Quichotte face à ses moulins à vent et annonce :

— Prêt à me battre ! Cette taule sera mon défi, mon ennemi colossal mais rien d'insurmontable face à la colère de l'homme en deuil que je suis.

Lancé tel un boulet de canon contre la forteresse, je ne doute plus un instant de ma témérité mais ne perds pas la boule pour autant car il ne s'agit plus maintenant de foncer tête baissée mais de réfléchir avec un tant soit peu de jugeote et de discernement. Ainsi, cherchant à solidifier les fondements pour espérer voir fleurir la finesse de l'esprit, je dépose mon sac à terre, y extrais mon calepin et organise mes pensées. La pointe de mon stylo glisse sur le feuillet vierge pendant que s'étale l'encre et se révèlent mes avancées, incertitudes, doutes et convictions : tout y est répertorié, les éléments se mettent en place, les faits se distinguent puis apparaissent quelques noms et ce fameux François Tenzin. Est-il victime ? Est-il coupable ?

Visiblement blanchi, l'homme s'en est allé reprendre du service comme si de rien n'était pendant que d'autres souffrent de psychose et tombent dans le coma. À croire que cet homme n'est pas fait comme tout le monde ou peut-être n'est-il qu'un robot dénué de sentiments ?

Quelles que soient ses raisons, j'attendrai de ce « cyborg » qu'il réponde à mes questions de façon précise, sans quoi je ne saurai me retenir de bafouer son intelligence artificielle jusqu'à dénoncer l'obsolescence d'un jeu de dupes qui n'a que trop duré.

Chapitre VIII
Parade, jeu de scène et bouffonneries

Au cœur de cette bonne vieille place d'armes de Bière, je m'arrête, motivé d'un désir soudain de flâner, me laissant aller au gré du temps qui passe. Pourtant, par cette nonchalance je culpabilise un peu mais rien ne m'inquiète ni ne m'importe, mes pensées sont en veille et je me sens libre. Apathique, je choisis alors d'emprunter un chemin différent et longe le village au travers d'un agréable petit chemin de gravier surplombé de châtaigniers bruissants car légèrement perturbés par la bise fraîche de cette journée. Là je me sens bien, même si au fond de moi je pense que cette impression n'est rien de plus qu'une belle illusion, ou le bonheur selon mon imagination.

Utopie ! Folie ! s'exclame ma conscience, cherchant à me ramener à la réalité, faisant naître mes angoisses et s'agiter mon cœur plus que de raison… Les fantômes apparaissent.

— Non ! Ils sont morts, dis-je à haute voix, les nerfs à vif et les poings serrés, refusant de succomber.

Mais il est trop tard car déjà ces démons se jouent de moi, m'exècrent, m'insultent, me traitent d'homme insensible, de lâche et de misérable. Dans ma tête les voix s'intensifient et fusent les calomnies. Alors, lynché de réprimandes, je voudrais fuir, échapper à ces voix de colère ; mais tout est dans ma tête et je ne peux m'en défaire. Désespéré, je hurle pour n'entendre que ma voix, à la stupéfaction de deux soldats qui passent devant moi, effarés. Ils doivent me prendre pour un fou à hurler comme un loup. Alors, gêné, je leur fais signe de la main montrant que tout va bien, puis continue le long du chemin. Plus de voix ni de pensée d'aucune sorte, mais le gravier qui frotte sous chacun de mes pas et le vent qui me pousse en avant. Guidé, je me laisse aller les yeux fermés pour écouter et ressentir cette nature au dialogue toujours aussi agréable. Une promenade désorientée, au gré du temps, au gré du vent qui me déporte et me dépose juste au-dessus d'une terre généreuse et moelleuse. Un terrain de foot, des joueurs et cette balle qui roule et qui roule jusqu'à mes pieds.

— *E amico ! Passa mé la palla,* s'exclame l'un des garçons tout en s'avançant vers moi le bras levé – un Tessinois probablement.

— *Oh ! La palla, cazzo*[4], enchérit un autre sensiblement plus impatient, ce qui pousse ses camarades à crier *dai, dai…*

J'ignore bien ce que *cazzo* veut dire mais je devine un terme moyennement poétique ; alors, plutôt que d'attirer sur moi la colère de ces quelques chiens enragés, je leur renvoie la balle et me dirige presque instinctivement vers cette fontaine de pierre que j'avais déjà remarquée le premier jour de mon arrivée ici. Pure et ruisselante, son eau scintille à mes yeux et me donne envie d'y goûter. Malheureusement, lorsque je m'en approche, la horde de gaillards aux crampons affûtés me double par la droite et vient se sustenter avant moi. Devant mes yeux se dresse alors une sorte de rempart de maillots fluo aussi criards les uns que les autres. Aucune brèche, aucun passage : il me faudra attendre que ces messieurs veuillent bien regagner leur terrain pour que je puisse enfin goûter à cette source tant convoitée.

Pour ma part, je n'ai jamais aimé jouer à la balle ni aucun sport d'ailleurs mais lorsque je les regarde ainsi s'affairer de connivence, je me dis peut-être que je suis passé à côté de quelque chose.

— Aurait-on comme une envie de tâter du ballon ? s'exprime une voix que je connais.

C'est Baumann, adossé à la carlingue de son Puch, débraillé et toujours flanqué de sa petite gueule d'ange sympathique. Je n'ai

4 Terme italien : insulte faisant référence au sexe masculin.

même pas entendu le véhicule arriver. Bref, je suis ravi de le revoir même si je vois que quelque chose a changé dans son regard… la peur s'y est installée.

— Tu nous as fait une sacrée frayeur ! Je te revois, inanimé sur le sol, le vieux caissier jurant, se faisant du mauvais sang pendant que le tien s'étalait ruisselant jusque dans les rainures du carrelage. Qu'est-ce qui s'est passé ? me demande Quentin, atterré.

— Une mauvaise nouvelle. Le nom de mon frère dans le rapport de police et parmi la liste des victimes. Mon frère était dans ce foutu char et j'en savais rien.

— Attends, tu es en train de me dire que tu as un frère mort dans l'accident du *no man's land* et quoi ? Tu n'en savais rien ? demande Quentin aussi interloqué que le serait n'importe qui devant l'incohérence d'une telle situation.

Il ajoute, dépité :

— Comment ?

Ce à quoi je ne peux que répondre :

— Un très mauvais concours de circonstance, je dirais.

— Toutes mes condoléances, Lyssandre. Si je peux faire quoi que ce soit, annonce Quentin aussi accablé qu'incapable.

— Oui, tu vas pouvoir faire quelque chose pour moi. Tu vas me conduire auprès du premier lieutenant François Tenzin, le…

— … Le commandant de la batterie 42, répond spontanément le jeune soldat avant de me demander, hésitant au point de bégayer : tu… tu ne cherches pas les représailles ? Je veux dire… tu… pourquoi tu veux voir ce type ?

— Je ne sais pas ce que tu t'imagines, Quentin mais je n'ai nullement l'intention de m'attaquer à ce gars. Il n'y est pour rien, enfin je pense. Quoi qu'il en soit je veux juste l'interroger… pour l'enquête. J'ai encore du boulot à ce niveau-là.

Rassuré, Quentin hoche la tête et prend quelques secondes pour contenir ses idées les plus folles. Il marche deux pas, détournant son regard sur tout et n'importe quoi, puis revient face à moi, plus serein.

— Tenzin… J'ai dû conduire ce gars une ou deux fois en tout et, selon mes souvenirs, il n'était pas très loquace. En fait, je le connais surtout de réputation car deux de mes potes triment en ce moment sous son commandement. Apparemment ce n'est pas un tendre. Le fait qu'il soit tibétain ne fait pas de lui un pacifique et c'est tout sauf un moine. C'est plutôt du genre…

Quentin cherche ses mots et soudain sort :

— … Père Fouettard !

Le doigt levé et le visage illuminé, fier de sa trouvaille.

— Hum ! C'est donc un faux chanoine tibétain aux allures de tyran chrétien parachuté au sein de l'institution militaire suisse. Voilà qui est assez inhabituel.

— Et dérangeant, car entre les murs de l'institution il y a encore pas mal d'esprits étriqués, patriotiques ou conservateurs qui peinent à assimiler l'idée du métissage et si tu n'es pas aussi blanc que la croix que tu arbores, tu n'en es pas digne. Ce qui explique peut-être l'endurcissement du personnage et ce caractère de tyran. En tout cas, ça ne va pas être simple, je te souhaite bien du courage, mon ami.

— Pour tout te dire, Quentin, je me fous royalement du trouble qui transforme l'homme serein en tortionnaire. Lui comme tous les autres devra se plier à mes exigences car même s'ils représentent la défense de la nation, moi c'est la justice que j'incarne.

— Lyssandre, quel caractère ! Pour peu, tu me ferais presque penser à l'un de ces gradés nerveux que je côtoie à longueur de journée. Tu sais, du genre grosse sardine à l'huile bien baveuse, la gueule toujours grande ouverte, me schématise Quentin par de grands gestes, tout en faisant des grimaces.

Seulement, voyant que je ne suis pas bon public de ses gaudrioles, le jeune homme ravale ses clowneries, racle sa gorge et d'une voix plus sèche, me dit :

— Oui, enfin, pour en revenir à Tenzin… si tu arrives à lui rentrer dans le cadre, dis-toi que tu rendrais là un fier service à tous mes potes qui suent sous ses ordres.

— J'y penserai, lui dis-je alors qu'il passe derrière moi, me file une tape dans le dos et s'en va regagner son véhicule d'une manière plutôt... originale.

Il s'élance alors sur le capot de sa carlingue, hanche en avant. Je ne sais pas dans quel film ou série télé ce gosse à vu faire cela mais il devrait pourtant savoir qu'entre la fiction et la réalité se creuse un fossé tout comme se creuse la tôle sous le poids de sa crédulité.

— Quel con mais quel con ! Je vais me faire ramasser. Je vais devoir remplir une fiche rep' et répondre de ce qui s'est passé... *fuck !*

— Une fiche rep' ? Je lui demande innocemment afin qu'il lâche la bride et descende de ses grands chevaux.

— Oui, une fiche de réparation... c'est une étiquette, un feuillet rose sur lequel on signale un dommage. J'en ai déjà fait pour la jugulaire de mon casque de combat et aussi mon vélo – ce vieux tromblon des années cinquante – mais jamais pour le carrosse. C'est grave là, explique Quentin affolé.

— Tu diras que la branche d'un arbre est tombée sur le capot quand tu me faisais le tour du proprio et j'appuierai tes dires. Ensuite tu rempliras ta feuille rose et tout le monde sera content mais en en attendant j'aimerais que tu te ressaisisses et me conduises auprès du lieutenant Tenzin. Ah oui, et si tu pouvais à l'avenir éviter ce genre d'originalité, ça m'arrangerait.

— À vos ordres, mon Commandant, me répond Quentin d'un air léger presque arrogant.

— Insolent, va ! Je ne sais même pas pourquoi je me fatigue à te rendre service.

— Désolé, Lyssandre, ce n'était qu'une boutade, comme j'aurais pu dire : “À vos ordres, Monseigneur”, mais ça aurait été hors contexte, dit-il embêté.

— Eh bien dommage, Quentin, car Monseigneur m'aurait plus amusé. Maintenant, fouette cocher ! Car je m'en voudrais bien d'arriver en retard par ta faute.

Et toc !

Sur la place d'armes, la sécurité est de mise et Quentin roule au pas laissant le ronron continuel du moteur Puch devenir mélodique au point de jurer entendre les notes d'un orchestre. Une basse qui gronde sur un fond de trompette en cadence mais ça ne vient définitivement pas du moteur ni de la radio puisqu'elle est éteinte.

Plus on avance et plus la musique s'intensifie, c'est une fanfare.

— Quentin, tu entends ? Il y a comme de la musique.

— Oui, c'est la prise de l'étendard ou prise de la panosse comme disent les habitués, explique Quentin se rapprochant de cette mélodie aussi répétitive qu'une chanson à deux couplets.

— Je ne comprends pas. Est-ce là une cérémonie ? Une tradition ?

— Patience, les actes valent toujours plus que les mots, annonce Quentin passant discrètement de la seconde à la troisième vitesse, atteignant rapidement le bord de la place d'armes qu'il longe pour enfin nous faire passer près d'une cour, puis la halle des chars.

Je ne sais pas trop où il me mène mais je lui fais confiance même si le matelot qui tient la barre est aussi celui qui il y a peu pliait la coque de son rafiot à roulettes.

Marin d'eau douce !

Enfin bref ! La carcasse résiste aux remous du moteur et c'est l'essentiel. D'autant qu'une fois la barre portée à tribord, nous croisons quelques bâtiments alliés qui, passant juste à côté, nous submergent de leurs embruns de carbone. En cale ça ronronne comme il faut, les machines virent de tribord à bâbord.

C'est qu'y en a là d'dans ! me dis-je prenant la voix d'un pirate à l'accent coupé au couteau.

Enfin nous jetons l'ancre aux abords d'une halle, devant laquelle s'organisent les autochtones en plein cérémonial. Ce ne sont là que des soldats postés en rang, mais je laisse mon imagination penser autrement. Une manière amusante pour moi de percevoir la réalité sous un angle différent et, mine de rien, ça a son petit côté thérapeutique. Modeler à ma guise les peines et incompréhensions et faire des petites contrariétés de grandes indifférences. Une facette de mon esprit qui semble ne pas trop souffrir des méfaits de l'amnésie.

Tant mieux.

Au loin redémarre la parade et ses notes de fanfare en fond sonore préenregistré. Pas d'orchestre mais deux grosses enceintes noires face auxquelles se positionnent tous les soldats de la batterie, casque à hauteur des yeux, mentons relevés et tenues ajustées. Raides comme des piquets, les mains scrupuleusement placées sur le fusil, tous sont alignés par ordre de taille. Les grands sont valorisés à l'avant et les petits honteusement dissimulés à l'arrière. Autrement dit, la discrimination dans ce qui se fait de plus scandaleux, sans parler des ordres qui claquent comme des coups de cravache et cette musique qui tourne en boucle au plaisir de ces pauvres gamins qui sûrement subissent les minutes comme des heures.

D'où je suis, je ne distingue pas tout mais aperçois néanmoins le drapeau de la confédération s'ériger au-dessus des casques et passer de gauche à droite de la formation. Et puis le refrain cesse, le garde-à-vous est donné, sonnant parallèlement le glas des festivités, raidissant les troupes le dos droit et le menton relevé.

Dieu que je plains ces pauvres harnachés qui malgré la fraîcheur du printemps nouveau suent comme des baudets en plein cagnard ! Des ânes bâtés et hébétés prisonnier sous la charge de leur barda, tenant debout ou marchant des heures à travers plaines, forêts et clairières. Même en pause, ils restent droits sur leurs pattes, tenant à longueur de journée et s'ils ne sont pas encore soumis à la bride, cela n'empêche pas leurs supérieurs de les faire tourner en bourrique.

Trop loin de la fête, je m'approche, furetant l'horizon pour une meilleure vision sur l'étonnante formation et sur deux gigantesques canons qui lentement mais bruyamment apparaissent et s'érigent au-dessus des casques pour pointer le ciel. Alors je m'approche et découvre les chars postés derrière les hommes piquets.

— Que pense le psychanalyste de ces deux… pénis en érection ? demande Quentin qui sans avoir fait de bruit m'a rejoint.

Salace mais perspicace, Quentin m'offre de raisonner dans ce sens car il y aurait matière à le faire comme Freud qui ramenait souvent l'homme à son sexe telle une obsession.

— Si je me souviens bien de mes notes de cours, le professeur Sigmund Freud disait qu'un enfant entre trois et sept ans passe par un stade dit « phallique » où il découvre son sexe comme une forme de puissance qu'il observe et étudie en jouant avec, simplement. Et c'est drôle, car, sachant cela, lorsque j'observe à nouveau ces quelques soldats en extase devant leurs canons en érection, je salue la théorie du vieux psychanalyste.

— Intéressant, Lyssandre, mais dis-moi… qu'en est-il de moi car là tu sembles faire une généralité. Hein ? Qu'en est-il de ceux qui ne voient pas en ces tubes d'acier la représentation métaphorique de leur bistouquette ?

— Je te rassure, Quentin, ce n'est là qu'une analyse parmi tant d'autres et si tu veux mon avis, toi au même titre que les autres soldats demeurez les protagonistes et victimes de cette mise en scène absurde. Pour moi le complexe se situe plus chez les gros bonnets, politicards et conservateurs.

— Je pense aussi, répond Quentin satisfait de ce point de vue.

L'œil observateur à nouveau rivé sur la formation, je constate qu'il y a du mouvement. La musique s'arrête, les garde-à-vous sont aboyés, l'heure n'est plus à fanfaronner mais écouter le chef, ce type, enfin… ce jeune pédant à peine plus âgé que moi mais dont le nombre de décorations sur le veston dépasse l'entendement. D'où sort-il celui-là avec ses deux feuilles de chou dissimulant à peine le lait qu'il a encore derrière les oreilles ? On dirait un gamin imitant les gestes d'un dictateur ou d'un politicien aussi charismatique que pathétique, au discours plus patriotique tu meurs, chauvin et conquérant à faire peur.

Vingt minutes sont apparemment nécessaires à ce grand bavard pour étaler avec redondance ce que je pourrais dire en moins de cinq secondes. Un vrai calvaire pour tous ces pauvres garçons dont la patience ne doit sûrement plus tenir à grand-chose, d'autant plus que la musique reprend – encore – et que le soldat au drapeau passe devant les troupes – encore. Heureusement, le petit nerveux aux mille galons ne compte pas réitérer son chaleureux discours mais des ordres sont à nouveau braillés en onomatopées incompréhensibles pour que frappent sur le bitume les talons des quelque cent soldats. Ainsi, telle une armée ankylosée de jouets en tôle remontés à bloc, les jeunes hommes tapent du pied mais sans avancer car ce n'est qu'après le second ordre littéralement prononcé « *mrsh* » et que je traduirais par « marche » que les soldats avancent, paradent et s'éloignent enfin.

Des mouvements robotiques et coordonnés, un vocabulaire abrégé, voilà bien là un asservissement digne de la lobotomie. Des suites d'un tel spectacle, je deviens perplexe et tout en regagnant le Puch me demande pourquoi. Pourquoi cette mascarade et quelle en est la symbolique ? Ne pouvant moi-même répondre à ces questions, je me tourne vers Quentin qui, à peine monté dans le véhicule, attrape le volant qu'il serre de toutes ses forces jusqu'à faire grincer le caoutchouc. Lui aussi semble perplexe, si ce n'est pensif ou carrément tracassé.

— Que se passe-t-il Quentin ? Je te sens ailleurs tout à coup, je lui demande, tentant de percer ce regard rabaissé.

— Tout ceci n'est pas très reluisant et peut-être aurais-je préféré que tu ne voies pas cela finalement, car je ne sais pas ce que tu vas penser de moi maintenant ?

Il est assez touchant de constater combien Quentin semble gêné vis-à-vis de moi par le rôle qu'il tient au sein même de cette armée. Une position pourtant imposée par la société mais qui l'embarrasse, car toujours blessé par l'épisode avec ses amis.

— Bien sûr, Quentin, je reste tout à fait conscient que ce que tu accomplis là n'est pas un choix mais plutôt l'exécution d'un concept appelé “devoir de citoyen” auquel nul ne reste finalement insensible. Que veux-tu, en chaque homme demeure sa part de patriotisme ! Alors oui, lors du recrutement, certaines circonstances ont fait que j’y ai échappé mais si cela n’avait pas été le cas je serais là comme toi à attendre qu’on me dise quoi faire et quand je dois manger, dormir ou pisser. À courir pour attendre, attendre pour courir, porter des fringues qui puent et manier des armes qui tuent.

Quentin sourit, il est rassuré.

— Et ce n’est pas parce que tu portes ces couleurs que tu oublies combien elles ne te siéent pas au teint.

Le jeune homme hoche la tête puis me lance un regard reconnaissant. Alors, l’esprit plus léger, Quentin reprend la route soutenant raisonnablement l’allure jusqu’au bloc B4. Un bâtiment d’une austérité et d’une froideur telles qu’il ne déroge pas à l’influence architecturale générale de la caserne.

— Je t’abandonne à nouveau dans ce véhicule, mon ami. Néanmoins, je ne crois pas que cette fois-ci j’en aurai pour très longtemps avec le lieutenant. Pour sûr, je débarque un peu comme un cheveu sur la soupe mais…

— Mais il ne sait pas à qui il a à faire, avance Quentin non pas sur le ton du sarcasme mais plutôt convaincu.

Serait-il admiratif tout à coup ? En récupérant mes affaires à l’arrière du véhicule, je l’avoue, je jubile un peu à l’idée d’impressionner ce garçon à peine plus jeune que moi. Ça me motive.

— Lyssandre, attends ! crie Quentin avant que je m’en aille braver la tempête tibétaine.

Bizarrement le jeune homme affiche une moue empruntée et presque embarrassée à l’idée de ce qu’il s’apprête à me demander.

— Oui, euh, je me demandais si une fois encore tu voulais bien me laisser ta musique ?

Oui ! Ce gosse m’admire, c’est maintenant une certitude.

— Ma musique ? Ton ouïe réclamerait-elle quelque chose de plus profond que ces mélodies insipides que tu lui imposes à longueur de temps ? dis-je taquin, tout en lui confiant l'objet qu'il convoite.

— Ne t'emballe pas, Lyss, c'est juste que je n'ai rien d'autre pour patienter pendant que tu t'amuses à jouer les détectives.

— Ainsi, c'est par dépit que tu écoutes les grands de la musique classique et peu importe le style ou qualité de la musique du moment que tu es diverti ?

— Est-ce un crime ? demande Quentin, insouciant.

— Plus qu'un crime, c'est un affront que tu me fais là. C'est comme si tu disais : peu importe le goût des aliments du moment qu'ils me nourrissent ou peu importe le sexe tant qu'il me satisfait, c'est absurde ! Tout comme il est absurde de nier cet amour que tu portes au classique, lui dis-je avant de disparaître et le laisser réfléchir à tout cela sous une mine que j'imagine déconfite.

Goguenard, j'en ris jusqu'aux escaliers du bâtiment que je gravis la tête basse, honteux de tant de sarcasme et suffisamment distrait pour me heurter au poitrail d'une réalité au gabarit large et imposant. Mon visage s'écrase sur le torse de ce type, cette barrique dont le parfum corporel de tabac froid, de sueur et d'*after-shave* à la menthe m'envahit et m'étouffe. Écœuré, en moins de temps qu'il n'en faut pour retirer mon nez de l'odorant personnage, je recule de trois marches et lui découvre une bonhomie qui me ferait presque sourire tant son apparence est grotesque. On dirait une grosse boule de pâte vulgairement flanquée de bras potelés et de jambes arquées telles un Saint-Nicolas brioché version extra-large. Seulement, au vu de sa tronche, le gus serait plus crédible en cuchaule[5] safranée à l'effigie de ce bon vieux Père Fouettard déjà évoqué par Quentin tout à l'heure – à croire qu'il me l'a mis dans la tête. Pourtant, si l'on imagine le zigue troquant son manteau contre un uniforme de

5 Brioche au safran, originaire du canton de Fribourg.

gradé et sa pipe contre un cigare cubain, il y aurait bien de quoi s'y méprendre. À côté de lui se tiennent deux autres types genre gardes du corps. Mais qui sont-ils ? À droite un grand maigre dégarni, le visage austère et le regard froid, puis à gauche un grand balèze hirsute et pas commode, genre rugbyman peu conciliant. À les voir les trois ensemble on dirait une mauvaise adaptation des *Pieds nickelés* ou l'étonnante collaboration entre le sergent Garcia de *Zorro* et les compères Tif et Tondu. D'ailleurs je crois que le gringo bedonnant s'approche de moi, dodelinant au-dessus des quelque trois marches me séparant de lui. Il bombe le torse et inspire, tirant sur son cigare comme il siphonnerait un estagnon d'essence qu'il recracherait en fumée de diesel ardent.

— Laissez-moi deviner… Vous êtes ce fouineur de spécialiste, psycho machin chouette ? me demande le bien aimable avant de prendre une nouvelle bouffée de son cigare et me l'expirer en pleine face.

Puis il poursuit :

— Tout le monde parle de vous ici et pas qu'en bien, dit-il avant de baisser le ton pour ajouter qu'il me fait grâce des propos employés à mon égard – quelle courtoisie !

— Merci ! Vous êtes trop bon, je lui réponds sans sous-peser mon exagération et demande : a qui ai-je l'honneur ?

Par ma question l'homme fier lève son menton, laissant apparaître un sourire satisfait et tout juste visible malgré ce cigare qu'il tient au fond de son bec et se présente. J'aimerais alors l'entendre dire : « Maître Corbeau pour vous servir ! »

Mais ce ne sera finalement que lieutenant-colonel Bebars, avec l'aplomb de celui qui s'estime connu de tous ici. Pourtant, je ne crois pas entendre glousser la cour sur ce drôle d'oiseau.

— Babar, vous dites ? Comme l'éléphant roi des livres pour enfants ? Ou comme ce pochoir de peinture que l'on peut voir sur certains chars ? Je demande, naïf et dans le but d'agacer bien sûr.

— Quoi ? J'comprends rien de c'qui raconte, dit-il ouvertement à ses deux compères tout en mâchant ses mots comme il mâche son cigare pendant qu'il parle.

Si ma mère était là, elle dirait qu'il ne faut pas parler la bouche pleine et ajouterait que ce sont les corbeaux qui disent « quoi ».

L'homme détache son barreau de chaise de ses larges lèvres humides et me réitère son nom en crachant les syllabes, et me demande d'oublier l'éléphant rose qui trotte dans ma tête, se forçant d'un rire gras à épater la galerie.

Hum ! Si seulement il savait tout ce qui trotte voire galope dans ma tête, il ferait moins le beau devant ses copains !

— Revenons sur Terre, Monsieur Zachamas… eh oui, je connais votre nom et moi au moins j'évite de l'assimiler à un animal ou je ne sais quoi. Enfin bref, passons, et éclairez-moi plutôt sur votre rôle ici, demande l'homme à haute voix avant de rapprocher son visage pour me chuchoter une nouvelle question plus franche du collier : Oui, que cherchez-vous exactement, à part semer le doute dans l'esprit de mes gars ?

Indubitablement, cet homme est fort et pour peu arriverait presque à m'impressionner. Seulement, je ne suis pas d'humeur à me laisser influencer.

— Vous savez, lieutenant-colonel, dans la vie il y a les faits et toutes les autres petites choses que l'on ne raconte pas forcément. Si je suis là, c'est pour m'intéresser à ces choses.

— L'armée n'a rien à cacher, si c'est ce que vous voulez savoir, et puis la police a déjà fait son enquête. Donc pourquoi chercher la petite bête ? Vous n'avez rien de plus intéressant à faire ?

Quelle impertinence ! L'homme devient presque aussi insupportable que cette odeur de cigare qu'il dégage. Je me serais bien gardé d'une telle rencontre et perte de temps. C'en est assez.

— Lieutenant-colonel, vous semblez vouloir défendre vos troupes contre l'envahisseur que je représente à vos yeux. Toutefois, vous n'êtes pas sans savoir que la menace vient aussi de l'intérieur.

— Oh, je vous rassure, jeune homme, rien ne gangrène mon unité. Ce qui s'est passé relève d'une faute de commandement, rien de plus. Une faute commise par quelqu'un qui ne voyait sûrement pas l'armée comme je la vois, moi.

— Pourquoi ? Parce qu'il n'était pas assez typé helvétique ?

— Peut-être… Enfin quoi, cessons de stigmatiser nos pensées pour mieux se voiler la face. Un bon Suisse ne se serait jamais donné la mort comme ça, si sauvagement et avec une arme d'ordonnance… Quelle honte !

— Je vous l'accorde, les raisons et la manière de sa mort sont encore floues mais je vous arrête tout de suite car sur le passeport de ce cher Watanabe figure encore une croix blanche de "bon suisse".

Face à cette réponse, l'homme hausse les épaules tout en esquissant un rictus de dédain. Irrationnelle et bornée, sa bêtise me semble si volumineuse qu'elle pourrait aisément atteindre son poids. J'estime alors qu'il est temps maintenant de conclure sur une note peut-être un peu débile certes mais tout à l'image du personnage figé devant moi et j'annonce :

— Soyez patient, car bientôt je ne serai plus cette ombre qui pèse sur la renommée de votre chère institution militaire. Une réputation déjà amplement atteinte, dis-je avec le sérieux de celui qui peut mentir autant que d'autres peuvent nuire.

— Atteinte ? Notre réputation ? Cela m'étonnerait fort, répond-il, mordant à l'hameçon.

— Et le scandale des douches communes ? Je ne vous apprends rien, là ! j'annonce, cherchant à le choquer de quelques fadaises improvisées.

— Qu'est-ce qu'elles ont nos douches ? répond-il, curieux mais imperturbable.

— Apparemment, on y fait de belles rencontres… Enfin inutile de vous faire un dessin, vous avez saisi ? Je lui demande avec virulence.

Vert, le lourdaud me regarde avec des yeux ronds et je l'achève :

— Ne jouez pas les surpris, lieutenant-colonel Bebars, car vous êtes sûrement plus au courant de ces faits que je ne le suis moi-même. Alors de deux choses l'une, soit vous vous moquez de moi, soit vous essayez d'étouffer les rumeurs sur ces pratiques car vous vous en accommodez également, dis-je conservant mon sérieux malgré un discret clin d'œil envoyé aux deux compères du capitaine qui, cachés derrière le gradé, ont bien du mal à dissimuler leur euphorie. Ah ! C'est bien, ils ont saisi le subterfuge, ce qui rend la chose encore plus amusante. Ainsi, avant même que Bebars ne pipe un seul mot, j'enchaîne et rajoute une couche de scandale.

— À peine arrivé là, je me suis retrouvé déjà en proie à tout un tas de confessions, pire qu'un cureton venu là pour bénir l'inceste et exorciser le péché. Mais enfin, où sommes-nous ? Est-ce là une caserne ou un lupanar ? Je demande au lieutenant colonel qui brusquement avale son étron de tabac, mûr de désarroi ou plutôt blet tant il semble déconcerté par mes dires.

— Je... euh. Je ne comprends pas, répond le père "Churchill", la bouche béante régurgitant son fumant pendant que de leur côté, crâne d'œuf et barbiche sont pliés de rire.

Alors, non content de ma prestation, je salue ces messieurs et m'esquive pour pénétrer dans le mess des officiers.

À l'intérieur et dès mon arrivée, dans le hall résonne l'expression d'un large « Ah ! » de béatitude. À croire que l'on se réjouit de ma venue.

— Monsieur Zacharias ! Quelle coïncidence, je m'apprêtais justement à venir à votre rencontre. Je me présente, lieutenant-colonel Glassey.

Une belle gueule, la trentaine élancée, le béret ajusté et l'uniforme parfaitement cintré, il descend promptement les quelques escaliers qui nous séparent pour me serrer la main. Une poignée de rame dynamique, un sourire forcé à l'hypocrisie mal dissimulée, le tout sous un enchevêtrement de courbettes forcées, bien sûr. Comparé au gros plein de soupe agressif de tout à l'heure, en voilà un maintenant qui se montre aussi courtois que lèche-cul. À croire qu'en ces murs, je suis tout autant détesté que faussement apprécié ; reste à savoir pourquoi certains se forcent…

— J'avais hâte de vous rencontrer et d'ailleurs je m'attendais à vous recevoir plus tôt. Enfin, vous êtes là, c'est l'essentiel, dit l'homme surjouant l'enthousiasme jusqu'à l'écœurement avant d'ajouter : Vous êtes là pour le logiciel, j'imagine ?

Mais de quoi parle cet homme au juste et pourquoi s'attendait-il à ma venue ? Quel est son rôle ici ?

— Pardon, le logiciel, vous dites ?

L'homme fronce les sourcils, comme désagréablement surpris.

— Armygeddon, enfin ! Étant le principal administrateur, je ne vois pas qui d'autre que moi saurait mieux vous en parler.

C'est donc ça. « Si tu ne vas pas à la montagne la montagne ira à toi. » Bravo, Lyssandre, il aura fallu que le hasard se mêle de tes affaires pour qu'enfin tu trouves le droit chemin.

— Suivez-moi dans mon bureau voulez-vous, nous y serons mieux pour discuter, ajoute Glassey.

— Oui, ce serait avec plaisir Monsieur le Lieutenant-colonel, mais voyez-vous, si je me trouve ici à cet instant, c'est que de prime à bord je venais pour voir un lieutenant…

— Tenzin ! répond l'homme en m'ôtant les mots de la bouche.

De mon côté, j'acquiesce d'un simple mouvement de la tête et le voilà maintenant qui change de visage, laissant son air grave se substituer à quelque chose se rapprochant plus d'une moue de panique. À le voir dans cet état, je dirais qu'il regrette amèrement la précipitation de notre rencontre. Contrairement à ce qu'il a pu dire ou laisser paraître, je pense même que cet homme aurait préféré ne jamais me croiser. Seulement il est trop tard, car maintenant qu'il s'est annoncé, c'est à mon tour de jouer.

— Oui, euh… Donc, si vous êtes là c'est juste pour voir le lieutenant de la batterie 42 ? Hum, oui… Après tout c'est logique, marmonne-t-il avec peine.

Et il tente même de se dérober :

— Très bien, je… Je vais donc vous laisser à vos affaires, hein ?

Confus, dissipé, l'homme ayant abattu ses cartes trop vite a révélé sa piètre main et voudrait à présent se retirer. Désolé, maître chanteur, mais je suis joueur également : c'est pourquoi je rejette ta défaite et insiste pour une revanche.

— Cela est tout à fait hors de question, Colonel, car visiblement le sujet semble vous tenir à cœur et pour tout vous dire, je souhaiterais en savoir davantage sur ce fameux logiciel Army-machin-chouette. J'aimerais comprendre pourquoi il vous fait tant stresser au point de venir m'en parler avant même que je m'y intéresse, lui dis-je ajoutant clin d'œil et joli sourire narquois.

Le gradé, pied au mur, ravale sa salive nerveusement puis m'annonce que Tenzin n'est pas dans son bureau.

— Plus rien ne nous empêche alors de nous entretenir, j'ai d'ailleurs hâte… Mais après vous, Colonel, je vous suis.

Forçant allégresse et exaltation, je sens bien que mon attitude énerve ce garçon. Tant mieux ! Je dirais que c'est là le prix qu'il en coûte de vouloir se payer ma tête.

En grimpant les escaliers, Glassey suppose que si Tenzin n'est pas là c'est sûrement qu'il est en mission sur le terrain et que, si je le voulais, je pourrais le rejoindre facilement. Des intentions louables, cher Glassey, mais qui démontrent une fois de plus votre envie de me voir disparaître loin de vous et de vos explications sur Armygeddon. Pauvre naïf ! Pardonnons-lui sa bêtise.

— Ne vous inquiétez pas pour cela, Monsieur, le hasard fait souvent bien les choses. La preuve, puisque je vous ai trouvé, quand bien même je n'avais l'idée de vous chercher.

— Quelle chance ! rétorque l'ironique gradé tout en montant les escaliers d'un déhanché bien moins aguichant que celui de Miss Birstein.

Ce qui balaie chez moi et de façon plutôt radicale tout restant de libido éveillée.

Arrivé dans son bureau, le lieutenant-colonel m'offre d'emblée siège, café, et me tend même un paquet de cigarettes. J'accepte le tout sans broncher même si en quelque sorte tout ceci pue la séduction par le vice. Bref ! Faisant mine d'être désintéressé, le visage glacé et les gestes hâtifs, j'attrape son luxueux briquet de table puis brûle le bout de cette sèche au goût certain de corruption.

— *Tu es si faible !* tousse ma conscience alors que je m'étouffe de cette première bouffée aspirée.

Ça fait un bail. Je ne sais même plus fumer et l'autre guignol me regarde maintenant, l'air satisfait, pensant m'avoir amadoué. Il avance alors en m'avouant qu'il est valaisan pour tenter de glisser de surcroît une larme de sa propre liqueur dans mon café. Seulement là, je dis non, refusant que le vice atteigne de telles proportions. Ce qui ne m'empêche pas pour autant de me sentir véreux lorsque je grille une seconde cigarette que je troque à ce diable contre une partie de mon âme. Mais que m'arrive-t-il ? Le stress me fait torailler comme un pompier et, bouffée après bouffée, je sombre dans le vice, avalant le plomb plutôt que d'avaler l'aplomb de ce colonel ravi de me savoir si facilement soudoyable.

Enflure ! Dégoûté de cette situation dans laquelle il me traîne avec manipulation, je ne peux que lui envoyer ma fumée en signe de mépris, lui et son élan de fausse générosité si savamment employé.

— Monsieur Zacharias, tout va bien ? Votre regard est si noir…

— Pardon, Colonel, je ne voulais pas vous dévisager. Une fois encore, je me suis égaré, perdu dans mes pensées… Passons.

— Il n'y a pas de problème. Par contre, si je peux me permettre un détail, mon grade n'est pas celui de colonel mais lieutenant-colonel car, quand bien même le lapsus est flatteur, je préfère que vous soyez au clair avec cela. D'un autre côté, vous pouvez aussi m'appeler Pierre, enfin si ça vous va, bien sûr.

— Pierre… parlez-moi d'Armygeddon, je demande simplement, posant le doigt sur le vif du sujet, ne lui laissant ainsi plus d'autre choix que de répondre.

Alors l'homme s'installe confortablement, prend une grande respiration et s'exécute.

— Tout a commencé il y a quatre ans, lorsque j'ai découvert ledit projet en visite au Salon international de la défense terrestre à Paris. J'ai eu comme un déclic, une conviction. « L'armée va redorer son blason ! » Cette phrase, je me la suis répétée et j'y ai cru quand bien même à cette époque médias et politique abordaient déjà la nécessité d'une armée de milice, jugeant le service comme une tradition devenue trop coûteuse, archaïque et dangereuse. En bref ! À l'extérieur, les arguments en défaveur de l'armée allaient bon train, pendant que moi, seul dans ce salon, je découvrais au travers d'Armygeddon les avancées technologiques d'une révolution capable de faire renaître le phénix de ses cendres. Via ce truc importé des States, j'ai vu notre fleuron pallier nombre de ses failles, réduisant autant les risques d'accident que les dépenses budgétaires, sans parler de l'image bien sûr. La cure de jouvence même de notre bonne vieille institution militaire.

Rien que ça ? Quelle arrogance !

— Après avoir convaincu la haute sphère et obtenu les accords et crédits nécessaires, le projet devenait concret et déjà s'implantait. Au début, tout allait pour le mieux, le simulateur répondant aux exigences des soldats, qui plus que jamais battaient des records de performance. Mes pairs, en masse, ne tarissaient pas d'éloges. Et puis il y a eu ce drame, cet accident du 4 octobre. Au cours des premiers jours qui suivirent l'incident, personne n'avait émis de moindres soupçons ni fait la moindre allusion à Armygeddon ; et puis il a fallu que ce toubib mette le doigt où il ne fallait pas, prouvant par A plus B que tout était lié. Selon Romanens, les victimes ont péri d'un manque de concentration car exténués par une surexposition à l'image. Les exemples n'ont pas manqué aux dires de ce garçon, usant de termes comme "épilepsie", "troubles" et "séquelles" contre Armygeddon. "Cobayes" a-t-il même dit pour qualifier les soldats assignés au simulateur, et je crois qu'il avait raison. Il dénonçait là les affres du système, et c'est d'ailleurs pour cela qu'il devint dérangeant au point d'être officiellement congédié et officieusement évincé.

— Pourtant, même écarté du contexte, l'homme ou du moins ses recherches demeurent une menace puisque récemment s'est déclaré un incendie de type criminel dans l'ancien cabinet du docteur, emportant sûrement quelques preuves accablantes sur votre précieux logiciel. Une aubaine, on dirait ! Je lui lance de but en blanc, curieux de savoir quelle sera sa réaction sur de si gros soupçons.

— Vous me suspectez, Monsieur Zacharias ? Logique puisque je me suis prématurément présenté à vous comme cherchant à clamer mon innocence. Pourtant, innocent, je le suis. Mon seul crime aura été de chercher à insuffler la jeunesse au sein d'une institution vieillissante et périclitante, annonce Pierre Glassey, se faisant aussi dramatique qu'un tragédien.

Très joli plaidoyer, Maître « Parjure ». Seulement derrière tabac, spiritueux et grands discours se cache toujours le souhait de me corrompre. Mais quel est ce dérangeant secret qu'il faut dissimuler sous les gâteries et les grimaces ? Une élégante façon de détourner mon attention certes, mais qui ne prend pas avec moi. Il est venu à ma rencontre pour s'assurer que de mon côté je ne me fasse pas une fausse idée de ce produit qu'il défend, et voudrait maintenant me faire avaler des couleuvres et autres jus de chaussettes aux liqueurs corsées. Un fin stratège que ce Valaisan même si sa stratégie, si fine soit-elle, ne me détourne pas de ma vigilance légendaire.

— Pierre, menez-moi jusqu'à Armygeddon, je lui demande alors brisant son jeu de dupes auquel je ne souhaite pas participer.

— Vous voulez que je vous mène au simulateur ?

— Les actes valent toujours mieux que les mots, je lui réponds avec aplomb.

— Oui, mais le problème est que je n'ai pas le temps pour ça.

— Eh bien, prenez-le, c'est important ! Je lui réponds, ne lâchant rien de ma témérité.

D'ailleurs, à voir sa tronche, Glassey se remet à paniquer. Il se confond en excuses prétextant tout et n'importe quoi, puis se ravise enfin, conscient peut-être que s'opposer à ma requête se résumerait à reconnaître sa culpabilité.

— Oui, maintenant que j'y pense, ce serait effectivement une idée. Allons-y ! dit-il d'un entrain plus que douteux alors que dans les moindres recoins de son bureau, il cherche encore la parade. Je… j'ai bien peur, Monsieur Zacharias de ne pas retrouver les clés du Puch. Ne m'en veuillez pas mais je les égare constamment. Un coup je les mets là, un coup je les mets ailleurs et au final je les perds tout le temps. Désolé, mais je crois que nous allons devoir remettre notre petite virée à plus tard.

Coïncidence ou contretemps intentionnel ? Le ton de sa voix étant contradictoire, je pencherais pour la seconde hypothèse.

— Plus jeune, lorsque souvent j'avais tendance à baisser les bras, mon père disait qu'il n'y avait jamais de problème sans solution. Nous n'allons donc rien changer de nos plans, Pierre, car dehors nous attend Quentin, un chauffeur tout enclin à nous conduire où bon nous semble. Allons, prenez donc vos affaires et sortons ; je vais vous présenter le sergent Baumann, dont les services m'ont aimablement été octroyés par votre fourrier à mon arrivée.

Revers de bâton – j'en connais un qui va s'en mordre les doigts. Je lui souhaite des regrets aussi amers que les Leckerli.

De son côté, Glassey devient vert. Résigné, il ravale difficilement sa salive et se plie à ma volonté, et ensemble nous quittons son bureau, fermant à double tour cette pièce enfumée d'un vice consommé que je ne m'explique toujours pas.

En bas, devant le bâtiment, Quentin est là et il attend. Captant son attention, je lui lance un clin d'œil complice et lui crie :

— En selle, soldat Baumann, le commandant Glassey et moi-même vous sollicitons pour un aller simple jusqu'au module de simulation Armygeddon.

Plus sérieux, je me tourne ensuite vers Pierre et lui demande :

— Commandant Glassey, libre à vous de choisir… devant ou derrière ? Je ne vous en voudrais pas d'opter pour le confort de la place du mort.

— Lieutenant-colonel ! me corrige le gradé, énervé. Je me situe un grade au-dessus du commandant et un grade en dessous du colonel. Je vous saurais donc gré de respecter cela. De plus, votre chauffeur est sergent et non simple soldat. Visiblement les titres honorifiques et vous, ça fait deux ! me lance-t-il, susceptible, avant de s'installer dans le véhicule.

Excédé par mon attitude, je découvre maintenant chez ce Glassey une part de son vrai visage. Alors, avant qu'il ne la claque, je retiens sa portière pour la refermer moi-même et lui montrer que je tiens à avoir le dernier mot. Dès lors j'oublie Pierre et redonne du titre à Monseigneur Glassey.

— Lieutenant-colonel, puisque vous êtes monté à l'avant, je passe derrière, je crie faussement courtois.

— C'est ça oui, faites donc, répond Glassey froidement révélant l'être ô combien jovial il peut être par-delà le masque du rictus hypocrite.

Durant le trajet, tentant de garder une main sur la situation, s'efforçant encore de nous détourner du chemin convenu, il raconte :

— Lyssandre, vraiment, ne voudriez-vous pas que l'on remette cela à plus tard ? J'imagine que vous avez d'autres préoccupations plus importantes à l'heure actuelle que de visiter ce simulateur ? me demande-t-il à travers la grille séparant l'habitacle avant du compartiment arrière dans lequel je suis assis.

Une sorte de coffre ouvert façon pick-up, savamment aménagé pour transbahuter une bonne huitaine de gaillards sans compter le chauffeur et le passager.

— Monsieur Glassey, savez-vous seulement ce que répondrait mon père à cela ? Il dirait : “Pourquoi remettre à demain ce qui peut être fait aujourd'hui même ?”

— Oui, enfin je dis ça, c'est pour vous. Imaginons que la machine soit en cours d'utilisation ou en phase de réinitialisation ou encore de mise à jour des nouvelles cartes. Ces processus prennent souvent du temps et vous feront perdre le vôtre.

Sous ses arguments improvisés, Pierrot le gradé finit par m'agacer. Seulement je garde mon calme, préférant encore lui rétorquer une réponse à la manière de feu mon *pater*.

— "Qui ne tente rien n'a rien !" Là encore, un autre adage que me rabâchait mon père et bien que difficilement accepté à l'époque, aujourd'hui je pense qu'il serait judicieux d'aller dans ce sens. Qu'en pensez-vous ?

— Dites-moi, Monsieur Zacharias... votre père, c'est un sacré phénomène ! Dommage qu'il ne soit pas là. Je me serais fait une joie de le rencontrer. Vraiment ! m'annonce Pierre, la voix teintée d'ironie.

Un ton qui ne passe que très moyennement.

— Dommage, oui, comme vous le dites, puisqu'il est mort il y a cinq ans.

Chez Glassey, brusquement le malaise se ressent. L'homme ne dit plus un mot, il toussote et racle sa gorge nerveusement, puis, prenant sa respiration, laisse échapper un « pardon » suivi d'un « mes condoléances » avant de finalement sombrer dans un mutisme total. Durant de longues minutes passées au son des soupapes et du moteur ronronnant, personne n'ose reprendre la parole jusqu'à ce que Pierre, alors habité d'une pulsion soudaine, vienne à me questionner.

— Monsieur Zacharias, vous dites être à la recherche du lieutenant Tenzin, ce qui est assez logique puisqu'il était lui-même sur les lieux du drame. Seulement, vous êtes ici depuis environ deux jours et dès lors, ne l'avez toujours pas sollicité. Comment se fait-il ?

— Je ne sais pas. Vous pensez que le lieutenant aurait dû être ma priorité ? Je lui rétorque, refusant de me justifier.

— Évidemment ! Enfin, ce n'est en rien là une accusation portée sur mon confrère mais s'il y avait bien un homme proche du Japonais, c'était lui. Il était son supérieur et on les voyait constamment flanqués l'un avec l'autre, comme cul et chemise. Non, si vous voulez mon avis, Tenzin devrait rester votre préoccupation première. Remettons cette visite à plus tard, je m'y engage, et profitez-en plutôt pour aller retrouver ce cher François.

— Jolie tentative, lieutenant-colonel, mais vous devriez économiser votre salive car nous sommes arrivés et maintenant c'est vous qui allez m'écouter. Pour moi, le temps n'est pas un souci car sachez que lorsque j'en aurai fini avec vous, le lieutenant Tenzin sera toujours là à attendre sagement que je lui prête attention. Mais crevons l'abcès, voulez-vous, Pierre, car je ne peux que remarquer combien vous vous obstinez à faire que je n'assiste pas à ce fameux programme. Quel est le problème ? Auriez-vous quelque chose à cacher ? Je lui réponds, excédé.

— Absolument pas. Non !

Emprunté, l'homme cherche à se justifier, il bafouille, perdant tous ses moyens. Je détourne alors mon regard du sien et le laisse se perdre dans un *mea culpa* tant fade que Tartuffe et, après quelques minutes de témérité bien mal placée, l'homme se rend et avoue enfin :

— Le problème… c'est que vous et moi nous n'avons pas la même logique, Monsieur Zacharias. Vous êtes un homme de réflexion et non d'action. Un homme de loi marqué de conviction, pour qui la logique du combat n'évoque rien de plus qu'un délire fanatique et c'est pourquoi je redoute votre point de vue. Peu importe leur teneur, j'ai peur que vos critiques alourdissent le poids de cette épée de Damoclès qui pèse au-dessus de ma tête.

Face à sa détresse, je ne réponds pas, le laissant s'arranger avec sa conscience pendant que de son côté, il ouvre la marche et agit en adulte.

— Monsieur Zacharias. Nous voici maintenant dans le bâtiment principal de la caserne. Vous y trouverez amphithéâtres, salles de cours et chambre de test. C'est ici même que le commandant de corps donne ses communiqués et que la plupart des prototypes stratégiques sont testés. Armygeddon en est l'un d'eux, d'ailleurs si vous voulez bien vous donner la peine d'entrer, c'est juste là.

D'un naturel, le vilain Glassey, revêt le masque du sourire hypocrite et s'improvise amphitryon. Un rôle de servitude qui lui sied bien mieux que l'antagonisme.

Précédant le gradé, je pousse les battants souples d'une porte double que je retiens à son passage, puis reprends la marche devant Pierre qui me laisse m'enfoncer dans un couloir peu éclairé, au cœur même de ce bâtiment lugubre et corridor interminable qui débouche sur une salle de gymnase plus sombre encore. Et soudain, la lumière. Trois yeux gigantesques s'ouvrent et se posent sur le module de simulation, laissant apparaître le seyant gabarit aux faux-semblants de pièce d'artillerie. Face à la bête, je ne me laisse pas impressionner. Valeureux, j'entre et m'approche en chevalier de cuirasse, l'épée au poing, paré à faire offense au monstre. Seulement, dans cette grotte, alors imprégnée du souffle brûlant de la bête encore ensommeillée, l'atmosphère se fait pesante. Le manque d'air m'étourdit, mes habits collent à ma peau et me démangent mais je garde la tête froide et l'objectif clair car, toujours somnolente, la créature de métal ne se doute de rien. L'occasion est belle, cimeterre en main je me vois déjà mettre fin à la vie du ronronnant démon mécanique.

Malheureusement pour moi, Pierre, en fieffé maraud, de quelques mots m'extirpe *manu militari* de mon héroïque fantaisie.

— Il fait lourd, n'est-ce pas ? me demande-t-il alors que je n'ai que faire de ses états d'âme.

Puis il poursuit :

— C'est normal, le module est encore chaud du dernier cours. Mais dites-moi… tout va bien ? Vous m'avez l'air étourdi. Faites-moi savoir si la chaleur vous incommode, à la rigueur nous sortons un moment.

— Arrêtez ça, Pierre, je lui rétorque sèchement car à bout de patience avec lui.

— Non ! Non, détrompez-vous ! Je n'essaie pas une fois encore de fuir mes responsabilités, c'est juste que…

— Inutile de vous alerter, lieutenant-colonel, je m'étais simplement égaré, mais oui, la chaleur est difficilement supportable et je me demande comment font les soldats pour supporter ça.

— À cet effet ont été réalisés des tests d'endurance aux capacités. Le but étant d'exploiter en un temps réduit et imparti tant le maximum des capacités de l'homme que celles de la machine. De ce fait, nous amortissons l'investissement, réduisons les coûts d'utilisation et, cerise sur le gâteau, pulvérisons même des records sur la préparation à l'engagement. Des résultats plus que concluants, me confie-t-il accompagné d'un clin d'œil que je crois apercevoir malgré le manque de lumière.

— Oui, concluants… concluants au développement du *delirium* humain, car à ce jour c'est bien de dégénérescence dont il est question, Pierre, et non de performance. Je ne sais pas si véritablement les causes de l'accident sont liées, mais votre machine est nocive et vous le savez. Romanens le savait, lui, et parce qu'il a voulu s'y opposer, il a été évincé. Ici, tout le monde pense à tort que le doc' n'est plus là pour cause d'un secret professionnel devenu trop lourd. Or, c'est faux ! On l'a écarté parce qu'il était devenu l'argument gênant au projet Armygeddon ou l'épine dans le pied d'une armée en péril. Vous savez tout ça, Pierre, alors cessez de vous protéger derrière vos tests de conformité et autres approbations. L'imprévu, s'étant réalisé, vous devriez grandement reconsidérer vos convictions.

Étonnamment, l'homme ne réplique pas sur mes dires et baisse la tête, honteux.

— Vous avez raison, Monsieur Zacharias. Comment faites-vous pour encore conserver une éthique en ce monde ? Vous savez, j'aimerais pouvoir me remette en question avant même que d'obstination je ne m'engouffre dans le déni, avoue le gradé accablé d'une conscience brusquement réveillée.

— Commencez par sortir tout simplement de ce déni, car le problème est bien trop grave pour se contenter de fermer les yeux comme vous le faites. Comment je monte dans cet engin ?

— Ah ! Cette fois c'est moi qui vous propose le choix… devant ou derrière ? Chauffeur, canonnier ou transmission ?

— Entre ces trois, quelle différence ? Je lui demande, ne sachant bien que choisir.

— En tant que soldat… tout. Mais pour le simple visiteur que vous êtes, ces trois choix restent relativement similaires, seul le confort de la place diffère. Le chauffeur manœuvre sous les jupes en carbone du chimérique mastodonte de guerre, le canonnier haut perché, statue avec ses deux camarades autour du canon, quant au soldat de transmission, recroquevillé sur lui-même, il reste calé le corps quasi moulé dans la carcasse du char.

— J'ai compris, je prends la place du machiniste.

Et par la même occasion, je réponds à une question que je me suis toujours posée, à savoir : comment font les gaillards pour gouverner toute cette ferraille ?

— J'espère juste que vous n'êtes pas claustrophobe, me demande-t-il en posant sa main sur mon épaule.

Et il insiste :

— Rassurez-moi, vous ne l'êtes pas ?

— Je vous rassure, Pierre, je lui réponds, n'attendant pas qu'il retire sa main pour avancer.

— Très bien ! Je vous laisse vous faufiler là, juste en dessous de la chambre à obus, m'explique-t-il en me désignant du doigt l'étroit passage.

Et il poursuit :

— Il vous suffit simplement de vous hisser jambes en avant jusque dans la capsule des commandes.

— C'est parti ! À la guerre comme à la guerre, dis-je, confiant à Pierre la veste de Frédérique que je m'en voudrais bien d'abîmer lors de cette spéléo improvisée.

À l'intérieur du module, une faible veilleuse m'ouvre la voie jusqu'au cœur des commandes où je prends rapidement mes marques et me glisse non sans peine. Le confort de l'assise est assez rudimentaire mais non désagréable. Seule la capsule et son étroitesse deviennent un problème et m'oppressent. Une peur en somme assez primaire s'empare de moi, comme une angoisse à l'idée de rester bloqué. Serais-je finalement claustrophobe ? Au fond de cette boîte de conserve, je subis le silence et appréhende. J'ai beau crier le nom du chef des opérations, Pierre ne semble plus se trouver dans la salle. Vite ! Faites que les choses s'enclenchent, que l'image apparaisse et que le son retentisse. Vite ! Faites que Pierre s'affaire avant que mes fantômes ne le devancent et me fassent misère. Mon cœur bat, tambourinant, mes muscles se raidissent et les bouts de mes doigts me démangent terriblement. Je sombre à l'idée de ce qui pourrait arriver alors qu'il ne se passe rien. Pierre n'enclenche pas sa machine et aucun spectre perfide ne vient troubler la paix de mon esprit. L'isolement m'effraie certes, mais ne semble plus être le fléau d'autrefois. Pourquoi ? Pourquoi soudain la donne change-t-elle et mes démons se font-ils plus discrets ? Depuis ce choc à la tête de l'autre jour, j'ai l'impression que le mal manque à l'appel, évincé ou simplement oublié. C'est comme si je combattais un mal par un autre mal, faisant de mon amnésie la guérison par l'oubli.

Voilà une idée qui me plaît.

— *Crish !* Lyssandre, vous m'entendez ?

Grésillante et saccadée, la voix de Pierre résonne au travers d'un émetteur situé je ne sais où.

— Oui ! Oui, je vous entends. Mais ou êtes-vous, Pierre ? ai-je à peine le temps de répondre que déjà l'interlocuteur reprend :

— Ne tentez pas de me répondre, Lyssandre, car d'où je suis je ne vous entends pas. Tournez simplement la clé d'activation devant vous et de ce fait, je saurai que vous êtes réceptif à ce que j'explique.

Sans trop savoir où mettre les mains, la veilleuse demeurant inefficace à l'éclairage des trois quarts de cette loge, j'agrippe le premier truc au semblant de clé et, juste avant de la tourner, réfléchis.

— *Tu y es !* abhorre une conscience déroutante, une fois encore, car malgré tous ces efforts passés à me faire réformer de l'armée, j'y suis finalement… et en première ligne qui plus est.

Drôle de destin.

— Très bien, Lyssandre. Pour information, sachez que je me trouve dans la salle de commande et m'apprête à lancer le programme de démonstration. Il s'agit d'un court film exemple de vingt minutes, dans lequel vous aurez un aperçu de tous les types de situation que le système comprend. Tournez maintenant la clé d'activation et attachez-vous au siège à l'aide de la sangle de sécurité que vous trouverez juste au-dessus de vous. N'ayez pas peur de bien serrer, car le module secoue pas mal.

Merveilleux ! Moi qui n'ai pas d'attirance pour tout ce qui est manège et montagnes russes, me voilà bien servi ! À la demande du colonel, je démarre donc le module et m'attache non sans appréhension de ce qui m'attend. Sous de forts à-coups et rotations vives, le module brusquement se soulève alors que par-delà la lucarne, je remarque les spots du gymnase s'éteindre progressivement. Dans le cockpit, la veilleuse s'est éteinte. « Il fait aussi noir que dans le cul d'un éléphant par une nuit sans lune », aurait dit mon bon vieux de père.

— *Crish !* Monsieur Zacharias, le film va maintenant démarrer devant vos yeux. Si durant la diffusion, les secousses vous insupportent, sachez qu'à tout moment vous avez la possibilité de stopper les machines en tournant simplement la clé du commutateur dans le sens inverse.

Sur ces belles paroles « réconfortantes », la voix de Pierre s'éclipse, faisant place au générique tambour battant d'un clip audiovisuel américain fleurant bon le patriotisme. Devant moi, à quelques centimètres seulement de mon visage, s'allume alors un large écran de télé encastré dont je ne soupçonnais pas la présence. Les images d'un paysage mouvant y sont diffusées, sur lesquelles apparaît la silhouette d'une femme calquée en premier plan. Élégante mais strictement confinée dans un tailleur cintré, les yeux revolver et la chevelure coincée sous un calot réglementaire. Souriante, le regard charmeur, d'une voix douce et délicate, *seargent Betty* débite l'anglais comme *nobody* mais surtout, nous vend son produit comme quelque chose de purement *revolutionary*.

La langue anglaise n'a jamais été mon fort ; seulement, derrière le baragouinage incertain du vocabulaire mâchouillé et disgracieusement craché, j'imagine que ce que dit cette femme est tout à son image, à savoir : abstrait. Après quelques minutes de paroles, la fille disparaît, laissant place aux diverses représentations de paysages virtuels postés en fond d'écran. Un village de ruines embrumé à la grisaille étouffante, un désert aride et assiégé de collines aux mille regards, une jungle foisonnante à l'humidité nocive, des sites piégés aux allures de *no man's land* et même une banlieue enflammée, carmin de violences.

En ces cadres hostiles, la menace est bien là. Des hommes, des femmes et même des enfants apparaissent comme de potentiels ennemis qui, trop souvent mêlés aux civils, ne révèlent leurs crimes qu'une fois l'arme brandie. D'ailleurs, au cours du spot, plusieurs scénarios sont abordés car l'ennemi reste imprévisible et peut se présenter de front ou dissimulé dans le panorama.

Le civil, lui, est souvent présent sur les lieux. Affichant un visage meurtri en témoignage de sa peine, il implore la fin de la tyrannie à l'artilleur qui de son côté devient aux yeux du peuple malheureux l'ange rédempteur et messie de la nation. L'exagération est poussée à son paroxysme et les éloges frôlent l'écœurement. S'ensuit alors un réalisme de guerre époustouflant dont les horreurs omniprésentes ne m'inspirent que voyeurisme malsain et perversion gratuite. Les stratégies utilisées durant le film dépeignent une armée organisée aux frappes chirurgicales, ce qui est paradoxal puisque la guerre ne fait jamais dans la dentelle.

Les villages disparaissent sous la fumée des explosions, les déserts atteignent une chaleur infernale et les jungles s'affaissent puis flambent tel des bûchers surdimensionnés. Au passage de l'artillerie, le paysage n'est plus, le bulldozer de guerre ayant tout ravagé et l'opération, qui de prime à bord devait faire l'effet d'un coup de scalpel sur un abcès, se termine en coup de savate, précis certes mais ravageur.

Que devient donc le civil qui d'entrée de jeu implorait miséricorde ? A-t-il été blessé ? Est-il encore vivant ? Le système ne semble pas éprouver la nécessité de le montrer. Non ! L'ennemi est anéanti, et c'est bien là tout l'essentiel. Une finalité qui brusquement me rappelle le rêve de l'autre jour dans lequel cet aigle de pierre révélait combien ma race était décevante et vouée à disparaître.

Il n'avait pas tort.

Artilleur hein ? Je dirais plutôt, assassin ! Qui suis-je pour imposer massacre et destruction ? Pour le faire sans vergogne, au nom d'une autorité virtuelle dont la bannière étoilée ne fait même pas partie de ma culture. Participant à cela, au nom de qui et pourquoi suis-je en train de lutter, les yeux rivés sur une fin du monde en haute qualité ? Je ne sais pas, je ne sais plus et ne me reconnais même plus sous cette coque de kevlar ajustée. Muselé entre secousses et imagerie *gore*, l'écœurement se ressent plus fort mais heureusement pour moi, le calvaire prend fin avant que d'un rejet viscéral j'étale mon dégoût un peu partout dans l'habitacle.

— Matt ! Frangin, je pense à toi soudain. Comment diable ont-ils réussi à faire que tu te soumettes à cela ? Chantage ? Contrainte ? Pression morale ? Comment se sont-ils arrangés pour te plier à leur bon vouloir ?

Aujourd'hui, je ne trouve plus les réponses car je ne sais finalement quel homme était devenu mon frère, toutes ces années de distance ayant eu raison de nous, de notre relation et amour fraternel.

Regarde-moi, frangin, je ne suis carrément plus en mesure de dire si comme moi tu t'es offusqué de ces horreurs de guerre banalisées ou si tu les as au contraire acceptées. En tout cas, je déplore que tu y aies participé, fragile.

Éblouissants, les spots de lumière se rallument et j'en profite alors pour rapidement m'échapper de ce vidéoprojecteur à ignominies. Dehors, posté sous la lumière, Pierre Glassey m'attend, immobile et muet, son visage tiré laissant apparaître un sourire jusqu'aux oreilles et sous de grands yeux écarquillés, tel un gosse au matin de Noël.

— Pas mal, n'est-ce pas ? me lance-t-il, fier et souriant.

Naïvement enthousiaste, l'impatient veut connaître mon point de vue, pensant, crédule, que l'horreur peut me faire bonne impression. Que répondre, à part lui rappeler combien la haine engendre la haine et que sa machine force à éveiller ces mêmes instincts primaires que notre société nous pousse à réprimer ?

— Pas mal, vous dites ? Non ! Je dirais plutôt immoral, totalement contraire à notre éthique et foutrement déplacé. À votre place, Pierre, je devrais me sentir honteux d'avoir importé une telle hérésie chez nous. Bon sang ! Ne vous êtes-vous jamais dit que si l'armée américaine sollicitait de tels moyens, c'est que de conflits son histoire en était remplie ? Quel intérêt pour la Suisse ? Quel exemple ? Enfin, réveillez-vous, Pierre, et cessez d'aduler ces technologies néfastes. Trois gosses sont morts, le crâne rempli de ces images ignobles que vous leur avez infligées, ces mêmes images que des gamins comme Philippe Boisot ne peuvent défaire de leurs esprits, trop affectés et traumatisés, au point d'en oublier leurs repères. Matthieu Zacharias... mon frère faisait partie des victimes de l'accident et à cause de vous, je sais maintenant qu'il nous a quittés la tête farcie d'horreurs. Je vous plains, lieutenant-colonel Pierre Glassey, vous quitte et ne vous salue pas.

— Attendez, Lyssandre ! s'exclame le gradé. Je ne vais pas vous faire l'affront de vous dire que je comprends ce que vous ressentez et je ne vais pas non plus m'excuser puisqu'aucun mot n'aura de poids suffisant, mais laissez-moi simplement vous donner cela.

Précipité, l'homme dégaine un bloc-notes de l'une de ses nombreuses poches de pantalon et arrache la première page après avoir soigneusement griffonné une sorte de numéro. Tremblant, Pierre Glassey me tend son bout de papier déchiré et dit :

— Voici le numéro que vous devez composer pour joindre le *no man's land*. Si Tenzin y est, alors il répondra.

Humblement, Glassey se retire ensuite tête baissée pour retourner en direction de sa machine. Il semble profondément blessé par ce que je viens de lui dire mais je m'en fous, son fanatisme a un coût et c'est celui de mon indifférence.

Sortant du gymnase, les yeux rivés sur le bout de papier chiffré, je me demande quelle raison se cache sous cette remise discrète. Selon Glassey, ce cher François Tenzin détiendrait la clé mais dois-je pour autant suivre cette piste ou m'en méfier ? Oh, et puis advienne que pourra !

Hors du bâtiment, je dégaine mon cellulaire puis retiens ma respiration, mitraillant le numéro à dix chiffres. Trois détonations suffisent à faire réagir mon correspondant, le commandant. Sans perdre mon temps ni la patience de mon interlocuteur, je me présente à lui puis l'affranchis de mes intentions à son égard et de ce besoin urgent que j'ai de le rencontrer. Je ne lésine pas sur les mots et lance même un semblant d'ultimatum.

— Le temps nous est compté, mon Lieutenant, lui dis-je avec beaucoup de sérieux.

D'abord distant, presque réticent, il finit par se résigner, répondant favorablement à ma demande et me donnant même rendez-vous sur son lieu de mission à l'est du fameux *no man's land*.

— Dites à votre chauffeur de vous mener au site du loup solitaire et, lorsque vous devrez franchir la garde, demandez à mes hommes s'ils laisseraient passer un vagabond, borgne et manchot, me dicte le gradé avec un sérieux qui ne se marie pourtant guère aux extravagances de ses dires.

Des mystères, qui m'exaspèrent, mais bon… les conditions sont si rapidement données que je fais main basse et raccroche.

Prestement je rejoins Quentin et, tout en m'installant dans l'auto, le mets au parfum. Avec lui, nul besoin de tergiverser : de deux mots suivis d'un regard, le garçon réagit au quart de tour et démarre plein gaz, les deux mains fixées sur le volant, roulant au détriment de bien des règles de sécurité internes. En moins de temps qu'il ne faut pour le dire, Quentin me fait entrer dans le périmètre d'exercice, loin des sentiers battus et sur les terres dites du loup solitaire.

Chapitre IX
Le Tibétain

Arborant les vastes plaines du *no man's land,* Quentin et moi-même, les fesses endolories de soubresauts répétés, improvisons un cheminement hasardeux au détour de passages étroits voire impossibles. De temps en temps, je jette un coup d'œil sur mes affaires que le berceau de tôle bringuebale à l'arrière comme le serait un nourrisson dans un landau de triplés. En même temps, je maintiens mon regard à l'arrière du véhicule car hypnotisé par une houle de poussière terrestre prenant forme des suites de notre passage, léchant le pare-chocs au point de ne plus voir l'horizon du chemin franchi. Fasciné, je n'anticipe alors rien quant à la conduite de Quentin et brusquement me retrouve le visage collé au tableau de bord avec l'impression terrible d'entendre les os de mon nez craquer sous le choc. Merde ! Ce n'est pas qu'une impression : sonné mais toujours conscient, je ramène mes mains sous un flot de sang modéré mais néanmoins impressionnant et du bout de mes doigts je tâte ce qu'il reste de mon nez, priant que rien ne soit cassé. Dieu merci, non, mais du sang, un perlé rougeoyant, ruisselant, qui atteint mes lèvres et dans ma bouche se fait amer.

Débordant d'excuses, Quentin de son côté me tend un mouchoir, que j'applique au bout du museau suintant, la tête suffisamment relevée pour faire cesser l'écoulement. En même temps, le regard fixé par-delà le pare-brise poussiéreux, je découvre les raisons du prompt freinage. Stoppés là, au milieu de nulle part, postés les uns derrière les autres, attendent six obusiers, trois monstres de commandement

M113 ainsi que leur escorte de véhicules légers, jeeps et motos parsemés çà et là autour de ce siège de blindés.

— Que font-ils là ? Je demande d'une voix nasillarde à mon trépidant chauffeur.

Quentin, un peu hésitant, tente de me répondre mais sous les moteurs grondants d'un départ plus qu'imminent, je n'entends rien. Le cortège se lève et démarre soulevant un raz-de-marée de sable qui nous submerge, nous retrouvant mon acolyte et moi-même tels deux poiscailles noyés dans leur aquarium de métal. Contraint, je m'extirpe du véhicule, épaule en avant, et chute lamentablement sur le sol.

— Lyssandre, ça va ? me demande Quentin, crachant ses poumons, tout en pestant : Quelle cochonnerie ! Je n'aurais jamais dû nous embarquer dans cette panade. Ton nez, ça va ?

— Bien, Quentin. Ça va bien, je ne saigne plus. Je crois bien que par tout ce sable inhalé, mes plaies ont finalement coagulé, lui dis-je en riant.

Non, le nez, ça va… Le problème, c'est plus le moral car après l'incendie, l'hôpital, les rêves et la tempête de sable, j'ai un peu peur de ce qui va suivre. Je dois avoir la schkoumoune, c'est pas possible ou alors c'est la mort qui s'amuse, traînant ses guêtres autour de moi, me poussant au trépas.

— Ressaisis-toi, Lyssandre ! Je te rappelle que la suite, c'est une rencontre avec ce type pas commode que l'on appelle "loup solitaire" et dont la sale réputation n'est plus à faire, annonce Quentin visiblement plus inquiet pour ma personne que je ne le suis moi-même.

Je ne réponds pas mais reçois ses propos d'un hochement de la tête et sur cela nous poursuivons notre route, traversant plaine caillouteuse et forêt généreuse pour enfin atteindre la tanière du loup. Au bout du chemin, dans une alcôve de végétation, apparaît la tente constituée d'armatures de métal et toiles de rebut.

Une jolie petite tanière où il fait sûrement bon ordonner le chaos et la destruction.

À l'entrée se tient un soldat, le casque à hauteur des yeux et les deux mains fermement agrippées au fusil qu'il garde au même titre que son air sérieux, surtout lorsque je m'avance pour lui passer le mot. Suite de quoi, l'homme ne réagit pas et sans aucune expression le rigide abaisse son fusil et me laisse entrer.

C'est ce qui s'appelle avoir un balai dans le derrière.

À l'intérieur de la tente, une odeur de terre humide me saisit pour brusquement me ramener au souvenir de quand ma mère guérissait mes écorchures en les tartinant à l'argile verte antalgique.

Le parfum était le même. Je me souviens, c'était fascinant et j'en oubliais même d'avoir mal. En effet, une fois appliquée, j'observais avec attention ce pansement naturel durcir et se décrocher. À cette occasion d'ailleurs, ma mère inventait toujours une histoire pour me calmer… c'est dire combien elle était douée pour cela. Je me souviens du crapaud magique à la bave d'argile. De l'enfant de glaise au devenir de petit d'homme et celle du valeureux guerrier d'argile rouge. Des histoires inventées de toutes parts visant à me faire accepter plus facilement l'idée que cette pâte devait demeurer sur ma plaie pendant au moins quelques bonnes minutes. Un défi que d'ailleurs je n'arrivais pas toujours à relever.

Ah ! Ce souvenir revient de loin, émergeant de mon esprit comme un dernier râle, un chant de cygne mourant, aux prémices de ce mal naissant que l'on nomme amnésie.

— Je ne vous attendais plus, inspecteur, m'envoie le lieutenant Tenzin penché sur sa table de travail.

Il ne prend pas la peine de se retourner pour entendre ma réponse, sûrement trop affairé à brasser ses cartes topographiques ou je ne sais quoi. De mon côté, je reste muet observant les quartiers de fortune du lieutenant comme ce poêle chauffant, ce projo pour la lumière, cette table, ces caisses de rangements divers, ces couvrantes et… un lit ? Non ! Un brancard, je crois, bref… un vrai petit nid douillet.

— Dites-moi, Monsieur… Monsieur comment déjà ? demande le gradé, me faisant croire qu'il ignore mon nom.

— Zacharias… Lyssandre Zacharias.

— Oui, voilà. Dites-moi, Monsieur Zacharias, pourquoi tant de sollicitude à mon égard ? Non pas que je déteste parler de moi, loin de là, mais comme vous pouvez le constater je travaille et vous tombez plutôt mal. Sachez qu'à l'heure où je vous parle, le destin de cinquante-trois hommes repose entre mes mains, me lance-t-il avec l'aplomb de celui qui se croit en guerre et visiblement ne se prend pas pour de la merde.

De ces quelques mots, l'entrée en matière se fait déjà nauséabonde d'arrogance, à me demander si je ne vais pas caresser ce zigue à rebrousse-poil plutôt qu'aller dans son sens. Je ne sais même pas comment m'adresser à lui… Chef ? Lieutenant ? Cher maître ou monseigneur De Ladémesure ? J'hésite, une courbette peut-être ?

— Je vous rassure, lieutenant, mon temps est aussi précieux que le vôtre et c'est pourquoi je serais bref. Tout d'abord, je ne suis pas inspecteur mais psycho-criminologue, envoyé ici en qualité d'expert afin de confirmer si derrière les conclusions de la police il n'y a pas… autre chose.

Lâchant cela, je m'attends à une réaction de mon interlocuteur mais il reste muet comme une carpe, prend une grande respiration et enfin lève la tête de son affaire, ce qui est bon signe. Ainsi plus attentif à l'hameçon que je lui tends, si je veux maintenant ferrer ce poisson il va falloir qu'il morde à toutes mes allégations. Je poursuis :

— Et pour ça, il me faut en savoir plus sur l'homme que fut Raphaël Watanabe. Apparemment, vous le connaissiez bien ?

— Je ne vois pas ce qui vous pousse à penser cela, rétorque le premier lieutenant, courbant le dos, la tête rentrée dans ses épaules comme pour protéger une vulnérabilité soudaine sous la carapace du déni.

— Les ragots, lieutenant, et sur ce, la communauté semble unanime. Il y en a même qui emploient des termes comme “cul et chemise”.

— Foutaises ! hurle le gradé, me faisant maintenant face.

Il mord ! Enfin, je vois son visage, rond, pommelé mais sévère, la peau brillante à la teinte safran, vrillant au rouge sang de rage. Pendant qu'il me regarde avec ses petits yeux plissés, acérés, l'homme s'approche par des mouvements lourds et bruyants comme si sa colère prenait des proportions extraordinaires. De mon côté, peur d'être foudroyé sur place, je recule et perds l'équilibre, contraint à l'assise sur une sorte caisse ou cantine en ferraille. Sans perdre de temps ni trop d'assurance face à l'ennemi, je veux me relever mais c'est sans compter sur le brouhaha d'un tir d'obus qui me surprend et me cloue sur le rabat froid de cette curieuse malle. Vulnérable, je subis dès lors les railleries de mon interlocuteur amusé, le regard apaisé par la pitié.

— J'ai peur que ce monde ne soit pas le vôtre, Monsieur Zacharias. Vous ne devriez pas vous y trouver et encore moins écouter les rumeurs qui y courent.

Bon Dieu, que je hais cet homme ! Prestance et assurance font de lui l'arrogant que rien ne semble pouvoir contrer. Face à lui je me sens si misérable et ce d'autant plus lorsqu'il me tend un casque à réduction sonore.

— Tenez, enfilez ces pamirs sur vos oreilles car le tir que vous venez d'entendre n'est que le premier d'une longue série à venir.

Un geste d'attention à mon égard : cet homme n'est peut-être pas aussi détestable qu'il le laisse paraître.

— Ce sont les miennes, mais personnellement je peux me débrouiller sans, mes oreilles étant bien moins sensibles que les vôtres, ajoute-t-il, méprisant, le sourire en coin.

Non, je confirme : cet énergumène est puant. D'ailleurs, sa candeur m'insupporte tant qu'elle me pousse à vouloir lui tenir tête juste comme ça… par principe. Je le laisse alors remballer ses pamirs autant que ses délicates attentions, à mon grand désarroi car aussitôt retentit une salve de trois tirs successifs, contrecarrant mes plans et toute tentative de reprendre le dessus. Inévitablement, l'occasion faisant le larron, c'est non sans grande retenue que le lieutenant se moque maintenant de moi, riant aux éclats lorsqu'il me tend à nouveau son casque antibruit.

Enfoiré ! Si tu savais le fond de ma pensée et ce que j'aimerais que tu fasses avec ton foutu casque…

— Lieutenant ! Cessez de vous préoccuper de mes oreilles et dites plutôt à vos hommes de stopper les tirs.

— Contenez-vous, Monsieur Zacharias, ce que vous me demandez là est tout bonnement impossible, me répond le commandant, fronçant les sourcils comme cherchant à me remettre à ma place.

Seulement, il oublie peut-être que je ne suis pas l'un de ses soldats.

— Comment ça, impossible ? N'êtes-vous donc pas le commandant en chef de ces opérations ? Enfin, lieutenant Tenzin, que vous jouiez les cuistres avec moi, passe encore, mais n'allez pas en plus me prendre pour un idiot.

— Je vois Monsieur Zacharias que malgré un manque de confiance énorme vous ne vous laissez pas envahir, bravo ! répond Tenzin à mon grand étonnement.

Puis il avoue, plus calme :

— Je ne peux pas stopper l'entraînement car seul le capitaine Pannatier le peut, du moins pour cette cession, ajoute-t-il.

Pannatier ? L'homme qui a tenté de me joindre à la mort de mon frère ? Celui-là même qui s'est précipité à mon chevet d'hôpital suite à mon accident ? Oui, c'est forcément lui. Une fois encore, nos chemins se croisent sans que nous puissions finalement nous rencontrer.

— Jeune homme, vous m'entendez ? s'exclame Tenzin alors que de mon côté, je m'égare.

Il reprend :

— Je disais que, malheureusement, nous devrons faire avec le brouhaha extérieur. Mais n'ayez crainte, je vous laisse les pamirs sur la table. Surtout, ne les oubliez pas lorsque vous sortirez d'ici car les chars sont en mouvement constant et peuvent très bien se rapprocher de nous.

Lorsqu'il m'affranchit du danger, je pense tout de suite à Quentin et au risque énorme que je lui fais prendre en le laissant attendre là dehors. Mon Dieu ! Je l'imagine déjà devenant sourd comme un pot par ma faute. Sonné, voire carrément paniqué, si ce n'est pétrifié par tous ces tirs d'obusiers. Je m'y refuse ! Sans plus attendre, je saisis le casque de protection et d'un bond m'éjecte de la tente où, dehors, j'aperçois le jeune homme qui tel un coq en pâte, toujours bien installé dans son véhicule, le bréviaire du soldat dans les mains et une paire de ces fameuses pamirs sur les oreilles, attend gentiment mon retour.

À force de jouer les grands frères protecteurs, j'en oublie que certains n'en ont pas besoin ou plus besoin comme ce fut sûrement le cas pour Matthieu juste avant qu'il ne décide de s'engager dans l'armée. Réalisant cela, j'annihile non sans peine des convictions que je croyais pourtant profondes et retourne dans la tente… à la grande surprise du lieutenant, d'ailleurs, qui l'espace d'un instant avait dû s'imagine s'être déjà débarrassé de moi.

C'est bien mal me connaître.

— De retour ? Bon, allez-y, questionnez-moi mais soyons brefs pour l'amour de Dieu.

Le lieutenant s'impatiente, c'est très bien ! Il ne me laisse d'ailleurs pas le temps de formuler la moindre question que déjà il m'emboîte le pas et se confie, ce qui est encore mieux.

— Oui ! Si vous voulez savoir, Raphaël et moi-même étions proches effectivement, aussi proches que le sont deux collègues de travail collaborant aux mêmes tâches et parallèlement soumis au même devoir. Cul et chemise vous dites ? Dans l'effort, c'est certain !

— Ce n'est pas tout à fait là l'écho que je me suis laissé entendre, et, pour être honnête, j'attendais de vous quelques révélations plus… intimes.

Du bout des doigts, j'aborde le sujet qui fâche ; bien qu'avec délicatesse mes dires ébranlent l'irritable.

— Quoi que vous ayez entendu, ce ne sont là que des bruits de couloir, rien de plus, répond le lieutenant excédé.

Contiens-toi Lyss ! À trop jouer avec les nerfs de cet homme, tu risques de finalement perdre le contrôle, alerte ma conscience, à qui je ne saurais donner tort car effectivement ma technique d'approche est bonne mais périlleuse puisque peu à peu se raidit la pente et les points d'accroche se font plus rares.

Alors, laisse couler ! Prends appui tant qu'il est encore temps, donne du mou à ta corde et ravise ton cheminement.

— J'entends bien, Lieutenant. Passons ! Reprenons plutôt sur les faits et dites-moi ce que vous faisiez lorsque les choses ont commencé à s'aggraver.

— J'étais à ma place, dans le char du commandant avec mes hommes.

— Sylvain Boisot ? Philippe Berset ?

— Eux-mêmes, oui ! Nous étions tous à nos postes respectifs, roulant en convoi rapproché. Si près et pourtant si loin sous cette brume trompeuse du matin… On n'y voyait rien à un mètre. Une véritable purée de pois, envahissant les environs d'un voile aussi épais dangereux. Poursuivre n'aurait fait que compromettre la mission, c'est pourquoi j'ai ordonné le repli général. Une à une, les pièces ont cadencé l'ordre radio et toutes ont répondu présentes. Toutes sauf le poste de commandement dirigé par mon second, le lieutenant Watanabe. Enfin… Je ne pouvais pas les entendre mais ces derniers ne répondaient pas, non. Ils se brouillaient.

— Je ne comprends pas lieutenant, leur radio brouillait ?

— Non ! Eux, entre eux, ils se disputaient. Menaces et noms d'oiseaux fusaient, je ne comprenais pas et puis soudain ce fut le silence. De mon côté je perdais patience et, toujours accroché à ma radio, j'ai plusieurs fois tenté de reprendre le contact avec eux, en vain. Désespéré, j'ai même tenté de joindre mon subordonné par des moyens, disons moins conventionnels à l'exercice comme de l'appeler directement sur son portable. Mais là non plus, il ne répondait pas. Finalement, malgré le protocole de sécurité, nous avons abaissé la rampe et je suis sorti, laissant mes hommes à la radio pour m'engouffrer dans la moiteur de ce *fog* épais et sans saveur dans lequel j'ai peiné à trouver mes marques et me suis perdu après un bon quart d'heure. Complètement égaré, je ne savais plus où aller et puis il a démarré, sortant de nulle part. Le *PC* est passé à quelques mètres de moi pour enfin disparaître à tout jamais. À la suite de quoi, j'ai entendu mes hommes hurler mon grade, ce qui m'a permis de revenir rapidement sur mes pas et l'entendre…

— Entendre ? Entendre quoi ? Je lui demande, ne décrochant pas de ses lèvres tremblantes.

— De retour à la radio, il y avait ce soldat… Esteban Castro, du char en déroute. La voix tremblante et grésillante, il parlait avec le capitaine Pannatier. Jusqu'au bout j'ai écouté ce soldat craindre pour sa vie, implorant une hiérarchie à l'écoute mais complètement démunie, comme nous l'étions tous d'ailleurs. Haletant devant notre radio, nous étions mes gars et moi devenus les spectateurs de ce drame jusqu'à ce que nos échines se glacent au son fatidique du métal qui se froisse et des cris de ceux qui périssent. Voilà ce que nous avons entendu.

Mon Dieu ! Matthieu. Soudain l'horreur s'empare de ma pensée et mon cœur douloureusement se serre, les sanglots me brûlent la gorge mais j'en veux plus. Je veux savoir.

— Qui ? Qui était avec vous dans le char au moment où… au moment où les bruits de l'accident vous sont parvenus ?

— Je vous l'ai dit, les soldats Berset et Boisot. Les pauvres, ils ont tout entendu, les pleurs, les cris et cette voix : Watanabe avait cette voix, un ton étrange et des propos tout aussi bizarres. Je ne sais pas, on aurait dit un fou.

— Mais, Lieutenant, cette voix et ces cris, vous les avez entendus également ? Il n'y a pas que vos hommes qui souffrent, rassurez-moi ? Vous étiez là, vous aussi, et pourtant... vous rempilez, comme si de rien était. Comment ? Comment faites-vous cela ?

— Vous croyez peut-être que je n'ai pas cherché à décrocher ? Détrompez-vous, je l'ai fait et j'ai bien cru que ma tête allait exploser à force d'y entendre résonner la voix de mon subordonné. Le retour au service n'a pas été un choix pour moi mais l'unique façon de me soigner l'esprit. En poursuivant ma mission ici, j'oublie ma peine, en faisant même abstraction quand j'ai de la chance et quand je croule sous le boulot. Ce travail, c'est tout ce que j'ai trouvé pour oublier. Il est mon tremplin, mon pilier, une sorte d'échappée belle, si vous voyez ce que je veux dire...

— Je sais ce que vous voulez dire. Pour moi aussi le labeur est devenu une thérapie... l'unique, d'ailleurs. En psycho, nous appelons cela "l'occupation de l'esprit par la stimulation de la réflexion" et c'est courant, je vous rassure. Je comprends mieux dès lors.

À cela l'homme ne répond rien mais se perd dans ses pensées comme je le fais souvent. Aurions des points communs malgré ce caractère impétueux et arrogant ? Peut-être... car peut-être que cette facette n'est pour lui qu'une défense, une parade cherchant à dissimuler un visage plus calme et bien plus serein.

— Lieutenant, je n'ai que trop abusé de votre temps. Néanmoins, avant de partir, permettez-moi peut-être une dernière question. Coopératif mais quelque peu exaspéré, l'homme inspire profondément pour se parer à toute éventualité et avoue :

— Si cela me permet de reprendre l'exercice, alors oui j'accepte cette ultime requête. Je vous écoute.

— Très bien, je me lance... Imaginons, Lieutenant, que par curiosité je vienne à consulter le répertoire de votre téléphone portable : combien trouverais-je de contacts parmi vos collègues et subordonnés de cette caserne ? Hors bureau d'intendance, mess des officiers et autres numéros de renseignement.

— Je ne sais pas, deux ou trois peut-être, avoue-t-il spontanément mais sans trop y croire.

— Et si je vous demandais de vérifier cela maintenant, tout de suite ? Je sais déjà que le lieutenant Watanabe s'y trouvait et s'y trouve peut-être même encore puisque vous venez de m'avouer avoir tenté de l'appeler juste avant le drame. Qui d'autre ? Pannatier, votre supérieur direct ? Oui ! Sûrement.

— Non ! Non, il n'y est pas, répond timidement l'homme battu, abaissant le regard comme résigné.

— Non ? Je ne comprends pas, François. Voulez-vous peut-être que je réitère ma question ?

Le doigt douloureusement appuyé sur cette troublante évidence, l'homme de marbre révèle là sa négligence et fait effondrer sa garde, incapable.

— Lieutenant ! S'il vous plaît... combien ? j'insiste, même si pour ma part, la réponse est pressentie.

— Un seul, confie-t-il, les lèvres pincées tout en expirant le désarroi.

—Ainsi, les rumeurs qui vous concernent ne sont pas complètement vides de fondement.

— Elles n'en restent pas moins un tissu de mensonges, Monsieur Zacharias, et d'ailleurs j'apprécierais que vos conclusions ne se basent pas que sur ces simples bruits de couloir, m'impose-t-il comme d'une volonté d'étouffer les ouï-dire.

— Ce n'est pas si simple, Lieutenant. Vous savez, dans ma profession, quand la voie officielle ne donne rien, il faut bien aller voir ailleurs. Il n'y a jamais de moindre mesure.

— Alors, très bien : si vous voulez du concret, je vais vous en donner, moi. Ouvrez donc vos esgourdes et prenez note, m'envoie le lieutenant, décidant finalement de se mettre à table. En effet, il m'est arrivé une ou deux fois de solliciter la compagnie du lieutenant

Watanabe car de tous mes pairs, il était bien le seul pour qui j'éprouvais de la sympathie. Enfin, de la sympathie, non ! Je l'appréciais, tout au plus. À la cantine, lors des repas par exemple, je détestais manger seul et l'idée de me mélanger avec la soldature comme le font certains ne m'enchantait pas plus. Alors plusieurs fois… enfin, souvent, je me suis rabattu sur la compagnie du lieutenant.

— Un vulgaire bouche-trou, en somme. Voire même un faire-valoir dans le dessein de préserver votre image d'homme sociable, pourtant faussée. N'est-ce pas, mon Lieutenant ?

— Premier lieutenant ! reprend-il, agacé. Mon grade est celui de premier lieutenant et je vous prie de le respecter.

Par la pertinence de mes propos teintés d'arrogance, peu à peu je lui fais perdre de sa superbe. En me reprenant ainsi sur son grade, il fait en sorte de ne pas perdre la face mais il est trop tard. Un pied déjà dans le vide et le voilà qui mouline.

— Pourquoi tant de réticence vis-à-vis de vos soldats ? Auriez-vous peur de vous montrer trop sociable ?

— Je n'ai peur de rien du tout, jeune homme. Non ! Ce qui ne va pas avec les soldats c'est qu'ils sont trop rustres et écervelés. Impossible de converser en leur compagnie sans avoir à totalement bannir culture et intellect. Pour sûr, ces brutes n'ont de centres d'intérêt que le foot, l'alcool et les filles. C'est exaspérant ! crache l'homme, bouffi de dédain.

— Je comprends, Monsieur le Premier Lieutenant, dis-je en insistant bien sur le grade. Ce qu'il vous faut à vous, c'est du cérébral, du neurone qui fume. Au fond, pour qu'elle apparaisse attrayante à vos yeux, une discussion se doit de stimuler votre savoir, flatter votre ego et tant mieux si en plus, cette dernière vient à nourrir votre appétit de culture.

— Exactement, Monsieur Zacharias ! affirme le lieutenant, s'adossant à son bureau tout en croisant les bras, l'air satisfait. Pour répondre à vos allégations, oui ! J'avoue, j'aime avoir le choix de mes fréquentations et ce pour la simple et bonne raison que je déteste mélanger les torchons et les serviettes.

Touché dans son orgueil, la carapace légèrement fêlée, voilà qu'il répond avec virulence et beaucoup de mépris pour ses propres hommes. Seulement, s'il s'énerve ce n'est que contre lui-même et contre une personnalité qu'il tente de dissimuler sous les traits carrés de l'armée.

Mais qui est Tenzin en réalité ?

— Ce que vous dites est paradoxal, premier lieutenant Tenzin, car vous ne pouvez décemment blâmer le simple d'esprit et prôner en parallèle cette pensée militaire qui par souci de concentration doit demeurer simple.

— Touché, Monsieur Zacharias. Et dire qu'un instant j'ai cru pouvoir vous sous-estimer, seulement votre jeunesse ne reflète aucun manque de maturité. Dommage dès lors que vous n'ayez pas perduré dans l'armée, vous seriez devenu quelqu'un.

— J'en doute fort, Monsieur Tenzin. Le devoir militaire m'a toujours fait horreur et sauf votre respect, j'aurais pu déserter si on m'avait dit qu'à l'armée je serais pressenti à gradé.

— Vous m'en voyez navré, je ne savais pas votre haine de l'uniforme aussi prononcée. Mais passons, voulez-vous, et revenons à la question de mes hommes et leur compagnie. Je ne voudrais pas que vous vous fassiez une fausse idée de tout cela car je n'ai ni dédain ni dégoût vis-à-vis d'eux.

— Eux… Vous voulez dire, ces rustres écervelés, pour reprendre vos termes exacts, je lui lance espérant là qu'il se repente de ses intolérables propos.

— Fondamentalement, le juste qualificatif importe peu et qu'ils soient paysans ne les empêche pas d'avoir des sentiments. Ce ne sont pas des monstres, vous savez.

Il en rajoute et dépasse même les bornes. Désespéré, je ne sais plus comment réagir et ne sais pas si je dois m'offusquer, l'ignorer ou tout simplement rire de ce personnage pathétique qu'il incarne.

Quoi qu'il en soit, j'ignore combien de temps je vais encore tenir face à ce guignol et à son théâtre de grimaces mais je souhaiterais qu'un trou de mémoire pourrisse son jeu et le mène inévitablement à l'improvisation révélatrice de ses péchés.

— Ces gosses… on ne sait jamais comment les prendre. Un seul faux pas et voilà qu'ils vous taillent un uniforme inventant sur vous les pires rumeurs, me dit l'homme à fleur de peau, comme dénonçant là une injustice que personne ne saurait punir.

— Premier Lieutenant Tenzin, si vous êtes seul dans cette tente, ce n'est pas par hasard. Vous fuyez !

— Continuez, me demande-t-il calmement.

— Vous êtes las. Lassé de lutter contre les jugements de l'extérieur et c'est pourquoi vous préférez encore vous cacher de ceux qui vous jugent. Réticent, vous l'êtes devenu par la force des choses mais aussi parce que vous n'avez jamais bénéficié d'une oreille suffisamment attentive. Alors, parlez, Monsieur Tenzin ! Parlez-moi en toute quiétude… Je saurai écouter.

Prenant une grande respiration, l'homme, le visage inexpressif et le rictus en berne, expie, fataliste et contraint, cette vérité qui lui pèse.

— Vous savez ce qui se dit, à propos du lieutenant Watanabe et de moi-même ? Cela circule partout dans la caserne, enfin peut-être moins maintenant que ce pauvre Raphaël est mort, mais sachez seulement que rien n'est vrai. Ce ne sont là que railleries infantiles et irrespectueuses.

— Très bien, Monsieur Tenzin… François. Faisons comme si je n'avais rien entendu et racontez-moi votre vérité sur le sujet.

Peu à peu, la confidence prend bonne tournure. En appelant le lieutenant par son prénom, je l'invite à oublier l'intrus pour enfin s'ouvrir à l'intime.

— Balivernes que ces paroles à l'humour potache. J'ignore encore qui en est à l'origine, mais il reste toujours bien loin du compte. Jamais ma relation avec le lieutenant Watanabe n'aura suinté le péché de la liaison amoureuse, comme ils le prétendent tous autant qu'ils sont, s'indigne le Tibétain fronçant un visage rouge écarlate au regard enflammé.

Par ces rumeurs de liaison homosexuelle, le gradé aux lourdes responsabilités sent sa virilité remise en question, perdant ainsi de sa superbe et de son autorité, ici au sein même du temple du machisme. Je comprends mieux maintenant le mépris qu'il peut avoir pour ses hommes.

— Effectivement, François, nous sommes bien loin là du fameux “cul et chemise” en tout bien tout honneur, lui dis-je sérieux.

— Nombre d'entre eux me savent marié et pourtant cela ne les empêche pas de colporter ces horribles boniments que le bouche-à-oreille aura rendus authentiques.

— À ce que je sais, le lieutenant Watanabe n'était pas marié. Savez-vous dès lors s'il avait une concubine ou du moins s'il fréquentait quelqu'un au civil ?

L'homme esquive mon regard, faisant mine de réfléchir à la question. Seulement, ne trouvant pas de parade, il joue la carte de l'ignorance et avoue qu'il ne sait pas.

Et il poursuit :

— Il ne parlait jamais de sa vie privée, un peu comme s'il voulait la préserver d'une éventuelle souillure. Après cela, comment ne pas comprendre ? Heureusement, nous avions tous deux d'autres sujets de discussion. Des intérêts communs, nous amenant souvent à de longs et passionnants échanges ; et maintenant que j'y repense, ce sont probablement tous ces moments passés à discuter d'art qui auront fini par alimenter toutes ces viles rumeurs.

— De l'art, vous dites ?

— Oui ! Une véritable passion pour les arts ethniques : nos références et nos choix étaient les mêmes.

— Qui se ressemble s'assemble… Vous étiez comme pour ainsi dire faits pour vous rencontrer, lui dis-je affirmatif, cherchant à le conforter un peu plus dans son désir de se livrer.

Et pour cause, j'aimerais vraiment qu'il le fasse.

— Lieutenant, ne voyez aucune provocation dans ce que je m'apprête à vous demander mais ne pensez-vous pas que Watanabe aurait eu quelques sentiments pour vous ? Je parle là de quelque chose de plus profond, je parle d'amour.

— Aucune provocation, aucune provocation, c'est pourtant bien ce que vous faites ! Je dirais même que vous m'insultez et déshonorez la mémoire de ce pauvre Watanabe. Mais qui êtes-vous, jeune homme, pour me traiter d'écervelé à peine capable de voir ce qui devrait me crever les yeux ? Moi qui vous trouvais fin d'esprit, finalement vous ne valez guère mieux que toutes ces langues de vipères, alimentant les rumeurs. Laissez-moi travailler maintenant, j'estime vous avoir consacré suffisamment de temps.

Reprenant sa garde pour me tourner le dos, le lieutenant se dérobe et coupe court à la discussion.

— Très bien, Monsieur le Premier Lieutenant Tenzin, je vous remercie encore de votre coopération et vous laisse à vos obligations.

Sortant de la tente, je reste perplexe et continue de croire que Tenzin ne joue pas franc jeu. Vive, sa dernière réaction témoigne bien de l'évident malaise et je n'en saurai pas plus de sa part pour l'instant. Mais le puzzle prend forme, même s'il manque pas mal de pièces.

Je me dirige maintenant vers Quentin, traversant tranchées et crevasses tout en réfléchissant à la meilleure façon de poursuivre l'investigation ; mais je n'ai pas fait trois pas en direction du Puch que déjà ma concentration s'entrave d'un bruit assourdissant. En effet, non loin de là, manœuvre un char, moteur hurlant, les chenilles allant et venant au détour d'une butte de terre visiblement difficile à contourner. De mon côté, fasciné par les mouvements saccadés du véhicule en difficulté, je reste planté là, admiratif, l'observant finalement franchir son obstacle et s'approcher encore plus près de moi. Merde !

Lançant un rapide coup d'œil vers le Puch stationné quelques mètres plus loin, je hurle par-delà les bruyants vrombissements du canon à chenille le prénom de Quentin tout en faisant de grands signes pour tenter de l'interpeller… en vain. Il me faudra quelques secondes pour qu'enfin je finisse par me souvenir que Quentin ne peut m'entendre puisqu'il porte une paire de ces fameuses pamirs. Un luxe que je me suis volontairement refusé d'accepter, ne voulant donner satisfaction à ce bougre de Tenzin que j'entends encore dire : « Prenez mon casque car dehors les chars sont en mouvement et peuvent se rapprocher rapidement. »

Damnation ! Le char s'est arrêté mais son canon s'élève, pendant que moi, je reste là, bêtement posté sous le feu ennemi, démuni, sans armure ni protection. Je voudrais courir pour sauver ma vie mais je suis pétrifié, il est trop tard. Le feu retentit, la terre tremble et je perds l'équilibre. Le choc est si rude qu'il fait s'emballer mon cœur, jusqu'à perdre conscience. Par terre, le corps allongé sur le sol ondulé, j'observe, sonné, un ciel bleu azuré criblé de coton blanc immaculé. C'est beau ! Je m'imagine alors couché sur l'un d'eux, voguant au gré du vent par-delà l'immensité. Assourdi, je n'entends que ma voix en ce monde et si je m'écoutais, je me laisserais bien sombrer en ces limbes inconnus. Seulement il me faut résister, me méfier et m'extirper de cette fausse tranquillité aux éléments changeants puisque le ciel déjà s'assombrit, balayant coton et couleurs sous des vents en fureur. Instable et foudroyant, un sombre nuage au dégradé de noir et de pourpre vient maintenant se former au-dessus de ma tête pour s'étendre à l'infini.

Suis-je dans l'au-delà ? Est-ce déjà mon heure ? Piégé au milieu de ces ténèbres, je subis mon avancée jusqu'en enfer, ne sachant même pas de quoi je succombe.

Chapitre X
Amer au goût de l'enfer

Autour de moi, les éléments se déchaînent. Il fait froid, très froid. Étalé sur le sol, KO d'un uppercut arrivé de nulle part, je frissonne, face contre terre, les muscles raidis et le moral tuméfié de coups de barre répétés. Je devrais bouger mais reste incapable, sous le poids de mon ennemi pourtant atmosphérique et immatériel. Plus je tarde à réagir et plus je sens les cieux s'intensifier de colère et gronder de plus belle. Heureusement, je ne suis pas seul, une foule en délire m'acclame criant que Lyssandre, alias « le colosse d'Athènes », n'est pas mort.

Ly-ssandre... Ly-ssandre... Ly-ssandre...

On your feet soldier !

Les genoux fléchis, les poings fermés et le menton relevé, ressuscitant mon dynamisme, je remonte en selle sous les vives acclamations d'une assistance enflammée puis me surpasse, paré à en découdre. Debout, je brûle, la foule bouillonne. Et pourtant rien. D'un coup d'œil sur le plateau, je constate que tout a disparu sous une végétation dense et bien décidée à reprendre ses droits. Exit les plaines du loup solitaire, le blindé, Tenzin et son antre, Quentin et son Puch. Ce monde n'est plus le mien, la végétation prospère à grande vitesse, les chemins de terre battue ne sont plus et sous mes pieds grandit un champ de feuillasses jusqu'à mes genoux.

Je rêve ? Ou plutôt c'est un cauchemar car grondant, tambour battant, le ciel se fait de plus en plus menaçant et se rapproche tellement qu'il ne me laisse plus de place pour réfléchir. Et puis l'orage éclate, collant la foudre à mes talons pour m'obliger à m'engouffrer dans les entrailles protectrices d'une forêt dense s'élevant non loin de là… Ma planche de salut.

Contraint, je file à travers champs et pénètre les bois où semblent se suspendre le temps et la vie. Un pas après l'autre, je m'enfonce dans cette forêt, écrasant délicatement le sol et, étrangement, je n'entends que ça, le bruit de mes pas craquant sous les brindilles et les feuilles mortes. Où sont les animaux et que font les éléments ? On dirait que la nature retient son souffle le temps de mon passage et d'ailleurs, si je m'arrête un instant et ferme les yeux, je peux parfaitement m'imaginer ailleurs. Un appartement peut-être… le mien pourquoi pas… douillet, calme, un peu frais certes mais ce n'est pas dérangeant, un courant d'air tout au plus.

Je suis bien là, les pieds plantés dans une mousse intacte et moelleuse dans laquelle je me couche et me blottis. Ne manque plus alors que la mélodie de fond, idéalement quelques notes d'une œuvre de Prokofiev mélangeant malice et curiosité, genre *Pierre et le loup.*

Ça y est, je l'entends. La mélodie est douce mais changeante, discordante car une menace rôde. D'un œil ouvert, je retrouve la forêt, toujours aussi calme malgré la mélodie. Où sont donc les inconvénients ? Où sont les insectes, les bruits étranges, la flore irritante et la faune hostile ? Je me lève. Face à moi, un chemin s'éclaire alors que derrière moi il s'assombrit, hostile à l'éventualité d'un retour en arrière. Je ne tente pas le diable et avance, d'ailleurs je vois maintenant le bout de cette forêt et les derniers remparts de bois laissant à peine passer la lumière du soleil tant ils sont serrés les uns contre les autres. Vais-je seulement pouvoir passer ?

Reste ! m'ordonne une conscience chiarde qui me fait douter brusquement. Et si dehors les cieux demeurent impitoyables, je ferais effectivement bien mieux de rester ici, en lieu sûr, je me dis intérieurement mais visiblement la question ne se pose pas car à peine ai-je rebroussé chemin que la nature change de visage, s'assombrit et fait retentir des milliers de cris d'animaux. C'est insupportable mais je continue d'avancer malgré tout. Alors soudain la forêt se déchaîne, lançant vers moi de puissantes rafales de vent pour me chasser définitivement de son sein. Décidé, je ne me laisse pas intimider et poursuis mon avancée même si pour ce faire, je dois ramper à quatre pattes, les ongles plantés dans la terre. Heureusement avant d'en arriver à cette extrémité, les éléments se calment un peu et se font plus cléments. Le répit est louable mais de courte durée car devant mes yeux, soudain, l'environnement se meut, en quelque chose de... bestial. Résonnent alors les croassements d'un gigantesque corvidé, les ailes déployées, feuilles de chênes et branches de pins en guise de plumes. D'abord unique et imposant, l'animal se décuple lorsqu'il s'approche, se multipliant par dizaines pour manifester sa haine. Becs et serres en avant, l'escadron de charognards fumants fonce sur moi en démons ardents dont je ne vois plus que les regards perçants. Désespéré, je retourne vers la lumière fonçant tête baissée, épaule en avant, avec l'idée de me frayer une sortie ; et puisque ma vie en dépend, je cours, arrachant branches et feuillages de cette sadique forêt. Bon sang ! Sous le fouet des brindilles, l'échappée se fait rude et le dernier rempart me permet à peine de passer mais la peur faisant, je force l'étroit passage et me retrouve finalement de l'autre côté, d'où j'entends croasser en stridence les oiseaux contraints de rebrousser chemin et disparaître en silence.

À terre, épuisé, le cœur encore affolé, je redoute la suite car après les cieux en colère et les oiseaux enragés... Je me demande ce que ce monde amer me réserve. Je suis éreinté, je m'écroule une fois de plus, cloué au sol, puisque depuis mon arrivée ici je reste plus souvent le cul par terre que debout sur mes deux pieds. Un peu comme ces soldats, toujours contraints de ramper dans la boue pour un oui, pour un non, à se traîner, s'enliser, s'acharner alors qu'on est harnaché. Oui harnaché comme je semble l'être à présent car j'ai beau me débattre, je ne peux ni bouger ni me relever, ma cheville étant coincée dans une sorte de cordage émergeant du sol : impossible de m'en défaire et plus je me débats plus ce truc me taillade la peau.

Calme-toi Lyss. Souffle ! Réfléchis !

Piégé dans ce filin en étoffe rouge carmin, mon pied semble condamné, la douleur m'empêche de faire levier et je ne peux ni retirer ma chaussure ni me glisser sans encombre. Ne me reste alors plus qu'à tirer sur ce truc en espérant simplement qu'il cède. Alors d'une, puis les deux, le cordage fermement empoigné, j'arrache le tout et me libère. Une fois hors de son emprisonnement de terre, l'objet bien qu'en lambeaux se précise un peu et bizarrement on dirait là… des embrasses de rideaux. Non, je n'y connais rien en passementerie et ces anneaux de fer et pompons n'ont sûrement pas l'utilité que je leur prétends. Que ferait ici un objet comme celui-ci ?

Reposant sur le sol l'objet étendu de tout son long, je crois soudain reconnaître quelques similitudes avec un mors d'équitation mais là aussi, c'est sans conviction. Nullement plus calé dans ce domaine que dans celui des ornements de rideaux, j'ai maintenant fort à parier qu'il s'agit là d'un truc de cavalerie… un harnais ou une bride. La présence d'un tel article en ces lieux devient alors un peu plus plausible même si j'aurais cru qu'à l'armée on ne trouvait plus maintenant que des chevaux motorisés. Quoi qu'il en soit, non content de ma découverte, je prends l'objet sous le bras et m'en fais propriétaire. Sans aucun scrupule, je l'embarque, jugeant avec certitude que ledit ornement saura faire bonne figure dans mon appartement. Ravi, je me relève, ne prêtant même plus attention à la douleur de ma cheville, secoue mes habits recouverts de terre et reprends le chemin pas à pas, tête baissée, regardant bien où je mets les pieds. Mais le sol est jonché d'obstacles. Mon regard se lève alors sur le chemin à parcourir et la plaine tout entière quand soudain je découvre le macabre spectacle et des cadavres par centaines.

Comment ? Pourquoi ?

Face à l'hécatombe vertigineuse, surgissent en masse les questions sans réponses et je me sens mal. Les pieds enfouis dans une terre ramollie, gorgée de sang, je veux vomir. Écœuré, j'évacue mes entrailles au-dessus des corps putréfiés. L'image est insoutenable, je veux fuir, détourner le regard ; seulement, partout gisent des corps meurtris et des visages grimaçants de douleur. Mutilés, simplement tailladés ou grossièrement démembrés, j'observe ces chairs sans vie et déambule parmi.

Qui sont ces morts ? Je ne comprends pas. Pour tous ceux dont le visage n'est pas enseveli par la terre, je constate qu'ils sont tous typés asiatiques, les yeux plissés, convulsés, mais toujours fixés sur le firmament. Chinois, Japonais ou Mongols ? Qui donc sont ces guerriers en armures dont les épées, les sabres, les lances, et les arcs gisent sur le sol ? Au-dessus de ce cimetière ouvert planent le silence et des questions sans réponses, quand soudain un son léger retentit en fond. Un cliquetis de métal harmonisé par le souffle profond d'un cheval. Je reconnais ce son, c'est encore ce cavalier, ce diable masqué, grimaçant, qui passe devant moi et m'observe pendant que son cheval piétine les chairs putréfiées des cadavres. La mort en armure de guerrier et heaume à cornes, ayant troqué sa toge contre une armure à lamelles et sa faux contre un sabre oblong.

La grande faucheuse se donne des airs de samouraï.

Je refuse de mourir. Rapidement je me saisis d'un sabre gisant à mes pieds, tenant ma garde et la lame pointée face au monstre que je ne lâche plus du regard. Résigné, je tiens bon. Mais plus je regarde la mort en face, plus la peur gagne mon courage et, sur mes doigts, soudain coule du sang de la lame que je découvre alors souillée de la pointe jusqu'à la garde. Écœuré, je lâche prise, laissant tomber l'objet qui rebondit sur la carcasse d'un cadavre impressionnant… un cheval pétrifié, les quatre fers en l'air. D'un œil j'observe cette monture en bien mauvaise posture et de l'autre surveille le démon trottant çà et là sans véritablement s'approcher de moi.

Gisant à mes pieds, en disgrâce, ce cheval n'a rien perdu de sa superbe même si sous le poids de sa chute ont cédé ses boiseries d'ornement et de sa chair tailladée s'écoule encore le sang. Sur sa gueule, je lis la douleur, un mors littéralement planté dans ses gencives et plusieurs nacres cassées, voire arrachées. La douleur est tant gravée dans ses yeux que, même morte, la bête souffre encore.

La bride ! Attentif, soudain je reconnais l'objet qui lui muselle la gueule et demeure en tous points semblable à ce truc dans lequel je me suis coincé le pied et que j'ai perdu d'ailleurs, mais peu importe car tout ici est irréel et invraisemblable et pourtant sort de ma mémoire comme le souvenir d'une bataille vécue. Je vais bien finir par me réveiller, bon sang ! Je ne vais pas rester là parmi toutes ces dépouilles souillant le sol d'un rouge organdi. Ces mille corps accoutrés d'étoffes et de cuirasses, ces âmes déchues sous la bannière d'une même fratrie. D'ailleurs c'est étrange ça, pourquoi tous ces morts semblent-ils faire partie d'un seul et même clan ? Qui était l'adversaire ? Quelle épidémie ? Quel fut cet ennemi invincible, qui dans un sans-faute n'aura laissé de plume dans la bataille ?

Et vous, les exterminés, les abandonnés, laissés en pâture aux charognards, qu'avez-vous donc fait pour mériter ce châtiment ? La mort et sa monture infernale planent au-dessus de vos carcasses tout en jubilant de cette hécatombe sans faille.

Je m'adresse aux macchabées, car j'aimerais les voir ressusciter et hurle : « Allez ! Debout, guerriers, réveillez-vous de ce sommeil éternel dans lequel vous vous êtes abandonnés ! Levez-vous, arborant vos couleurs et cette fleur, ce symbole que je décèle sur bon nombre de vos frusques, étoffes et étendards ! Enfilez donc vos armures, nettoyez vos lames ensanglantées et fourreaux de bois laqué ! Attelez vos montures, enfourchez-les, racontez-moi votre histoire. Je vous écoute. »

À ma demande, la réponse du bataillon ne se fait guère entendre. En revanche, par-delà les bois, se manifestent à nouveau les oiseaux de mauvais augure dont les croassements s'intensifient et résonnent jusque sur la plaine. Combien diable sont-ils derrière la stridence de ce brouhaha incessant ? J'entends les battements de leurs ailes mais ne décèle pas leur présence.

Que faire ? Regagner les bois se résumerait à se jeter tout droit dans la gueule du loup. Et parcourir la plaine… oui mais dans quelle direction ? L'horizon s'étend à perte de vue. Oh et puis merde ! De deux maux, mieux vaut le moindre : je fonce à l'opposé du bois et peu importent les cadavres ou le temps que cela me prendra. Je franchis la plaine, enjambant les corps bon gré mal gré car derrière chacun de mes pas gronde la forêt ou plutôt grondent les oiseaux qui par milliers s'échappent des bois pour prendre de l'altitude et recouvrir entièrement le ciel. S'ensuit un ballet aérien, virevoltant et étourdissant, devant lequel je panique, nez au vent, surveillant la menace sans jamais baisser ma garde ni cligner des yeux un seul instant. Immanquablement, je me heurte à l'obstacle… un guerrier, debout, étonnamment. Mort, il l'est de toute évidence car son corps est aussi froid et rigide qu'une statue de marbre mais il tangue dangereusement d'avant en arrière puis bascule, emportant avec lui les corps d'une bonne vingtaine de soldats debout également.

Les hommes tombent comme des dominos et juste au-dessus de ma tête se rassemble l'escadron noir qui, prenant vitesse en piqué de kamikazes, pointe sur moi, le bec en avant et les ailes rentrées. Effrayé, je perds l'équilibre et tombe, emportant dans ma chute le bras d'un macchabée toujours debout. Une fois à terre, les cadavres me tombent dessus les uns après les autres et sous le poids de leurs chairs putrides, je subis l'instant face à tous ces visages crispés aux regards révulsés. Le spectacle est insoutenable et si je vois encore le ciel, ce n'est que par une étroite brèche entre les corps à travers laquelle je peux entrevoir les milliers de becs pointer vers moi et se planter dans ce bouclier de chairs qui me protège mais m'étouffe. Le choc des premiers impacts est supportable mais peu à peu le poids des morts se fait ressentir et sous la pression je cède, laissant la terre ramollie m'avaler tout entier. Recouvert de boue, je sens déjà le goût des racines de pissenlit et succombe, piégé sous le funeste dôme, la gorge farcie de glaise et le corps recouvert de terre assassine.

Et puis contre toute attente, soudain mon corps s'élève, littéralement tracté d'un geste salvateur. Aveugle, les yeux obstrués par la terre, je ne vois rien mais entends la voix de ce bon vieux Quentin craignant pour ma vie :

— Lyssandre ! Lyss, respire, Nom de Dieu… respire ! m'ordonne t-il tout en me secouant maladroitement comme un prunier.

Mais je suis incapable de réagir. Alors, méthodique, Quentin m'agrippe par la taille pour orienter mon corps sur le flanc et ma tête vers le sol. Il effectue ensuite une pression sur mon menton pour me forcer à évacuer de ma bouche les restants de cette terre devenue mélasse saveur métallique.

Ses mouvements sont réfléchis, comme scrupuleusement respectés, et ça marche car, sous les gestes bienfaisants du sergent « bonne étoile », je ressuscite.

— Foutue théorie militaire ! Foutus premiers secours ! T'as beau passer des journées entières à assimiler les gestes qui sauvent, quand c'est pour de vrai…

Choqué, Quentin s'excite et n'attend même pas que je reprenne mes idées pour se décharger sur moi.

— Bon Dieu, Lyssandre, ça fait deux fois en à peine trois jours que tu me glisses entre les doigts. T'es un vrai poissard, toi !

— Les oiseaux, où sont passés les oiseaux ? Je lui demande, paniqué, scrutant nerveusement le ciel de mes yeux flous.

— Des piafs, ici ? Tu divagues ! Les tirs des obusiers les font tous fuir. Reprends-toi, Lyssandre, tout va bien, t'es vivant et d'ailleurs tu peux remercier l'armée de m'avoir autant formé aux premiers soins, sans quoi…

— Quentin, que m'est-il arrivé ?

— À toi de me le dire. Pour ma part, j'ai bien du mal à me l'expliquer. Un coup je te sais dans la tente du premier lieutenant Tenzin et l'instant d'après, je te vois affalé par terre, le nez dans le terreau. T'es un guignard, Lyssandre ! Encore heureux que tu ne fasses que frôler la mort. Le char n'a tiré qu'un coup, changeant rapidement de position, mais il s'en est fallu de peu pour que ton inconscience t'amène à carrément perdre l'ouïe voire te faire aplatir comme une limande.

— Harcelé par la malchance depuis mon arrivée ici, je ne sais pas trop si je dois m'estimer chanceux mais ce que je sais en revanche c'est que je te dois la vie, Quentin… Comment te remercier ?

— Commence par éviter de te mettre toujours en danger, ça me suffira, me répond le garçon encore sous l'émotion.

Puis, tout tremblant, il me tend un paquet de mouchoirs qu'il vient de sortir de la boîte à gants.

— Tiens, débarbouille-toi car tu fais peur à voir, ajoute-t-il feignant un sourire malgré une mine déconfite et cette peur encore bien présente au fond des yeux.

Lorsque je tire un mouchoir de son paquet entrouvert, mes doigts frôlent les siens et je sens passer le courant. Alors ce gosse que je ne connaissais ni d'Ève ni d'Adam, il y a trois jours de cela, apparaît en être cher aussi indispensable que bienfaiteur.

— Je te ramène au cantonnement, ajoute-t-il en me faisant comprendre qu'une bonne douche et des fringues de rechange ne seraient pas un luxe.

— Oui ! Tu as raison, Quentin, une bonne giclée ne sera pas un mal ! Espérons seulement qu'une fois sous la douche, il ne m'arrive rien.

— Tu ne veux pas non plus que je te chaperonne jusqu'à la salle de bains ? s'exclame le jeune homme amusé.

Et il renchérit :

—Au début, tu ne voulais pas que je fasse la navette et maintenant tu voudrais que je te tienne la savonnette.

Nous rions, c'est peut-être nerveux mais nous rions de bon cœur. Après une journée comme celle-ci, un peu d'humour ça fait du bien et Quentin n'en manque pas.

— Trêve de plaisanterie ! annonce soudain le jeune homme s'efforçant de reprendre son sérieux. Lyssandre, en ton absence, ta sacoche n'a pas cessé de sonner, jouant un truc très classique comme tu les aimes.

— *La Chevauchée fantastique*, c'est ma sonnerie, désolé.

— J'ai failli répondre, ça aurait abrégé mes souffrances mais qui suis-je pour répondre à tes appels et m'immiscer dans ta vie privée ? Alors je me suis retenu, mais cette musique… quelle horreur.

— Merci, Quentin, j'apprécie cette preuve de respect même s'il ne m'aurait pas dérangé que tu répondes et soulage ainsi l'impatient à l'autre bout du fil. Ce devait être Fred… mon "patron", lui dis-je alors qu'au même moment sonne à nouveau mon portable au son d'une chevauchée qui exaspère Baumann. Effectivement, c'est Frédérique et il est furibard.

— Nom de Dieu, Lyssandre mais à quoi tu joues ? Ça fait des heures que j'essaie de te contacter et j'en ai marre. Personne n'arrive à te joindre et tu ne donnes jamais signe de vie. Mais qu'est-ce que ça signifie ? C'est pas sérieux, Lyss, tu m'as demandé de te faire confiance mais il n'a jamais été question que tu fasses cavalier seul. Alors je fais quoi, moi, je dis quoi au procureur ?

Révélées par la parole du sage, je ne peux que reconnaître mes fautes et, acculé par mon incompétence je me soumets à encaisser les mots qu'il me crache, laissant s'alourdir mon cœur de milliers de remords.

— Je me suis égaré, Frédérique, pardonne-moi. Te parler de l'incendie était une chose mais j'ai négligé le reste, je reconnais que…

— Un incendie ? Quel incendie, de quoi tu me parles ? me demande-t-il comme s'il n'était pas au courant.

Ce devant quoi je tombe des nues et pense même à de la mauvaise foi de sa part.

— Enfin, Frédérique, je t'ai pourtant parlé de ça et de Romanens, le toubib de la caserne, brusquement viré du jour au lendemain. Pour sûr je t'en ai affranchi et d'ailleurs je t'entends encore me dire que de ce fait, tu en aviserais le procureur.

« *Silence.* »

— Non, absolument pas. Je suis navré mais nous n'avons pas eu cette discussion.

— Non ! Non, Fred…

— Fiston, tu te souviens de ton réveil à l'hôpital ? Balbutiant quelques mots incompréhensibles, les yeux à peine ouverts, tu es sorti de tes gonds lorsque j'ai émis l'hypothèse que tu devais abandonner l'affaire. Tu t'es énervé, mais sous la fatigue t'es laissé submerger. Entre-temps ou juste avant, Soraya et moi faisions la rencontre du capitaine Pannatier, accouru à ton chevet en homme rongé par les regrets, puisque, cherchant à te joindre en vain, il avait tout tenté pour t'annoncer la mort de ton frère. Faute de quoi, borné et injoignable, tu l'auras finalement appris à tes dépens, subissant les conséquences de tes actes irresponsables.

— Et ces mots que je vous ai dits à Soraya et toi, que je vous aimais et… Dis-moi que ce n'était pas que du vent ? Je lui demande, brusquement effrayé d'incertitude.

— Soraya et moi-même, nous sommes pertinemment conscients de ton amour, Lyss, seulement je suis navré mais l'autre jour à l'hôpital, tu n'as rien dit.

Le moral en chute libre, brusquement s'effondre le premier et unique édifice à la reconstruction de ma vie. Je le croyais aussi solide que le roc, mais ce n'était là qu'un autre château de cartes.

— Tu dois te rendre à l'évidence, mon garçon, tu n'es plus toi-même depuis ton accident. Il te faut du repos, crois-moi ! Allez, reviens, c'est fini, je te relève et reprends l'enquête. Prends le premier train, rentre chez toi et dors au moins huit heures de suite. Demain tu enterres ton frère.

— Quoi ? Comment ça ?

Merde ! Avec toutes ces histoires, j'ai oublié mon frère et ses obsèques. Mon Dieu ! Je n'ai rien prévu.

— Du calme, Lyss, le mari de ta tante vient de m'appeler, ta famille s'occupe de tout… Heureusement, ils sont là.

— Oui, heureusement, je réponds et culpabilise d'une telle prise de conscience.

— Ils ont insisté, tu sais, ils veulent te voir… Alors, je sais bien ce que tu vas me dire, Lyssandre, mais même si tu ne veux plus les voir, tu te dois de le faire ne serait-ce que pour ton frère.

— Ils savent où me joindre ? Tu leur as donné mon numéro de portable ?

— Ce brave Éric a bien tenté de me soutirer l'info mais j'ai tenu bon par égard pour toi, même si je réprouve ton choix, me dit clairement Frédérique, peiné de me voir si réticent au bonheur.

Démuni, sans excuse ni justification valable, c'est avec beaucoup de retard que je reconnais maintenant mon erreur et cet enfermement sur moi-même. J'avais besoin de rompre le lien, balayer les souvenirs, mais cela n'a fait qu'empirer les choses, me rendant plus seul et plus triste que jamais. Aujourd'hui, comment plaider en ma faveur, comment leur expliquer ?

Ils ne te le demanderont pas, annonce une conscience bien certaine.

Non, c'est vrai, peut-être veulent-ils juste me retrouver.

Du moins, je l'espère.

— Tu as raison, Frédérique. Trop de choses m'occupent l'esprit et me font perdre pied, dans le boulot mais dans ma vie également et, bien que je comprenne mieux certaines choses, il y en a d'autres que je ne m'explique pas. Perdu entre mes choix de vie, mes rêves et mes angoisses, je ne fais plus la part des choses et mélange tout, mon esprit part en vrille. Frédérique, tu as raison, j'ai besoin de temps… Pardonne-moi.

— Je te pardonne, Lyss car enfin je te sens plus raisonnable et peut-être plus enclin à parler… ?

Au-dessus de ma légendaire carapace de marbre apparaît une brèche ouverte sur l'émotif dans laquelle se précipite alors Frédérique, toujours paré à l'analyse de cet être torturé que je suis.

Pour la première fois, je le laisse opérer sans spécialement espérer et toujours pendu au téléphone, je m'engage en compagnie de mon mentor dans une sorte de thérapie par télécommunication interposée.

— Toujours tes cauchemars… les fantômes de tes parents ? demande-t-il de but en blanc.

— Non, mes parents n'y sont plus. Pour le coup, les visions qui me perturbent en ce moment sont tout autres mais restent tout aussi obsédantes voire le sont plus encore. Tout me semble très réel et si ancré dans ma mémoire que je me souviens encore de tous les détails, même si souvent la logique m'échappe.

— Que vois-tu exactement ? demande Fred intéressé.

— Un champ de bataille inanimé et partout des cadavres de guerriers japonais… des samouraïs, sauf erreur.

— Étonnant, en effet ! Et ces images ne découlent pas d'une éventuelle influence récente comme le serait un film marquant ou le récit d'un bouquin poignant ?

— Pas que je sache, non ! En tout cas, je m'en souviendrais et puis t'en connais beaucoup, toi, des films de samouraïs ?

— Évidemment ! Il y a le fameux *Kagemusha* de Kurosawa. J'y pense car actuellement se joue une version remastérisée dans le petit cinéma de quartier de la Servette. Tu as peut-être vu des affiches ou des réclames qui auront fait ressurgir en toi les souvenirs de cette œuvre cinématographique.

— Ça aurait pu, seulement je n'ai jamais vu ce film dont tu parles qui bien que chef-d'œuvre n'a jamais fait partie de ma culture. Mais dis-moi, ça raconte quoi ?

— Désolé, je ne m'en souviens que très mal, c'est un vieux film, il faudrait que je retourne le voir, idéalement, répond Frédérique.

— Te rappelles-tu, Fred, si dans cette histoire intervient le diable, ou si l'on y voit comme une sorte de bête à cornes sur une sombre monture ? Dans mes rêves, elle est une menace constante qui se transforme à volonté prenant des formes différentes, mécaniques ou organiques… comme une interprétation de la mort.

— C'est évident ! Que tu rêves de tes parents, d'un champ de bataille ou d'une allée d'azalées à l'orée d'un jardin coloré, elle reste l'élément majeur. Cette vile menace pèse sur tes épaules en bonne responsable de toutes tes peurs et sera toujours là, ne serait-ce que pour te rappeler que la réalité, c'est elle.

— Oui ! C'est elle, toujours elle.

— Ce n'est peut-être là qu'une constatation mais au moins nous parlons et j'ai l'impression que cela te fait du bien, n'est-ce pas ? En tout cas, je t'encourage vivement à me faire part de toutes tes rêveries ou visions à venir car c'est par la discussion que tu feras contre tes angoisses une thérapie plus efficace que de te torturer à essayer de les comprendre par toi-même.

— Merci, Fred. Je réalise que même si je t'ai déçu ces derniers temps, pour moi tu ne baisses jamais les bras à mon égard et je t'en remercie. Si tu savais combien la situation me navre et combien je m'exècre d'avoir pu chuter en ton estime.

— Ne sois pas si dur avec toi-même, Lyssandre. Je te rassure, jamais mon estime pour toi ne viendra dépérir de quelque sorte car tu restes mon plus fidèle successeur, mon fils spirituel. Rien ne saurait altérer la confiance que j'ai en toi, tiens-toi-le pour dit.

Les yeux brûlants et la gorge rétrécie, ce que j'entends me laisse misérablement muet à l'autre bout du fil. Effondré même, je voudrais lâcher ce téléphone et me laisser glisser dans l'infini néant de ma peine pour enfin mourir de honte. Et comme si cela ne suffisait pas, d'une petite voix Fred assène le coup de grâce et sort la carte du chantage affectif.

— Rentre, Lyssandre. Fais-le ! Ne serait-ce que pour moi, ton vieux mentor anxieux dont le cœur fragile ne demande qu'à être ménagé. Tu veux bien ?

Déloyales, ses méthodes font ma foi mouche et je m'y soustrais.

— Inutile de m'amadouer en t'apitoyant davantage sur ton sort de vieux singe grimaçant. J'ai bien compris le message et rentre demain matin, lui dis-je, le cœur allégé, moins coupable.

— Ton oncle… enfin Éric, le mari de ta tante, m’a communiqué un numéro de téléphone ainsi que le lieu et l’heure des obsèques. Je t’envoie tout ça sur texto ?

— Oui, merci Fred…

Merci ? Mais je ne suis pas prêt pour renouer avec eux, avec ma tante, et passer des heures à justifier mes choix passés.

— Veux-tu que je vienne te chercher demain à la gare, fils ? demande Fred toujours au téléphone et je lui réponds :

— J’y ai pensé Fred et puis me suis dit que cela ferait aussi plaisir à Soraya. J’espère que tu n’y vois pas d’inconvénient mais je veux sincèrement retenter ma chance avec elle et lui jouer mon dix de cœur en espérant ne plus perdre la partie.

— Je te souhaite que ça marche, en tout cas.

Fred est en joie, je l’entends soupirer de soulagement puis se taire et maintenir le silence quelques secondes. Après quoi il reprend le dialogue, le ton plus calme :

— Lyssandre, tu me parles beaucoup de changements dans ta façon d’être et dans ta façon de penser. Crois-tu que cela soit dû à ton accident ? Je veux dire… penses-tu que le traumatisme cérébral y soit pour quelque chose ?

Une question à laquelle j’aimerais pouvoir répondre.

— J’y ai pensé, me laissant même croire que parce que j’étais atteint du syndrome de l’omission, je négligeais ma peine, souffrant de ne plus savoir ce qui me faisait souffrir avant.

— Une bien poétique façon d’illustrer la chose, mon garçon. Quoi qu’il en soit je te préfère ainsi, évoquant le fatalisme avec légèreté et indifférence. Si tu as le temps ces deux prochains jours, passe me voir, tu me soumettras le rapport de tes observations et nous pourrons parler plus profondément de cette renaissance.

— Alors peut-être à demain, Fred.

— À demain, fils.

Chapitre XI
Botte de verre et langue de bois

— Tout va bien, Lyss ?

— Pardon, Quentin, je t'ai fait attendre... Ça va moyen pour tout te dire. On me retire l'affaire, enfin temporairement du moins, le temps que je me ressaisisse. Il faut savoir que depuis mon premier jour ici, j'accumule les erreurs et quand ce n'est pas mon jugement qui se révèle maladroit ce sont mes gestes. Tout, les accidents, les doutes, les incertitudes et ces foutus rêves, tout m'incite à perdre pied et demeurer pathétique.

— Si ça te rassure, je n'ai pas non plus été épargné, manquant à ma tâche ces derniers jours, je me suis déjà fait remonter les bretelles plusieurs fois par le fourrier qui peine à comprendre ton passage à l'hôpital. Comme si j'étais responsable de tous tes faits et gestes ! Mais je suis désolé, conduire Lyssandre Zacharias n'a rien d'une sinécure ! Avec Monsieur, quelle aventure ! exagère Quentin.

— Pour sûr, Leckerli est loin de s'imaginer ce qui se passe chez moi car je ne comprends pas moi-même ce qui m'arrive. Mais merci pour le côté "aventurier", ça me flatte.

— Alors c'est parti pour un nouveau périple ! Où allons-nous, que faisons-nous à présent ? Je suis fin prêt et chaud comme la braise.

— Doucement, Quentin, ménage ta monture car ton fidèle partenaire doit raccrocher. Eh oui, au risque de te décevoir, l'aventurier s'en retourne au bercail pour enterrer son passé et retrouver les siens, ou du moins ce qu'il en reste. Paquetage en main, ton fidèle équipier partira demain à l'aube, filant vers le nord et face au soleil levant. Mon ami et mentor a bien raison quand il dit que je n'ai plus les idées en place ; je ne vais pas me leurrer, prodige ou pas, mon manque d'expérience est un problème. Ça, plus le deuil, les angoisses et les coups à la tête, bref je n'arrive plus à réfléchir correctement… Je raccroche.

— Bah ! On a tous nos petites faiblesses et moments de doute, tu ne devrais pas te morfondre mais plutôt écouter cette petite voix dans ta tête qui crie. Tu l'entends ?

Si je l'entends ? Mais comment sait-il pour la voix dans ma tête ?

L'œil espiègle, Quentin s'avance vers moi et me dit :

— Moi je l'entends, elle crie : "Je veux sortir ce soir, boire des coups et m'amuser". Et je crois même que… oui, la voix voudrait que moi, Quentin, je lui paie un verre au Charly's bar. Eh ! Ça ne s'invente pas !

— Dis donc, t'entends de sacrées choses, toi. Ça aurait été avec plaisir, Quentin, seulement…

— Seulement rien du tout. Allez viens, les gars de ma section et moi-même sommes de perm' ce soir ; alors, joins-toi à nous et fais de l'alcool ta thérapie. Allez viens, on te fera oublier tes problèmes au moins un instant.

— Bon d'accord, la déontologie n'étant plus de rigueur, demeurer sobre n'est plus une règle mais une lacune que je me sens de devoir combler.

— Alors c'est tout bon, je dis aux gars qu'on te verra ce soir, répond Quentin ravi.

Puis il arrête la voiture, nous sommes arrivés.

— Entendu, je lui réponds, confiant à l'idée de prendre un peu de recul et éviter la solitude.

Avant de quitter Quentin, je lui tends la main et le remercie une fois encore pour tout ce qu'il est et ce qu'il fait. De son côté, gêné, le garçon sourit, dissimulant son regard, et d'une voix serrée annonce qu'il sera au bar vers vingt heures.

Sans faire que ses émotions prennent le pas sur sa bonne humeur, le brave chauffeur reprend prestement la route et disparaît, ne laissant derrière lui qu'une âpre odeur de gomme brûlée.

Au cantonnement, rapidement je trouve ma chambre dans laquelle je me glisse, ne cherchant qu'une chose… la douche. Je ne prends même pas la peine d'allumer la lumière dans la pièce, ni une ni deux, j'abandonne mes fringues sur le sol et saute dans la cabine. Ce n'est pas très grand mais c'est suffisant et puis ça me permet de me détendre après cette folle journée et ces images que je ne peux m'empêcher de ressasser, comme ce champ de bataille et tous ces morts. Je me souviens de chaque détail comme si plus qu'un simple rêve j'avais vécu cette scène en vrai. Des Japonais, les cadavres étaient japonais, leurs tenues, leurs armures et leurs sabres le prouvent et ce n'est d'ailleurs pas la première fois que j'en voyais de semblables. Non, c'était d'ailleurs dans un musée, je me souviens maintenant. Ce musée tout près de la plaine de Plainpalais, comment s'appelle-t-il déjà ?

Bon Dieu ! Ce qu'il fait froid tout d'un coup. Nu sous une douche devenue brusquement plus froide, je sors grelottant, une première serviette en tour de taille et une autre sur mes frêles épaules. Je passe dans la piaule et allume enfin la lumière pour découvrir toute l'étendue de cette… de ce… placard à balais. Étonnamment, malgré une douche intégrée, la chambre fait à peine quatre mètres carrés – un cauchemar pour les claustros – mais pour ma part je saurai m'en contenter. L'agencement n'est pas mirobolant non plus car mis à part deux lampes sortant du mur, aucune fenêtre, aucun meuble et, comble de tout, même le lit est absent. La pièce est vide, les murs sont libres, il n'y a pas de placards, juste cette intrigante lanière de cuir intégrée dans la paroi du fond et suspendue entre les deux loupiotes. Je comprends qu'il s'agit d'une sangle… d'un lit escamotable sans doute. Alors je tire avec force sur la pièce de cuir craquelée, laissant choir serviette et pudeur sous le rabat d'une literie faite au carré et munie d'armoire et de deux tables de chevet.

Nu comme un ver, je tente de récupérer mes serviettes mais sous le poids considérable du lit m'évertue en vain. Quant à trois reprises je n'obtiens toujours rien, je m'affale sur le lit épuisé, ferme les yeux et en profite pour tenter un exercice de mémoire sur mon enfance au musée, ce fameux musée boulevard Carl-Vogt. Je revois son architecture, ses salles, ses allées numérotées et toutes ces pièces et accoutrements éclairés sous les brûlants projecteurs.

Visiblement, ma mémoire ne me fait pas défaut et… ça y est ! L'ethno, le musée d'Ethnographie. Je me souviens, Gorgios aimait nous y emmener en famille, lors de promenades dominicales durant lesquelles il nous faisait part de sa passion pour l'histoire pendant des heures.

Passionné, pour sûr il l'était mais pas dans le sens barbant, non. Parcourant les dédales de cultures tribales et accoutrements guerriers, notre père nous faisait vivre les objets comme si de nos frêles mains nous les tenions pour de bon. C'était aussi ludique qu'épique, je le revois encore dégainer son épée imaginaire et l'agiter si bruyamment qu'il se faisait même réprimander par le gardien.

Un vrai gosse ! Un bon père, surtout.

Quelquefois, il arrivait qu'il soit suffisamment absorbé par ses contemplations pour que ce soit finalement notre mère qui prenne la relève avec ces drôles d'histoires inventées de toutes parts. À travers les nombreuses pièces du musée, nous, ma mère, mon frère et moi, nous improvisions Papous, Punus, Inuits, Aborigènes, nous inventant des vies aux cultures complètement différentes des nôtres. Maintenant que j'y pense, il y avait bien des histoires de samouraïs, lorsque nous abordions la section « Japon » semée d'armures aux visages grimaçants.

Pourtant, de ces histoires je ne me rappelle rien.

Oublie-les ! me susurre la voix dans ma tête.

Souvent triviale et rarement tendre, cette voix qui d'ordinaire me fait défaut suggère là une idée qui pour la première fois saurait me profiter.

Jette un voile sur tout ça et avance, ajoute-t-elle. Et je ne lui donne pas tort, car déjà je commence à oublier certaines choses primordiales comme le visage de mon père, l'innocence de mon frère et toutes ces belles histoires que me racontait ma mère. Des récits d'amour, souvent tendres et héroïques qui me faisaient rêver, voyager, tout en me donnant espoir. Intimement, je me disais que plus tard je deviendrais comme les héros de ses histoires, ainsi vaillant de romance et convaincu qu'aucun acte ne peut avoir d'impact sinon motivé par l'amour. Et puis m'est apparue Soraya et le conte de fées n'a jamais démarré, puisqu'incapable pour ma part de perdurer dans mon rôle de chevalier.

Soraya. Je dois l'appeler.

Toujours nu, je bondis pour attraper mon veston d'où je sors mon téléphone et, tremblant, je compose le numéro de Sora. Après quatre sonneries, l'absence de réponse me soulage. J'ai honte et puis le répondeur s'enclenche et j'entends la douce voix de ma belle qui même pré-enregistrée me chavire le cœur. Mon message est hâtif et ma voix sûrement altérée d'appréhension, alors j'ajoute un message texte à ma requête, quelque chose d'un peu abrupt et sans saveur, dont je ne suis pas fier car il n'y a rien de moins chevaleresque qu'une invitation via SMS. Je devrais au moins lui dire que d'un brûlant désir je souhaite la voir dès mon arrivée sur le quai de la gare où d'amour les flammes s'attisent au moment du départ pour mieux flamber au retour.

Rêveur à cette idée, je me laisse aller et m'assoupis. Mais c'est sans compter sur la visite inopinée d'un soldat d'intendance qui toque à ma porte.

— Monsieur, bonjour, vous êtes là ? demande l'intrusif, ajoutant que c'est le fourrier Leckerli qui l'envoie pour me fournir savons et serviettes propres.

— J'entre, dit-il sans demander son reste.

Et il s'immisce dans la chambre, accompagné d'un courant d'air extérieur qui parcourant mon corps me rappelle à une certaine nudité.

Mince ! Le linge de bain définitivement coincé sous le poids du sommier, c'est par un élan de pudeur que je me glisse sous les draps du lit emmitouflé tel une larve dans son cocon. Oui, une larve, c'est d'ailleurs à cela que doit maintenant me comparer le soldat en me découvrant calfeutré au fond de mon lit à une heure pareille.

Humble et méthodique, ce garçon d'étage en treillis exécute sa tâche et disparaît aussitôt.

— Au revoir, dit-il blasé.

Dès qu'il referme la porte, de mon côté je bondis en dehors de ma chrysalide tel un papillon fou et regarde ma montre laissée au bord de la douche – cette bonne vieille Casio qui depuis mes dix ans marche au quart de tour et affiche… Mon Dieu, dix-neuf heures et Quentin m'attend dans ce bar où il m'a donné rendez-vous ! Vite, j'enfile une laine, plonge dans un futal propre et blinde mes poches d'autant de ferraille possible, m'assurant ainsi que ce soir l'alcool coule à flots. Une nuit d'écart à la bienséance durant laquelle je n'aurai pas honte à noyer mes soucis dans le vice.

Dehors, trois pas franchis me suffisent à quitter le complexe militaire, un jardinet, le trottoir, la route et me voilà déjà hors périmètre. À partir de là, j'ajoute deux enjambées et me retrouve à l'entrée du bar. Plutôt mincelet, le rempart à la picole, à croire qu'entre liquette et buvette il n'y a qu'un pas, que je franchis d'ailleurs sans attendre en poussant la grande porte pour intégrer l'antre du Charly's ou véritable lieu de prédilection aux divertissements multiples : billards, flippers, jeux d'arcades et sports sur grand écran. Un tripot digne de Vegas en pleine campagne vaudoise.

À l'intérieur, submergé, je m'imprègne tout de suite du lieu, sa chaleur, sa musique, une certaine moiteur et cette forte odeur de bière qui sûrement coule à flots vu le nombre d'uniformes présents ce soir.

Il y a foule, toutes les tables sont prises. Quant aux jeux et divertissements, c'est à coup de liste d'attente que cela semble se négocier. Peu de gens au bar, à croire que les discussions de comptoir ne font plus recette face à toutes ces distractions et le consommateur gaspille plus facilement son fric à coup de *jackpot* qu'en alignant les *shots*. Bien sûr il boit toujours, mais moins car, pendant que son esprit est ailleurs, sa bière reste au bord des tables de jeu ou en équilibre sur quelques cendriers. Tiens ! Des cendriers finalement relevés au rang de supports depuis la loi sur la fumée tombée en couperet sur les fumoirs. Amusant, il y a un moment que je n'étais pas rentré dans un bar et n'avais constaté combien proscrit était devenu le temps des bars enfumés aux ambiances tassées où l'on s'acoquinait au comptoir pour faire du barman le confident d'un soir. Alors bien sûr, le barman est encore à l'écoute mais c'est une femme qui, bien que de confidence, n'est plus de connivence. Ces messieurs n'ont qu'à bien se tenir et surtout tenir leurs langues car au Charly's c'est Wanda, l'épouse du patron, qui sert les consommations. À l'entrée, il y a même une devise humoristique ou l'on peut y lire :

« Dans mon bar, il fait bon vivre, l'alcool coule à flots et la musique adoucit les mœurs. L'ambiance délie les langues et libère les esprits. Laissez-vous donc séduire, Messieurs, mais de confidence, gardez en tête que la patronne est une dame et côtoie les vôtres. »

Oui, aujourd'hui c'est différent et ce n'est pas plus mal.

Dur de se frayer un chemin au milieu de cette camaraderie tant démonstrative qu'assoiffée, mais par chance j'aperçois Quentin de dos qui passe commande au comptoir. Non sans peine, je tente de le rejoindre, me frottant à quelques gaillards jusqu'à les bousculer mais tout le monde reste courtois. Enfin j'arrive jusqu'à Baumann, pose ma main sur son épaule comme je le ferais avec un vieil ami et avant même de dire un mot Wanda apporte les boissons et je reste bouche bée face à ces énormes pintes mousseuses servies dans des chopes en forme de botte… et pas la pointure fillette. Une version bien rustique du traditionnel escarpin de champagne.

— Lyss ! J'étais sûr que tu viendrais, me lance Quentin qui, ravi, me demande ce que je bois.

— Je ne sais pas trop, je crois que je vais suivre la tendance en me laissant tenter par une de ces gigantesques bibines.

— Bon choix, Lyssandre ! dit Quentin avant de crier : « Un litron de plus ! » à cette chère Wanda.

Je n'en viendrai jamais à bout, me dis-je pendant que mon jeune ami m'alpague et me présente à ses deux compères de boisson. Le premier, Blaise Barras, fait un demi-tour rapide sur son tabouret et me tend la main. Le cheveu court, le regard vif, la poignée de main franche, ce dernier représente toutes les caractéristiques du garçon dynamique et sportif. Élancé, svelte, beau garçon et le costume de sortie ajusté pile-poil comme taillé sur mesure. Ce qui est plutôt rare si l'on en juge par l'effet « sac à patates » qu'il confère aux autres soldats, Baumann n'échappant pas à la règle, la chemise honteusement froissée, la cravate trop courte et le futal tombant malgré la ceinture.

Même chose sur le second camarade, visiblement beurré, le dos voûté dans un veston trop étriqué. Quentin me le présente :

— L'épave là, c'est Thierry Boshung ou Titi pour les intimes, mais là c'est plutôt l'ombre de lui-même je dirais, m'annonce Quentin.

Et le camarade en question, saoul comme un cochon, ne réagit pas, incapable de relever la tête de son auge pleine de chips et sauce guacamole.

— Laisse tomber, Lyss, et joins-toi à nous, m'ordonne Quentin euphorique.

Puis il raconte :

— Avant que tu arrives, nous parlions de discrimination raciale dont souffre notamment notre pote Mekkonen. Si tu jettes un œil là-bas, alors tu le verras posté à l'autre bout du comptoir.

Suivant le regard de Quentin, j'aperçois alors ce garçon au teint sombre, le regard noir, devenant presque invisible dans ce recoin mal éclairé du bar. D'où je suis, je ne distingue que très mal les traits de son visage mais éprouve néanmoins comme une part de sa tristesse telle un poids pesant à l'autre bout du zinc.

— Discrimination ? Objection, Monseigneur ! Noirauds, Niaquoués, Japs ou Tibétains, tout ça c'est de la racaille, gradé ou pas, vocifère sans vergogne Boshung, le garçon ivre, l'haleine chargée et les bacchantes pleines de sauce guacamole.

— Ferme-la, Bosh ! Tu es complètement ivre et tes propos sont aussi cons que tes pieds ! Tu ferais mieux de poursuivre le cours de tes nachos plutôt que de jouer les connards xénophobes, alors que tu ne l'es pas, dit Quentin excédé par l'attitude de son ami.

Bon sang, l'ambiance est à couper au couteau ! Je connais à peine ces garçons mais sens une forte tension entre eux. La remarque de Quentin attise maintenant la colère du garçon ivre qui, sans penser aux vertiges d'un taux d'alcoolémie propre avoisinant le coma éthylique, s'agite nerveusement au-dessus de son tabouret et tombe lamentablement. Tout le monde recule d'un pas pour lui laisser de la place ; le gus est à mes pieds mais ne semble pas avoir dit son dernier mot car il se relève, prenant même appui sur mon épaule. Comme j'ai pitié de ce garçon, je l'attrape par la taille et l'aide à se rasseoir au bar. Mais c'est sans compter sur l'aide de Barras et Baumann qui portent le garçon et en profitent pour me le subtiliser des bras et l'emmener plus loin… près des gogues plus précisément, au cas où lui viendrait l'envie d'extérioriser autre chose que des insanités.

Loin des yeux, loin du cœur, comme dirait ma conscience, se montrant ironique.

De retour au comptoir, Quentin Barras et moi, nous empoignons nos chopes de bière aux larges cols bien mousseux et trinquons triomphants tels des mousquetaires, un tantinet brigands je l'avoue. Et rapidement se joint Mekkonen qui, débarrassé de Boshung, retrouve le sourire. Ainsi, d'Artagnan rejoint l'équipée héroïque et ensemble nous entrechoquons nos talons de verre et trempons nos lèvres dans un breuvage malté et rafraîchissant, au goût certain d'ambroisie[6].

---

6 Nectar des dieux.

Le bonheur est à son comble et j'en oublie un peu mes soucis, le breuvage coule le long de ma gorge et me remplit d'extase.

— Un régal, n'est-ce pas, Lyss ? Le petit Jésus en culotte de velours, soupire Quentin exquisément comblé.

Et tous sans exception nous nous délectons de cette boisson, l'esprit léger, telle une parenthèse savoureuse à nos préoccupations personnelles. Nos yeux s'écarquillent et nos visages s'illuminent, il ne nous fallait finalement que ça pour nous redonner joie et nous apaiser. Seulement, calmé ne veut pas dire sevré et c'est pourquoi Quentin repose sa bière et reprend la discussion avec un certain besoin de m'affranchir du préambule :

— Bon, où en étions-nous déjà ? Oui, Lyss, permets-moi de te présenter le soldat Mekkonen, notre commis de cuisine et compagnon de chambrée.

— Mekko, je préfère, demande le jeune homme main tendue mais réservé, les épaules rentrées comme portant d'un seul homme le fardeau de toute une communauté.

— Tu sais, Lyss, ce mec gagne à être connu, me dit Quentin fier de me présenter son ami.

Et il raconte :

— Je me suis longtemps demandé quelle était sa fonction au sein de l'armée car certes il se levait en même temps que tous les autres camarades de chambre mais on ne le voyait jamais sur le terrain, ni aux cours ni aux entraînements. Et puis un soir, il est arrivé en chambre avec deux douzaines de pâtisseries… des millefeuilles qu'il avait subrepticement *chourés* pour ses camarades. Timidement il s'est présenté, nous révélant sa fonction de cantinier, ce qui bien sûr ne lui donnait pas droit de barboter les desserts de la cantoche mais fut un bon moyen pour lui de casser la glace avec ceux dont il ne faisait que partager la chambre. D'ailleurs, ce soir-là on a refait le monde en se bâfrant de crème pâtissière jusqu'à en tomber malade et depuis je ne me sépare plus de Barras et Mekko… mes fidèles potes d'armée. Ensemble on se laisse pousser des ailes et on ne manque pas une occasion de cracher sur le dos des gradés. Pour dire, on s'est même trouvé un surnom… les RAF.

— Les RAF ? Je répète, interrogé.

— On lui dit, les gars ? demande Quentin à ses deux compères.

Et tous ensemble crient :

— Rien… à… foutre.

— Je vois, dis-je un peu perplexe.

— Oui, ça ne vole pas très haut, je te l'accorde, Lyssandre, mais c'est là notre petit côté rebelle face à l'autorité militaire. Une façon d'accepter le quotidien ici sans pour autant se sentir trop asservi ou dominé. C'est psychologique, mais ça aide.

— Je comprends mieux et j'approuve d'autant plus si par ce biais vous arrivez à relâcher un peu la pression.

— Vous entendez ça, les gars ? L'expert approuve notre thérapie du RAF. Il va falloir sérieusement penser à déposer le brevet pour ça, lance Quentin à ses compères, provoquant l'hilarité de tous.

— Je pense, Messieurs, que dans un cadre comme celui de l'armée, tous les moyens sont bons pour s'aérer la tête et lâcher du lest. Quelle qu'elle soit, si votre thérapie marche n'ayez pas peur d'en abuser même sans ordonnance, dis-je avec le sourire.

Car l'ambiance est au beau fixe même si le fameux Thierry Boshung réapparaît, sortant brusquement de la foule pour ramener ses guêtres jusqu'au comptoir, comme attiré naturellement par le désir de boire toujours plus.

Alors je reprends mon sérieux, gardant un œil observateur sur ce triste garçon et attends une parole, un geste, que sais-je. Mes camarades mousquetaires et moi restons silencieux un instant et puis Baumann se penche vers moi pour une confidence, avouant :

— Tu sais, Lyss, Bosh aussi fait partie de la bande car tant qu'il est sobre et garde sa langue dans sa poche, on se marre bien. Malheureusement, ce soir il a décidé de boire et nous taper sur le système, se jouant d'un racisme latent qui encore aujourd'hui a frappé. Pour te la faire courte, ce matin mon pote a été traité de *négro* par quelques enflures d'une autre section et personne ne fait rien comme si c'était normal. Mais bon sang, qu'est-ce que ça veut dire ?

— Baumann, arrête veux-tu, demande Mekkonen.

Et il dit :

— Ta solidarité me touche, mais ce combat n'est pas le tien. Ce soir, je suis le seul noir dans ce bar et même si mes opposants sont nombreux et lâches, leurs regards en disent long : c'est pourquoi je ne me sens plus à ma place ici. Barras, Baumann, je vous adore, les gars, mais pour l'heure je suis las de me battre et de lutter pour ce combat qui ne cesse de durer. Je vais me coucher.

Éreinté, les traits tirés, l'homme nous serre la main, d'une poignée franche et reconnaissante, puis disparaît. De leur côté, respectant la décision de leur ami, ni Quentin ni Barras ne le retiennent… compréhensifs. Barras pose alors une main sur l'épaule de Baumann et le ramène à nous.

— Allez, Baumi, lâche l'affaire. Il ne s'agit là que d'une trêve, et non d'une défaite. Posons les armes, veux-tu, et faisons plus ample connaissance avec notre invité Lyssandre, qui depuis le début de la soirée doit se demander ce qu'il fout là au milieu de cet "apartheid". N'est-ce pas, l'ami ? demande Barras, une manière d'adoucir un tant soit peu le pesant climat qui règne soudain entre nous.

Seulement, ne sachant bien que dire, je bafouille, pensant détendre l'atmosphère par le biais d'une requête que déjà je regrette :

— Euh oui mais appelez-moi… Lyssou, dis-je sans même me rendre compte de la gravité de cette demande.

Lyssou ? Merde ! Qu'ai-je donc fait ? Moi qui cherchais un diminutif sympa comme Baumi ou Mekko et un peu différent de Lyss, me voilà servi. Choqué, Quentin se tourne vers moi, d'un sourire tant amusé qu'il s'étire jusqu'aux yeux ; Barras, lui, recrache sa gorgée de bière au-dessus de sa veste. Je me retrouve entre ces deux clowns moqueurs et immanquablement prends part à l'euphorie générale. Après quelques minutes de fous rires en continu, les deux garçons se ressaisissent puis Barras se tourne vers moi et me bombarde maintenant de tout un tas de questions du genre : Comment se passe l'enquête ? Êtes-vous libre de vos mouvements ? Avez-vous déjà eu à faire avec la police militaire ?

Je ne sais par où commencer.

— Pardonnez-moi… Lyssou, ajoute-t-il amusé.

Puis il reprend :

— C'est juste qu'ici-bas, personne ne nous dit rien et tout ce qu'on entend ce sont des rumeurs souvent infondées ou transformées.

— Tu es bien curieux, Blaise, intervient Quentin avant d'ajouter : Estime-toi heureux de ne pas en savoir plus. Tu sais que ça aurait pu être nous dans ce char… des potes… des frères ? s'exclame Quentin grave et solennel, ne regardant que moi, solidaire, protégeant mon intimité même face à un ami.

Je suis touché par tant d'empathie, même si ce soir et face à l'intérêt que me porte Barras, je ne serais pas contre de me confier et me libérer de mes chaînes.

— Pour répondre à votre question, Barras, et comme je l'ai déjà dit à Quentin, l'enquête piétine et pour être franc c'est un peu de ma faute. Ces derniers temps, ma logique fait défaut et j'ai bien du mal à trouver mon rythme ; mais passons sur mes échecs cuisants, voulez-vous, et parlons d'autre chose.

Miséricordieux, mes deux interlocuteurs ont entendu ma volonté et se ravisent. Barras attrape sa bière, justifiant son silence d'une nouvelle gorgée savourée tandis que Quentin s'attarde dans ses pensées, se demandant peut-être pourquoi de confidence avec moi, il méritait plus de l'être que son camarade ou n'importe qui d'autre.

— L'enquête piétine, vous dites ? demande Barras replongeant finalement au cœur du sujet pour marmonner ensuite quelques propos intrigants : Encore un peu plus d'encre et toujours ces choux gras.

— Pardon, Barras ? Vous dites ?

— Regardez voir un peu ce que l'on peut lire dans certains canards locaux, s'explique-t-il, tout en me tendant un journal qu'il détache du comptoir collant.

Sur la première page, je lis l'article : « *Kabuki* macabre au sein de l'armée suisse ».

Glissant mon regard en bas de page je traque l'astérisque et découvre que de ce mot étrange d'appellation japonaise se définit en un genre théâtral et propre à cette même culture. Alors rapidement, je relève mon regard et continue sur le condensé de l'article : « Le "*yakuza* romand", un gradé d'origine suisso-japonaise, orchestre la mort de trois soldats puis se suicide en un geste tant traditionnel qu'inhabituel. »

En découvrant l'article, je lis des choses qui d'ordinaire susciteraient en moi étonnement mais qui là me laissent perplexe et saisi d'interrogations. Noir sur blanc, je parcours un vocabulaire unique et des mots comme *kabuki*, *yakuza* ou *hara-kiri* pour mieux illustrer les gestes du tristement célèbre lieutenant Watanabe. Il est même écrit le mot samouraï et pourtant, je ne rêve pas.

Je ne suis peut-être pas totalement fou ?

— Allô, Lyssou, ici la base, nous recevez-vous ? intervient Quentin, tout en marmonnant à son camarade qu'il ne faut pas s'inquiéter de mes absences constantes.

Et puis soudain Boshung lève la tête, comme épris d'un besoin de parler, mais curieusement ne dit rien ou peut être a-t-il oublié ce qu'il voulait dire. Toujours vaseux, la mine déconfite et la gueule enfarinée, il est de nouveau sujet aux moqueries de ses camarades Barras et Baumann. De mon côté, je ne prends pas part à l'hilarité générale mais, tenant toujours le journal, je réfléchis à haute voix, me demandant ce qui aurait bien pu pousser le lieutenant Watanabe au suicide.

Barras m'entend… Il répond :

— Le trop-plein, assurément.

— Que veux-tu dire par là ? demande Quentin qui m'ôte les mots de la bouche.

Tournant sur sa chaise, face au comptoir, le jeune Barras se détache de nos regards et devient muet. Les yeux fixés sur l'étagère à spiritueux, il ne regarde rien de précis mais réfléchit. Puis, après quelques gorgées de bière en rasade, notre ami se retourne vers nous et d'une voix grave, annonce :

— Qu'il soit soldat Mekkonen, trop *black* ou lieutenant Watanabe, trop asiat', le problème reste qu'à l'armée on ne tolère pas les différences et encore moins lorsqu'elles s'accumulent. Personnellement, je n'aurais jamais cru ça mais visiblement... bridé, le teint cuivré et pédéraste c'était trop. Le lieutenant Raphaël Watanabe avait beau être Suisse et chef dans l'armée, il n'était pas plus respecté qu'un Mekkonen ou n'importe quel autre bronzé. Pire, il était devenu la victime d'une haine prenant des proportions graves... le trop-plein, confirme Barras en conclusion irréfutable.

— Homosexuel ? Les rumeurs disaient donc vrai, dis-je, marmonnant une fois encore à haute voix.

— Attention aux rumeurs néanmoins, explique Barras sur le ton de la mise en garde.

Puis il argumente :

— Je n'aime pas les ragots, les bruits de couloir et suis un peu irritable sur tout ce qui touche aux caquetages de basse-cour : ces virus qui se propagent comme une grippe aviaire et dont il faut se protéger, avant qu'ils ne gangrènent trop d'oiseaux claironnants.

— Jolie métaphore, Monsieur Barras... Blaise. Un brin dédaigneuse mais poétique, j'aime bien, lui dis-je euphorique, reprenant une gorgée de bière.

Mine de rien, j'en suis aux trois quarts et les effets se font sentir... Ça tourne, j'ai des absences mais je me sens bien, joyeux même.

— Lyssandre, observez donc cet homme indélicat qui se repaît de sa mousse, le visage encore souillé de purée d'avocat, demande Barras qui vient poser sa main sur l'épaule de Boshung. Il est un confident de renom, le camarade de boisson par excellence et par conséquent, le premier à répandre la rumeur. "Il" est ce virus dont je vous parle, le roi du qu'en-dira-t-on, n'est-ce pas Boshung ? demande Barras à son ami, accompagnant sa demande d'une violente tape dans le dos pour le faire réagir malgré l'ivresse.

Seulement, bien plus conscient qu'il n'y paraît, l'homme en question se tourne brusquement vers nous, le regard noir comme assombri par la rancune. J'en déduis qu'il n'a pas apprécié l'empoigne forcée de tout à l'heure et demande à rendre des comptes. Mais rapidement, Quentin étouffe les flammes de la discorde, élevant une serviette de papier devant le brûlant regard du gaillard au physique pour le moins convaincant et lui dit :

— Ne fais pas la gueule, Bosh. Tiens ! Prends ça et débarbouille-toi un peu.

Nerveux, l'homme s'exécute en hâte, se mutilant presque la face en usant de cette serviette sèche comme d'un gant de crin. Enfin je vois son visage tel qu'il est. Irrité, le teint écarlate, des traits grossiers, des oreilles en feuille de chou, la moustache hirsute, des sourcils touffus comme des brins de persil et ce nez, mon Dieu, ce nez ! Un tubercule !

La muse d'un certain Giuseppe Arcimboldo… le tombeur de ces dames maraîchères.

— Vous souriez, Lyssandre ? Pourtant, le plus drôle est à venir car si mon ami Boshung le veut bien et s'il n'est pas trop bourré pour ça, il vous racontera ses petits secrets et notamment ce qu'il sait à propos de ces Messieurs Tenzin et Watanabe, annonce Barras antipathique et plutôt critique à l'égard de son camarade même si je ne saisis pas le malaise qui subsiste entre eux deux.

— Des tantouzes aux mains baladeuses, s'exclame Thierry Boshung, indélicat mais suffisamment sobre pour suivre et s'immiscer dans la discussion… à sa façon.

— Épargne-nous tes jérémiades, Bosh, et raconte ce que tu sais, notre ami détective attend, ordonne Barras perdant visiblement son sang-froid.

Un manque de tact qui me déplaît sans me déranger pour autant car, ma curiosité prenant le pas sur mes principes, je serais moi aussi capable de malmener ce garçon pour qu'il se mette à table.

— Je n'ai pas d'ordre à recevoir de toi, Blaise Barras. Par contre, si Mossieur le détective veut une histoire, je peux bien lui raconter celle de Barras et la cigarette du bonheur, tu sais celle qui fait rire. J'parie une binche que ça va l'intéresser plus qu'autre chose, menace Boshung, s'égosillant à qui veut l'entendre, l'alcool aidant.

— Assez ! fustige Barras.

Et d'un seul homme, les deux opposants se lèvent pour se coltiner torse contre torse. Ainsi, mentons levés et regards menaçants, les deux bestiaux aux nerfs d'aciers se chauffent et se parent à la querelle. Un seul faux pas et c'est la rixe.

De son côté, Quentin, cherche un moyen de s'interposer pour calmer le jeu. Mais trop tard, Barras, lève le poing devant un Boshung qui ne sourcille pas, attendant patiemment l'attaque ou le geste de trop qui sonnera le début des hostilités. La tension est palpable et l'issue prévisible. Pourtant, c'est avec étonnement que Barras soudain se ravise, transformant son poing en un index réprimandeur.

— Ne parle pas de ce que tu ne connais pas, rétorque-t-il simplement en homme raisonnable.

Puis il récupère sa bière, s'excuse auprès de Quentin et moi-même et s'en va s'attabler auprès de deux jolies brunes, visiblement ravies de sa compagnie. Une manière de battre en retraite avec classe, me dis-je avant de voir Barras faire la nique à son ennemi d'un doigt d'honneur cette fois beaucoup moins élégant. Dégradant, le geste irrite encore plus Boshung qui pourtant se contient, visiblement plus peiné qu'énervé. La brute serait-elle plus raisonnable que le prince béotien ?

— Lyss, tu viens ? me demande maintenant Quentin, faisant mine de rejoindre Barras, pour jouir également de cette compagnie féminine.

Mais je décline car Boshung me doit encore une confession et j'y tiens.

— Merci, Quentin, mais je vais rester là : le charme des Grecs n'étant plus une légende, il serait déloyal que je m'interpose entre vous et ces femmes, lui dis-je souriant d'un amusement certain.

En réponse à cela, Quentin se rapproche un peu plus près pour me confier à voix basse que l'espoir fait vivre puis s'éloigne tout en se pavanant.

Chapitre XII
In vino veritas

Au Charly's, l'alcool coule à flots et les mélanges vont bon train. L'orge macérée laissant place au raisin pressé, c'est par le vin que je compte envoûter l'indomptable Thierry Boshung. Empathique, je fais mine de m'intéresser à son problème, le confortant à poursuivre dans sa confidence.

— Je déteste quand les gens se froissent, dis-je la voix nuancée d'une pointe de révolte.

Puis je prends place auprès du gaillard. Je ne m'adresse pas à lui directement mais ouvre une porte au dialogue, le regard fixé sur l'étagère à spiritueux. Heureusement, il mord. De sa large pogne Boshung saisit sa chope de bière, l'esprit en accord avec le mien et se tourne vers moi et m'offrant toute son attention.

— J'y peux rien moi, si cette histoire de *shit* a fait le tour du complexe, dit-il, la voix portant jusqu'aux oreilles d'une patronne veillant au grain.

Et il poursuit :

— Barras m'en veut d'avoir révélé son petit trafic de fumette au sein du complexe, mais vu son addiction, il se serait de toute façon fait choper. Attends, l'autre jour Monsieur est tellement *stone* qu'en moins de vingt-quatre heures, il érafle le véhicule du colonel, insulte le sergent instructeur et fait preuve d'insubordination à chaque occasion. RAF par-ci, RAF par-là. OK, j'ai pt'être dit qu'il fumait trop à un gradé mais ce n'est pas uniquement de ma faute si maintenant le mec finit à devoir passer son week-end en taule.

— Soldat Boshung, j'ignore tous les détails du différent qui vous oppose au soldat Barras mais pourquoi ne pas laisser couler cette rancœur à présent ? Le jeu n'en vaut pas la chandelle.

— Z'avez raison, m'sieur, me répond le jeune soldat résigné. Barras reste un pote même si des fois on ne se comprend pas lui et moi. Heureusement, avec Baumann c'est différent, c'est plus simple. Quant au noiraud… on se parle pas.

— Mekkonen ! Je rectifie.

— Ouais, Mekko, il est louche. Il est peut-être sympa, hein, je ne dis pas, mais bon, je préfère Baumi et je pense que c'est réciproque.

— Probablement, lui dis-je sans sourciller.

Et je pense : « Pour moi tu n'es qu'un pion dans cette affaire aux allures d'échiquier géant, un soldat du premier rang qui s'avance d'une case le cœur alourdi par un secret. Révèle-moi ce que tu sais et laisse-moi mettre en échec cette hiérarchie présente derrière toi en second rang. Le fourrier Leckerli en tour de rempart, le diable de mes songes en cavalier noir et le fou en concept majoritaire et contagieux touchant tout le monde en ces lieux, sans oublier les monarques en couple de rois homosexuels dont l'un n'est plus mais l'autre se défend plutôt bien. »

— Monsieur Zaza ? Euh… Zaki. C'est quoi ça, c'est arabe ?

— Zacharias ! Et c'est grec pour votre gouverne, soldat Boshung.

— Padron… euh pardon, répond gauchement le misérable imbibé avant de me demander si j'ai pu consulter son blog sur le site de l'armée.

— Non ! Je ne savais même pas que l'armée avait un site internet. Mais pourquoi cette question, au juste ? Je lui rétorque sèchement car un peu agacé par son état d'ébriété.

— Ils l'ont fermé il y a trois jours… les salauds ! Ce blog, c'était mon défouloir, j'y ai écrit tout un tas de trucs… des conneries sans importance mais aussi des choses que je regrette comme les histoires de fumette avec Barras, qui fait qu'aujourd'hui il m'en veut. Bref, quoi qu'il en soit, je n'ai jamais rien écrit sur "Zinzin" et "Winetou"… les deux gradés, précise-t-il avant de lever son index pour le tapoter sur sa tempe et dire : Tout est dans ma tête, je vous raconte. Ça remonte à un mois environ : j'me pointais chez le toubib, blanc comme un linge, j'avais du bouffer un truc pas frais à la cantine. Bref, là-bas le doc' m'ausculte et puis il se tire pour aller téléphoner ou je ne sais quoi. J'attends cinq bonnes minutes, il ne revient pas et comme j'ai à nouveau mal au bide, je me lève et fais les cent pas. J'essaie alors de me calmer en respirant profondément, j'ouvre la fenêtre et passe la tête en dehors, l'œil fixé sur les derniers entrepôts de la caserne, désaffectés, calmes. Tout de suite, je me sens mieux et puis le doc' revient et me lance son diagnostic mais je n'écoute rien de c'qui me dit car au même moment je vois le lieutenant Tenzin et son subordonné Watanabe apparaissant au détour d'une halle déserte pour aller s'encanailler dans un coin comme deux adolescents. Leurs mains n'arrêtaient pas de se toucher, j'étais choqué et puis Tenzin s'est jeté sur Watanabe, le plaquant contre le mur pour mieux lui glisser sa langue dans la bouche. Je ne savais plus où me mettre, Romanens s'est alors avancé, découvrant à son tour le petit manège des deux vicelards et puis… il n'a pas réagi. Il savait. Il m'a alors demandé de ne rien révéler de tout cela. Mais pensez-vous, le bonbon était si juteux qu'il a fallu que je le raconte mais personne ne me croyait à part peut-être ces p'tits gars qui étaient sous les ordres de Watanabe et qui sont morts.

— Matthieu ! Vous avez parlé à Matthieu ?

— Qui ça ? Non ! Je ne sais pas comment s'appelaient ces mecs mais ils avaient l'air intéressés par mon histoire. C'est qui, Matthieu ?

— Peu importe, je réponds ne voulant rien révéler de ma vie à ce Boshung, piètre colporteur et pauvre type.

Ainsi, Romanens était au courant, voire de connivence pour cette idylle entre gradés. Watanabe, Tenzin ou peut-être les deux se sont probablement confiés au toubib, le laissant prendre des notes comme il le fait d'habitude. Des notes qui aujourd'hui deviendraient compromettantes au point de vouloir les faire disparaître… dans un incendie.

Hum ! Ce n'est là qu'une hypothèse mais ce faisant, le puzzle s'assemble.

— Soldat Boshung, vous ne pouvez savoir combien cet échange me redonne confiance.

— Vous m'en voyez ravi, répond Boshung, complètement indifférent.

Et d'un bras tendu, il commande deux canettes.

— Une seconde tournée ? Dois-je comprendre que vous appréciez ma compagnie, soldat ?

— P'tet bien, répond-il sans y croire vraiment.

— Je vous sens comme une âme en mal de solitude, cher Boshung, de même pour vos camarades, qui ce soir se contentent de compagnie féminine mais n'en sont pas moins logés à la même enseigne. En effet, loin de vos familles vous êtes tous un peu déracinés ici.

Pensif, les yeux rivés sur sa pinte, Boshung ne dit rien mais hoche la tête en signe d'approbation. De mon côté, je récupère une chope à nouveau bien remplie et déchante à l'idée d'en ingurgiter plus. J'aimerais m'excuser et m'en aller me coucher. Seulement, quand Boshung se tourne vers moi, les yeux abattus et la bière à la main, je capitule au nom d'une toute dernière gorgée. À tort, j'honore cette ultime rasade, puis repose mon verre la main lourde, exultant un « Stop » résigné et définitif. Je me lève… Oulà, une fois debout, les effluves d'alcool se font rapidement sentir mais je me sens de marcher, oui ! D'ailleurs, il faut que je marche.

Un pas devant l'autre, très concentré, je file en direction de la sortie, me tenant parfois sur quelques épaules de soldats dont j'évite de regarder les visages pour ne pas tituber ou même trébucher. Soudain quelqu'un se recule et me marche sur le pied mais je tiens bon, j'entends le type s'excuser mais ne réponds pas, trop content de voir apparaître enfin les moulures d'une porte de sortie au travers d'un groupe de personnes entrant dans le bar. À peine entré, une des personnes se détache du groupe et s'en va mettre une pièce dans le juke-box à l'entrée – un habitué sans doute, car de deux boutons il enclenche la machine faisant ressusciter Elvis et sa voix de velours. « *Love Me Tender* »

Envoûté, pour moi le temps vient de s'arrêter ; j'écoute, malgré les bruyantes conversations et les bruits alentour. Les battements de mon cœur, déjà lents, s'allongent un peu plus encore. Comblé, j'observe les lieux qui bien qu'agités me paraissent pourtant plus calmes grâce à cette musique. Seul un petit courant d'air me ramène à un semblant de réalité car la porte d'entrée s'ouvre et laisse apparaître une silhouette non méconnue.

Birstein ! Fanny Birstein, déambulant le pas léger comme guidée sous les graves du King[7].

— Monsieur Zacharias, quelle agréable surprise ! Mais dites-moi, quc faitcs-vous ici ? mc dcmandc la muse du rock'n'roll tout en se glissant parmi les gens pour me rejoindre.

De mon côté, imbibé, je ne réagis pas à la question mais reste planté là, béat.

Je… Je devrais lui offrir un verre, me dis-je avant de me raisonner car j'ai déjà bien trop bu ce soir.

Impatiente, la belle s'en va poser son manteau dans le vestiaire, pour réapparaître et m'annoncer, désarmante :

— Je vous offre un verre, Monsieur Zacharias ?

Il manquerait plus maintenant que tu refuses, ajoute la diabolique voix dans ma tête alors que j'ai toutes les raisons de décliner cette offre. Premièrement, parce que ce jeu de séduction avec Miss Birstein n'a que trop duré et deuxièmement parce que mon sang ne saurait encore tolérer la moindre goutte d'alcool.

Et pourtant, malgré cela, je lui réponds oui. Nom de Dieu !

---

7 Surnom d'Elvis Presley.

Ravie, la demoiselle passe à côté de moi, laissant flotter derrière elle un parfum si exquis qu'il camouflerait presque les relents nauséabonds de ce bar. Je fonds ! Mon corps entier se détend et brusquement ma vessie se réveille. Évidemment ! À force de boire des litres et des litres de ce sournois breuvage, il fallait bien que je m'y attende. Promptement je m'excuse auprès de la jeune femme et me précipite aux toilettes, prenant place entre deux planches d'intimité où je m'affaire tout en parcourant les quelques textes salaces et gribouillis obscènes délaissés par ces poètes de la petite commission. Mon préféré étant le décompte des jours et heures restant à l'engagement de certains impatients. La pause pipi est de courte durée mais dans un bar bondé de testostérones, quelques secondes suffisent aux moins scrupuleux pour venir te piquer ta place. En effet, à peine sorti des WC, je découvre Fanny enlacée au bras d'un G.I. Joe modèle grand brun ténébreux et bien gaulé de surcroît.

Littéralement balayé par la concurrence, le temps d'un simple et court appel de la nature ! Le moral en prend un sacré coup, d'autant plus que je n'ai aucune chance de rivaliser avec ce Don Juan de dernière minute, tombé du ciel tel un cheveu gominé dans ma soupe.

Défaitiste et résigné, je m'en retourne en direction de la sortie longeant le mur en mal aimé, ce qui n'échappe pas à la petite Fanny qui visiblement devait guetter mon retour puisqu'elle trottine maintenant jusqu'à moi et me demande :

— Lyssandre ! Mais enfin, vous partez ?

Surpris de la voir quitter son apollon pour moi et me retenir d'une main posée sur mon biceps un peu ramolli par la fatigue et l'alcool, j'ai honte et de nouveau les mots me manquent. Alors, elle réitère sa demande :

— Qu'est-ce que vous faites, Monsieur Zacharias ? Restez !

— Non mais, laissez tomber, Fanny, un homme qui se permet de faire attendre une femme comme vous ne mérite pas tant d'égards, lui dis-je, saoul et pathétique, cherchant presque à la faire culpabiliser.

Et d'ailleurs elle ne réagit pas, mais affiche cet air déçu qu'elle arbore lorsqu'elle parle des hommes et surtout de ce qui ne va pas chez eux. Une moue qui me met mal à l'aise et me pousse à me raviser et m'excuser.

— Pardon, Fanny. Oubliez ce que je viens de dire et surtout ne m'offrez rien ni ne commandez rien pour moi car j'ai trop bu, c'est évident. Avant votre arrivée, je noyais ma peine avec ce jeune homme là-bas, qui d'ailleurs nous regarde d'un drôle d'air.

En effet, vu la tête qu'il fait, Boshung ne doit pas comprendre pourquoi je réapparais au bras d'une femme après lui avoir dit que je partais.

Oh, et puis il s'en remettra !

— Vous n'avez peut-être pas soif, Monsieur Zacharias, mais cela ne nous empêche pas de discuter, non ? Comment allez-vous depuis notre dernière rencontre ?

Vaste question, je ne sais même pas par où commencer.

— Pour être franc Mademoiselle Birstein, ce n'est pas la grande forme en ce moment. Je viens d'être relevé mes fonctions, lui dis-je simplement, sans donner dans le détail.

— Je suis navrée, rétorque-t-elle sincère et sans artifices.

Puis elle demande :

— Vous paraissiez pourtant si sûr de vous l'autre jour ! Qu'est-ce qui n'a pas ou mal fonctionné ?

— Pour moi aussi, les raisons sont encore floues. J'ai toujours cru que ma logique professionnelle me mènerait quoi qu'il arrive à l'essentiel, un peu comme une mécanique à roulement perpétuel qui ne grippe jamais. Cette enquête aurait pu être la chance de ma carrière mais c'était sans compter sur l'intervention du hasard qui par je ne sais quelle manipulation aura enrayé la machine, me réduisant au rang de simple spectateur à la faillite de mes compétences. Bref ! Depuis mon arrivée ici, je n'ai fait que cumuler les erreurs. Une succession de fautes professionnelles dont la première reste sûrement d'avoir osé poser le pied dans cette foutue caserne militaire.

— Malheureusement, Lyssandre, sur un point je vous donne raison car même avec moi vous avez commis une erreur.

— Avec vous, Fanny ? Euh, pardon… Miss Birstein. Et quelle fut mon erreur ?

— Eh bien, vous avez disparu sans même me laisser votre numéro de téléphone, explique-t-elle avec des yeux réprobateurs.

Seulement était-ce bien là une erreur ? Pourquoi mon numéro l'intéresse-t-il ? Aurait-elle quelques sentiments à mon égard ?

— Vous savez, Miss Birstein, ma vie amoureuse est déjà tellement compliquée que je…

Brusquement, la jeune femme me coupe la parole et rectifie ses dires :

— Non, attendez, ce n'est pas ce que je voulais dire. Avoir vos coordonnées m'aurait surtout permis de vous affranchir des dernières nouvelles par rapport à l'incendie, me dit-elle gênée laissant apparaître sur ses joues comme un léger fard.

Elle est embarrassée, et moi donc ! Quel con !

— Évidemment ! Je réponds ne regardant plus que mes pieds, le dos voûté sous le poids de la honte.

Je devrais m'enfuir ou du moins me taire face à cette femme.

— Monsieur Lyssandre, euh, Zacharias – décidément – concernant l'incendie j'ai cru comprendre que la police militaire chercherait maintenant à mettre la main sur le responsable, car effectivement tout porte à croire qu'il s'agit bien là d'un crime. Ils m'ont d'ailleurs interrogée hier à cet effet.

— J'espère qu'ils n'ont pas été trop durs avec vous, racontez-moi, je lui demande en la regardant à nouveau dans les yeux histoire d'un tant soit peu de crédibilité et de sérieux.

— Je ne m'y suis pas allée l'esprit apaisé car quand bien même je n'avais rien à me reprocher, mes appréhensions prenant de drôles de proportions ont fait fondre mon aplomb. Ne me jugez pas, Monsieur, mais dans un réflexe de survie, je me suis réduite à jouer les demoiselles en détresse. Un peu facile, me direz-vous. Oui, mais tellement efficace : cela m'a permis de garder un certain contrôle sur la situation et même renverser la tendance à mon avantage durant l'interrogatoire.

— Intéressant, dis-je, découvrant une Fanny Birstein qui ne souffre plus du traitement masculin, mais au contraire l'utilise à son avantage.

Curieux, je demande :

— Et qu'avez-vous appris, lors de ce soi-disant interrogatoire ?

— Je sais que le criminel a agi en hâte, usant d'un estagnon d'essence comme on en trouve sur les chars M113 et d'un briquet. Le jour en question, l'homme s'est précipité pour jeter de l'essence un peu partout, allumer le feu et fuir rapidement avant que quelqu'un l'aperçoive et… le reconnaisse, car selon l'agent Zehfus le fautif fait partie des murs.

— Vous savez bien des choses, Miss Birstein, et même plus que je n'en sais moi-même sur le sujet. Zehfus, vous dites ? Un sacré bavard pour un agent assermenté, j'ai envie de dire.

— Un regard, un sourire et l'homme ne pouvait plus rien me refuser. Je sais que suite au passage du criminel, il manque des dossiers dans une des armoires à dossiers suspendus et je sais autre chose…

Nom de Dieu ! Les armoires à dossiers… le fichier médical de Matt… Merde ! J'aurais jamais dû voler ce truc.

— Monsieur Zacharias, je ne vous sens plus réceptif, vous ne voulez pas entendre ce que je sais ?

Angoissé, je ne réponds pas à Birstein et ne pense plus qu'à ce regrettable méfait. Et si ça finissait par se savoir… Je n'aurais plus qu'à faire une croix sur ma carrière.

Miss Birstein perd patience.

— Bon, puisque cela ne vous intéresse pas…

— Non ! Non, allez-y, Mademoiselle, dites-moi tout ce que vous savez. Je suis désolé, car nombreuses sont les pensées qui m'obsèdent ces derniers temps.

— Oui, non, c'est moi qui m'excuse : vous avez le moral dans les chaussettes et moi je ne fais même pas preuve d'un minimum d'indulgence. Quelle idiote ! Enfin bref, je continue avec mon aimable agent Zehfus. Il était un peu confus dans ses propos mais je crois que ses camarades et lui penchent maintenant sur un lien entre cet incendie et l'affaire du *no man's land.* Ça vaut ce que ça vaut, finit-elle de dire avec une nonchalance qui me scandalise surtout lorsque je pense à cet imbécile d'agent Zehfus bafouant la règle du secret professionnel pour les beaux yeux d'une miss alors que d'autres comme moi rament pour obtenir des infos.

Enfin, bref, ce n'est pas la faute de Birstein si les hommes sont si faibles face à ses charmes, d'ailleurs j'ai honte, mais dans ce bar je la regarde se mouvoir gesticulant avec grâce pour illustrer des propos et les signer de ses lèvres rouge vif, et je vacille. En suppôt du vice et de la luxure, je me fais volontiers prisonnier de son halo de charme, demeurant aussi faible que fasciné. Ce qui ne semble plus être son cas, puisque depuis quelques secondes déjà, je la sens fuyante, ailleurs même. Son attention s'échappe par-delà mon épaule, l'œil étincelant et le sourire aux lèvres. Elle regarde cet homme qui traverse la salle parmi les soldats et s'approche de nous.

— Monsieur Zacharias, je vous présente Christophe, mon ami d'enfance, me dit-elle toute excitée, sautant de son assise pour mieux enlacer ledit garçon.

De mon côté, je me retourne pour saluer le gaillard ou l'incarnation même du dieu grec en étoffe de mortel. Ce même type avec qui Fanny discutait lorsque je revenais des toilettes. Grand, beau, le dos droit et le buste épais… un athlète quoi ! Des cheveux clairs aux boucles soyeuses, l'œil charmeur et le sourire éclatant… un apollon, en somme. Il se présente et m'empoigne comme un ami de longue date.

Salaud ! Évidemment, le bon prince offre la tournée, filant au bar d'un pas assuré et sous un déhanché saillant de muscles fessiers insoupçonnés.

Fumier ! Physiquement, c'est certain. Je l'estime plus que qualifié et largement à la hauteur des atouts d'une Fanny Birstein. Inutile de rivaliser, je déclare forfait et m'incline face à ce gladiateur, baisant une dernière fois la main de l'imprenable princesse.

— Navré, jeune homme, mais je passe mon tour, dis-je avant de me glisser parmi les soldats et prendre enfin le chemin de la sortie.

Résigné, je m'en vais sillonner de nouvelles plaines à la recherche d'une nouvelle aventure. Je quitte donc cette auberge, laissant l'écuyer Quentin en bonne compagnie et Sires Barras et Boshung à leurs différends de chevaliers querelleurs. Éreinté, je récupère mes affaires et lance un dernier regard en direction de Miss Birstein, qui se lève aussitôt pour venir m'embrasser sur la joue et m'encourager :

— Ne vous sous-estimez pas, Monsieur Zacharias… Lyssandre. Vous êtes quelqu'un de bien.

Rien de tel pour un homme dévasté que la douceur d'une femme pour lui redonner du baume au cœur. Plus détendu, je sors de ce rade, le visage refroidi face à la fraîcheur d'une nuit plutôt calme et à peine éclairée sous la lueur de la lune.

Il fait un poil frisquet ce soir, mais ce n'est pas désagréable car je me sens bien au cœur de la pénombre. Euphorique, je sillonne maintenant une allée de rosiers fleuris, comme intimement persuadé qu'ils me mèneront à bon port. J'aime l'odeur de ces fleurs au parfum sucré et boisé.

On est bien.

Oui, comme ma conscience, je me sens apaisé et séduit par une sorte de mélodie que mes propres pas semblent provoquer lorsque je marche. Je m'arrête, la musique aussi. Je repars et la mélodie reprend, résonnant très justement par des notes qui se mélangent, se croisent et même se composent. J'aimerais pouvoir jouer mais il y a bien longtemps que je n'ai plus touché de piano, et, parmi les pavés, lequel me donnera un do, lequel me donnera un mi. *?* Allez, peu importe, je m'élance, laissant mon corps s'affoler et mes pieds frapper sur le sol, jusqu'à offrir bien malgré moi l'exactitude d'une œuvre de Tchaïkovski. Légère, gracieuse, je ne reconnais plus la dynamique de ma propre mécanique, ivre d'alcool de rose et vacillant, guidé par le bruit d'une fontaine ruisselante, bardée de larges vasques de marbre satiné. Fasciné, je m'approche, le corps subitement nu, ou tout juste couvert d'une seconde peau de lycra blanc comme un second épiderme collant, moulant, chaud… très chaud, étouffant même.

Je suffoque !

Petit rat, cygne ou étoile, léger quoi qu'il en soit, je lance la jambe et m'envole, danse et virevolte. Mon corps est en transe mais ma tête ne suit pas et mes mouvements manquent de coordination. Maladroit, je m'emmêle puis m'étale sur le sol, le corps lourd, sonnant grave sur le piano d'asphalte.

Le rêve est tendre mais le sol est dur. À terre j'ai le vertige, les images tournent et les couleurs changent ; je ne suis plus dehors dans le noir mais au cœur d'une pièce lumineuse et sous une charpente boisée parfumée à l'encens. Une pièce large, épurée, bardée de lampions et de bougies disposées çà et là, et jusque dans les moindres recoins. On dirait l'intérieur d'une maison japonaise traditionnelle avec son architecture typique faite de murs en bois et papier de riz, sans oublier ce futon sur lequel je me découvre assis en tailleur, large et moelleux matelas sur lequel je prends mes aises.

Visiblement, je ne peux pas bouger, tributaire d'un corps aussi droit qu'immobile ; alors j'observe et touche avec les yeux uniquement. D'ailleurs j'aimerais bien palper cet objet là-bas, cette grande boîte en bois également disposée au centre de la pièce, à seulement quelques mètres de moi. Intrigant, l'objet porte aussi ce logo de fleur qui semble me suivre partout, que ce soit sur les obusiers de la place d'armes ou sur les guerriers de mon subconscient.

Ça grince ! Plus je scrute cet objet, plus il s'agite, ses parois de bois branlent et ses charnières s'affolent en une multitude de sons irritants. D'où je suis, j'aimerais qu'il s'ouvre et révèle son contenu mais le couvercle ne semble pas se détacher. En revanche, plus loin ça bouge, les murs… ces panneaux de bois tapissés, coulissent sous les gestes apparents d'une ombre délicate. La silhouette d'une femme se détache alors, gracieuse, les mouvements accompagnés d'une mélodie douce et surprenante. Elle porte un déshabillé de soie blanc et tient entre ses mains un instrument de musique, une sorte de luth à cordes avec lequel elle fait merveille tout en s'avançant vers moi. D'où je suis, je ne vois qu'une grande poupée, le teint porcelaine et le corps emballé de soie, soulignant son déhanché de notes vives et résonnantes grâce à cet accessoire au manche oblong qu'elle retient sensuellement entre ses mains. Mon cœur s'emballe mais le sien aussi car brusquement la femme pose son instrument, mettant fin à la prestation pour se dévêtir totalement. Nue à présent, la créature dévoile toute l'étendue de sa plastique aux galbes fins et courbes parfaites. Un objet de désir faisant naître en moi des instincts très… primaires, notamment lorsqu'elle se penche au-dessus de la grosse boite en bois pour soulever le couvercle et m'offrir ainsi le spectacle d'une cambrure délectable.

Les mains plongées dans le caisson de bois, la jeune femme cherche quelque chose de précis puis brusquement s'arrête de fouiller pour se relever et se tourner vers moi. Enfin je vois son visage… inexpressif, les traits disséminés sous un maquillage intégral blanc cassé… masquée, impénétrable. Immobile, les mains dans le dos, la jeune femme nue attend quelque chose mais quoi ? Dans ma tête résonne un ordre : fais-le ! Et puis je l'entends, comme si je l'avais formulé sans le sortir de ma bouche.

De son côté la femme s'exécute, ramenant vers l'avant ses mains dans lesquelles se trouve maintenant un masque qu'elle revêt sans attendre faisant disparaître son nez et sa bouche sous les traits froids et grimaçants d'un visage de démon… le même que celui de mes cauchemars, la bouche amère, le nez contracté et les traits tiraillés de douleur.

Rebutante à présent, la femme s'approche pourtant davantage sous le déhanché aguicheur d'une danse de séduction mêlant figures érotiques et chorégraphies voluptueuses. Ses efforts sont remarqués mais terriblement gâchés par ce masque préoccupant, me dis-je de cette créature tout en la voyant progresser en agile funambule sur la surface molle et irrégulière du futon, me rejoindre et s'allonger près de moi en femme aimante et dévouée.

— Monseigneur, je suis à vous, dit-elle tout en conservant son masque.

Monseigneur ? Est-ce ainsi qu'elle me perçoit ? Je me demande, découvrant soudain que je porte des étoffes de prince en tenue d'apparat, amples et décorés de détails par milliers.

Et toujours ce logo sur mes manches et sur mes épaules étonnamment très larges. *A fortiori*, ce doit être un blason ou les armoiries mêmes de ce noble « seigneur » que j'incarne.

— Seigneur, j'entends bien ces idées folles qui trottent dans votre tête. Seulement, déraisonnables, elles salissent votre honneur. Nos mœurs dérangeantes font déjà tellement de tort à votre réputation ! Laissez-moi demeurer geisha et cessez de penser à ce mariage, ou nous serons forcés de sceller notre amour par la mort, explique la jeune femme masquée avant de passer ses jambes au-dessus de moi et me chevaucher.

Je voudrais lutter mais ne peux pas, dépossédé de tout principe. Telle une bête n'écoutant que ses instincts, je me surprends soudain à la renifler, la griffer et mordre sa peau en mâle dominant. Extrême devient alors mon plaisir jusqu'à ce que d'un œil égaré j'aperçoive avec effroi sortir le diable de sa boite, hissant son corps mécanique sous les cliquetis de son armure métallique.

Terrorisé, je ne suis dès lors plus concentré sur l'étreinte mais sur l'apparente bête à cornes qui lentement, sous des pas lourds et saccadés, s'approche dans un vacarme qui pourtant n'inquiète pas la geisha. Non, toujours concentrée, la voluptueuse tient maintenant mon sexe érigé entre ses doigts pour le guider au plus profond de son intimité et s'affaire à me donner du plaisir, toujours affublée de son loup grimaçant.

Le corps du diable est loin mais son visage est si près, me dis-je piégé dans ce corps étranger, tétanisé face à l'inexpressif monticule d'acier, qui d'un coup sec dégaine sa lame et presse le pas, franchissant maintenant le futon qu'il écrase de tout son poids. Quelques mètres seulement nous séparent, la femme et moi, de ce bourreau téméraire. La mort est imminente et l'orgasme plus encore puisque, comblée, la jeune femme les yeux convulsés s'écroule sur moi, forçant l'allonge de nos deux corps pendant que le diable posté au-dessus de nous les deux bras tendus érige la lame de son sabre.

La geisha enlève alors son masque pour me regarder droit dans les yeux et me confier :

— Mon Seigneur, mon amant, si cet amour ne peut se faire sans souffrance, alors soit.

Verticale, la lame du samouraï assassin tombe brutalement sur les hanches fragiles de la jeune femme puis de part en part tranche nos deux chairs vulnérables. Sans douleur ni souillure, le coup reste néanmoins fatal car déjà ma vue se trouble et je me sens partir.

Chapitre XIII
Après la pluie…

D'un œil entrouvert, je regarde ma montre et constate qu'il est neuf heures. Foutue tocante ! Je m'éveille tant bien que mal, la tête toujours endolorie de tout un tas de questions sans réponses… ou alors c'est la gueule de bois. En tout cas, il n'y a pas que l'alcool qui me fasse voir seigneur, samouraïs, geisha, katanas, cavaliers, corvidés, bêtes à cornes, luths à cordes et j'en passe. Que d'incompréhensions et si peu d'éléments pour y répondre, je ne sais même pas ce que je fais là, adossé à cette fontaine, les fesses engourdies sous l'irrégularité d'une allée de pavés durs et froids. Ai-je dormi là ? C'est dégradant.

Alcolo ! fustige l'irritante voix logée dans ma tête qui toujours très aimable poursuit par : *Émerge ! Matthieu nous attend.*

Irritante et directive qui plus est ! Mais je ne relève pas comme j'aurais pu le faire autrefois, non ! Je refuse, préférant me concentrer à rassembler mes esprits pour mieux partir de cette caserne militaire.

Active, ganache ! Monsieur "je délaisse ma vie et les miens, au profit d'un travail que je bâcle".

Irritante, directive et foutrement réaliste car je n'ai plus une minute à perdre mais c'est sans compter sur une conscience qui continue de me rabrouer durant le chemin et jusqu'au dortoir. Elle en devient cruelle : *Si tes parents te voyaient aujourd'hui ils auraient honte. Cancre, moins que rien, meurtrier !*

Assez ! Misérable résidu psychique… parasite ! Tu n'es plus en droit de prendre parti dans ma vie, tu n'es rien, plus rien, lui dis-je sortant malheureusement de mes gonds pour mieux m'exposer aux démons qui jubilent.

Mais je ne me laisse pas submerger et rapidement gagne le dortoir tête baissée, fuyant l'adversité. Paniqué, je file sans prendre le temps de respirer correctement, monte les escaliers jusqu'à la chambre et une fois la porte poussée, subis immanquablement le contrecoup de mes efforts et de ma bêtise. Étourdi et diminué, je lâche la poignée de la porte pour venir trébucher au-dessus du plumard, renversant au passage ma sacoche d'un coup de pied bien placé… Quel con ! Tout s'est éparpillé sur le sol, mes stylos, mes papiers et cette chemise de carton dont la couleur beigeasse ressort et attire mon attention, d'autant plus qu'il y est écrit mon nom en toutes lettres. Mais ce n'est pas de moi qu'il est question là-dedans, et par égard à la mémoire de Matt je n'ose finalement y jeter un œil. Je ne sais pas pourquoi j'ai pris ce truc dans le cabinet de Romanens, c'était pas fute-fute et maintenant que je me dis que ça n'a peut-être servi à rien, je flippe à l'idée que ça se sache. Je stresse, mon cœur s'agite, vibre, traverse ma poitrine, et fait presque trembler les lattes du sommier. Qu'est-ce que ? J'hallucine ! C'est mon téléphone qui vibre, branlotte et carillonne à réception d'un message texte. Un texto de Soraya qui me confirme sa présence demain à la gare. Ça va mieux soudain. Soulagé, je me calme et remercie la providence pour cette bonne nouvelle qui me donne la force d'attraper ce foutu dossier médical et le feuilleter comme ça, pour voir.

Ma foi, j'ai volé ce truc, alors autant que je le lise, me dis-je prenant assise sur le lit, la tête plongée dans ledit document de… quatre pages seulement.

Première page… des détails physiques mais sans grande importance pour moi qui les connais déjà. Deuxième page… peu d'antécédents, une santé de fer, bref le rapport d'un gosse comme tant d'autres et celui d'un frère, sans grande surprise. Enfin sauf peut-être cette dernière note de rapport visiblement rédigée par Romanens lui-même. Une feuille grand format, rédigée façon ordonnance de médecin et torchée quasi illisible.

À travers ces mots, qui soit dit en passant seraient dignes d'une analyse de psychanalyste, je redécouvre mon frère comme jamais je n'aurais pu l'imaginer, lui attribuant de lourds qualificatifs comme « instable » ou « perturbé ». Le premier pour des raisons d'irrévérence à la hiérarchie et le second au regard de raisons personnelles comme le deuil ou la solitude. Parcourant ces quelques lignes, je découvre un Matthieu hanté par la peur, tantôt victime cherchant à se confier, tantôt sadique au langage cru et ordurier. Je poursuis la lecture jusqu'au verso de cette même page qui me révèle un bilan psychologique effectué à la suite d'un week-end entier passé en cellule de dégrisement militaire.

La prison ? Matthieu ? Je suis surpris et déçu mais bien moins qu'en lisant les raisons même de ce châtiment infligé à la suite d'actes d'insubordination, de violence et de propos homophobes à égard de son commandant, le lieutenant Raphaël Watanabe.

Bon sang, Matt, qu'as-tu donc fait ? Je ne veux pas croire qu'aveuglé par cette haine, cette homophobie, tu sois allé jusqu'à te mettre en danger et provoquer ta propre mort et que non, tu ne sois pas la victime mais l'instigateur de ce pour quoi les gens te pleurent.

Écœuré, je ne souhaite pas en apprendre davantage et referme le dossier, rassemble mes affaires et m'échappe d'ici, ne pensant plus à rien d'autre que prendre mon train. Au passage, je laisse le lit défait et ici la marque d'un esprit libre dans un corps d'armée taillé au carré. Je m'en vais, fuyant ces lieux, son gîte de fortune et ses fondements insensés, puis galope dans les escaliers, accompagné par *La Chevauchée fantastique* en fond sonore… mon téléphone… Quentin ! Au bout du fil, le garçon, la voix à peine audible, expire plus qu'il ne parle comme si chaque mot le faisait souffrir.

— Saaalut Lyss. Surtout, ne le prends pas maaal mais j'ai bien peur de ne pas pouvoir jouer les chauffeurs ce maaatin, me confie le garçon, ajoutant qu'au vu de son taux d'alcoolémie prendre le volant serait de la folie.

— Je vois. Apparemment hier soir tu as fait plus fort que moi ? Raconte…

— Baaah ! À la fin de la soirée, j'étais fait. Je me suis mis à pester contre tout et n'importe quoiaaa, contre l'autorité et contre mes frères. Selon Barras, je faisais un bruit du diaaable et le tôlier s'en est mêlé… enfin la tôlière. Quoiaaa qu'il en soit, je l'ai prise pour un gradé et m'y suis frotté.

— Avec la patronne ? Je demande plutôt abasourdi.

— Si tu savais comme elle cogne. J'ai paaas compris ce qui m'arrivait et des baffes aux coups de savates, j'ai très vite perdu le fil des coups encaissés. Je te jure, quelle femme ! Au corps à corps, elle touche sa bille mais s'il y a un domaine où elle excelle, c'est la lutte et ça, tu le comprends quand de tout son poids elle s'assoit sur ta nuque.

— Bon sang, Quentin, mais ça va ?

— Ce matin je vois les hématomes et j'en souffre. Il n'y a rien de grave mais j'aurais préféré que dans la foulée cette guenon me casse un truc, histoire qu'au moins je puisse être réformé de cette aaarmée, dit-il, ironique mais exténué – ça se sent et ça s'entend.

— Quentin, je me sens un peu coupable de ne pas avoir été là pour veiller sur toi, ça m'aurait permis de te rendre la pareille pour ce que tu as fait pour moi sur le *no man's land.* Tant pis. Quentin… il est temps pour moi de rentrer, j'espère que tu excuseras le côté impersonnel du téléphone pour te dire au revoir.

— Aaargh ! Je déteste les adieux. Je suis nul pour ça et tu me prends un peu au dépourvu, làaa, m'annonce Quentin la voix pincée.

— OK, alors faisons en sorte que ce ne soient pas là des adieux : je garde ton numéro sous le coude et on se revoit au civil. Qu'en dis-tu ?

— Tu paaarles ! Ce truc, on se le dit tous ici ! Seulement la Suisse c'est si petit et si grand à la fois. On promet de se voir mais on ne le fait jamais… classique ! T'en fais, Lyss, tire-toi, va ! Ça me fera des vacances de ne plus avoir à garder un œil sur toi de peur que tu me claques entre les doigts.

Sa remarque me fait sourire, mais je ne dis rien et le laisse finir.

— Je vais reprendre maaa petite vie de soldat et jouer les pousse-tacots pour grosses huiles. Ces leaders à la petite semaine qui pensent que les trois bouts de métal sur leur plastron les dispensent de respect.

Au sens de ses propos, je sens chez Quentin une pointe de nostalgie due à mon départ. Car même si pour lui l'aventure fut quelques fois stressante, elle n'en est pas moins restée très différente de ce quotidien qu'il redoute tant de retrouver.

— Courage, Quentin, ce calvaire n'a qu'une courte durée. Dis-toi que le kaki n'est rien de plus qu'une vilaine tendance vestimentaire remise au goût du jour une fois par an seulement.

— Lyssandre, aaavant que le malaise des adieux ne me fasse complètement perdre de vue l'essentiel, j'aimerais te faire mes condoléances et te dire qu'aujourd'hui mes pensées iront vers toi. Par contre, demain tu renverseras la tendance et penseras à ton vieux pote Quentin en galère, en sirotant une bonne bière à ma santé.

— Évidemment, je ne t'oublierai pas, ni toi, ni Barras, Mekkonen ou Boshung d'ailleurs. Ces prochains je ne vais pas cesser de penser à vous tous qui suez des volontés de l'armée et pour qui la liberté n'est rien de plus qu'un mot gravé au canif dans les toilettes du Charly's.

— Et tu penseras aussi à la tambouille, les draps qui grattent, le manque d'intimité, les ronflements, les ampoules aux pieds et j'en passe ? Non ! En fait, évite de penser à nous, tu te ferais du mal pour rien, ajoute-t-il amusé mais d'une voix serrée.

Et sur ses dernières paroles, je lui fais mes adieux, le quittant peut-être au moment où j'ai le plus besoin d'une épaule pour enterrer les restes de ma vie d'avant.

Ma foi, décidé, le portable dans le sac et le sac en bandoulière, je traverse maintenant le chemin de la gare, où je retrouve les petites bicoques rustiques et délabrées dont je déplorais la présence à l'aller.

Oui ! Je les trouvais moches et pourtant maintenant les admire avec contentement, comme si en quelque sorte je les avais toujours regrettées aux bâtiments bétonnés de la caserne. Et devant le village, c'est pareil, les yeux grands ouverts, je deviens admiratif de cet endroit charmant jugé finalement trop vite la première fois et pas assez durant la seconde alors que je sortais fraîchement de convalescence, les yeux focalisés sur un but précis. Je dois bien admettre là que le centre de Bière a du chien, avec son architecture typique, ses artères pavées, ses échoppes joliment achalandées, sa gare authentique et ce charmant petit train vert olive surnommé BAM.

Un créneau que d'ailleurs, je suis seul à attendre. En effet, voyageurs, cheminots, contrôleurs, vagabonds mais où sont donc toutes ces âmes qui d'ordinaire animent les voies de chemin de fer ? Confronté face à moi-même, la logique voudrait que je m'égare, pense à mes parents, à mon frère, laissant ainsi mes angoisses agir et sévir plus que de raison. Mais non pourtant, rien. Comme libre de toutes contraintes, j'attends mon train, serein. Comment expliquer que ce soit si facile à présent ?

L'amnésie ? Et si perdre la mémoire était ce qui pouvait m'arriver de mieux ? Apaisé par l'oubli, voilà qui est radical et pourtant si nécessaire car je suis las de me battre.

Le BAM est là. Je grimpe dans le wagon et sens craquer mes articulations, souvenir de cette dernière nuit de belle étoile improvisée. Exténué, je m'affale sur une banquette choisie au hasard et m'étends puisqu'une fois encore le train est vide. Je me demande bien à quoi ressemble ce même wagon bondé de quelque cinquante soldats en perm' pour le week-end. Je les imagine beuglant de curieux refrains que l'euphorie leur aura inspirés, comme des génériques de télé ou des chansons paillardes pour ceux qui s'en souviennent, voire même l'hymne national pour les plus nostalgiques. Affalés sur ces mêmes banquettes, épuisés de leur interminable semaine de quatre-vingt-sept heures *non-stop*, ils sont lessivés et ça se voit jusque dans leurs yeux gonflés et cernés malgré ce sourire réjoui à l'idée de retourner dans leurs familles.

Matt, comment as-tu vécu tout ça ? Les week-ends, tu rentrais à l'appartement et personne n'était là pour t'accueillir, personne ne t'attendait avec un bon repas, des draps propres et les mots qu'il faut. Moi, j'étais au boulot ou chez Soraya, fuyant l'appart et les souvenirs comme si c'était là la clé ou un début de solution… Tu parles.

Pauvre de moi, pauvres de nous.

Lorsque les machines s'enclenchent et que le train avance, mes pensées à l'égard de mon frère disparaissent aussitôt, éphémères comme cette fumée émanant du véhicule en mouvement ou comme le paysage qui défile inlassablement. Éphémères comme la vie… ma vie, finalement trop courte pour être gâchée par la peur. Je crois qu'il est temps pour moi d'arrêter de m'apitoyer sur mon sort, de profiter de la vie, de sa musique, en savourer chaque note… Merde, vivre quoi !

Gentiment, le train ralentit sa cadence. Je suis à Morges. Je rassemble mes affaires et descends, pressant le pas car de nouveau, je n'ai pas beaucoup de temps pour atteindre le quai d'en face et prendre ma correspondance pour Genève Cornavin. Contraint de traverser une fois de plus le lugubre passage souterrain de la gare de Morges et manquant presque de glisser sur une flaque d'urine, je ne pense à rien, file hors de cette pissotière de fortune et monte les escaliers au coup de sifflet du chef de gare. *In extremis*, je monte puis m'installe, essoufflé de cet interlude qui fait s'agiter mon cœur de mille pulsations. Il gronde presque autant que pour une émotion forte, un coup de foudre amoureux ; et quand le véhicule démarre, il se calme. Mais quelque chose s'est produit. En effet, dehors, à travers le paysage mouvant, je vois des choses inhabituelles ou auxquelles je ne faisais pas plus attention auparavant comme voir des chevaux trottant et se chahutant amoureusement dans les pâturages de Rolle. Un père attentionné portant sa fille sur son dos pendant que la mère, plus loin, tient ses deux garçons par la main. Aux abords de Nyon, je vois même deux hommes s'embrasser près d'un chantier, librement, sans jugements. Partout je vois l'amour dans ce paysage qui me fait l'effet d'une œuvre d'art ou tout a été pensé pour que le spectateur que je suis puisse s'épanouir. J'aimerais que ma vie soit aussi belle que cette toile et pouvoir en être l'artiste, le revendiquer et non me dire qu'en tant que tel je serais piètre et sans talent.

Doucement, le train ralentit la cadence et stoppe les machines… Je suis à Cornavin, gare de Genève. Toujours collé à la fenêtre, j'aperçois les éléments défiler plus lentement et m'en délecte plutôt que de rassembler mes affaires comme font les autres passagers. Je reste attentif au spectacle car enfin je vois apparaître ma muse, Soraya, créature métisse d'un mélange vanille bourbon et cacao, un dessert aux proportions parfaites. Vite ! Donnez-moi de la matière, que je sculpte ce buste, ou donnez-moi une cuillère, que je goûte à ce luxe… la faim saura justifier mes moyens.

Lorsque je descends du quai parmi les autres passagers, je n'ai d'yeux que pour ma dulcinée qui me cherche, le regard perdu. Dieu qu'elle est belle dans sa détresse ! Je ne me lasse pas de l'observer, un peu sadique, profitant de son inquiétude pour continuer à l'admirer de la tête aux pieds, redécouvrir sa chevelure dessinée au fusain gras, laissant apparaître son visage hâlé, poudré de particules d'ébène et sur lequel brusquement perle la sève de son chagrin.

Ça y est. Elle m'a remarqué, découvrant probablement que je pleure également. Elle s'approche… Mon Dieu qu'elle est belle ! Resplendissante, à son cou elle porte une écharpe couleur ivoire tombant sur les épaulettes de sa veste de feutrine noire, tout juste coupée aux hanches pour mieux souligner sa taille et ses galbes même sous ce jeans cintré.

Par des pas chaloupés, accentués du claquement de ses escarpins, Numidie, la déesse africaine de l'amour et de la fécondité, vient à moi. Ses bras chaleureux m'enlacent, me serrent contre sa poitrine généreuse et je sens alors son cœur battre si fort qu'il se cadence au rythme du mien. Ensemble, ils détonnent.

— Je t'aime, Soraya, je suis complètement fou de toi. Tu es ma drogue, le poison de ma solitude, et d'amour tu me tues au point que je voudrais le crier sur tous les toits. Même si j'ai toujours un peu peur, pardonne-moi.

— Non, Lyssandre, ne t'excuse pas. Je comprends mieux ta réticence à présent. Mon *baby-boy*, c'est à moi de te demander pardon pour avoir si égoïstement cherché à te solliciter malgré tout ce que tu endurais et endures encore en ces instants de deuil.

— Soraya, au chevet de mon lit d'hôpital j'ai cru te dire ce que j'avais sur le cœur mais ce n'était qu'un rêve malheureusement. Je veux que tu oublies cet amour à sens unique souvent bafoué, constamment trahi de promesses non respectées et d'espoirs balayés. Fais une croix sur le Lyssandre que tu connais, car il est en train de mourir de ses erreurs pour mieux renaître… meilleur, je te l'assure. Depuis mon accident, je deviens en effet plus lucide sur les questions de la vie, de l'amour, je me sens finalement digne de toi, digne de nous.

Soraya ne dit rien. Soulagée, la belle me serre de toutes ses forces, faisant fusionner nos deux corps en un être suprême capable d'arrêter le temps et profiter de l'instant. Alors nous nous regardons dans les yeux et, sans nous soucier du monde alentour, laissons nos lèvres brûlantes sceller notre amour d'une part et le serment d'une vie meilleure de l'autre. Et puis, main dans la main, nous prenons ensuite le chemin du parking souterrain où est garée la voiture de Soraya. Elle démarre, souriante mais muette car les mots doivent lui sembler vains face à ce bonheur soudain.

Sur la route, Soraya se garde bien de me révéler où l'on va et quand je lui demande elle répond :

— Tu n'en sauras rien, Lyssandre, c'est un secret.

Du coin de l'œil, elle me regarde et affiche un sourire plein de malice. Sa bonne humeur me met en joie et, quand bien même je n'aime pas les surprises, me plais à jouer le jeu.

Nous atteignons la nébuleuse genevoise et Soraya opte pour l'un des parkings souterrains les plus onéreux de la ville où nous abandonnons le véhicule pour continuer à pied et nous fondre parmi les badauds du centre-ville. Seulement, nous sommes vendredi, jour de travail, et aujourd'hui les oisifs sont plutôt de drôles d'oiseaux de la haute société, tailleurs et maroquinerie de luxe chez les femmes, costumes trois-pièces et grosses tocantes chez les hommes.

Mais où vont-ils de ce pas si pressant, comme cherchant à rattraper le temps d'une finance forte alors que les vents de crise les poussent à migrer ailleurs ? Je l'ignore mais ça m'est bien égal. Enlacés, bras dessus, bras dessous, Soraya nous fait traverser un passage piéton puis s'arrête une fois le trottoir atteint. Étonné, je la regarde, elle me sourit puis elle désigne du doigt l'établissement devant nous.

— Ça te va ? me demande-t-elle alors que je découvre en même temps le nom sur l'enseigne et tombe des nues.

Non seulement, le restaurant est japonais mais comble de la chose, son nom est : Hara-kiri sushis-bar. Un restaurant qui en plus de proposer des mets comme l'anguille et le poulet teriyaki me sert là une coïncidence des plus déroutantes.

Serait-ce un signe ?

Accueillis par Mama-san, une vieille serveuse plus typée thaïlandaise que japonaise mais néanmoins gentille, nous prenons place, Soraya et moi, en cette gargote nippone à la déco épurée *feng shui*. Étant moins bien initié à cette cuisine que ma compagne, je la laisse commander tout un assortiment de choses diverses et variées comme des algues en entrée, du poisson cru, du poisson cuit, sans oublier les desserts au descriptif plus surprenant qu'appétissant. Aussitôt dit, aussitôt fait, les mets ne tardent pas à arriver et baguettes en main, tel un affamé, j'engloutis sushis, surimis, sashimis, unagis, makis, yakitoris, le tout relevé de wasabi et arrosé de saké. Ainsi, poursuivant une méthode de dégustation précise et répétée, je profite de chaque bouchée comme d'une expérience unique, entrecoupée de gingembre et renouvelée jusqu'à satiété. Heureusement, la technique des baguettes ne me fait pas défaut car, feu mes parents m'ayant enseigné la gestuelle, c'est avec un certain panache que je manie le *stick* et impressionne Madame.

— Tu te débrouilles bien, dis-moi, reconnaît Soraya alors que de son côté l'art est bien moins maîtrisé.

Une occasion pour moi de lui apprendre quelque chose et, qui sait, gagner de son estime. Quand je m'attarde sur ses mains douces et ses doigts délicats que je guide et modélise au rythme d'une technique imposée, je sens l'alchimie s'installer et l'espoir renaître. Toutefois, que ce soit pour la technique des baguettes ou pour espérer raviver la passion, il faudra du temps… du temps et beaucoup de patience.

Durant ce tête-à-tête, le saké coule à flots et les conversations vont bon train, passant de la pluie et du beau temps aux questions du deuil et de la mort en général. Soraya profite d'ailleurs de ce dernier pour se proposer de m'accompagner à l'enterrement de Matt.

— À quelle heure ont lieu les funérailles ? demande-t-elle.

— Les funérailles débutent à quinze heures, mais je ne te demanderai pas cela, non. Peut-être qu'en d'autres circonstances j'aurais aimé que tu sois à mes côtés, mais cet après-midi je vais devoir me confronter à des gens que la rancune aura sûrement fini par aveugler et je m'en voudrais de te faire endurer cela… J'entends déjà ma tante me reprocher distances et instants volés. Bref, ça ne sera agréable pour personne.

— D'accord, *baby-boy*, mais laisse-moi tout de même t'y conduire et au moins profiter encore un petit peu de toi.

— J'en serai ravi mon amour… euh, ma *baby-girl.*

— Tu avais raison, Lyssandre, ces sobriquets sont idiots et puis nous avons passé l'âge de ces folies d'amoureux transis.

— Non, Soraya, pourquoi ? Nous avons le droit de jouer les amoureux transis et être même cucul la praline de temps en temps.

Personnellement, j'y tiens… Je veux être ce que je n'ai jamais su être à tes yeux.

— Dès lors, que penses-tu de "mon amour" ? C'est un peu moins guimauve…

— C'est parfait, lui dis-je les larmes aux yeux, laissant le sel de mes émotions se mélanger aux mets de mon assiette et donner autant de saveur à mes plats que de goût à ma vie.

Soraya me tend un mouchoir, un bout de tissu jetable somme tout assez banal mais qui prouve que je peux aussi pleurer de bonheur.

Pendant un moment, je me fais à cette idée mais le naturel ne tarde pas à revenir au galop et l'enquête me taraude à nouveau. Ça et les cauchemars étranges de mes dernières nuits de sommeil dont les images, toujours très fraîches, me reviennent avec précision.

— Sur quelle planète est allé se percher mon amoureux songeur ? me demande Soraya se sentant délaissée.

De mon côté, je la regarde et lui souris. Sa présence me rassure, sa voix m'apaise, je pourrais lui dire à quoi je pense, lui parler de ce qui me taraude l'esprit, me confier, elle saura peut-être m'écouter…

— Soraya ?

— Oui, Lyssandre.

— Que sais-tu sur le Japon ?

— Quelle question ! répond-elle interloquée mais néanmoins amusée par la teneur de celle-ci.

Jamais son sourire ne m'avait rendu aussi fier : je la fais rire malgré moi et ça me plaît, ça me plaît beaucoup.

— Le pays t'intrigue ? répond-elle.

— Non, Soso, c'est l'art qui m'intrigue. J'aimerais savoir tout ce qu'une étudiante en histoire de l'art comme toi connaît sur le Japon… C'est pour une étude, lui dis-je ne sachant pas comment tourner la chose.

— Que de mystères… tu m'étonneras toujours, Lyssandre. Pour te répondre, mes connaissances sur le sujet sont assez sommaires. Euh… comme la plupart des civilisations, les Japonais ont je crois, commencé par la poterie et la métallurgie puis des représentations plus nobles comme les sculptures de Bouddha. Je crois savoir également qu'ils se sont adonnés à l'art du mandala, tout comme les Tibétains. Mais ce qui finalement les caractérise le plus, selon moi, ce sont les calligraphies et, plus grandioses encore, leurs estampes. Ces dernières sont figuratives et représentent tout ce qui fait la faune et la flore de l'île. D'ailleurs, tu dois connaître cette fameuse œuvre appelée *La Grande vague* ?

— C'est vague, je lui réponds par ce jeu de mots un peu nul mais qui la fait sourire et pour moi, c'est tout ce qui compte.

Bêtement et surtout sans réfléchir, je lui demande ensuite ce que représente cette estampe. Là, elle pouffe de rire et crie :

— Une vague !

— Évidemment, quel con !

— Tu as sûrement dû la voir mais tu ne t'en souviens pas, ou alors tu as déjà vu la représentation d'une de leurs fameuses scènes de batailles féodales extrêmement détaillées.

— Désolé, je dois te paraître ignorant, Soraya, mais ça ne me dit rien. Une bataille, dis-tu ? Je veux bien en apprendre un peu plus…

— Mais, Lyssandre, je n'en connais pas spécialement plus sur le sujet. Je sais… Je sais que ce sont souvent de larges tableaux bourrés de détails, que l'atmosphère n'est jamais justement représentée car les paysages sont souvent paisibles et les visages des guerriers tout juste solennels. Des guerriers qui d'ailleurs ont un nom bien spécifique, mais qui m'échappe là. Il y avait pourtant ce film avec le beau Tom Cruise… ça s'appelait, le dernier… le dernier des…

— ...des samouraïs ? Je réponds, laissant le mot sortir de ma bouche comme une évidence.

— Oui, samouraï ! « Et tombera le samouraï au combat comme tombe la fleur au pied du cerisier. Pure et sublime ! » Ah, je me souviens encore de ce poème récité à l'époque par notre professeur d'art. Un texte qui d'amour est resté ancré dans mon esprit, le temps d'une idylle de collégienne. Cela va te paraître un peu cliché, mais au collège j'étais amoureuse de mon professeur… Monsieur Campiche. J'avais seize ans et cette histoire n'a jamais dépassé le stade de la romance fantasmagorique.

— C'est beau… Enfin, je ne parle pas là de ton idylle de collégienne mais du poème. Quelle mémoire ! Et quelles connaissances en la matière ! Tu m'impressionnes, Soraya. De mon côté, je me sens si limité que la seule chose que je connais, ou du moins crois connaître, est encore ce qu'est une geisha.

— Et qu'est-ce que c'est, selon toi ? me demande-t-elle affichant un sourire coquin.

— Bah… une catin, je lui rétorque avec la certitude de celui qui en aura côtoyé une en son subconscient.

— Dans l'absolu, oui, c'est une prostituée mais pas que. Une geisha se distingue avant tout par ses talents d'artiste, demeurant une compagnie pour l'intéressé plus qu'un simple objet de désir.

— Tu es vraiment une fille épatante, So, pas étonnant que tu aies obtenu ton diplôme avec mention.

— Arrête, Lyss, tu vas finir par me faire rougir ! répond-elle.

Mais trop tard, voilà qu'elle pique un fard.

— Et modeste en plus, lui dis-je, déterrant ce sourire de séducteur que par dépit j'avais fini par mettre au placard. Soraya ? Une dernière chose si tu le veux bien. C'est un logo ou peut-être un blason, l'image d'une fleur en tout cas, blanche sur un fond bleu. Ce truc trotte dans ma tête et m'obsède jusque dans mes rêves.

— Mais je ne comprends pas, tu rêves de tous ces trucs, c'est ça ? Je suis désolée, je ne sais pas quoi te dire et de nous deux c'est plutôt toi le spécialiste dans le domaine de la psycho. Une fleur, tu dis ? Ce doit être le *sakura*, ou fleur de cerisier, comme dans le poème que je viens de te réciter. Ce que tu vois tient la route car ce logo existe bel est bien, c'est effectivement un genre de symbole comme l'étoile, la croix ou le svastika. Mais dis-moi… c'est quoi, tu t'es découvert une passion pour le Japon via ton subconscient ?

— Une obsession plutôt. Le problème, c'est qu'avec mes lacunes sur le sujet, je n'en comprends ni le sens ni les raisons. Heureusement, grâce à toi j'en sais un peu plus.

— Doit-il nécessairement y avoir des raisons ? demande Soraya, avant de développer. Tout le monde sait combien les rêves sont aléatoires et leur étude vaine. Il faudrait s'appeler Freud pour nécessairement vouloir y trouver une signification.

— Il y a tout de même de quoi se poser des questions, Soraya, je vois des choses et des événements comme si je les avais déjà vus ou vécus. D'habitude je rêve de mon enfance, de mes parents, ce sont souvent des cauchemars mais là… le message est complètement différent.

— Lyssandre, tu me pardonneras ma franchise mais te connaissant je me dis que tout ceci n'est qu'une fois de plus le fruit de ton imagination débordante. Désolée, mais j'ai toujours un peu de mal à croire en l'irrationnel.

Manifestement, Soraya ne comprend pas mon problème. Pour sûr, je lui demande d'interpréter des rêves alors que la vie avec moi est déjà un cauchemar en soi. Plutôt que de l'embarrasser avec les bizarreries de mon esprit, je devrais m'intéresser un peu plus à elle et surtout profiter de sa présence.

— Les sushis étaient excellents, annonce Soraya histoire de changer de discussion et passer à autre chose. Par contre, je n'ai plus de place pour le dessert. Tiens, Lyss, je te laisse ma part et m'en vais demander l'addition.

— Soraya, non ! Il n'en est pas question. Je veux bien me sacrifier pour manger ton gâteau de riz mais pour ce qui est de la facture, c'est moi qui régale.

D'un geste de la main, je commande l'addition à Mama-san qui s'enquiert à la seconde, accompagnant même son geste d'un sourire forcé signifiant « pourboire ». Alors, d'une main je croque dans l'étrange dessert de Soraya et de l'autre je sors mon larfeuille pour en détacher quelques billets… pas assez, visiblement. L'addition est aussi dure à avaler que cette immonde gâterie de pâte sucrée.

— Que se passe-t-il, Lyssandre ? Tu t'étouffes ? me demande Soraya inquiète, pendant que de mon côté j'avale cul sec mon restant de saké pour faire passer le tout.

— Ça va bien, Soso, mais je dois avouer que ces gâteaux de riz sont de vrais étouffe-chrétien, je lui réponds avec le sourire

Puis je me lève pour l'aider à enfiler son manteau… en *gentleman*… simplement. Un geste que j'effectue instinctivement mais qui me trouble, surtout lorsque je vois Soraya sourire. Et je ne sais pas si ce sont là les effets de l'amour ou ceux du saké mais je me sens sacrément euphorique tout à coup.

Dehors il fait frais, mais quand la belle Soraya m'agrippe et m'embrasse d'une passion presque caniculaire, la chaleur de son corps se répercutant jusqu'aux extrémités de ses lèvres me brûle d'un désir éprouvé aussi salace que honteux. L'instant est si torride qu'en moi, le vice se meut en milliers d'abeilles excitées et bourdonnantes, stimulant mon désir jusqu'à l'épuisement.

J'ai les jambes qui tremblent.

Conscient de perdre la raison au profit de l'envie, je m'écarte de cette tentatrice, gardant néanmoins le doux contact de sa main dans la mienne pendant que nous poursuivons notre chemin à travers un dédale de boutiques de luxe en tout genre. Et jusqu'au parking souterrain, nous restons Soraya et moi aussi muets que béats d'un amour qui se fout complètement des mots.

Au quatrième étage du sous-sol, les portes de l'ascenseur s'ouvrent sur les fondations du centre-ville qui déjà nous submergent par les chaleurs de ces entrailles aux cent moteurs ardents. À peine le temps de payer le stationnement et d'atteindre le véhicule que déjà l'atmosphère se fait aussi pesante qu'irrespirable ; heureusement, dans la voiture de Soraya plane encore la fraîcheur d'une climatisation parfumée aux huiles essentielles de patchouli. Confortablement, je m'installe côté passager et en profite pour admirer ma belle amazone grimper à son tour et étirer ses longues jambes de velours sous sa machine. La chaleur lui fait déboutonner sa veste, laissant apparaître un chemisier lâche et largement ouvert à hauteur de sa poitrine en sueur. Le visage perlé, humide, les lèvres gonflées, le souffle lent, Soraya me fait soudain tourner la tête, éveillant chez moi le mâle primitif qui sommeille.

Lorsque lentement, délicatement, elle appose ses doigts sur le contact, je ne réponds plus de moi. Guidé d'une pulsion soudaine, je me rue sur elle pour l'étreindre d'une main sur sa nuque et l'autre sur sa hanche. Pendant que la première parcourt ses cheveux, l'autre s'immisce sous ses vêtements et caresse sa peau de soie. Peu à peu je la sens défaillir et se soumettre totalement au point de l'imaginer mienne et entièrement dévouée. Pourtant, quand la belle me fixe de son regard félin, la tendance s'inverse et c'est elle qui prend le dessus et s'empare de moi. Alors, consentant, je la laisse m'embarquer dans une étreinte aussi fougueuse qu'inattendue sur la banquette arrière – notre première fois en des lieux si peu propices. Les gestes maladroits ne manquent pas mais cela ne nous dérange en rien, bien au contraire, car pour nous il ne s'agit pas là d'exceller mais de répondre à un appel, à un désir. Ainsi, à l'abri de tout regard et derrière des vitres embuées, s'engage une étreinte et véritable preuve d'amour. Comblé, des larmes de joie coulent le long de mes joues, je suis épanoui et dès lors oublie la gestuelle machinale et sans saveur de la pénétration pour mieux me concentrer sur le côté spontané de la chose. Brûlée par l'orgasme, Soraya gémit pendant qu'au même moment j'exulte de plaisir et me laisse aller, fragile, éreinté, entre les bras nus de ma dulcinée.

J'aimerais que cet instant dure indéfiniment. Malheureusement l'heure tourne et c'est un peu gêné mais non coupable qu'ensemble nous reprenons nos esprits, nos vêtements et autre bonne conduite pour promptement nous engager en direction du cimetière Saint-Georges.

Du centre-ville jusqu'en périphérie, sur les routes comme sur les pavés, Genève est calme et déserte, endeuillée même : la ville retient son souffle, consciente qu'avec Matthieu disparaît une part de sa jeunesse et de son espoir. Une fois arrivé devant la porte du cimetière, je ne laisse pas repartir Soraya sans l'embrasser fougueusement et lui dis :

— Je suis prêt. Prêt à travailler dur, bûcher plus que de raison sans jamais rien lâcher ni sécher les cours. Avec toi, Soraya, fini l'école buissonnière, les répétitions et le bonnet d'âne.

Tout en maintenant mon regard sans défaillir ni mentir je lui jure de devenir exemplaire. Soraya sourit et, sans dire un mot de plus, amène sa main sur ma joue pour me rendre mon baiser. Alors, je descends du véhicule, ferme la portière et tout en lui faisant signe de la main, comprends que pour regagner son cœur il faudra du temps.

Beaucoup de temps.

Chapitre XIV
Inhumer le présent, exhumer le passé

— Pardonnez-moi, bonjour, Madame, pour l'inhumation de Matthieu Zacharias, c'est…

Au fond de sa cage en pierre, la vieille gardienne de l'accueil s'éveille d'une sieste imposée par son âge. Un bouquin dans les mains, les lorgnons toujours fixés sur son nez, la dame me regarde avec peine, les yeux plissés et les paupières encore gonflées de sa rencontre avec Morphée.

— Navré, Madame, si je vous ai dérangé dans votre lecture, lui dis-je avec courtoisie tout en lui expliquant que je dois assister aux funérailles de mon frère, Matthieu, et lui épelle mon nom à haute voix histoire de l'affoler un peu mais sans la brusquer pour autant.

— Toutes mes condoléances, jeune homme, pardonnez-moi cette absence, la vieillesse m'épuise, dit-elle le doigt sur son registre tout en marmonnant un nom qui n'est pas le mien. Famille Balestra, hein ? Il vous faut marcher jusqu'au crématoire puis tourner à droite, mais vous êtes sacrément en retard, l'enterrement était il y a deux semaines. C'est fini !

Quelle blague ! Il ne fait vraiment pas bon de vieillir.

— Oui, Madame, j'entends bien, Madame, mais je ne viens pas pour Balestra mais Zacharias et de source sûre, l'enterrement est aujourd'hui.

— Oh, mon Dieu ! s'offusque la vieille dame posant ses deux mains sur son visage.

Et affolée, elle répond :

— Quelle sotte je fais ! Je… Pour vous c'est à gauche, il vous faut tourner à gauche au niveau du crématorium, puis marcher encore quelques mètres. Que Dieu me pardonne cette maladresse, je n'ai plus toute ma tête. Comme on dit, ça sent le sapin, j'ai déjà un pied dans la tombe et l'autre dans le cimetière, répond-elle avec humour.

Un humour noir auquel je n'adhère pas, mais bon, je la remercie poliment et me dérobe sous le masque du sourire forcé car je ne suis pas à l'aise en ces lieux : la mort est partout et se lit jusque dans les yeux épuisés de la gardienne. Je sens déjà son souffle glacé me parcourir l'échine et sa carcasse peser sur mes épaules, provocante et impatiente, ici dans sa salle des trophées.

Observe bien ce qui t'entoure, Lyssandre, et reconnais combien mon pouvoir est grand. Tu auras beau filer à travers ce dédale de pierres tombales, jamais tu ne m'échapperas, me susurre cette vieille garce, la voix grave et résonnante.

Mais tais-toi donc, infamie ! Tu n'es qu'une voix et je n'ai qu'à t'ignorer pour que se réduise à néant ce pouvoir dont tu te vantes tant. Disparais !

À travers tes pensées, je fais naître la psychose. À travers tes songes, je suis le fléau de ton humanité. Quant à ton imagination, je la module à ma guise. Comment espères-tu m'ignorer ? Un beau jour tu seras forcé de relever la tête du déni pour goûter à l'âpre de ma lame.

Ta gueule ! Je… Je perds la boule, cette conversation n'a aucun sens, pourquoi est-ce que je ressens toujours le besoin de m'infliger ça ? La mort, la mort, toujours la mort, je l'imagine comme une personne à part entière mais ce n'est qu'une allégorie vieille comme le monde. Et puis j'ai déjà ma conscience qui me casse les burettes à longueur de temps, je n'ai pas besoin d'entendre résonner d'autres voix dans ma tête de piaf, sévèrement perché.

D'un pas plus pressé, j'oublie mes pensées et me rapproche du lieu de la mise en terre et des visages familiers que je reconnais à mesure que j'avance. Mon Dieu, je n'ai pas vu la plupart d'entre eux depuis une bonne dizaine d'années ! Mais je les reconnais tous sans peine et c'est pourquoi je m'arrête brusquement, les pieds fixés au sol par une sorte de glu composée à la fois de peur et de pudeur mais surtout de lâcheté.

Non ! Face à tous ces visages meurtris, je préfère reculer, m'écarter du chemin et même me cacher sous cet arbre là-bas, ce chêne au feuillage tombant, parfait pour un camouflage... de tire-au-flanc. Ainsi, tel un tireur d'élite, couard sur les bords, je reste posté là, observant les faits et gestes de mes proches, visiblement tous à l'écoute du prêtre offrant à mon frère les derniers sacrements. Tous y sont attentifs, mais pas ma tante qui nerveusement sautille de gauche à droite cherchant désespérément la pièce manquante au tableau, à savoir... moi !

Ah, Estelle ! Une main de fer dans un gant de velours. Je n'ai jamais su si son tempérament de feu était dû à ses origines du Sud ou à une sorte de frustration en rapport à sa petite taille. Enfin bref, malgré cela j'ai toujours bien aimé ma tante, même si je suis content qu'au final ma mère ait été cette autre sœur plus douce et moins « rentre-dedans ».

Posté sous les jupes de cet arbre refuge, je redeviens ce gosse de six ans un peu effrayé car gardé par sa tante pour quelques jours. À l'époque, Matthieu était encore bébé et c'est seul que je devais affronter l'intimidante et son univers si particulier. Une décoration exotico-kitsch à faire peur, où les plantes étranges ont des yeux et les peluches et poupées « de collection » n'en ont plus. Partout de la moquette, du velours, du taffetas et des chats aussi soyeux que sadiques. Combien pouvait-elle en avoir... dix ? J'exagère !

À l'époque, ma cousine Zoé était encore dans le ventre de sa mère, ce n'était encore qu'un fœtus mais qui déjà manifestait une forte envie de s'émanciper à grands coups de pieds. Pauvre Estelle ! Souvent exténuée, elle me laissait seul avec sa faune soi-disant domestiquée. Un combat de chaque instant qu'il me fallait mener une fois bien calfeutré dans son canapé, les pieds hors de portée des dangereux félins. En ces instants, souvent je m'imaginais aventurier néophyte, voguant sur mon canapé-barque au gré du fleuve « Moquet », faisant naturellement d'un napperon mon chapeau, une télécommande en guise de pagaie et l'ours Steiff en guide aveugle. Ce fut d'ailleurs en ces lieux que pour la première fois de ma vie je trouvai le moyen d'esquiver ma peur, aidé de mon imaginaire foisonnant. Perdu dans mes rêveries éveillées, je devenais fort et plus rien ne pouvait dès lors m'effrayer… pas même les miaulements des crocodiles à moustaches de tante Estelle.

Adossé à mon arbre, les souvenirs me mettent en joie, un sentiment qui semble transcender ma pensée puisque je vois maintenant ma tante qui me regarde et sourit d'étonnement. D'un hochement de la tête, elle me salue mais ne vient pas me rejoindre sous le centenaire car, même après tant d'années, Estelle semble vouloir continuer de respecter mon choix.

Enfin, les funérailles se terminent et les gens se dispersent, c'est fini. Honteusement, je tourne le dos à tout ce petit monde que je ne suis définitivement pas prêt à affronter. Les larmes ne coulent plus mais le cœur n'en est pas moins meurtri, alors hémophile d'une plaie béante qui ne semble pas cicatriser.

Bouge-toi, Lyss ! Il faut partir maintenant ! me dicte ma conscience alors je prends une grande respiration et sors de ma cachette.

Mais à peine je m'engage en direction de la sortie que je sens une large main se poser sur mon épaule pour me retenir. Puissante, réconfortante, je reconnais cette poigne de gros nounours car la dernière fois que je l'ai sentie, c'était à la mise en bière de mes parents. À l'époque, je me souviens l'avoir repoussée mais aujourd'hui c'est différent… Je la voudrais persistante.

— Une fois encore il se dérobe, préférant souffrir loin des siens, lance Éric, le mari de ma tante avant de me demander pourquoi.

— Éric ! Toi, l'homme de raison, tu devrais comprendre, lui dis-je en me tournant face à lui.

Je vois alors ce regard de chien battu et cette moue d'homme attristé portant un deuil bien plus convaincant que le mien. Il n'a pas changé, à part peut-être ce ventre justifiant plus que jamais son côté épicurien et bon vivant. Toujours aussi grand et balèze du haut de ses quarante-six ans et toujours cette calvitie de trois poils sur le caillou, à se demander s'il ne serait pas mieux chauve. Enfin bref, il est bien là et ça me fait plaisir qu'il soit venu jusqu'à moi comme ça.

— Un homme de raison qui ne comprend pas les tiennes, Lyssandre. Aurais-tu peur tes sentiments… tu n'es pourtant pas un lâche.

— Lâche ? Mais Bon Dieu, Éric, t'es-tu déjà retrouvé toi, orphelin à vingt ans ? As-tu déjà perdu un frère avant l'âge de tes trente ans ? As-tu seulement déjà perdu quelqu'un pour oser me juger comme tu le fais ?

Surpris, l'homme s'écarte d'un pas comme poussé par une force opposée. Il fronce les sourcils car repense à ce qu'il vient de dire et se ravise :

— Pardonne-moi, mes mots ont dépassé mes pensées mais comprends-moi, Lyssandre, je suis bouleversé et je souffre encore d'avoir perdu ces gens que j'aimais… tes parents, ton frère. Ma belle-sœur me manque, ton père me manque et Nom de Dieu, maintenant c'est Matt qu'on enterre. Alors, s'il te plaît, Lyssandre, ne nous demande pas à ta tante et moi de faire également une croix sur toi, et faire comme si tu n'existais pas… comme si tu étais mort toi aussi.

« *Silence.* »

Je croyais mes arguments de taille mais les siens font le poids. Pris de court, les battements de mon cœur s'intensifient, fragilisant ma défense et comme je ne sais pas quoi répondre, j'esquive par des promesses que je ne suis pas sûr de tenir :

— Accordez-moi encore un peu de temps, je sens qu'il ne me manque pas grand-chose pour enfin arriver à tourner la page.

Parce qu'il en a besoin, Éric me prend maintenant dans ses bras et sanglote. Je sens son cœur battre fort et la chaleur de son corps m'envahir. Il pleure. De mon côté, je referme mes bras autour de son puissant gabarit de menuisier et me laisse aller les yeux fermés, confiant, même si ma gorge se serre et mon souffle s'altère sous la force de ce geste dont je n'ai plus l'habitude.

De mes deux mains jointes, je serre Éric au point d'en avoir mal et en même temps me reviennent en bribes des milliers de souvenirs douloureux et des regrets. Et puis Éric me lâche et se libère, bousculant mes pensées. De ses deux mains fermes et rugueuses, l'homme m'attrape par la nuque, pose son front contre mon front et d'une parole franche, le regard sincère, l'homme me dit qu'il m'aime. Après cela, il me lâche, se recule et dit :

— Tu n'es plus tout seul, compris ?

Sur cette promesse, il se tourne et s'en va rejoindre Estelle et Zoé qui toutes deux auront assisté à la scène de loin. Je les regarde, Zoé surtout que je redécouvre après tant d'années passées sans la voir. Quel âge a-t-elle… seize ans… dix-sept ans ? Déjà ! Elle semble épanouie, aimée par ses deux parents, ça se voit sur son visage. Tous les trois forment une bien jolie famille, unie dans la joie et dans la peine. Aujourd'hui ils enterrent un neveu, un cousin, et demain ? Peu importe, du moment qu'ils sont ensemble ; ils peuvent tout endurer et c'est peut-être ça, le remède. Fonder sa famille, son cocon, chérir un premier amour et donner naissance au second, une sorte de guérison par l'affectif en somme.

La mise en terre s'achève et tous les membres de ma famille se dispersent. D'où je suis, je reconnais les visages de quelques parents venus de Crète comme cette grand-mère que je n'ai vue qu'une fois au cours de ma vie et cette grand-tante dont je ne me souviens plus du prénom. Ces femmes ont fait un long voyage pour se recueillir, alors que moi je ne trouve même pas la force de les honorer de ma présence. Lâchement, j'attends que tous s'en aillent pour enfin rejoindre la tombe de mon frère et lui dire adieu comme il se doit, enfin à ma manière puisque je n'ai même pas de fleurs. Je néglige tout et je ne parle même pas de l'entretien des tombes de mes parents. En effet, à voir l'état des stèles on pourrait croire que je ne pense plus à mes parents... Quelle ironie !

Tu ne trouves pas que c'est ironique, Matt... « Matt-adore » ? Tu te souviens de ce surnom ? Tu ne l'aimais pas mais il te faisait rire, surtout lorsque je le disais en imitant l'accent espagnol. C'était idiot... ça me manque... tu me manques... Je ne peux plus te faire rire ou pleurer mais juste ressasser les souvenirs et cette époque où nous étions des frères.

Pars en paix et embrasse les parents pour moi. Je t'aime et t'aimerai toujours, peu importe l'histoire et ses faits.

Tranquillement je m'en vais, passant à nouveau sous le chêne dont je caresse l'écorce au passage, l'esprit en paix, libéré du bourgeon de l'ignorance. Tout comme cette fameuse fleur de cerisier, je me détache de l'arbre maternel pour entamer mon existence que je souhaite aussi brève qu'une vie de mortel. D'un pas sûr, je traverse le cimetière, les yeux rivés sur la sortie, quand soudain m'interpelle une femme qui patiemment attendait ma venue.

— Pourquoi cette distance avec votre famille ? me demande-t-elle promptement.

Lorsque je me tourne et pose les yeux sur la curieuse, d'un réflexe étrange je regarde d'abord ses pieds. De tout petits petons enfermés en de seyantes ballerines bleu marine. On dirait les pieds d'un enfant.

Un enfant ? Le regard levé, je remarque tout de suite la supercherie et ce visage plutôt déconcertant, puisque nettement marqué d'une soixantaine de printemps.

— Vous ne répondez pas à ma question mais je crois comprendre que la mort vous effraie, n'est-ce pas jeune homme ?

Sa voix posée et douce accentue le charme de son apparence tranquille, typée asiatique et le regard affiné. Harmonieuse, envoûtante, à quelques années près cette femme me rappelle la geisha de mes songes. Les courbes de son corps dessinées sous les traits d'un ensemble de soie élégant et cette chevelure taillée aux épaules, lissée, laquée d'un noir nourri à l'encre de Chine et parfaitement symétrique à l'encolure de son chemisier bleu saphir.

— Oui ! Effectivement, Madame, la mort m'effraie. Je dirais même qu'elle me pétrifie, je lui réponds, sincère.

— Ce qui n'est pas plus mal car à voir les tourments se dessiner dans vos yeux et dans les miens, je me dis que si vous et moi avions été plus confiants sur le sujet, nous ne serions sûrement plus là pour discuter de cela.

— Continuez, je demande alors, intrigué par la franchise de cette femme.

— Je pense que dès lors nous aurions provoqué l'instant avant même que ne s'infligent les affres de l'âge et du temps. Je demeurerais auprès de mon fils, pendant que vous seriez aux côtés de votre frère Matthieu.

— Vous, vous connaissez Matthieu ? Vous saviez que nous étions frères ? Je lui demande, la voix étranglée d'étonnement.

— Non ! Je n'ai pas eu cet honneur, mais Matthieu Zacharias est avant tout un nom qui me hante depuis huit jours maintenant. Un nom de victime sur trois au total, des vies volontairement sacrifiées par la main de mon fils Raphaël.

— Raphaël… ce nom sonne dans ma tête comme un brutal coup de massue.

— Haïssez-moi ! Bannissez-moi ! Mon nom est Hidemi Watanabe, je suis votre peine, répond-elle, le dos courbe et la tête basse, portant le poids de la culpabilité.

De mon côté, anéanti, le corps tétanisé de sueurs froides, l'esprit tantôt motivé par la haine et tantôt par la rédemption, je suis comme incapable de réagir. Incertain, je voudrais écouter mon cœur et apaiser ma ferveur mais n'entends finalement que ma conscience vitupérer.

Bouscule-la et tire-toi !

— Non !

Lève la main, fais-lui peur.

— Non !

Mais merde ! Exprime ta peine et anéantis-la. Brise-la ! Condamne-la !

— NON !

Fatigué, je m'éloigne de cette femme pour éviter le pire, prends une grande respiration, me calme un peu et reviens vers elle, plus serein.

— Lyssandre, mon nom est Lyssandre Zacharias. Endeuillé mais non rancunier, je ne saurais vous bannir ni vous haïr car le vrai coupable n'est pas tant Watanabe, l'armée ou la fatalité, mais moi, juste moi. Un mauvais frère, un piètre neveu avec un M gravé dans le dos comme un être maudit.

— Ainsi, je comprends mieux la distance avec votre famille et la tristesse sur votre visage. Dommage, vous êtes un beau jeune mais le malheur vous défigure. Que diriez-vous si au milieu de tant de peine je vous offrais un peu de quiétude, chez moi, autour d'une bonne tasse de thé, pour discuter ? J'habite 17 rue Gardiol au Grand-Saconnex, vous viendrez ? insiste la vieille dame, très attachée à ce que nous fassions plus ample connaissance.

Elle ajoute :

— Demain, chez moi, vous serez mon hôte, vous allez donc me tutoyer et dès que je vous aurai fait goûter au thé de me ancêtres, vous serez considéré comme un ami. À demain, Monsieur Zacharias, et condoléances pour votre frère Matthieu. Puisse-t-il reposer dans une paix des plus profondes.

— Merci, Madame, acceptez les miennes en retour ainsi que mon soutien à votre peine… un parent ne devrait jamais avoir à enterrer son enfant, lui dis-je sortant cette phrase comme une évidence à laquelle la vieille femme acquiesce avant de définitivement se retirer, silencieuse.

Je la regarde s'éloigner et rejoindre ce grand et large bonhomme, le visage dissimulé sous une paire de petites lunettes rondes. Un impressionnant gaillard d'une quarantaine d'années, le cheveu dégarni sur un front proéminent, les joues bouffies et le cou dissimulé sous un col Mao. Il me rappelle d'ailleurs cet ancien dirigeant chinois dont l'habit même lui doit ce nom. Qui est-il ? Un Japonais déguisé en Chinois ? Un ex-communiste, ou une sorte de samouraï espion qui tel un ninja se serait volontairement grimé en guerrier Xian ?

Bon Dieu, Lyss, est-ce que tu t'entends parler ? C'est grave ! Je crois qu'à force de trop percevoir l'empire mon état se corse, et bientôt je finirai par me sacrer empereur chez les fous.

Je suis épuisé. Je dois me calmer, ne plus penser, regagner mon appartement et laisser s'évaporer toute cette fantaisie, le corps plongé dans un bain chaud et effervescent. Seulement, avant de m'octroyer ce répit, je m'impose d'alléger ma conscience et aller m'excuser auprès de Frédérique pour toutes les erreurs et incartades commises ces derniers temps.

Le bus arrive, il est là, je grimpe puis m'installe. Direction le Grand-Lancy, la Jonction puis enfin Plainpalais. L'esprit léger, je me laisse porter à travers la cité au même rythme que les autres passagers qui comme moi profitent du créneau numéro 8 pour le point névralgique de Genève… la plaine.

Durant le trajet, j'observe le va-et-vient des voyageurs qui bizarrement me fascinent, comme cette femme… cette mère de famille et son enfant assis sagement juste à côté d'elle. Je dévisage également cet ouvrier peintre au bleu de travail taché de blanc assis un peu plus loin, ainsi que ce vieillard fagoté comme l'as de pique et affalé dans les rangées du fond. Il y en a bien d'autres dans ce bus mais bizarrement mon attention ne se porte que sur ces quatre protagonistes, tous visiblement plongés dans leurs pensées. Sous les regards vagues et les visages éteints, j'interprète leurs tristes façades et suppose même ce que pourraient être leurs pensées à cet instant précis. Seulement, sans indice, le jeu n'est pas facile, ce qui me pousse à transgresser mes propres règles et affabuler. J'imagine la mère de famille en meurtrière de son mari, et le peintre qui en réalité n'est pas ouvrier mais le tueur à gages sollicité pour accomplir cette sale besogne. Le bus étant un endroit neutre, il est l'endroit parfait pour la transaction finale et c'est d'ailleurs le gosse qui dans son sac à dos transporte l'argent du contrat. Un plan parfait, mais c'était sans compter sur le vieux clochard du fond qui ayant assisté au meurtre malgré lui aura décidé de suivre tout ce petit monde pour tenter de les dénoncer tous.

Non ! J'ai mieux : le vieil homme est le père du peintre mais ce dernier ne le sait pas. Il est loin de se douter de quoi que ce soit, car de son côté lui-même se demande s'il ne serait pas le père du gosse au sac à dos posté juste devant lui car il vient de reconnaître la mère avec qui il se souvient avoir eu une aventure il y a cinq ans.

Les idées fusent et l'imaginaire déborde. Ça m'amuse et je ris, ce qui n'échappe pas aux personnes assises à côté de moi qui me regardent comme une bête curieuse ; et puis il y a ce vieux débraillé, ce clochard qui se lève de sa place et s'approche. Sale et répugnant, il s'assied à mes côtés et déjà m'assaille de son odeur nauséabonde. Sa présence me met mal à l'aise et il le sait car à peine assis, l'homme m'explique que son hygiène et sa dégaine ne sont que le reflet d'une régression sociale non désirée et, crachant une haleine aussi chargée que la cave des Rothschild, crie :

— Quinze ans ! Ça fait quinze berges que j'vis dans l'bus. Je les ai tous souillés au moins une fois et j'ai roupillé dans la plupart. Ce que j'aime plus que tout, c'est être bercé par le ronron du moteur.

Il me confie ses petits secrets, mais où veut-il en venir ? Nerveusement, je ne réponds pas mais le regarde dans les yeux et lui remarque d'ailleurs une méchante inflammation à l'œil droit qui le contraint de souvent cligner de la paupière et laisser couler les larmes d'une peine continue.

— T'sais, j'en ai vu des trombines, des tronches de cake et autres gueules de raies, pourtant jamais je n'ai vu quelqu'un sourire ou rire comme tu l'as fait. Alors, dis-moi, gamin, c'est quoi ton problème au juste ? finit par me demander le vieux acerbe, me prenant au dépourvu.

« *Silence.* »

L'homme réitère sa question :
— Qu'est-ce qui te fait tant sourire dans ce monde ?
— Je... Je n'en sais rien.
— Ouais, t'es trop bizarre, toi. On dirait que t'es heureux mais putain, tu nous as regardés un peu ? Jette voir un coup d'œil à celle-là, complètement lessivée par son gosse, dit-il en pointant du doigt la jeune mère et son enfant. Et l'autre là, tout cradingue de peinture, qui se tue à la tâche chaque jour que Dieu fait. Et moi, tu m'as regardé, moi ? Je tiens à peine debout. Merde ! Tu l'a vois, not' misère, elle se lit sur nos gueules et toi tu viens nous jeter ton bonheur à la gueule. Tu te prends pour qui ?
— Pardon ! Mais je ne vous permets pas, Monsieur. Qu'est-ce que vous croyez ? Moi aussi je suis quelqu'un de malheureux, moi aussi j'ai mes soucis, mes tracas, je...
— Attends, coco, je t'arrête tout de suite, là. Je rêve ou tu me revendiques ton malheur ? Tu veux vraiment avoir cette discussion ?
— Mais non, pas du tout, c'est vous qui...
— C'est vous qui, c'est vous qui quoi ? Qu'est-ce que tu veux ? Tu veux faire partie du lot et venir te mêler à toutes ces billes de clowns tristes ? Tu s'rais pas un peu maso des fois ? me rétorque le malappris.

Mais cette fois c'en est trop, j'en ai marre d'écouter barjaquer ce vieil hirsute mal embouché. Heureusement, il s'en va.
— Là, c'est mon arrêt. Tu m'excuseras, gamin, mais c'est ici qu'on se quitte tous les deux. Je te laisse les clés d'la caravane, tu

fais comme chez toi mais surtout arrête de faire ta frileuse avec les sentiments. Vas-y, souris, et suinte la bonne humeur, crache ton bonheur à la face du monde et partage-le. Ça m'a fait du bien de voir un mec sourire, ça m'a redonné la patate. Allez, salut !

— Vous êtes qui ? Je demande, décontenancé.

De son côté, l'homme, bringuebalé par les secousses du véhicule, se tenant tant bien que mal à la rambarde de sortie, me répond :

— La voix de la raison.

Enfin l'homme sort du bus et disparaît sous une foule de passants. Quand le bus redémarre, je pense : La voix de la raison… Hum ! Certes ses propos étaient cohérents, mais de là à en faire quelque chose de fondamental… Enfin bref, me voilà arrivé sur la plaine de Plainpalais. Les portes du bus s'ouvrent, je saute, traverse une foule agglutinée de passagers visiblement très pressés de monter et enfin trottine en direction du cabinet avec l'endurance d'un artilleur. Rien nc pcut m'arrêtcr.

Balèze, l'athlète ! me dis-je impressionné.

Mais lorsque j'entre dans le hall d'immeuble, la musique est toute autre : escaliers ou élévateur ? Hum ! Avant même de trop penser à la question, je me surprends à presser le bouton et grimper dans la cage.

Athlète du dimanche.

Là-haut, à peine ai-je passé la clé et poussé la porte du cabinet que je découvre la pièce totalement plongée dans le noir, lumières éteintes et stores fermés – ce qui est assez inhabituel –, mais ce qui m'étonne plus encore est cette chaleur moite et étouffante qui se dégage et que je ressens alors que je n'ai même pas franchi le seuil. Un pied dehors et l'autre dedans, je me sers de la lumière du couloir pour trouver l'interrupteur car dans le cabinet c'est la pénombre, je manque même de m'encombler sur un vêtement, un pantalon négligemment laissé sur le sol près de l'entrée. Mais qu'est-ce que ? Enfin je trouve l'interrupteur, allume la lumière et découvre Frédérique en tenue d'Adam, les fesses enfouies dans le fauteuil de feu son père, tenant une « Ève » nue et dans une position suggestive que je me défendrai de décrire. Surpris et pour le moins mal à l'aise, je me confonds en excuses et ressors. Seulement, Frédérique m'interpelle :

— Attends, Lyss, tu vas ou ?

Gêné, le regard baissé, j'attrape la porte d'entrée comme un rempart pudique contre leur nudité et annonce :

— Euh… Fred, je t'attends au café du coin, d'accord ?

Avant de partir, je m'excuse également auprès de son amie, cette mystérieuse inconnue et lui dis :

— Navré pour cette intrusion, Madame… Au plaisir, toutefois.

Enfin sur le palier, je reste choqué mais ne manque pas de rire de la situation et c'est le sourire aux lèvres que je descends dans la rue et gagne l'entrée du Paradiso, un petit troquet de quartier sans prétention mais dans lequel j'aime me réfugier quand le travail au cabinet se fait trop étouffant ou dans le cas précis quand le chef décide d'en faire un lupanar, je pense, toujours amusé par ce que je viens de voir.

— Lyssandro !

— *Hola Gino, commo esta ?*

Gino Alvaro Carlo Aste Rohner, le nouveau tenancier du Paradiso, anciennement appelé Le Paradis et dont la clientèle était composée de retraités. Aujourd'hui place neuve, musique cubaine, fado et flamenco en fond sonore, les tapas ont remplacé les viennes en cage et le ballon rouge se donne même des airs exotiques et se fait appeler Pina Colada, Pisco ou Caipirinha. Les murs en revanche sont toujours jaune pisse et les meubles font encore partie de cette époque où l'Espagne était dirigée par Franco, mais ça ne casse rien du charme général.

— *Oune café commo d'habitoude*, Lyssandro ?

— Avec Plaisir, Gino.

J'adore ce gars, avec son petit accent qui te fait voyager le temps d'une pause-café, mais bon, je ne vais jamais bien loin car souvent j'attrape un journal de ceux laissés sur les tables et me concentre sur les nouvelles locales. C'est con ! Je devrais plutôt tailler le bout de gras avec le patron, je ne connais rien de lui, je ne sais même pas d'où il vient… d'Espagne ou d'Amérique du Sud ? Fils d'immigrés sans doute, mais qu'ont fui les parents… Franco ou Pinochet ? Hum, à l'époque c'étaient les dictateurs, aujourd'hui ce sont les crises économiques qui sont les fléaux du peuple. Il me suffit de lire quelques lignes de ce canard que je tiens entre mes mains – incapable de résister – pour confirmer mes dires.

Il me faut un autre café.

— Un autre, s'il te plaît Gino.

— *Salute*, Lyssandro, me dit le patron avant de me glisser : C'est calme *auyourd'houi*.

Histoire de briser la glace.

Levant les yeux, je m'aperçois en effet que le rade est désert. À part un couple de personnes âgées attablées dans un coin – sans doute d'anciens clients restés fidèles malgré les changements – ainsi qu'un homme seul accoudé au bar. L'ambiance est tristounette, cafardeuse même, mais cela ne m'empêche pas de sourire car je repense à la gêne de tout à l'heure et aux hilarantes réactions de Frédérique, pris en flagrant délit de coquineries. Plus j'y pense et plus je ris, ce qui interpelle l'homme accoudé au bar puisqu'il se retourne maintenant et m'observe avec attention. Par des gestes lents et diminués, l'homme se lève pour s'approcher de moi et dévoiler son teint livide, son crâne chauve et ses yeux tirés, cernés jusqu'aux joues. Devant moi, il saisit une chaise de ses mains tremblantes, la tire vers lui et prend place à ma table.

Quel âge peut-il bien avoir sous ce visage pâle et presque cadavérique, les pupilles reflétant l'abattement d'une maladie incurable ?

— Et qu'est-ce que ça fait ? me demande le garçon fragile à la voix rauque et misérable.

Un très léger sourire vient se dessiner sur son visage, mais je sens bien que le rictus est forcé. Il tente de montrer un peu de courtoisie, malgré un significatif mal qui le ronge.

— Quoi donc ? Je lui retourne, trouvant sa question évasive.

— Le bonheur ! m'affirme-t-il comme si je nageais dedans.

Il n'est d'ailleurs pas le premier à croire ça… Mais qu'est-ce qu'ils ont tous, aujourd'hui ? Il y a d'abord eu ce vieux SDF dans le bus et maintenant ce garçon que je ne connais ni d'Ève ni d'Adam.

— Je… Navré, mais je ne crois pas être la personne la plus apte pour répondre à cela.

— Pourtant, je vous ai vu sourire, j'ai pas rêvé ? rétorque le jeune homme contrarié.

Et il m'avoue :

— Moi, ça fait deux ans que je n'ai plus goût à rire. Je l'ai perdu comme j'ai perdu mon image, ma force, ma belle gueule. Condamné, la maladie m'enlaidit, la chimio me dégarnit et le poids de la mort se fait si lourd qu'il m'oblige à m'affaisser, toujours plus faible et vulnérable.

« *Silence.* »

— Mais désolé, je ne me suis pas présenté… Je m'appelle Kilian. Pardon pour mon franc-parler, mais je préfère de loin annoncer la couleur avant de laisser les gens me dévisager pendant des heures. Regardez-moi, je n'ai même pas l'âge du Christ et déjà grignote les premières minutes du petit mois qu'il me reste à vivre, explique-t-il avant de prendre une profonde respiration et laisser briller une larme au coin de l'œil.

Je reste muet. Il reprend :

— J'ai une tumeur au cerveau, un gliome. De nom, c'est mignon on pourrait croire au truc bénin. Mais détrompez-vous, ce cancer est une ordure… la preuve, regardez-moi. Bref, j'suis plus qu'un fantôme rôdant au bar, troquant scaners et traitements contre de la *cerveza* et des tortillas froides, ici, loin de mon lit mortuaire… ou lit d'hôpital, je ne sais plus à force.

— Vous avez stoppé les traitements… vous n'y croyez plus ? Vous pensez que la médecine ne peut rien pour vous ? Je lui demande sans émettre le moindre jugement.

— J'ai dû faire un choix, celui de soigner le mal par le mal et noyer ma peine dans l'alcool.

— Et ça marche ? Je demande, ironique.

Mais je regrette déjà d'avoir pris cette liberté. Heureusement, le jeune homme ne s'en offusque pas et répond même :

— Oui ! Ça marche. Pour moi, être ici c'est garder un semblant de vie même si autour de moi tout le reste s'effondre. Ici, je ne suis pas une victime qui attend son heure mais juste un client qui consomme et rencontre des gens sympathiques et souriants… comme vous, dit-il se forçant d'un sourire qu'il tient à afficher.

— Je suis flatté, Kilian, même si je garde l'impression que vous vous faites une fausse idée de moi. Je… j'ai rarement le cœur à sourire, vous savez. À la scène, je suis Lyssandre Zacharias mais dans la vie je suis le héros triste d'une tragédie grecque et la victime d'un mauvais sort lancé par les dieux.

— Je vous imagine très mal dans ce rôle.

— Et pourtant, j'y suis cantonné. Mais vous savez, Kilian, mon rêve serait de pouvoir changer de registre, incarner quelqu'un de totalement différent… heureux de préférence.

— Essayez ! Imprégnez-vous du truc et tiens… décrivez-moi le bonheur, me demande Kilian excité, le visage illuminé.

— Le bonheur ? Euh… C'est compliqué, c'est un peu de tout, un peu de rien, c'est rare et simple à la fois, c'est… un colosse de plusieurs tonnes ravageant les édifices du malheur.

— Oui ! C'est ça, un géant tout souriant avec une bonne tête et une certaine bonhomie. Un peu pataud, certes, car le bonheur rend idiot mais tout le monde l'acclame en héros. C'est un ange blanc de plusieurs centaines de mètres fauchant de ses mains les actions du malin. C'est un ami…

— ... et face à lui, nous devenons innocents, fascinés, naïfs comme des enfants ne sachant pas ce qu'est un gliome ni comment ça s'écrit.

— Oui ! Ignorant et heureux car je ne suis qu'un enfant, je ne sais pas ce que c'est de perdre mon travail… Je n'en ai pas. On me dit que je suis malade, que j'ai ci et ça mais je ne comprends rien à tout ce charabia des adultes médecins et puis la mort je ne la crains pas, je ne sais pas ce que c'est… on ne me l'a pas expliqué.

Les yeux de Kilian s'écarquillent, son visage s'illumine, il est séduit par cet imaginaire auquel il se prête et qui visiblement lui fait un bien fou. L'espace d'un instant, il retrouve un semblant de joie et c'est en partie grâce à moi. J'ai du mal à le croire.

— J'aurais bien d'autres définitions du bonheur à vous donner, mais cela n'aurait pour vous que le goût âpre de l'éphémère. Voulez-vous que je continue malgré tout ?

— J'aimerais surtout que l'on arrête de se vouvoyer, demande le garçon avant de m'avouer combien il en a marre des règles de politesse, des glaces à briser et des remparts à abattre. Pour vous, ça peut paraître précipité mais au vu du temps qu'il me reste à vivre, je trouve ça légitime… non ?

— Dans ce cas, voudrais-tu, Kilian, que je te parle d'amour ? Je lui demande, confiant, sans hésiter, même si pour moi le sujet n'est pas du tout maîtrisé, bien au contraire.

— L'amour est un sentiment qui a toujours manqué dans ma vie. J'aurais aimé que tu m'en parles, Lyssandre, toutefois je crois que ce sera pour une autre fois car il y a derrière toi un homme qui semble pressé de vouloir te parler.

De qui parle-t-il ? À peine le temps de jeter un œil derrière mon épaule que déjà l'intrus m'assaille de ses bras ne me laissant même pas le temps de me lever de ma chaise. Je reconnais ce parfum, corsé, puissant, mature… Fred !

Surpris, je pose ma main sur son bras tout en ne regardant que Kilian, qui lentement, péniblement, se lève de sa chaise pour s'en aller braver son monde. Pauvre garçon ! me dis-je, laissant les larmes prendre le pas sur la compassion car le sentiment est fort et la peine est énorme : ce n'est qu'un gamin… merde ! Et dire que je me suis plaint à lui avec mon discours de héros triste… Quel imbécile !

De son côté, Fred lâche prise et lorsqu'enfin il prend place près de moi, je le découvre heureux, le visage illuminé mais inquiet.

— Toutes mes condoléances, Lyssandre. Pardonne-moi tout ce que j'ai pu te dire au téléphone : si tu savais comme je regrette.

Comment ? Des excuses ? Je crois rêver.

— Attends… ce serait plutôt à moi de m'excuser, tu ne crois pas, Fred ? Tu as choisi de me faire confiance et je t'ai déçu. Par orgueil, j'ai bafoué mon discernement et bâclé mon savoir-faire, mettant en priorité mes problèmes au détriment de ma concentration… Je t'ai déshonoré Fred.

— Déshonoré ? Le mot est fort, Lyssandre, les valeurs chevaleresques de tes rêves médiévaux te sont montées à la tête.

— Pas médiéval… féodal.

— Pardon, mais peu importe, je ne veux pas qu'il soit question d'honneur entre nous, me répond Fred ardemment.

Puis il ajoute :

— Lorsque je t'ai confié ce cas, je n'aurais jamais imaginé que les événements prendraient pareille tournure. Au contraire, j'aurais pensé que ton travail là-bas se résumerait à sonder les esprits en corroborant finalement les conclusions de la police militaire. Une sorte de pied à l'étrier sans grande difficulté, tu vois le topo ? Seulement avec l'incendie, ton hospitalisation et la mort de ton frère, la situation s'est vite révélée compliquée… pour toi et pour moi également.

— Fred, malgré tout ce qui m'est arrivé, je n'ai jamais rien lâché. Je suis toujours resté focalisé sur mon but et tu sais, je n'en suis pas si loin, je peux encore t'impressionner, lui dis-je sans pour autant lui révéler que demain je boirai le thé avec la mère du lieutenant Watanabe.

— Lyss, je ne t'ai pas retiré l'enquête parce que je ne t'en sentais pas capable mais tu t'en doutes, j'ai dû rendre des comptes au procureur. De ce fait, il a fallu que je reprenne les rênes mais ça ne change strictement rien car je crois toujours en toi, en tes capacités et d'ailleurs, je veux que tu me fasses ton compte rendu, m'annonce Fred avec son légendaire rictus de complicité. On y va ? J'ai hâte que tu me racontes tout ce qui t'est arrivé là-bas, dit-il m'invitant à le suivre jusqu'au cabinet.

Chapitre XV
Quand le baveux se met à table

De retour au cabinet, l'atmosphère est encore tiède d'une séance de jambes en l'air improvisé et, plutôt gêné d'avoir laissé les lieux dans cet état, Frédérique s'empresse d'allumer la lumière, de relever les stores et d'aérer, chassant le vice comme une odeur désagréable ou un mauvais souvenir. Puis il prend place sur l'héritier et demande :

— Allez, raconte-moi tout.

Il semble impatient, alors je m'assieds et m'exécute… à ma façon.

— OK, Fred, mais pour cela laisse-moi sortir des sentiers battus de la rétrospection en te racontant une histoire.

— Je suis tout ouïe, répond-il ravi.

— C'est une histoire d'amour, une idylle impossible entre nos deux héros : Raphaël Watanabe et François Tenzin. Le premier est pion dans l'armée confédérée et l'autre est son subordonné. Ils sont amis, ils sont amants.

— Amants ? s'exclame Fred.

Mais sans donner plus d'explications, je continue :

— Raphaël est typé japonais et François a des origines tibétaines. Au sein de l'armée, ce mélange culturel chez les gradés est déjà un gros problème qui fait jaser ; alors, le désir pédéraste reste secret. Seulement il y a un problème car Raphaël aime profondément François, d'un amour que François n'assume pas. Pourquoi ? me demanderas-tu… Eh bien parce que ce cher Tenzin est marié, qu'il est père de deux enfants, cadre à l'armée, et donc se refuse l'audace de l'incartade.

— Je vois, commente Fred, pendu à mes lèvres.

— Renié par celui qu'il aime, Raphaël Watanabe veut se donner la mort mais il échoue, sacrifiant ses hommes dans un accident de manœuvre qui ôtera la vie de trois innocents, dont Matthieu, mon frère. Toujours résigné et malgré cela, il se donne la mort d'une manière brutale mais ancestrale – les journaux l'ont qualifiée de barbare.

— Monstrueux, pour sûr, répond Frédérique.

— *Seppuku, hara-kiri,* des mots d'un autre temps qu'on lit et qu'on entend partout en ce moment. Ça, c'est pour la petite histoire. Après, il y a ce que tu connais déjà, les rêves étranges, mon accident, la mort de mon frère et l'enquête qui m'échappe… évidemment.

— Oui, d'ailleurs tes rêves, il faut qu'on en parle, dit Fred, hochant la tête d'un air emprunté.

Car il sait quelque chose que j'ignore, et il raconte :

— L'autre jour après que tu m'as parlé de tes visions, je me suis mis à entreprendre quelques recherches sur le web et dans certains ouvrages à propos du subconscient.

Excité, Fred parle très vite et déblatère un langage saccadé que j'ai beaucoup de mal à suivre. Il aborde les rêves prémonitoires, les prédictions et autres visions extralucides, me parle de prophétie et de lectures sur l'avenir pour finalement tout démentir puisque la réponse est ailleurs.

— Le problème, Lyssandre, est que dans ton cas, tu vois les choses du passé et non l'avenir.

Essoufflé, Fred s'arrête de causer un instant pour reprendre trente secondes plus tard et de plus belle. Dès lors, il passe d'un futur anticipé à un passé supposé, évoquant le terme de « postcognition » et explique :

— J'ai découvert qu'il existait un récit ou plutôt un fait datant du début du vingtième siècle et qui témoigne d'un phénomène quasi semblable à ce qui t'est arrivé, Lyss. Je te dresse le tableau. Deux jeunes Anglaises, des étudiantes en visite au château de Versailles, flânant au gré du temps sur les terres et dans les pas du roi Louis XIV jusqu’à atteindre les jardins du petit Trianon à l’est du château. Là-bas, les filles ont des drôles de visions qu’elles ne comprennent pas, elles pensent aux rêves éveillés, aux hallucinations, mais il y a trop de détails, trop de précisions. Alors elles en parlent, elles se renseignent et…

— Et quoi ? Quoi, Fred ? Je lui demande, impatient, car il prend son temps et ça me rend fou.

— Eh bien, ce qui ne devait être qu’une visite de patrimoine devint pour nos petites Anglaises une sorte de voyage paranormal à travers le temps et jusque dans la cour de la reine Marie-Antoinette. Tout, absolument tout ce que ces filles ont vu et entendu – je dis entendu car il y avait de la musique également –, tout coïncidait avec l’époque durant laquelle régnait l’Autrichienne.

— Fred, c’est fou, c’est exactement ce qui m’arrive. Je… oui, enfin, j’ignore si mes rêves sont un témoignage du passé mais ça m’cn a tout l’air, du moins jc lc scns.

Dubitatif, le grand Arcaro prend une profonde respiration, se recule pour s’enfoncer dans son fauteuil et, les bras croisés, m’avoue :

— Je dois dire que je redoutais un tel enthousiasme de ta part, Lyss, car tout cela me rend perplexe. Je conçois que ton histoire de samouraï n’est pas anodine, mais… ça fait depuis qu’on se connaît que tu me parles de cauchemars et de rêves étranges où tu vois la mort. Pourquoi aujourd’hui tes rêves auraient-ils un sens différent de ceux du passé ? Je veux dire… ce n’est peut-être là qu’un amalgame.

— Avant l’enquête, avant ce choc à la tête, je percevais toujours la mort d’une seule et même façon, à savoir drapée, encapuchonnée, une faux à la main, telle qu’elle est souvent représentée dans l’art. Seulement dans mes trois derniers rêves, c’est un guerrier, un diable au regard vide, masqué, grimaçant. Je ne comprends pas.

— L’autre jour, Lyssandre, tu m’as parlé de ce rêve dans lequel tu voyais à la fois ton frère et ce diable… ne crois-tu pas qu’en ce samouraï réside l’image que tu te fais du meurtrier de Matthieu, l’image que tu te fais de Raphaël Watanabe ? Watanabe, hara-kiri, samouraï, comme je te le dis, ce n'est peut-être là qu'un simple amalgame.

— Oui, en effet, il y a de quoi se poser des questions. Hier j'ai à nouveau rêvé de ce diable de samouraï, mais cette fois Matthieu n'était pas là, non, il y avait cette femme, cette geisha – encore une référence au Japon me diras-tu –, enfin c'est drôle, c'est comme si je me racontais une histoire à moi-même, sans lésiner sur les détails.

— Comprendre les rêves relève du casse-tête chinois.

— Chez moi, c'est pire. C'est un casse-tête japonais, à savoir un jeu machiavélique propre à mon imagination et dont le but est d'assembler toutes sortes d'images qui n'ont aucun sens. Quand je te dis que ma vie est un calvaire… Enfin, pour l'heure, si je ne veux pas sombrer, reste à moi de ne plus y penser. Je pourrais peut-être faire comme toi et m'en aller soulager mes angoisses entre les bras nus d'une femme, lui dis-je, goguenard.

— Ah, Hélaine ! rétorque-t-il rêveur, le sourire marqué de béatitude. Tu vas trouver ça cliché, mais je l'ai rencontrée au cinéma. Au Scala plus précisément, tu sais le petit projectionniste indépendant que j'aime bien.

— Oui très bien même, tu veux toujours m'y emmener pour aller voir des vieux coucous en noir et blanc ou des documentaires barbants.

— Ah oui, j'oublie toujours combien tu préfères regarder les navets au cinoche !

— Ce ne sont pas des navets mais les films de ma génération, rien de plus. Désolé, Papy mais tu n'es plus à la page !

— Enfin bref, hier soir, après notre dernier appel téléphonique, je me suis senti mal. Tu étais loin de moi, je te savais dépassé par les événements et pourtant je n'ai rien trouvé de mieux que de te réprimander. Une erreur qui m'a fait comprendre combien je méritais ce soir-là de demeurer seul et pathétique dans ce terne cabinet silencieux et froid, aussi froid que mon âme. Si je n'ai pas osé te rappeler, c'est peut-être par fierté ou sûrement par bêtise. Toute la soirée j'ai tenté de laisser cela de côté en m'attelant à la tâche, mais rien : je n'arrivais pas à me concentrer alors je suis sorti et comme je passais devant le Scala, je me suis dit : va pour le cinéma !

— J'aurais sûrement fait pareil à ta place, même si pour le cinoche mon choix ne se serait pas porté sur la programmation du Scala… Quelle horreur !

— Oui, merci, on a compris, répond sèchement Fred, fronçant les sourcils à la façon du grand susceptible qu'il peut être parfois.

Puis il reprend :

— À l'affiche, ce soir-là, trois projections se concurrençaient. Un classique du western spaghetti par Sergio Leone, un chef-d'œuvre de Kurosawa ainsi qu'un documentaire sur l'aigle royal, son règne, son évolution et l'iconographie de ce dernier dans l'histoire ou un truc du genre.

— Laisse-moi deviner… tu t'es farci le docu ? Je lui demande un peu moqueur.

— Attend ! Initialement, j'étais parti pour retrouver Clint, le chapeau, le poncho et le cigare au bec. Seulement au guichet, il ne semblait y avoir personne ; alors tu me connais, fidèle à moi-même, j'ai attendu et attendu encore mais après un quart d'heure, toujours rien.

— Sacré Fred, ta droiture te perdra. Sais-tu que n'importe qui à ta place serait entré sans payer ?

— Oui, mais les gens ne respectent plus rien et c'est ça le problème dans notre société actuelle. Partout c'est l'anarchie.

Ça y est le vieux grincheux et sa nostalgie sont de retour. Sortez les mouchoirs ! Heureusement, il reprend son histoire :

— En tout cas, si je n'avais pas pris mon mal en patience, je n'aurais sûrement pas remarqué la présence de cette femme attendant comme moi que le guichetier se manifeste.

— Hélaaaine, je lui chante, tentant d'être aussi rêveur et hébété que lui.

— Dis donc, tu permets ? J'en étais où, moi ? Tu me fais perdre le fil de mon histoire avec tes remarques à la mords-moi le… Enfin tout ça pour dire que nous étions là, elle et moi, à attendre l'arrivée de ce fichu guichetier et bien que j'aie souhaité profiter de cette occasion pour engager un semblant de conversation, lorsque je me suis tourné vers elle, j'ai comme qui dirait perdu mes moyens. Moi, Frédérique Arcaro, le tombeur de ces dames, je me suis ratatiné tel un jeune prépubère incapable de gérer ses propres sentiments. Garde tes sarcasmes ! m'ordonne Fred, comme lisant dans mes pensées.

Puis il continue :

— Incapable de réagir, je me suis ravisé, me cachant derrière un sourire nerveux tout en détournant lâchement mon regard du sien pour ne scruter que mes pieds. C'est à ce moment-là qu'elle s'est adressée à moi. “Vous ne voudriez pas avancer ?”, m'a-t-elle demandé de sa douce voix. Soulagé qu'elle ait engagé le dialogue la première, je me suis lancé, confiant, à lui exposer mon souci ainsi que ma théorie du savoir-vivre mais visiblement elle n'y attachait aucune importance, je dirais même qu'elle s'en fichait.

— Ah, tu vois, il n'y a pas que moi ! Mais désolé, là n'est pas la question, poursuis, je t'en prie, lui dis-je confus de l'avoir à nouveau coupé dans son élan.

Heureusement, le vieux singe commence à en avoir l'habitude et poursuit, inébranlable :

— Toujours face à elle, je lui parle de respect, faisant de grands gestes et paradant un peu comme une sorte d'oiseau séducteur. Je m'égosille, je m'agite et elle… elle me prend la main, me tire et m'emmène dans la salle la plus proche. Au diable le guichet, au diable les conventions et autres règles fondamentales, je suis un truand, une brute, Clint Eastwood poussant les portes du cinoche comme les battants d'un saloon. La salle est déserte et l'écran illuminé d'un ciel bleu sur lequel se meut l'aigle d'Amérique dans toute sa splendeur. Exit Léone et Kurosawa, nous étions dans la salle des docus animaliers. Mais peu importe car, faisant contre mauvaise fortune bon cœur, nous en profitons pour nous installer et discuter longuement, agréablement, pendant des heures, laissant le film se répéter au moins trois fois.

— Fred, je crois que je ne t'ai jamais parlé de ma phobie des oiseaux. Je ne sais pas trop d'où ça sort, mais j'ai toujours eu horreur de ces bêtes-là et ça me hante même jusque dans mes rêves parfois. Bref ! Vous avez passé toute la soirée à papoter et lorsqu'enfin vous avez épuisé tous les sujets de conversation possible, alors vous êtes passés à l'étape suivante, à savoir le langage du corps, dis-je, hypothétique et taquin avant d'ajouter : le pire c'est que vous vous y êtes même remis le lendemain, juste avant que je ne débarque à l'improviste.

— Mais qui te dit que l'on s'est arrêtés ? répond-il, sans tabous.

Et il m'annonce :

— Je n'aurais jamais imaginé cela à nouveau possible, mais je crois bien être tombé raide dingue amoureux de cette femme.

— Ça me fait plaisir d'entendre ça, Fred, car tu le mérites.

— Et comment tu la trouves ? Pas mal hein, pour une quinqua ?

— Euh… Pour être franc, je ne l'ai vue que de dos et nue mais je ne doute pas de sa beauté, une chance pour un vieux dégoûtant comme toi, je lui retourne, riant à gorge déployée.

— Hum ! Venant de toi, je le prends comme un compliment, geint-il tout en haussant les épaules.

Puis il demande :

— Et toi, comment ça va avec ta Soraya ?

— Il y a du mieux. On s'est organisé un petit tête-à-tête ce midi et il s'est passé des trucs, c'était comme si je la redécouvrais et enfin me rendais compte que je l'aime. À croire que tout s'arrange. J'ai vu le mari de ma tante également et on a parlé, ce qui m'a fait un choc et beaucoup de bien à la fois. Cela ne se fera peut-être pas de suite, mais je pense sérieusement à vouloir reprendre contact avec eux. C'est drôle.

— Quoi donc, Lyssandre ?

— Mes sentiments… ils n'ont plus le même goût qu'avant. Moins amers, ils me redonnent envie de croquer la vie, j'ai l'impression de sortir enfin la tête de l'eau, de guérir, c'est dingue !

— Je l'espère, fils… de tout cœur, je l'espère.

— C'est fou mais j'ai tellement hâte de reprendre ma vie en main que des tonnes de projets fusent dans ma tête, seulement mes journées ne sont pas assez longues pour bien prendre le temps d'y penser. Si tu veux bien, Fred, j'aimerais prendre congé demain, ne serait-ce que pour faire le point.

— Accordé, sans la moindre hésitation car je crois qu'en quatre ans tu ne m'as jamais demandé un seul de tes samedis. Quant aux dimanches passés au cabinet, je ne sais combien il y en a eu mais te connaissant, j'imagine un nombre déraisonnable. Prends ton samedi Lyssandre, prends tous tes week-ends même, ils te sont dus.

— Et si je peux me permettre une autre faveur, Fred, j'aimerais bien que ce soir tu me confies le cabinet pour la nuit. Vois-tu, je ne me sens pas la force de rentrer à l'appartement car avec toutes les affaires de Matt et les souvenirs, ce serait…

— Tiens ! Prends plutôt les clés du loft, tu connais déjà les lieux, tu y seras bien mieux que dans ce terne cagibi qui nous sert de bureau. Tu peux taper dans le frigo également, *mi casa e su casa*, comme on dit. Ce soir je vais retrouver Hélaine et avec un peu de chance nous reprendrons ce que nous avons laissé en suspens tout à l'heure, souligne-t-il d'un sourire coquin.

Sans hésiter, j'accepte la proposition de Fred mais non pas pour le mélange sensuel cuir, soie, ébène de sa garçonnière de luxe mais pour me tester tout simplement. Car, ce soir j'aurai beau être dans un endroit familier et chaleureux, l'espace vide et le silence le rendront tout autre. Mais j'ai confiance, alors je me lève de ma chaise et prends le trousseau de clés que me tend Frédérique.

— Ce soir j'aurais aimé t'offrir un resto, m'annonce Frédérique retenant ma main dans laquelle je tiens son jeu de clés.

— Ce n'est que partie remise, lui dis-je confiant.

Puis avant de partir, je lui adresse un « Je t'aime Freddo » chaleureux et sincère.

— Je t'aime également, fiston, et dis-toi que si mes sentiments n'ont pas changé à ton égard, c'est qu'ils ne changeront jamais.

Soulagé et souriant, je sors du cabinet embrassant la douce atmosphère d'un mois de mai neuf et chantant. De la plaine au rond-point de Rive, les rues se font calmes et les pavés peu fréquentés. Au loin le soleil se couche, éblouissant encore de sa lumière. C'est une transition, une heure d'accalmie durant laquelle la face de ce monde s'arrête de fourmiller le temps d'un au revoir.

Arrivé chez Fred au 8, quai des Forces Motrices, appartement 13, je ne veux pas tenter le diable et d'entrée allume toutes les lumières des environs, du salon jusqu'au balcon devant lequel je passe et aperçois le Rhône coulant paisiblement. C'est calme, trop calme. Alors je me précipite sur le Pioneer de Fred, un meuble stéréo gigantesque et bardé de tout un tas de boutons et de commutateurs dont j'ignore la fonction. Sans trop réfléchir, j'opte pour le plus gros bitoniau qui apparemment enclenche le tourne-disque. Le « quarante-cinq tours » s'emballe, la mélodie démarre et doucement entonne la voix du grand Sinatra possédant l'espace au rythme d'un *My Way* envoûtant. Pourtant, malgré tous mes efforts, rien n'y fait, je les entends, je les vois… ils sont là.

— *Hé, mollo sur les ondes. Qu'est-ce que c'est que cette musique de vieux pédant ?*

Matt ! Je reconnais bien là son air moqueur de jeune irrévérencieux.

— *Surveille ton langage, Matthieu, mon fils ! Dis-toi que par ta médisance, tu insultes également les goûts musicaux de ton vieux père.*

— Giorgios ! Papa… tu es là aussi !

— *Bon choix musical, mon Lyssandre, mais baisse un peu les octaves, The Voice s'écoute dans le calme. Quant à la lumière… ma parole, c'est Versailles !*

— Allez, soyez gentils, mes enfants, obéissez à votre père. Ce n'est pas comme cela que nous vous avons éduqués.

— Maman !

— Lyssandre, mon grand garçon. Tu es l'aîné, tu te dois de donner l'exemple… Allez !

Toute la famille est là, parents et frangin déambulant dans ce grand appartement et conversant comme si la mort n'avait jamais détruit nos vies. Naturellement, je me plie à leur demande, mets une sourdine au *crooner* et tamise la lumière, laissant l'illusion prendre forme au point de percevoir les fantômes comme jamais. Tranquillement, les spectres de mes pairs prennent leurs aises et s'installent dans le coin cuisine demeurant muets comme s'ils attendaient quelque chose ou quelqu'un… moi peut-être, le seul membre manquant de cette famille recomposée dans l'au-delà.

— Fils ! Viens t'asseoir. Viens nous raconter ta vie un peu. Il faut dire qu'avec ton travail on ne te voit plus beaucoup, ta mère et moi, demande ce semblant de père à l'apparence froide, le regard vide.

— J'aimerais pouvoir le faire, Papa, seulement je ne suis pas encore prêt pour ça.

— Qu'est-ce qui se passe, mon chéri ? Quelque chose te tracasse ? Tu as des soucis ? Viens, parle-nous, rejoins-nous, rétorque ma mère avec cet optimisme dont elle a toujours fait preuve mais que la mort rend étrangement paradoxal.

— Ma vie n'est pas du tout celle que j'espérais, Maman. C'est un château de cartes qui perpétuellement s'effondre sous le souffle glacial d'une mort omniprésente.

— Mais qu'est-ce que tu nous racontes là, frérot ? Viens, amène-toi au lieu de rester dans ton coin à broyer du noir.

— Non, Matthieu !

— Bordel mais pourquoi tu t'obstines ?

— Matt ! Ton langage… crie mon père pour raisonner ce frère vulgaire et caractériel que j'ai moi-même du mal à reconnaître.

— *Lyss, la vie n'a plus rien à t'offrir. T'en as pas marre de te battre ?* me demande Matthieu sans prendre de gants.

Ce qui est inhabituel car de son vivant, jamais il ne se serait adressé à moi de la sorte. C'est comme Giorgios... autant que je le sache, mon père ne haussait pas le ton. Quant à ma mère, je la trouve bien trop maternelle pour continuer à me sembler véritable. Une belle mise en scène que cette macabre reconstitution de mon passé dont je reconnais bien là le style artistique. Une fois encore, la mort en pathétique créature cherche à m'endormir mais son jeu d'illusions n'est pas très convaincant. Muette, elle aurait sûrement fait plus d'impression ou du moins ne m'aurait pas laissé penser que dans l'au-delà mes proches deviendraient sadiques au point de souhaiter ma mort. Alors, bas les masques, immondice affabulatrice ! Je t'ai cernée. Va ! Fuis ! Déguerpis, sous les graves désespérés du *crooner* américain car tu n'es pas la bienvenue en ces lieux et ne l'as jamais été.

Habité par la colère, chassant la bête parasitaire, je m'élève, me mutine, accompagné d'un orchestre entamant l'acte final et d'un Frank éblouissant, retenant la note comme personne. Endurant, époustouflant, l'artiste me donne la force de finalement me sevrer du malin. Le combat est éreintant mais l'issue prometteuse. Dans les larmes et la douleur, la voix du monstre sacré s'éteint, pendant que les instrumentistes ferment la marche et signent le final. C'est la fin, le dernier acte. Plus un son, plus une voix ne vient maintenant perturber le silence. J'éteins les lumières, entre dans la chambre de Fred et m'affale sur son lit. Dans ma tête, je me dis cinq minutes, juste cinq minutes et malgré moi me laisse aller, détendu, soumis.

Chapitre XVI
Denrée ancestrale

Ce matin, le réveil est difficile, je suis encore épuisé, déshydraté, j'ai mal au crâne et cette lumière du jour… bon sang ! Quelle heure est-il ? À travers les rideaux entrouverts, les rayons du soleil pénètrent dans la chambre pour me dire que dehors il fait jour depuis six bonnes heures.

Bon sang ! Il est midi, ma montre est formelle.

D'un œil seulement, j'observe les alentours de cette chambre à coucher peu familière et brusquement me rappelle que je suis chez Frédérique. Je reconnais bien son intérieur et ce style propre… c'est du grand art. Chaque élément disposé ici semble avoir été pensé dans un but précis, l'idée étant de jouer du paraître pour faire illusion de l'être. Il y a la bibliothèque bourrée d'ouvrages pour le côté cultivé, la raquette de squash et le sac de sport pour respecter l'image du senior bien conservé, sans oublier bien sûr les draps de soie, amphores, bougies et autre tête de lit capitonnée, pour faire… romantique.

Voilà ce que j'appellerais un vrai piège à filles, un piège tabou, un joujou extra qui fait crac-boum-hue, un peu comme le réveil de Fred qui subitement s'enclenche sur une radio nostalgique et Jacques Dutronc en yéyé d'une époque que je croyais pourtant révolue.

Une tape sur le radio-réveil, je m'extirpe des années soixante pour revenir au présent et… Bon Dieu ! Il est midi et demi. Fou, je m'élance du lit, tentant de fuir la paresse au même titre que le temps qui passe, hagard, les paupières à peine décollées, cherchant à atteindre la salle de bains pour me rafraîchir un peu. Entre-temps, le radio-réveil se rallume automatiquement et me chante Aznavour au rythme dynamique d'un *Viens voir les comédiens* que je me surprends à fredonner sous la douche, alors habité d'une mélancolie que je ne m'explique pas. Je connais à peine les paroles de cette chanson et pourtant imite la voix et les paroles de l'artiste comme si… comme si ma vie suintait le bonheur. Pourtant je viens de perdre mon frère, je suis en deuil, je devrais être triste et non me pavaner dans un peignoir gravé des initiales de Frédérique, la tête penchée dans son frigo… vide. « Tu peux taper dedans », m'a-t-il dit. Tu parles ! Il n'y a rien, à part peut-être ces quelques yaourts périmés que je préfère ne pas toucher, une bouteille de jus d'orange entamée que je finis à même le goulot et une pomme aussi rouge que la honte que je trouve dans son bac à légumes.

Je dois me dépêcher, il est maintenant treize heures et j'ai rendez-vous chez Madame Watanabe pour l'heure du thé. Le peignoir dans la main, la pomme dans la bouche, nu comme un ver tel un cochon de lait fuyant la cuisine, je m'affole, range mon capharnaüm et, contraint, me rhabille avec dégoût des fripes de la veille. Une morsure, les chaussettes, une morsure, le calcif, une morsure, la chemise *et cetera*, *et cetera*.

Pas le temps pour un café, l'heure tourne à vitesse folle, je file, laissant tant que faire se peut l'appartement comme je l'ai trouvé et sur le palier pense tout juste à fermer la porte d'entrée. Ouf, j'ai les clés ! La main sur la rambarde, je me jette maintenant dans les escaliers sautant nerveusement jusqu'en bas et, dans ma course, je manque presque d'écraser le caniche d'une voisine octogénaire attendant patiemment l'ascenseur depuis le troisième. Choquée, cette dernière me fustige du regard puis me traite de malappris et me reproche même le tintamarre musical d'hier soir. Désolé, Fred, mais pour tes relations de voisinage… tu repasseras.

— Pardonnez-moi, Madame, je ne suis que de passage, je lui crie en poursuivant ma descente effrénée.

Pourtant, malgré mes excuses, j'entends la vieille qui peste à nouveau et me traite de voyou. C'est sûr, cette année il n'y aura pas de fête des voisins pour toi, Fred.

Dehors, les pavés filent sous la vitesse de mes pas. Je saute par-dessus les obstacles, prends pivot aux coins des rues et sprinte le long des allées de bitume. Au loin, d'ailleurs, j'aperçois déjà mon bus approchant de son arrêt et, vu la distance qui nous sépare, j'ai peur de ne pas pouvoir l'atteindre à temps. Alors je cours et, bien que peu connu pour mes capacités physiques et mon endurance, me surprends à défier le vent et franchir les derniers mètres avec autant de ferveur qu'un marathonien chevronné. Prenant pour ainsi dire les jambes à mon cou, je réussis à faire signe au chauffeur qui me laisse grimper et prendre place. Alors, au fond du véhicule, je m'étale sur deux sièges et reprends un semblant de souffle, les yeux rivés sur mes pieds luttant maintenant contre les vertiges de mes efforts irréfléchis.

Le bus démarre et en route, au bout de quelques minutes, les palpitations s'estompent et je n'ai plus de vertiges mais mal au cœur à force de fixer mes pompes tout en étant ballotté de gauche à droite.

— Ticket, s'il vous plaît, s'impose une voix grave forçant mes yeux à loucher maintenant sur une paire de bottillons qui apparaissent brusquement.

— Ticket ? Je répète bêtement avant de réaliser que dans ma précipitation, j'ai dû oublier ce détail.

Et pas le temps de me justifier que déjà le contrôleur pose la main sur son dispositif qu'il dégaine. Prêt à distribuer les prunes, le cow-boy redresseur de tort du bus 42 attend, le regard noir sur moi et à peine visible sous sa gapette.

— Vous n'avez pas de ticket ? demande-t-il d'un air détaché, tout en tapotant sur son appareil *high-tech*.

Contraint forcément, je me confonds en excuses et, désespéré, me lance à lui raconter les déboires de ma vie, mon rendez-vous chez Watanabe, la mort de mon frère, la perte de mes repères, mes absences, bref, tout ce qui me permet de plaider l'erreur avant la fraude. Une sorte de défense verbale qu'étonnamment l'homme écoute avec attention jusqu'à prendre place sur le siège derrière le mien.

— Poursuivez, me demande-t-il, intéressé par ma confidence, à moins que ce soit là de l'ironie.

Mais je ne crois pas et poursuis le cours de mes complaintes en abordant chagrins d'amour, cafard, deuils et cette angoisse légendaire qui me fait veiller tard. Je lui raconte des choses que je m'étais pourtant dit d'oublier et d'autres que je n'aurais jamais osé raconter, même à Fred.

Au bout de trente minutes de monologue ininterrompu, ma parole finit par se rompre et mon esprit se vider comme si je ne trouvais rien de plus à dire, ce qui semble arranger mon interlocuteur.

— Bien ! Et comment vous sentez-vous maintenant ? me demande le contrôleur comme le ferait un spécialiste du mental à la fin d'une bonne séance.

— Euh, plutôt bien, je dirais, même si je culpabilise un peu de vous avoir embêté avec toutes mes histoires, je lui confie, les mains jointes et la tête penchée tel un paroissien aux côtés d'un… « prêtre-fonctionnaire » ayant décidé de faire de son bus un confessionnal sur roulette.

Avant de poursuivre, l'homme derrière moi prend appui sur le dossier de mon siège et vient s'asseoir à côté de moi.

— J'aime écouter ceux que la confidence soulage. Qu'il soit bonheur, malheur, amour, haine, je prends tout, finalement tout ce qui peut insuffler oxygène à ce quotidien propre qui m'étouffe. Seulement, attention, je prends mais ne donne pas… jamais, c'est la règle.

— Vous ne vous confiez pas ? Pourquoi ?

— Je ne me lamente pas ni ne commente les confidences de mes ouailles, c'est comme ça.

Des confidences, des ouailles mais qui donc est ce contrôleur TPG qui parle comme un homme d'Église ? Je lui demande :

— Qui êtes-vous ?

— Ah ! Voilà qui est bien tenté, répond-il affublé d'un sourire légèrement condescendant.

Puis il ajoute :

— Mais vous l'expliquer se résumerait à vous parler de moi et ça, je ne le veux pas. Allez, notre échange s'arrête là, Monsieur, mais avant de partir je dois vous demander cent francs.

— Quoi, pour la confidence ?

De ses belles dents, l'homme sourit puis très vite redevient sérieux.

— Non, pour l'amende. Sans titre de transport, vous êtes punissable d'une peine pécuniaire de cent francs. Comment payez-vous ? En espèces, par carte de crédit ou via bulletin de versement ?

— Euh, en espèces. Je dois avoir la somme sur moi.

— Bien ! Je vous épargne l'éternelle réprimande du contrôleur mais vous mets en garde sur tout autre chose, dit-il en me délestant de mon unique bifton de cent balles.

J'ai à peine le temps de voir le visage de l'artiste y figurant et me rappeler son nom que déjà mon papelard renfloue le « tronc » des TPG.

— Prenez soin de vous ! Le pire étant derrière, la vie vous réserve encore de belles choses. En attendant, je vous dis au revoir et si possible en d'autres circonstances.

Étonnant personnage, probablement aussi perturbé que moi si ce n'est plus vu sa réticence à parler de lui-même. Mais pourquoi ? Quelle est sa peine ? Quels sont ses troubles ? Serait-il comme le SDF de cette autre correspondance qui lui aussi voulait que je lui parle de ma vie et le soulage de son mal-être.

Bloqué sur cette question, je reste dans le vague pendant que le bus redémarre et mes yeux s'égarent sur le panorama mouvant. Pensif, absent comme si plus rien ne parvenait à mon esprit, je ne fais plus attention aux noms des rues qui défilent et oublie presque de descendre à mon arrêt.

Grand-Saconnex, j'y suis. Dehors, j'ai l'esprit toujours en pause, hagard, hypnotisé par ce quartier populaire et son spectacle naturel de gens qui vont et viennent fourmillant autour d'un énorme centre commercial les bras chargés de cabas. Les observer me distrait car je ne réfléchis ni à la direction que je dois prendre ni à ce qui d'ordinaire me tracasse, comme si je devais lutter pour simplement penser. Merde ! Je perds la mémoire, c'est certain. Non, je m'y refuse ! Allez, Lyss fait un effort, putain, et pense ! Pense à Soraya, son minois, ses habits, nos échanges au Sushis-bar mais aussi ces autres établissements où nous sommes allés. Je me rappelle nos balades, nos disputes, notre rencontre, nos ébats et encore des engueulades… C'est dire combien il y en a eu !

D'une rue à l'autre, je change de trottoir mais focalise sur mes souvenirs. Je me revois hier pendant l'enterrement de Matt, Éric qui me prend dans ses bras sous le chêne et le jour de l'enterrement de mes parents, lorsque j'ai refusé ces mêmes bras pendant que les deux cercueils descendaient lentement au fond des tombes pour disparaître à jamais. Les images sont dures à supporter, mais je ne veux pas oublier et si je me force à penser c'est que j'en ai besoin comme j'ai besoin de nous imaginer dans un idéal de vie ressurgissant par exemple au détour de cette prochaine rue. Matt à six ans et moi tout juste adolescent. Nos parents, tante Estelle, sa fille Zoé et ce cher Éric. Joyeux et hâtifs, nous nous pressons d'atteindre notre but mais où allons-nous exactement ? Au cinéma ? Dans un parc ? Ou dans ce terrain de jeu non loin de là sur lequel nous avons souvent pique-niqué et pris du bon temps ?

Je voudrais les suivre et partager à nouveau ces instants en leur compagnie. Pour cela, il suffirait que je me substitue à cet adolescent pitoyable et boutonneux que j'étais à l'époque et l'illusion serait parfaite. D'autant plus que… Non mais regardez-moi ce gosse en pleine crise d'âge bête, quasiment traîné en fardeau par les siens !

Pauvre petit con ! Mais vas-y ! Continue de faire la gueule, seulement tu es bien loin de t'imaginer la ruine que sera bientôt ta vie. Pauvre de toi… pauvre de moi !

Finalement, plus loin, les êtres du passé échappent à ma vigilance et disparaissent derrière un immeuble de l'autre côté de la rue. Convaincu de ne pas ou de ne plus faire partie de ce passé, je les laisse filer et prends le chemin inverse. Où suis-je ? Perdu au milieu d'une rue bordée d'imposants immeubles colorés mais pâlots car méchamment ternis par le temps et la pollution, je marche et tente au moins de dénicher le nom d'une rue ; seulement je ne vois que des numéros d'immeuble. Le 17 est là mais je ne suis pas dans la bonne rue et pour cause : le poteau d'un arrêt de bus m'indique Giacometti… Giacometti… l'artiste qui figurait sur mon billet de cent balles perdu. Une drôle de coïncidence, qui pour autant ne fera pas revenir le valeureux au fond de mon larfeuille.

Je tourne, rue Gardiol, je suis en bonne piste et le numéro 17 est juste là. Devant la porte, je triture l'interphone tapotant au hasard et sans y croire sur ces satanés boutons, naviguant entre les noms de tous les habitants de l'immeuble. Ils sont classés par ordre alphabétique et bien sûr Watanabe est en fin de liste. Je sonne, la vieille dame me répond et m'ouvre sans attendre. Alors, dans l'ascenseur et jusque sur le pas de la porte, l'excitation monte en moi, mais pourquoi ? Qu'est-ce que j'attends de cette rencontre, je ne suis même plus chargé de l'enquête ? En réalité, je ne devrais même pas être là, Fred n'approuverait pas et la procureur encore moins.

Tu le fais pour Mattieu, répond ma conscience usant de mon frère comme d'un argument valable. Mais il est décédé, à quoi bon en parler ? Quant au fils Watanabe, l'amoureux déchu, que chercher de plus à son propos ?

Le poing levé devant la porte, prêt à toquer, j'hésite puis me ravise.

Allez, fous le camp d'ici, Lyssandre ! Tu as mieux à faire que de courir derrière les souvenirs, annonce la voix qui cette fois m'encourage à partir… Comme moi, elle ne sait pas ce qu'elle veut.

Soudain, la porte s'ouvre laissant s'échapper comme un parfum d'intérieur boisé et relativement puissant. Des effluves enivrants qui me laissent songeur face aux charmes de la dame de séant qui apparaît maintenant pour me saluer. Un peu surpris, je reste planté sur son palier, la regarde de bas en haut et pour peu croirais revoir en cette *lady* vêtue d'un kimono de soie la geisha de mon rêve passé… belle, sensuelle et d'une prestance intimidante.

— Lyssandre ! Vous me faites honneur, merci. Entrez donc, je vous prie, me dit-elle, se prosternant plusieurs fois devant moi.

Et je lui rends la pareille, imitant son geste, le buste en avant, la tête rentrée, m'employant avec autant d'humilité qu'elle.

— Bien le bonjour, Hidemi, et tout le bonheur est pour moi ! Je lui réponds solennel et ravi de m'entendre l'appeler par son prénom comme il était convenu.

La femme sourit, laissant réapparaître ce visage détendu au teint nacré qui déjà m'avait fait forte impression hier. Et puis soudain elle s'éclipse dans la pièce d'à côté pour ressurgir aussitôt avec une paire de chaussons souples à la main.

— Lyssandre, auriez-vous l'amabilité de porter ceci s'il vous plaît ? Je suis assez pointilleuse sur l'hygiène et fortement attachée aux traditions de mon pays. Au Japon, se déchausser est une preuve de respect.

— Il en va de soi, Hidemi ! D'autant plus que ces charentaises me semblent être tout à fait confortables.

— Merci, j'apprécie. Soyez donc le bienvenu chez moi, Lyssandre. Suivez le guide, dit-elle d'une voix suave tout en se déplaçant avec grâce le long de son couloir à peine éclairé dans lequel je la regarde s'enfoncer.

Délicatement, elle frôle les murs et s'attarde sur une architecture plutôt typique.

— Vous aimez ? me demande-t-elle, appliquant ses mains sur une de ces parois faite de lattes de bois et tapissée de papier de riz opaque préservant l'intimité.

— C'est très original, je lui réponds, étonné de retrouver la même architecture que dans mon rêve de l'autre jour.

Plus qu'une coïncidence, c'est la matérialisation d'un présage.

— J'ai fait importer tous les matériaux de Mishima, une petite ville au sud de Tokyo. C'était il y a dix ans et ça m'a coûté un saladier, mais bon j'avais besoin de cette ambiance, c'est... mon petit cocon.

Les yeux partout, je contemple le travail fait dans ce couloir et naturellement l'éclectisme et l'originalité de cette pièce me fait voyager. J'oublie alors que je suis dans un appartement du Grand-Saconnex et me surprends à imaginer ce qui se cache derrière ces fameuses parois... un samouraï, une geisha, que sais-je ? Au-delà d'une porte j'entends résonner un son de métal semblable au cliquetis d'une armure de samouraï, mais je dois rêver. Je m'égare, pendant qu'Hidemi me distance et déjà m'attend au fond du couloir. Je patine alors sur mes socquettes et la rejoins avant que d'un simple revers de la main, cette dernière ouvre les portes de son salon. Une pièce spacieuse, harmonieuse, au mobilier épuré, le tout parfumé d'odeurs enivrantes.

Troublant ! Je connais tout ça. Bon sang ! Je l'ai rêvé presque identique.

— Tout va bien, très cher ? Je vous sens préoccupé, demande la vieille femme.

— Non, ça va, je vous rassure. Excusez-moi, Hidemi, mais c'est juste que cette pièce ressasse en moi les souvenirs d'un mauvais rêve.

— Je suis navrée de l'entendre. En règle générale, mon intérieur suscite plutôt du positif chez mes convives.

— Mais non, enfin, ne soyez pas navrée, votre appartement est très original et décoré avec goût, j'avoue. Oubliez donc ce que je viens de vous dire, je suis encore un peu ébranlé de tout ce qui m'est arrivé ces derniers temps.

— Laissons de côté ce qui vous tracasse et profitons plutôt de l'instant autour d'une bonne tasse de thé.

D'une main délicate, la maîtresse de maison me fait prendre place autour de sa table basse à la présentation soignée, nappe de soie, porcelaines décorées et ustensiles de bois. Tout est scrupuleusement disposé comme si chaque chose avait sa place attitrée. Et puis il y a cet homme, silencieux, discret, qui patiemment assis les genoux au sol, le dos droit et la posture impeccable, attend.

— Lyssandre, je vous présente Akira, mon neveu de Tokyo, qui a fait le voyage jusqu'ici en Suisse pour me soutenir et veiller sur moi, sa vieille *oba-chan*[8].

Promptement, l'homme en question se lève pour me saluer et je reste fasciné de voir combien les usages employés pour ce faire sont méthodiques, extrêmement réfléchis, presque robotisés.

Premièrement, il se détache de son assise, levant ses fesses pour se dresser sur ses genoux, puis il se tourne lentement d'un quart de cercle sur sa droite, pose son pied droit devant lui pour prendre appui et se lever enfin. Humblement, il me salue maintenant la tête basse, sans me tendre la main mais en prenant la peine de s'exprimer dans ma langue.

— *Bunjor, Missieur*, me dit-il avec effort.

— Très enchanté. Je…

— Ne vous fiez pas aux apparences, Lyssandre. Le vocabulaire francophone de mon neveu ne se résume malheureusement qu'à ces quelques mots. Akira ne parle pas d'autres langues que le japonais, ce qui ne l'empêche pas toutefois de maîtriser ce dernier à la perfection dans l'une des plus prestigieuses universités d'Osaka.

Un étudiant ? Mais cet homme doit avoir dans les quarante-cinq piges, me dis-je, étonné, laissant visiblement l'interrogation s'afficher sur mon visage puisque dame Watanabe sourit et me confie :

— Il est professeur de lettres.

— En tout cas j'apprécie le geste et aimerais d'ailleurs faire de même si possible.

— Dans ce cas, le mot que vous recherchez est *konichiwa.*

— *Koni*… ?

— C'est ça. *konichiwa*, acquiesce Hidemi avec encouragement.

---

8 Tante (en japonais).

Ainsi, devant Akira, je m'incline le buste en avant et tout en abaissant le regard comme il vient de faire et répète le mot. Lorsqu'enfin je me redresse, Akira me sourit, hochant la tête, et me remercie généreusement. Il m'invite ensuite à prendre place autour de la table. J'hésite. N'étant pas accoutumé à la position du lotus, je tente une position accroupie mais ne suis pas à mon aise.

Tant pis.

— Très bien, Lyssandre, prenez donc place pendant que de mon côté je m'absente pour aller nous chercher l'eau chaude.

Tranquillement, la vieille femme disparaît derrière le mur de papier, pénétrant dans une pièce que par déduction je devine être la cuisine. Pendant ce temps, Akira et moi patientons toujours, laissant de ce fait l'ambiance péricliter sous les silences d'un mutisme dérangeant, mais moins dérangeant que le sont mes talons qui peu à peu s'engourdissent sous le poids de mon corps. Gêné, je me tortille dans tous les sens et cela n'échappe pas au neveu d'Hidemi qui claque des doigts pour attirer mon regard sur ses jambes et plus particulièrement sur la position de ces dernières, légèrement écartées pour plus d'équilibre. Puis, relevant son séant, il me montre la position de ses pieds, les talons positionnés vers l'extérieur. Les uns après les autres, je reproduis les gestes d'Akira, relâche les muscles de mes jambes au-dessus de mes deux pieds chevauchés formant un « V » et découvre alors une assise bien plus confortable. Quel soulagement ! Je regarde maintenant Akira avec la volonté de le remercier pour ce petit cours de yoga improvisé ; seulement, ne sachant comment l'exprimer dans sa langue, je lui dis simplement merci en bon français et baisse la tête.

De son côté, il fait de même, sourit à belles dents et balbutie quelque chose du genre : *Arégateau* ou *Harigato*, je crois, car derrière une prononciation plutôt rapide, je n'en saisis pas l'exacte prononciation.

Soudain Hidemi réapparaît, avec dans ses mains un large plateau supportant une magnifique théière en fonte bleue. Méthodique, la femme dépose son plateau au-dessus d'un large emplacement préalablement prévu à cet effet puis vient s'asseoir à nos côtés. À genoux, Hidemi débute sa cérémonie sans bruit, avec autant de grâce que de légèreté, et sélectionne maintenant ses outils par des gestes appliqués.

La magie opère.

— Avez-vous déjà goûté le gyokuro des montagnes d'Osawa, cher Lyssandre ? demande-t-elle sérieusement.

— Vous avez une bien grande estime de moi, Hidemi, seulement je ne suis pas aussi érudit que vous le pensez.

— Peut-être bien, Lyssandre, mais je ne vous connais pas et parfois la vie est faite de surprises : je ne vois donc pas pourquoi je devrais vous sous-estimer, répond-elle en s'approchant de la table afin d'entamer le service.

Un cérémonial fascinant de coordination où rien n'est laissé au hasard ni négligé. Le service en lui-même ne semble présenter aucun vice, aucune tache ni fêlure et, comble de la chose, durant toute la durée du cérémonial aucune goutte ne vient s'égarer au-delà de cette porcelaine.

Je suis le premier servi mais n'ose démarrer la dégustation, car d'une part ce serait grossier et de l'autre je ne voudrais pour rien au monde louper une étape de cette scrupuleuse cérémonie. Néanmoins, je ne me prive pas de venir sentir les vapeurs parfumées qui émanent de ma tasse.

— Étant notre invité, Lyssandre, c'est à vous que revient l'honneur de la première gorgée. Connaissez-vous le rituel ?

— Non, je vous confirme, je suis novice en la matière.

— Rassurez-vous, il n'y a rien de très compliqué, d'autant plus qu'aujourd'hui nous n'emploierons que les deux règles les plus importantes. La première est simplement de tourner votre tasse avant de boire votre thé ; quant à la deuxième, il vous suffit de faire de même lorsque vous reposez la tasse sur sa coupelle.

Hum ! Bien qu'ayant toujours été indifférent aux traditions de ma propre culture ainsi qu'aux règles de bienséance en général, tout ceci est pour moi très abstrait. Néanmoins je ne fais pas d'histoires et me plie aux volontés de la maîtresse de maison, tournant cette fameuse tasse avant de la porter à mes lèvres. Je découvre alors le goût de cette exclusivité.

Le petit bouddha en culotte de velours.

Brusquement, mes sens s'éveillent et deviennent confus, tiraillé entre le désir de déguster cette merveille et l'envie d'en boire des trombes. Jusqu'à la dernière goutte, je me délecte du contenu de cette tasse puis la repose, en la tournant comme il se doit.

— Eh bien, quelle descente, Monsieur Zacharias ! Avez-vous au moins apprécié l'expérience ? me demande Hidemi, amusée par mes frasques et satisfaite du goût de son art.

— Pour être franc, Madame, je ne saurais que dire, ni même comment le définir. Je crois que jamais je n'ai éprouvé pareil sentiment, et ce même pour du café… car oui, je ne vous l'ai pas encore avoué mais d'ordinaire je préfère le café au thé. Seulement, après cela, rien n'est aussi sûr.

— Si aujourd'hui je peux vous troubler par les saveurs du gyokuro c'est grâce à mon neveu fraîchement débarqué avec des valises pleines de cadeaux mais aussi de nostalgie, de souvenirs et les goûts d'Osaka.

— Eh bien, merci pour cet honneur, Hidemi, et merci à vous Akira… *Konichiwa*, Akira ? dis-je au neveu, secouant la tête avec énergie.

Puis j'avoue :

— C'est toujours un plaisir pour moi de découvrir de nouvelles choses et de nouvelles cultures, comme le Japon qui est pour moi un grand mystère. Et d'ailleurs, j'aurais bien quelques questions à vous poser.

En douceur, Lyssandre, prends des gants, me conseille une conscience à l'affût comme toujours.

— Oui, avec plaisir, mais avant cela j'ai moi-même une question à vous poser et qui je dois vous l'avouer, m'obsède depuis que vous avez accepté mon invitation. Vous n'imaginez pas combien je suis soulagée que vous ayez accepté cela et soyez venu malgré tout et malgré la mort qui vous pèse et malgré cette haine que vous devez ressentir à chaque fois que vous prononcez ou entendez notre nom. Depuis le début de cette histoire, je n'ai de pensées que pour les victimes directes et indirectes comme vous et les familles de ces autres garçons morts pour rien. Chez moi, le sentiment de culpabilité a très souvent pris le pas sur celui de la tristesse, faisant de la mort de mon fils un fardeau secondaire. Pour ce que mon fils a fait, je rêve de pouvoir dire pardon, et là où d'autres ont refusé de m'écouter, vous, vous avez accepté et vous voilà, ici chez moi, prêt à discuter de tout et de rien comme si nous étions de simples amis que la mort n'avait jamais réunis. Pourquoi, pourquoi cette clémence, Monsieur Zacharias ? me demande Hidemi, méfiante, car bien qu'aimable et gentille, cette vieille dame n'est pas dupe.

Reste à toi maintenant de savoir comment tu vas faire pour te justifier, révéler le professionnel au cœur de pierre sous le masque du frère éploré.

— Désolé, Hidemi, je pensais finir par vous le dire mais l'occasion ne s'est pas présentée. J'espère donc que vous me pardonnerez cette mascarade mais si j'ai accepté de venir, c'est surtout pour l'enquête…

— L'enquête ! L'enquête de la police ? Mais attendez, vous êtes de la police ? s'offusque Hidemi, une réaction que d'ailleurs je peine à comprendre.

— Oui ! Enfin ce n'est plus le cas aujourd'hui, mais en effet j'ai été convoqué en qualité d'expert sur l'incident du 22 octobre. Pour tout vous dire, Hidemi, je suis psycho-criminologue de profession.

— Monsieur Zacharias, je ne veux pas que l'on fasse de mon fils un bouc émissaire. Vous comprenez, je refuse que la police et la presse salissent sa mémoire car ce n'est pas un assassin, il ne l'a jamais été et ne le sera jamais, rétorque la vieille dame excédée et apeurée.

— Rassurez-vous, Hidemi, je ne suis pas là pour ça et contrairement à ce que vous pourriez penser, je ne suis pas un monstre. Et pour vous le prouver, je vais maintenant vous parler avec franchise…

Motivé par le regard craintif de cette pauvre femme, je me confie sans détour, lui faisant un résumé de mon histoire : l'enquête, la caserne, la mort de mon frère, mon choc à la tête, bref, tout ce qui a fait que j'ai chuté de mon destrier, entachant par ailleurs un prestige auquel je m'étais à tort habitué. Et je poursuis :

— Aujourd'hui je ne sais plus comment remonter en selle, car même si j'efface les erreurs commises, je ne peux garantir un avenir sans-faute. Je suis malade, Hidemi, je n'ai plus toute ma tête et je crois que si j'ai accepté de venir vous voir, c'est peut-être aussi de façon désespérée pour trouver quelque chose, n'importe quoi. Peu importe que vous soyez la mère du meurtrier de mon frère car de tous les démons qui me hantent, la rancœur est de loin celui qui me préoccupe le moins.

— Le désespoir se lit jusque dans vos yeux, Lyssandre. Je vous sens terriblement préoccupé car, au fond, vous ne comprenez pas ce qui vous arrive, comme vous ne comprenez pas ce qui vous hante. Vous dormez mal.

— Vous êtes perspicace, Hidemi, car effectivement j'ai le sommeil agité en ce moment, je fais des cauchemars.

— Je sais, puisque tout à l'heure quand vous êtes entré chez moi, vous m'avez avoué que mon appartement vous évoquait de mauvais rêves. Je vous rassure, pour moi c'est pareil, je n'arrive plus à dormir depuis… tout ça.

— Ne me lancez pas sur le sujet, Hidemi, car, désespéré, je pourrais vous en parler pendant des heures et susciter beaucoup d'incompréhension… Enfin peut-être qu'avec vous ce serait différent car, étonnamment, dans mes rêves je vois des choses propres à votre culture, au Japon, et l'architecture de cet appartement n'est qu'un exemple parmi d'autres. J'aimerais sincèrement vous en parler mais j'ai peur de vous importuner avec mes lubies.

— Vous savez, Lyssandre, dans la vie souvent des choses nous dépassent, nous transcendent, et puis on gratte et on s'aperçoit que ces choses sont liées à de vieux démons du passé et tout devient plus clair alors.

Visiblement, la vieille femme tient une théorie sur la chose et souhaite m'en faire part avant que je me lance moi-même dans la confidence.

— Laissez-moi vous raconter l'histoire de mon père, Yoshito Watanabe, demande-t-elle.

Alors j'acquiesce de la tête et elle se lance :

— Nous sommes en 1945 à Okinawa. Les Américains s'apprêtent à envahir les principales îles du Japon, ce qui contraint considérablement le commandement impérial à faire de chaque bataille, une action suicide sans précédent.

Au fond des mers comme dans les airs, le destin des valeureux soldats appelés « kamikaze » était de mourir pour défendre leur patrie. Le verre de saké, le bandeau symbolique, le katana dans le cockpit, tout se faisait avec honneur et dans les règles de l'art. Seulement, à la fin de la guerre les enjeux devenaient tels pour le Japon que le dévouement seul ne suffisait plus. Donner sa vie était devenu une contrainte alors imposée en pression sociale par l'état-major lui-même.

À cette époque, mon père faisait partie des pilotes et, comme trois cent cinquante de ses camarades, se préparait tout juste à offrir sa vie au cours d'une attaque suicide nommée « Kikusui ». Ainsi, avant de pouvoir me donner la vie, mon père alors tout juste âgé de vingt-trois printemps grimpa dans son Mitsubishi suicide pour s'envoler direction l'archipel avec pour cible un porte-avions américain du nom de Hancock. Et puis en l'air, à quelques kilomètres seulement de sa cible, Yoshito prit conscience d'un fait qui le fit littéralement changer de cap. Jusque-là guidé par un mélange de foi, de peur et de fierté, il ne s'était jamais posé de questions sur son existence ou sur le véritable rôle de sa vie. Ainsi, calé au fond de sa carcasse d'acier, la tête dans les nuages direction l'inconnu, il changea la donne tenant, résigné, la ligne droite jusqu'à la panne de carburant. Il atterrit finalement aux abords du Queensland en Australie, au centre d'un vaste champ de céréales du Darling Downs dans lequel mon père posa péniblement son appareil pour enfin s'écrouler d'épuisement une fois le pied à terre.

— Impressionnant ! dis-je, crochant littéralement aux lèvres d'Hidemi.

— Patience, Lyssandre, le meilleur est à venir. Évanoui dans ce champ australien, mon père fut recueilli par la propriétaire, Janice Fawkes. Une fille de paysan, connaissant les rudiments de l'agriculture. Une beauté sauvage, et un tempérament de feu qui plus est. Lorsqu'elle rencontre Yoshito et découvre son avion, Janice a vingt-six ans et déjà tout un domaine agricole à charge. De ses deux mains seulement, elle subvient aux besoins d'un père vieillissant, gère les récoltes de ses terres fertiles et bataille bec et ongles pour défendre ce que ses congénères agriculteurs lorgnent depuis que le vieux n'est plus en âge de labourer. Alors, le 6 avril, quand Janice tombe sur mon père pendant qu'elle inspecte ses terres, sa réaction n'est pas celle d'une jeune femme de vingt-six ans. Avant toute interrogation, elle le soigne, le nourrit et lui offre le gîte tout en dissimulant son avion. Étranger ? Militaire ? Ennemi ? Peu importe ce qu'il est : pour Janice, le rôle futur de cet homme est clair. Il sera bientôt cette paire de bras nécessaire aux prochaines récoltes printanières. Il sera pour elle cette main-d'œuvre providentielle et miraculeusement tombée du ciel. Cet ange déchu aux ailes brûlées, puni d'être né sous le soleil levant de l'impérialisme. Il deviendra ensuite ce beau jeune homme aimable, serviable, reconnaissant, puis… son amant. Et Janice Fawkes deviendra ma mère.

— Votre mère ? Et la langue ? Ils ne parlaient pourtant pas la même langue ?

— Le langage du corps, très cher, le langage du corps ! me répond Hidemi, le regard espiègle.

Puis elle reprend :

— Fin août de cette même année et quelque temps après les récoltes, j'étais conçue. J'aurais pu naître en Australie bien sûr, mais c'était sans compter sur une certaine malédiction.

— Une malédiction, vous dites ? Je demande, d'autant plus intrigué.

— Oui ! Chez les Watanabe, l'amour est un sentiment duquel nous avons presque toujours été proscrits. Mais laissez moi finir… vous allez comprendre.

Pour mes parents, le bonheur n'aura été que de courte durée car très vite les complications se sont enchaînées les unes après les autres. D'abord mon grand-père succomba de sa faible santé, léguant ainsi ses terres à sa fille unique et ce, au grand désarroi de ses pairs agriculteurs avares et misogynes. Puis Dieu sait comment, mais la vérité sur le japonais déserteur fut finalement révélée et son avion signalé aux autorités du pays. Une bien dérangeante nouvelle, provoquant la colère de la communauté des paysans qui, en lyncheurs vengeurs, pénétrèrent les propriétés de ma mère tout en prétextant une chasse à l'homme dont ils n'avaient cure. Pour sûr, ces charognards n'avaient de hâte que de brûler leurs terres et se débarrasser des Fawkes et de leur concurrence.

Ainsi, du jour au lendemain, ma mère fut destituée de toute richesse et jamais elle ne revit l'homme de sa vie, probablement exécuté et enterré au détour d'un bois, comme ce fut le cas de pas mal d'aborigènes là-bas. Heureusement, Janice était une femme forte. Ses quelques affaires sous le bras, elle quitta sa terre natale et disparut seule, voyageant dans le but de trouver un monde meilleur pour elle et son bébé à venir. Un monde sans guerre et sans haine. Un monde neutre, un pays neutre… la Suisse.

— Hidemi, cette histoire est fascinante ! Et votre père, quel personnage !

— Fascinante, oui, mais triste à mourir comme la plupart des récits de notre famille car à ma connaissance aucun membre n'a jamais été heureux en amour. Le récit de Yoshito en est la preuve, mes expériences chaotiques et mon éternelle solitude en sont les preuves également. Quant à la mort de mon fils, c'est carrément le schéma qui se répète. Sa folie ne peut avoir été déclenchée que par amour ou manque d'amour.

— Ce fut peut-être même le cas de vos ancêtres. Je veux dire plus loin dans le passé, au temps des batailles… au temps des samouraïs.

Ça y est ! Je l'ai dit, le sujet est lancé. Putain, ça fait du bien !

— Mes ancêtres les samouraïs ? Je ne vous suis pas, Lyssandre.

Mince, elle va me prendre pour un fou. Je me suis imaginé quoi, là ? Qu'elle allait me raconter toute son ascendance jusqu'aux hommes des cavernes ?

— Euh, pardon, Hidemi, pardonnez ma candeur et cette question mais ces derniers temps, je suis un peu ailleurs… Mes cauchemars, vous savez… j'y vois des samouraïs, c'est bizarre.

Oui, je comprends, mais je suis désolée, je ne vois pas en quoi ça me concerne, je…

Soudain, la femme s'arrête de parler et son visage s'éclaire d'une soudaine illumination. Mais à quoi pense-t-elle ?

— Mon fils, Raphaël, il était collectionneur d'art féodal : vous le saviez et ça qui vous intrigue, n'est-ce pas ?

L'art, un sujet déjà abordé avec le lieutenant Tenzin lors de notre rencontre et qui revient là comme une coïncidence, mais je ne vois pas quel serait le lien avec mes rêves.

Persévère ! ordonne ma conscience qui si je l'écoute va me faire perdre toute crédibilité auprès d'Hidemi.

— Tout va bien, Lyssandre ? Une fois de plus, je vous sens préoccupé.

Trop nerveux pour me contenir et tourner autour du pot, je m'enfonce alors un peu plus dans la confidence et reprends :

— Me croiriez-vous, Hidemi, si je vous disais que ce sont à nouveau mes rêves qui me perturbent ? Des songes où se côtoient vos origines, votre culture, vos meubles et plus encore.

— Je ne peux pas nier que vous avez de la suite dans les idées, Lyssandre. Vous avez beau être sympathique et cultivé, vous avez aussi un côté excentrique que j'ai du mal à comprendre et à suivre.

Persévère ! insiste la voix.

— Je comprends, désolé. Vous allez peut-être me traiter de charlatan et penser que je mens comme un arracheur de dents, mais je veux vous raconter ce rêve et entendre de vous que je ne suis pas fou, lui dis-je désespéré de ne pouvoir me justifier.

De son côté, Akira, le neveu d'Hidemi toujours discret mais très attentif à nos échanges, demande à sa tante ce qui se passe. Il doit se demander pourquoi je suis soudain si nerveux au point de frotter machinalement mes mains moites au-dessus de mes cuisses.

— Extralucide, divin, mais pas fou, non ! Je lui réponds avec la vivacité et l'empressement de celui qui désespérément tente de se justifier alors que lui-même doute de sa véracité.

Hidemi et lui échangent alors quelques mots dans leur langue, mais Akira fronce les sourcils, il ne semble pas comprendre la situation. Et puis sa tante se tourne à nouveau vers moi et dit :

— Il semblerait, Lyssandre, que vos rêves intéressent mon neveu. De plus, il connaît bien le sujet car il a étudié l'histoire du Japon il y a quelques années.

Content de pouvoir me confier, je ne me fais pas prier et commence à leur décortiquer toutes les images de mon subconscient. J'y vais *franco*, sans prendre de gants, tout en observant les réactions de mes interlocuteurs et en particulier Hidemi qui ni concernée ni indifférente reste de marbre pendant qu'elle transmet mes dires à son neveu qui, lui, est éberlué et me lance des regards perplexes. Pour sûr ! Ça donne matière à réflexion, surtout pour quelqu'un qui connaît le sujet.

Que penser d'une science infuse quand elle est diffuse ? ajoute, ironique, cette satanée conscience pendant qu'Hidemi finit de traduire mes dires.

Et puis c'est le silence.

Non seulement la mayonnaise n'a pas pris mais c'est maintenant la moutarde qui monte au nez d'Akira puisqu'il me regarde d'un œil assassin. Ses sourcils se froncent, ses lèvres se serrent et puisque je ne dis rien, l'homme se lève pestant contre moi d'une voix grave. Je suis dépité, confus. Je voudrais fuir, honteux, sans même penser à prendre mes affaires, mais la vieille femme se lève à son tour et prend ma défense. De trois mots seulement elle désamorce le missile Akira qui, bien qu'impressionnant, finit en pétard mouillé. Contrarié mais résigné, le gaillard obéit à sa tante, se rassied et avale cul sec une gorgée de thé tiède pour se calmer.

Je ne sais plus quoi dire et laisse à nouveau s'installer le silence, faisant naître un sentiment de malaise si lourd que les bruits d'un raclement de gorge ou d'une respiration profonde sont un soulagement. Et d'ailleurs je ne sais pas s'il le fait exprès, mais Akira repose bruyamment sa tasse en fonte en l'écrasant au-dessus de sa coupelle. Le geste est brutal et lent, si lent qu'il me fait comprendre combien son esprit est ailleurs. L'homme réfléchit à ce que je viens de lui dire, il cogite, et après quelques secondes de réflexion, il se redresse et s'adresse à moi directement. Alors bien sûr, je ne comprends rien de ce qu'il dit mais je le regarde bouger ses lèvres, hypnotisé par une colère naissante que je ne comprends pas d'ailleurs. De son côté, Hidemi s'arrête de traduire les cris de son neveu et, plus calme, me répond avec ses mots à elle et ce qu'elle ressent :

— Inutile de vous cacher que mon neveu n'apprécie pas beaucoup vos histoires et se sent même insulté... Bon, il frise peut-être le mélodrame, seulement quand il dit que c'est de la fiction, je lui donne tout à fait raison : votre récit est bien trop fantasque pour être réel, cher Lyssandre.

— Je m'en doute, Hidemi, mais au moins maintenant vous comprenez pourquoi je désespère. Trois fois, j'ai imaginé ce monde passé au thème guerrier et toujours ce samouraï briguant ma mort. D'où vient-il et pourquoi ? Des tonnes de questions fusent dans ma tête puis finalement se diffusent dans un bouillon d'incompréhension.

— Navrée de ne pouvoir soulager votre détresse, Lyssandre, mais je crois malheureusement que toutes ces choses que vous voyez nous dépassent tous, m'étend calmement la vieille femme, tout en traduisant ses propos à son neveu Akira, qui d'un mouvement de la tête, acquiesce, accablé, face aux mots prononcés par sa tante.

Sereinement, la femme se rapproche de sa table basse et poursuit le service.

— Vous reprendrez une tasse de thé, Lyssandre ?

— Non merci, Hidemi, je crois que j'ai assez abusé de votre générosité, je vais vous laisser.

— S'il vous plaît, Lyssandre, restez et pardonnez les réactions de mon neveu, je crois que le deuil le rend irritable. Ne partez pas sur cette mauvaise impression et discutons encore un peu, voulez-vous ?

Le respect de ces gens et l'attention qu'ils me portent révèlent une incroyable tolérance. Seulement, malgré cette volonté, je ne souhaite pas en entendre davantage. J'arrête là !

— Vos intentions sont honorables, Hidemi, seulement je m'en voudrais de vous irriter à nouveau et encore plus de vous blesser car…

— Parlez en toute quiétude, Lyssandre ! Vous en avez besoin, insiste Hidemi visiblement plus peinée par la situation que je ne puis l'être.

Alors, je poursuis ma confidence et me surprends même à en exhumer des détails encore ignorés jusque-là. Je leur décris l'atmosphère, la tension qui s'y dégage et la violence qui en émane. Je leur parle des cieux déchaînés, des corbeaux enragés, leur décortique le champ de bataille, sanglant et macabre, les lames rouillées et souillées, les destriers affalés, inanimés, sans oublier l'horreur des membres disloqués que l'on s'imagine nettement céder sous les coups portés.

Au fur et à mesure de mon explication, je marque des temps d'arrêt afin qu'Hidemi traduise mes dires à son neveu. Des pauses qui me permettent alors d'observer leurs deux figures à la fois attentives et terriblement impressionnées. Rapidement, je bascule sur les détails du second rêve, mentionnant à nouveau le seigneur, la geisha, l'instrument à cordes et l'armure sans visage. D'ailleurs, lorsque j'aborde la description de la fameuse boîte renfermant le diable de métal, la vieille dame m'interrompt pour demander quelque chose à son neveu. L'homme hoche la tête, il semble être d'accord. Oui, mais sur quoi ?

— Désolé de vous avoir coupé, Lyssandre, mais cette boîte dont vous avez parlé vient de susciter mon attention. Que savez-vous sur cet objet ?

— Pas grand-chose en réalité, à part que dans mon rêve il renferme un diable, vous savez comme dans les boîtes à musique pour enfants. On tourne une manivelle, ce qui produit une mélodie et quand celle-ci se termine, un diable de chiffon sur ressort apparaît. Ça me fait penser que j'en avais bien un de ces jouets, étant petit, un truc artisanal et plutôt moche avec une trogne de papier mâché mal fignolée qui avait d'ailleurs tendance à me filer des cauchemars. Tiens, c'est amusant, je n'avais pas encore fait le lien jusqu'à ce jour…

— Vous avez eu raison de rester, alors, me dit-elle, penchée vers moi, posant sa main sur mon genou tout en affichant un air satisfait.

Puis elle se redresse.

— Troublant ! Je me souviens maintenant que le diablotin était rouge comme le masque du samouraï de mes rêves. Devrais-je voir là comme une sorte d'explication ou une raison plus plausible que l'inexplicable paranormal ?

— Selon mon neveu, ce que vous avez vu existe bien, c'est un *yoroi-bitsu*, un objet typique de l'époque féodale et qui servait de boîte de rangement pour l'armure de guerre, un peu comme un bijou dans son écrin. Selon Akira, mon fils posséderait un objet semblable parmi tous ceux de sa collection.

— Ainsi cela existe vraiment et vous me dites que votre fils en avait un ? Je demande, étonné pour le moins d'une telle coïncidence.

— Ça et bien plus encore, des tas de reliques et autres vieilleries historiques dont je n'ai finalement que faire puisqu'elles n'ont aucune valeur sentimentale à mes yeux. J'ai décidé de tout donner à Akira, qui d'ailleurs semble ravi de ramener tout ça au pays. Et comme on dit : rendre à César ce qui lui appartient.

Un cadeau d'une grande valeur… À croire que ce long voyage depuis Okinawa n'aura pas été vain pour notre neveu modèle. J'espère en tout cas que ce n'était pas là sa seule motivation…

— Lyssandre, savez-vous ce qu'est un *shamisen* ? me demande la vieille femme.

Mais je n'en sais absolument rien.

— Non, je ne sais pas… C'est japonais, c'est un vêtement peut-être ?

— Non ! Le *kamishimo* est un vêtement et, selon vos descriptions, c'est à peu près l'ensemble que vous portiez dans votre rêve et le *shamisen*, c'est un instrument de musique, une sorte de petite guitare dont le son très particulier sonne comme…

— ... Comme un râle de lamentation, dis-je, comprenant soudain que par sa question Hidemi fait référence à l'instrument que tenait la geisha dans ce même rêve.

Et elle explique :

— Loin de moi l'idée de trouver absolument un sens à vos rêves, mais je dois avouer qu'ils sont précis et très réalistes. C'en est déstabilisant.

— Vous comprenez, maintenant ? Jamais je n'aurais pu imaginer ces choses… jamais, je lui réponds, désespéré mais néanmoins soulagé de pouvoir enfin en parler à quelqu'un qui comprend l'ambiguïté de mes rêves.

— Je ne peux pas nier l'authenticité de ces détails dont vous nous avez fait part, Akira non plus. Quant à mon fils… dommage qu'il ne soit pas là pour vous écouter car il aurait sûrement bu vos paroles jusqu'à vous encenser. Je pense aussi que Raphaël aurait même pu répondre à certaines de vos interrogations, illustrant ses propos de quelques histoires légendaires et autres poésies sur l'honneur, l'amour, les forges sacrées, les dieux réincarnés et les fleurs de cerisier.

— La fleur de cerisier... C'est drôle, mais je la vois également sous la forme d'un emblème comme un blason. Il revient en permanence, tantôt sur des étoffes de seigneur, tantôt sur des armures de guerriers et leurs bannières et, plus étonnant encore, je l'ai même vu peint sur des chars en place d'armes de Bière. Je l'ai même vu gravé sur ce fameux caisson « yoyo-bisou », euh, je veux dire le « *yoro-biniou* ».

Amusé de ma piètre traduction, Akira affiche un rictus qui brusquement se fige lorsque Hidemi lui traduit mes dires. Passant du rire au sérieux, l'homme me regarde maintenant stupéfait. Choqué même, il retient son souffle, les yeux écarquillés, regardant sa tante, elle-même troublée par ce que je viens de révéler.

— *Sakura mon ! Sakura mon !* aboie Akira, devenant fou au point de se jeter à mes pieds, implorant je ne sais quoi.

Seulement rien, je ne comprends rien de ce qu'il baragouine et Hidemi, abasourdie, ne me traduit pas.

Qu'est-ce que je viens de dire ?

— Akira ! Mais enfin reprenez-vous, lui dis-je tentant de le faire lâcher prise.

Le pauvre garçon est tellement affolé qu'il sanglote et peine à respirer entre chacune de ses phrases. Du coup, j'ai peur qu'il succombe à un malaise. Mais brusquement, l'homme se lève et disparaît de la pièce, laissant son ombre filer par-delà les fines parois de papier.

De son côté, Hidemi, toujours à genoux, se tourne vers moi et explique :

— Pardonnez-nous, Lyssandre, mais ce que vous venez d'avouer là change considérablement la donne.

— Ah oui ? Je réponds spontanément, sans être rassuré pour autant.

— La fleur de cerisier que vous voyez partout était au temps des samouraïs un signe de reconnaissance propre à un clan, à une famille… notre famille. En effet, Lyssandre, le *sakura* ou fleur de cerisier en français était l'emblème des Watanabe durant l'ère Edo.

— Continuez, Hidemi…

— Si effectivement vous avez vu ce signe au sein de l'armée, c'est que mon fils y est pour quelque chose. Raphaël a toujours été fasciné par l'histoire ancestrale et féodale de notre famille. Il a longtemps fait des recherches sur notre héritage familial et en savait plus que bien des générations passées. Un jour il a découvert que notre *mōn* – notre blason – était la fleur de cerisier et m'a appris ce que je sais, que par idéologie la fleur de cerisier dont la particularité est de quitter l'arbre avant de périr est un modèle pour le guerrier samouraï qui comme cette nature préférera vivre pleinement et mourir dans la fleur de l'âge plutôt que perdurer jusqu'au bout de sa vie.

En se donnant la mort comme il l'a fait, Raphaël a choisi le même destin que le *sakura.* Ça ne m'étonne même pas.

— Brutal ! Je réponds, blâmant toujours le geste et les conséquences de ce dernier.

— Si pour nos ancêtres la particularité du *seppuku* était la seule façon de racheter ses fautes et d'expier ses péchés, pour mon fils, et si j'en crois son degré de fanatisme, il fallait qu'il en soit de même.

— Et quelle était donc la faute de votre fils, quels étaient ses péchés – avant qu'il ne sacrifie ses hommes, bien sûr ?

À cette question la vieille femme ne répond pas tout de suite, mais se lève et vient s'asseoir près de moi. Silencieuse, elle surveille l'entrée de son salon, craignant sans doute le retour de son neveu, puis se confie :

— Parlons tout bas, Lyssandre car les murs ont des oreilles, me dit-elle, d'une voix presque inaudible. Je profite du fait que mon neveu a quitté la pièce pour vous poser une question qui m'obsède depuis que vous m'avez avoué travailler avec la police.

— Allez-y !

La femme détache son regard, respire profondément, puis se redresse, nerveuse, les mains tremblantes.

— Vous saviez pour mon fils, n'est-ce pas ? me demande-t-elle la voix serrée.

Puis elle reformule sa question :

— Vous saviez qu'il était homosexuel ?

Voilà un détail qui entre faits inexplicables et histoires familiales était complètement sorti de ma tête.

— En effet, j'ai eu vent de cela mais dites-moi, Hidemi, pourquoi ces messes basses ? Votre neveu ne doit pas savoir ?

— Il ne comprend pas le français mais il est loin d'être bête et je ne veux pas qu'il finisse par interpréter la vérité sur son cousin. Comprenez, Lyssandre, je veux que cela reste secret et discret, comme l'était mon fils sur le sujet et comme je l'ai moi-même toujours été depuis le jour ou il me l'a révélé. J'ai fait en sorte de préserver les apparences mais bien malgré cela j'ai reçu cette lettre adressée à mon nom, pas de prénom, juste Watanabe. Alors je l'ai ouverte, pensant qu'elle m'était destinée. Seulement j'avais tort. En parcourant les premières lignes, j'ai vite compris que ce papier s'adressait à mon fils avec le but de nuire. Humiliant et insultant, le contenu de cette lettre anonyme m'a fait perdre pied au point de succomber aux assauts d'une sorte de crise d'angoisse. Rien que de vous en parler, j'en ai des haut-le-cœur et ne comprends toujours pas les raisons de tant de haine exprimée à l'égard de mon fils. Heureusement Raphaël n'a jamais eu connaissance de tout cela, mais je ne sais pas si j'ai bien fait en agissant ainsi. Aujourd'hui, je me pose encore beaucoup de questions quant aux faits et raisons de ce qui s'est passé.

— Vous pensez à quoi, Hidemi ? Je lui demande alors, grandement intrigué de la tournure que prend notre conversation.

— Je crois que là-bas, dans cette caserne, mon fils n'avait pas que des amis et on aura beau me dire que c'est la folie qui l'a emporté, on ne me fera pas croire que fou, il était seul à l'être.

Fasciné par la détermination de cette mère éplorée, je reste accroché à ses lèvres ne réalisant pas tout de suite que mon téléphone vibre et sonne au son d'une chevauchée fantastique vaillante mais néanmoins étouffée dans le fond de ma poche. Lorsque je décroche enfin, c'est Frédérique, il semble affolé. Je m'excuse auprès d'Hidemi et me détourne d'elle pour ne pas la déranger, puis reprends Fred visiblement excité comme une puce. Il parle si vite que je peine à comprendre tout ce qu'il me dit.

— Tout ! Il aurait pu tout éviter, tu te rends compte. La mission, l'accident, la mort de ses hommes et de ton frère… Tenzin ! Il aurait pu les éviter.

— Quoi ? Je ne comprends pas, Fred, reprends-toi, respire et répète-moi tout ça plus lentement.

Pendant que je parle à Fred, je sens qu'Hidemi s'impatiente, elle se lève et me tend en tremblant une sorte de brouillon chiffonné.

C'est la lettre ! Le mot d'insulte dédié à son fils.

Et me voilà l'oreille collée contre le téléphone pendant que mes yeux entament la rédaction de ce brouillon au vocabulaire disgracieux. Soudain Fred s'agite et son timbre de voix s'intensifie ; alors je me concentre sur lui et ses révélations pour le moins surprenantes :

— Ce que j'essaie de te dire, c'est que François Tenzin, le supérieur du lieutenant Watanabe pendant les faits, a tenté de se suicider ce matin chez lui avec son arme d'ordonnance. Perrin m'a tout raconté, apparemment l'homme se serait mis à table, avouant qu'il avait tout vu, qu'il était même aux premières loges pendant l'accident et face au suicide de son lieutenant mais qu'il n'a absolument rien fait pour empêcher cela. Tu te rends compte ? Conscient de sa faute, il s'est effondré devant les gars de la Criminelle juste après avoir avoué qu'il était aussi à l'origine de l'incendie déclaré dans le quartier médical de la caserne, et ce afin de détruire les preuves de son homosexualité, et confidences liées. Tu avais raison, Lyss, le toubib était au courant et c'est précisément la raison pour laquelle il a été réformé. Le fin mot de l'histoire : Tenzin était la clé et tu le savais, tu l'as interrogé.

J'ignore encore ce que tu lui as dit ou fait mais j'ai fort à parier que ton intervention ne l'a pas laissé indifférent. Pardonne-moi d'avoir douté de toi un instant et de m'être emporté contre tes méthodes, car à l'évidence tu es fait pour ce job et moi je me fais trop vieux.

À l'instant même où Fred exprime ces mots, j'ai les larmes aux yeux ; mais si je pleure, ce n'est pas tant pour ce qu'il est en train de me dire mais pour ce que je suis en train de lire. Car pendant que Frédérique me soulage de ses quelques louanges, je m'attriste de reconnaître étalée sur le brouillon de papier l'écriture particulière de mon frère en une prose tant abjecte que vulgaire.

Sans un mot de plus, je raccroche au nez de Fred, laissant glisser mon téléphone le long de mon visage et tomber sur ma cuisse. Toujours à genoux dans le salon d'Hidemi, je m'effondre, étalant mon corps à moitié sur le sol. Je n'en reviens pas.

Matthieu ! Ces mots, ce vocabulaire, mais comment as-tu pu ? Comment as-tu osé ? Sous les valeurs bafouées de nos deux parents, je ne te reconnais plus, frère, et j'ai honte. Mon Dieu, j'ai si honte de toi ! Les éléments se rassemblent et ta culpabilité se confirme ; visiblement tu n'es plus celui que je croyais connaître.

— Désolée, Lyssandre, je n'aurais pas dû vous montrer cette lettre, cela doit renforcer en vous l'idée que votre frère et ses camarades sont morts au simple nom d'une amourette réprouvée, avoue Hidemi consternée.

— Détrompez-vous, chère Hidemi, il me suffit de lire cette lettre pour comprendre qu'avant d'être jugé en meurtrier, votre fils Raphaël était une victime, dis-je dissimulant avec peine les larmes de mon désespoir.

Que s'est-il passé entre ce gradé et ses propres soldats, entre mon frère et le lieutenant Watanabe ? Qui sont les réelles victimes dans tout ça ? Matthieu a bien rédigé cette horrible lettre mais était-il seul à agir ? Était-ce le meneur d'un groupe réuni par la haine ou simple suiveur singeant les railleries de ses pairs les plus influençables ? Mon Dieu ! Je n'en sais rien et n'ai pas même la queue d'un indice.

— Merci, Lyssandre, ce que vous dites me soulage d'un poids… lourd, vous n'avez pas idée, répond Hidemi le visage détendu.

— Écoutez, Madame, j'ai beaucoup apprécié notre échange et vous remercie de m'avoir écouté jusqu'au bout. Moi aussi, je me sens libéré d'un poids même si de l'autre côté c'est le cœur qui s'alourdit. Mais je ne vais pas vous importuner d'avantage avec mes nombreux problèmes car on y serait encore jusqu'à la saint-glinglin, lui dis-je, néanmoins pincé d'un sourire sans joie, vu les dernières révélations.

Matthieu !

— Quand bien même je n'aurais imaginé quelle aventure serait de vous convier, ce fut pour ma part un honneur de vous recevoir, Lyssandre. C'est dire combien la vie est faite de surprises, dit-elle avec un sourire complice avant d'ajouter : j'espère que vous trouverez toutes les réponses à vos questions.

— Je l'espère aussi, lui dis-je dubitatif.

Puis je me lève et la salue comme il se doit, la tête basse, avec humilité et courtoisie.

Enfin Hidemi passe devant moi et me guide vers la sortie, m'ouvrant la voie sous un déhanché à faire danser la soie.

Calme-toi, Lyssandre. Cette femme à presque trois fois ton âge, me reproche ma conscience cherchant à se montrer prude.

Alors je baisse un peu plus le regard et observe ses pieds, puis les miens. Tous deux nous glissons sur nos socquettes de coton, approchant de la porte à grands pas quand soudain ressurgit Akira venant d'une pièce qui à mon sens doit être la chambre d'amis.

— Lyssander-san ! Lyssander-san ! aboie l'homme essoufflé et tremblotant.

Tête basse, il me tend une liasse de lettres manuscrites aux formats divers et variés. Un tout assez imposant que je récupère et feuillette sans vraiment savoir ce que je suis censé faire avec. D'autant plus que la majorité de ces lettres sont en japonais mais cela ne semble pas gêner Akira qui me sourit d'un air insistant comme pour dire « lisez mes lettres ! »

— Lyssandre, je crois que ce cher Akira souhaite que vous preniez ceci car il s'agit là d'une ancienne correspondance tenue entre Raphaël et son cousin du Japon alors qu'ils devaient tous deux avoir dans les quatorze ou quinze ans. J'en sais quelque chose car à l'époque j'étais la traductrice et rédactrice attitrée de ces deux grands apprentis théoriciens et ce durant tout un été – je m'en souviens bien. Alors, je vous préviens, il y a de tout. Un tout teinté d'innocence et de rocambolesque, propre aux esprits de deux jeunes garçons idéalistes et un peu crédules ; mais c'est aussi un joli travail de recherche sur l'ancienneté et l'histoire de notre famille ancestrale et de notre culture d'une façon générale. D'ailleurs, si mes souvenirs sont bons je crois même qu'il y a là les prémisses d'un arbre généalogique et des dessins du fameux *sakura mon.* Enfin, tout ceci vous le découvrirez bien puisqu'Akira semble vouloir vous en faire cadeau.

— Pour moi ? Voyons, je ne peux pas. Ces lettres sont des souvenirs, des choses sentimentales. De quel droit ? En quel honneur ? Je réponds, confus et terriblement gêné par ce geste aussi généreux qu'injustifié.

Une réaction qui d'ailleurs semble contrarier le neveu d'Okinawa qui sous mes expressions de réticence comprend que je rechigne à accepter son présent. Alors, moins commode, l'homme se braque et d'un regard sombre force sa tante à insister à sa place.

— S'il vous plaît, Lyssandre, prenez-les, me conseille Hidemi.

Alors, je prends ces quelques lettres manuscrites et les glisse au fond de ma sacoche tout en remerciant Akira, le pas à reculons pour mieux m'approcher du seuil d'entrée.

— Adieu, Hidemi, et encore merci pour tout.

— Ce n'est pas un adieu, Lyssandre, mais juste un au revoir, répond-elle, retenant sa porte et le récit de nos vies en suspens.

Chapitre XVII
Jeu d'enfant

Quittant l'appartement des Watanabe, je me réveille d'un drôle de songe et demeure hagard de la cage d'ascenseur aux rues méconnues du Grand-Saconnex. Pensif, je me colle sous l'abribus, attendant ma correspondance tout en cherchant encore une logique à tout ce qui m'arrive. Seulement je suis à court, à court d'idées et d'énergie et quand le bus arrive je redoute déjà le temps de trajet suffisamment long pour cogiter de plus belle. J'en viens à espérer que mon voyage s'interrompe d'une inopinée rencontre comme ce fut le cas avec ce va-nu-pieds de l'autre correspondance ou ce contrôleur étonnement à l'écoute ; mais dans le véhicule, il n'y a pas âme qui vive. Je m'assois, réfléchis puis m'égare une fois de plus, ressassant les mêmes et sempiternelles questions sur la vie la mort et bla-bla-bla. J'en arrive même à me questionner sur le boulot et mon avenir dans ce domaine. Bref, tout un tas de foutues questions qui m'obligent à réfléchir alors que ma tête semble considérablement vide. Si seulement je pouvais lâcher prise et profiter des choses simples comme savourer cette balade et le spectacle de ma ville, l'œil contemplatif et toujours insatiable. Un regard sur les rues de Genève qui défilent et pourquoi pas un peu de musique classique en fond sonore ? Ou non, j'ai mieux… la voix de Soraya car j'aimerais l'appeler, comme ça, ne serait-ce que pour l'entendre et peut-être même lui proposer de faire quelque chose ou de se voir tout simplement. Une initiative en somme assez banale, mais dont je ne me serais jamais senti l'audace auparavant car toujours trop occupé à torturer mon esprit de tout un tas d'angoisses de questions sans réponses.

Triste constatation, me dis-je avant d'entendre résonner une première sonnerie, puis une seconde, pour qu'enfin Soraya me réponde de sa douce voix. Elle est étonnée.

— Lyssandre ? Tout va bien ? répond-elle inquiète, habituée à ne m'entendre l'appeler qu'en cas d'urgence.

— Pas de panique, So. Je te rassure, tout va très bien.

— Excuse-moi, Lyss, mais avec tout ce qui t'est arrivé récemment, je suis à fleur de peau et ce n'est pas ton genre non plus de m'appeler comme ça sans raison.

C'est rare, c'est même une grande première.

— Inhabituel, en effet, mais tout ça est bel et bien fini. J'ai besoin de toi, Soraya, je veux te voir, te toucher, te sentir ou du moins t'entendre si tu n'es pas près de moi. Je veux que tu sois mon obsession, le yin de mon yang ou le contraire si tu préfères, peu importe.

— Tu es chez toi ? demande-t-elle la voix vibrante et presque sanglotante.

— Je suis en route. Que dirais-tu d'un café à la grecque accompagnée d'une boîte de chocolats Zacharias ? Je t'imagine déjà sourire lorsque pour la millième fois je te dirai que c'est moi qui les ai faits ou que j'ai un lien de parenté avec le chocolatier.

Elle rit, enfin je la fais rire et elle accepte mon invitation, m'annonçant qu'elle sera chez moi dans une bonne demi-heure, le temps de se préparer et de venir. De mon côté je suis aux anges, je lui glisse un « je t'aime » – enfin – spontané et sincère puis raccroche, le cœur léger.

Arrêt Voltaire. Je descends du bus, traverse le petit parc et l'ancienne demeure dudit philosophe. Un petit coin de verdure dissimulé là et non loin de chez moi, où les *dealers* ont été chassés pour rendre aux habitants du quartier ce havre de paix tant mérité. Il y fait bon vivre aujourd'hui, j'aimerais m'y attarder, profiter de son atmosphère boisée ; mais le temps presse et Soraya est peut-être déjà en route, voire dans le quartier. Décidé, je sors du parc, traverse la petite route qui borde mon immeuble et gagne l'allée de haies menant jusqu'au hall de mon immeuble dans laquelle flotte une étrange brume grisâtre. De la fumée de cigarette dans laquelle je m'engouffre et retrouve la silhouette corpulente d'un homme, cigarette au bec, scrutant les boîtes aux lettres à la recherche d'un nom… le mien.

— Perrin ! dis-je, pénétrant le fumoir et bien étonné de trouver ce vieil inspecteur toraillant comme un pompier juste en bas de chez moi.

Cela doit bien faire six ou sept mois que je ne l'ai pas vu, mais il n'a pas changé d'un poil, toujours fidèle à lui-même avec sa tronche de six pieds de longs, des cheveux en bataille, une barbe de dix jours et toujours ce large et épais caban bleu marine qui lui donne des allures de vieux marin.

— Lyssandre ! Mon garçon. Je viens d'apprendre la nouvelle… Toutes mes condoléances pour ton frère, dit le vieux loup de mer sortant des abysses brumeux pour s'approcher timidement.

— Que veux-tu, la mort continue sa ronde macabre, je lui retourne, un peu fataliste.

— Le grand Lyssandre aux reins d'acier, alors que d'autres à sa place se seraient foutus en l'air ! il me répond avec flegme et résignation. Comment fais-tu ? Moi-même à ta place, je serais probablement six pieds sous terre, bordé de planches et pleuré de tous.

Comme toujours, les propos de Richard sont francs du collier mais néanmoins efficaces et me révèlent combien mentalement je suis devenu fort. Alors, à travers les nombreuses aspérités de son vocabulaire écorché, je découvre au fond des yeux de cet ancien de l'admiration.

— J'ai entendu dire que pour l'enquête chez les bidasses, c'était coton ? J'imagine qu'il y a plus facile que cet environnement pour mettre le pied à l'étrier, surtout quand on perd un proche… C'est le pompon !

Hum ! Je le sens venir avec son couplet suintant l'empathie pour éviter que je ne culpabilise trop, et vois déjà la compassion dans son regard lorsqu'il me dit :

— Tu sais, Lyss, après tout peu importe les coups de mous de ces derniers temps, tu restes un très bon élément.

Attention, Richard, je veux bien de ta sollicitude mais évite les louanges, je ne suis pas dupe.

— Tu me rappelles un peu Fred à ses débuts, intrépide et rentre-dedans. Ah, Fred… Il a toujours su sonder les esprits les plus malades et pour cause, il est tout aussi barré qu'eux, raconte Richard.

Puis il rit et s'étouffe, assailli par la fumée de sa clope.

— Plaisanteries à part, que fais-tu là, Richard, à fumer dans mon hall d'immeuble, alors que c'est interdit et que tu le sais ?

Vexé soudain, l'homme change d'attitude et tout en marmonnant je ne sais quoi, recule jusqu'à la porte d'entrée pour l'entrouvrir et y jeter sa sèche encore fumante. Puis il revient vers moi, fronce les sourcils et se radoucit.

— Tu as raison, Lyss, restons sérieux. Si je suis là, c'est d'abord pour te faire mes condoléances mais aussi et surtout pour te raconter le fin mot de l'histoire… une chance pour nous que le Chinois se soit finalement mis à table.

— Le Chinois ? Tu veux dire le Tibétain… Tenzin.

— Oui, enfin, si tu veux savoir, ce ne sont pas ses origines qui m'ont le plus marqué dans cette affaire, explique Richard avant d'étayer ses dires par un résumé des faits. Ça a commencé en début d'après-midi, le Central à reçu un appel du voisinage pour tapage, casse et hurlements. Pensant alors qu'il s'agissait là d'une simple scène de ménage comme il s'en produit très souvent, le brigadier a envoyé une patrouille. Seulement, arrivés sur place les deux agents – des p'tits gars tout juste formés – ont été pour le moins surpris de découvrir ce type… Tenzin, nu comme un ver, déboussolé et immobile au milieu de son appartement mis sens dessus dessous. Le bougre tenait encore fermement son SIG d'ordonnance entre ses deux mains, canon en direction du sol. S'était-il finalement ravisé ou allait-il réellement s'ôter la vie au moment où la cavalerie est arrivée ? On l'ignore encore, mais quoi qu'il en soit l'homme s'est rendu sans résistance et, complètement démuni, a commencé à se confier aux deux poussins qui un peu dépassés par les événements ont appelé Papa poule à la rescousse, dit-il fièrement, le pouce dirigé vers lui.

— Il se déleste enfin de sa cape d'indifférence pour souffrir au grand jour…

— Comment ? tousse « Papa poule ».

Et il crache ses poumons.

— Désolé, Richard, je réfléchissais à haute voix, réalisant combien Tenzin devait être rongé par les regrets pour agir de la sorte. Comme quoi, on a beau chercher à l'enterrer, tôt ou tard la vérité finit toujours par remonter à la surface.

— Dis donc, le philosophe, c'est profond c'que tu dis là, répond l'inspecteur Perrin sans y porter attention.

— Philosophe, je ne sais pas mais lucide en tout cas et reconnaissant car je te remercie d'être venu m'en informer. Grâce à toi, une pièce de plus s'ajoute au puzzle de ma compréhension. Merci également pour ta sollicitude et ton soutien, c'est peut-être con mais ça fait du bien, lui dis-je avec un certain pincement au cœur.

Ce qui m'amène d'ailleurs à vouloir lui rendre la politesse en l'invitant modestement à monter pour un café. Soraya comprendra, j'en suis certain.

— Un café ? Ah, j'aurais aimé ça, mon p'tit, mais j'ai promis à ma régulière de l'aider pour les courses. Une autre fois peut-être, en tout cas je l'espère.

— Sans faute, Richard.

— Jm'en réjouis déjà, dit-il, attrapant ma main pour m'entraîner dans une franche accolade.

Une étreinte étouffante tant par la force du geste que par l'odeur de tabac froid qui se dégage de ses vêtements.

— Courage, mon garçon, la vie ne donne pas que des coups de bâton, dit-il avant de se retourner pour s'en aller, sous la démarche chancelante d'un vieux loup de mer foulant à nouveau le plancher des vaches après deux semaines de mer.

De mon côté, j'appelle l'ascenseur et jette un œil à ma montre. J'espère que Soraya n'est pas en avance et surtout qu'elle n'attend pas derrière ma porte. Durant les quelques secondes d'ascension jusqu'au quatrième, mon cœur s'emballe car je m'en voudrais de la faire poireauter, surtout après lui avoir sorti mon discours d'homme nouveau, plus attentionné, respectueux et ponctuel. Nom de Dieu !

Heureusement, devant ma porte il n'y a personne. Soulagé, j'entre dans mon appartement, me défais de mes chaussures, de ma veste et du reste de mes affaires que je range aussitôt afin que rien ne traîne. Enfin, je m'écroule telle une masse dans le vieux canapé cuir de mes parents avec un léger pincement lorsque je regarde à nouveau les chiffres à cristaux liquides de ma Casio... Soraya est en retard. J'espère qu'elle n'a pas changé d'avis. Je devrais peut-être l'appeler ? Non ! Inutile de psychoter, je vais plutôt rester allongé là et mettre un peu de musique pour patienter, d'autant plus que je sens venir le coup de barre. À croire que les journées interminables, les chocs à la tête et autres nuitées de belle étoile improvisées finissent par avoir raison de ma témérité. Tiens ! Je vais m'installer là, dans le vieux fauteuil en cuir du paternel, et je prends au passage la télécommande de la chaîne hi-fi sur la table basse en mosaïque, de mes parents également puisque tous les meubles viennent de chez eux et me rappellent à eux, Sur cette table, chaque bugne, chaque fêlure me ramène à des souvenirs précis que je me garderais bien de ressasser. Allez ! Je ne veux pas y penser, je veux écouter ma musique et ne penser à rien... ou plutôt m'imaginer ailleurs. Alors, d'une simple pression sur le bouton *PLAY*, j'invite Franz Litz à jouer *Rêve d'amour* où douceur et passion se côtoient au nom de la composition.

Calé tout au fond de mon assise, je me sens si paisible et détendu que je pourrais m'imaginer n'importe où, réalisant mes phantasmes les plus fous. Mais je ne le fais pas, non, car je pense encore au lieutenant Tenzin. Je l'imagine perdu au milieu de son salon et me réjouis de le voir ainsi démuni face à moi, les yeux cernés, le teint pâle et épuisé, son corps nu et emmitouflé dans une couverture qu'il tient fermement comme cherchant désespérément à se convaincre qu'il est une victime.

Oui, je l'imagine parfaitement assis là sur une chaise ou un canapé, peu importe la forme ou la matière. Tenzin est assis, et moi je me tiens debout en face de lui, je le domine. La scène prend parfaitement forme car je l'idéalise selon une configuration connue… celle de ma toute première enquête, face à ce gamin… Maxens.

Depuis le salon où nous sommes installés, j'entrevois la porte d'entrée grande ouverte et cet homme en bleu de travail qui s'affaire à réparer les dégâts occasionnés par les deux agents ayant forcé l'entrée. Reprenant les détails donnés par Richard, je pense : quelle a dû être la surprise des deux policiers lorsqu'ils ont découvert Tenzin nu parmi les décombres de son intérieur et de tous ses effets ! Forcément, ils ont dû enjamber ce salon parsemé d'embûches, écrasant la matière sans même savoir que sous les débris gisent les restants de ce qui fut antiquités et œuvres d'art. Mais qui s'en soucie, après tout ? Le verre est en bris, le bois en miettes et les murs en charpie.

« Je suis un collectionneur d'art », m'avait avoué Tenzin lorsque nous étions sous cette tente plantée au fin fond du *no man's land* de Bière. Un art dont les pièces ne sont plus que ruines à présent, excepté peut-être cette peinture que j'imagine toujours accrochée au mur. Ce paysage printanier aux couleurs cuivrées, représentant une terre du nord bordée de montagnes et bardée de fleurs, un tout sublimé par un cadre de bois sculpté et recouvert de feuille d'or. Plus loin sur le sol, il y a aussi cette figurine des plus étonnantes, une pièce de bois gravée et arrondie sur laquelle ressort un visage un peu effacé mais dont les traits graves demeurent. Terriblement attiré par cette sculpture recouverte de peinture craquelée, je me lève et m'en vais l'extirper des décombres pour mieux la contempler. Mais devant le réalisme de ses grands yeux noirs peints, j'ai plus l'impression que c'est lui qui m'observe… et me parle.

— *Penses-tu comme moi, Lyssandre ? Penses-tu que ces objets ont une âme ?*

Résonnant telle la voix d'un fantôme, ce n'est nullement l'objet qui me parle mais bien l'incarnation de Frédérique qui, déroutant, me pose une question à laquelle je ne sais trop quoi répondre.

— *Toutes ces figurines d'ivoire, ces statuettes de grès ou encore ces bouddhas de bois ont une âme, puissante et conséquente. Une pérennité chargée de souvenirs, à travers laquelle se reflètent encore les âmes de leurs anciens propriétaires.*

Amusant, car de cette hypothétique rétrospection j'imagine un mentor philosophe et superstitieux, une drôle d'interprétation pour ce personnage qui ne fait que passer.

Les paupières toujours lourdement fermées, je me concentre à nouveau et reprends sur le commandant déchu, siégeant devant moi. Posté en victime asservie et démunie, le corps fragile et tout juste couvert, Tenzin est à ma merci. Savourant l'instant, je me rapproche lentement de lui et l'écrase du regard pendant que lui, tassé, misérable, se ratatine. *Exit* l'homme méprisant et hautain qui se jouait de moi il y a quelques heures de cela : c'est un être brisé que voilà. Il a beau jouer de sa moue de chien battu, je n'ai plus de pitié et devant lui revêts le masque rougeoyant du guerrier.

Diable ou samouraï ? Le bras tendu et les doigts serrés sur sa gorge dépourvue, j'étanche ma soif de vengeance et pendant que d'une main j'étrangle le vil souffreteux de chair, de l'autre je sors la lame de mon sabre et le pourfends.

— Il doit périr comme ont péri mon frère et les autres par sa faute ! dis-je pendant que mes démons le mettent à mal, laissant couler son sang impur partout au-dessus de ses acquis de fétichiste.

Et puis je rouvre les yeux sur mon salon, le cœur immaîtrisable et brûlant de rage. L'imaginaire s'efface mais l'adrénaline reste, je suis essoufflé et en nage, il me faut de l'eau… et un café, ce ne serait pas du luxe. D'un pas légèrement vacillant mais déterminé, je file dans la cuisine, laisse couler l'eau froide sur mes mains, me rafraîchis le visage et me lance ensuite sur la confection d'un double noir bien tassé qui déjà me dégourdit par les parfums de sa torréfaction puissante. Un art propre et définitivement maîtrisé dans lequel je trempe mes lèvres et déguste en digne orfèvre.

Diable ! À peine le temps de profiter de l'instant que l'on sonne à ma porte et l'appartement n'est encore rangé qu'à moitié, et sale vu la couche de poussière qui siège au-dessus des meubles. Dépêche-toi, Lyss ! Ferme la porte de la cuistoche et tamise l'éclairage, la misère n'en sera que moins visible. Pendant que je m'affaire à rendre présentable ce qui ne l'est pas, la sonnette retentit à nouveau car la personne s'impatiente. D'une main j'éteins la lumière du couloir et de l'autre ouvre la porte, le visage masqué d'un sourire exagéré, tentant de dissimuler cette fatigue que je traîne. J'ouvre, me forçant d'un sourire qui brusquement se fige, crispé par les battements d'un cœur pétrifié. Ce n'est pas Soraya mais une petite bonne femme dont je ne m'attendais pas à la venue.

Tante Estelle !

Suis-je seulement prêt pour la recevoir ? me dis-je avant de réaliser que je n'ai pas le choix car elle est bel et bien sur mon palier de porte et la rejeter serait une erreur aussi amère qu'impardonnable.

— Je… euh…

Incapable de parler, je reste muet, les yeux rivés sur ce large carton entrouvert qu'elle porte entre ses bras tremblants et me demande bien ce qu'il y a dedans. De son côté, le visage fermé, elle non plus n'est pas très bavarde et pendant près d'une minute nous restons elle et moi comme ça, bêtement, à nous regarder en chiens de faïence. Heureusement, un éclair de lucidité me sort de mes pensées lorsque je vois ma tante défaillir sous le poids de son carton. Je l'aide alors et me décide enfin à la faire entrer, ce qu'elle fait rapidement, me confiant sa lourde charge en substitution de ma tasse de café encore chaude.

— Voilà, Lyssandre, tout ça c'est à toi, me dit-elle d'un ton embarrassé mais pour le moins décidé.

Puis, laissant couler des larmes trop lourdes pour être retenues, elle m'annonce que dans ce carton demeurent des souvenirs qu'elle ne peut plus garder vu la situation et ce que sont devenues nos relations.

Visiblement le carton pullule de souvenirs.

— Écoute, Lyssandre, que tu t'évertues à m'éviter comme tu le fais est un choix mais c'est ton choix, pas le mien. Dès lors, si tu décides de poursuivre dans cette voie, je ne veux plus avoir à garder ces choses qui me ramènent à toi. Alors non, désolée, mais si c'est ça, je préfère encore t'oublier.

Aussi lourd que l'est son carton de souvenirs, ses propos me font réagir. Sa détresse est grande et son désarroi total et je m'en veux maintenant… Dieu que je m'en veux.

— Estelle… ma tante. Il t'a fallu du cran pour venir jusqu'ici pour ouvrir ton cœur et raviver les plaies du passé, mais contrairement à moi tu l'as fait et je t'en remercie. Pour ce qui est du carton, je refuse, j'ai beau tout juste sortir d'un rêve éveillé, les yeux bouffis et la tête ailleurs, mes idées n'en restent pas moins claires. En tout cas suffisamment pour te dire que j'ai besoin de toi… Tu es ma famille, Estelle, et tu es tout ce qui me reste.

— Mon Lyssandre… J'ai beau t'aimer comme une mère, je n'ai jamais compris ta décision et ce besoin de t'éloigner de nous. Tes choix m'ont terriblement blessée et si je n'étais pas guidée par l'amour avant d'être aveuglée par la haine, je ne serais pas désespérée au point de te faire du chantage affectif.

— Ma tante, j'espère sincèrement ne plus jamais te blesser ou même te décevoir de quelque manière que ce soit. Je sais que je peux le faire car j'ai changé, tu sais ? Cela va te paraître idiot mais il aura fallu que j'aille à l'encontre des gens pour comprendre combien ma vie n'était pas une hécatombe, mais au contraire valait bien la peine d'être vécue. Ma première claque instructive fut celle d'un SDF sorti de nulle part pour me conforter dans le bonheur sans en avoir honte. Malgré son apparence, la parole de cet homme était lucide et pleine de sens mais je n'ai pu finalement l'assimiler qu'après m'être laissé psychanalyser par ce curieux contrôleur de bus grâce à qui j'ai pu me libérer.

— Mais d'où sortait cet homme ? me demande Estelle intriguée.

— Je ne sais pas… Il restera pour moi un mystère, tout comme le fut Kilian, ce jeune cancéreux apparaissant au détour d'un café, la mine ravagée. Le pauvre entamait sa phase terminale pendant que moi je me plaignais d'être maudit. Tu parles ! La mort planait sur lui avec autant de hargne qu'il en était devenu l'incarnation même de la malédiction. Alors comment… comment me plaindre après cela ? En quittant Kilian, je ne pouvais que réaliser quelle était ma chance finalement d'être en vie, d'aimer et d'être aimé. Oui, j'ai perdu père, mère et frère, mais j'ai encore de la famille, de l'amour, des amis… Toi, donc, s'il te plaît, Estelle, garde ces choses, quelles qu'elles soient, garde-les toujours, je t'en supplie ! lui dis-je, crachant des larmes que j'attends d'évacuer depuis six ans maintenant.

De son côté, soulagée, la valeureuse se jette contre moi. Alors, d'un bras je l'enlace pendant que de l'autre je retiens tant bien que mal le large carton entrouvert évitant que son contenu ne vienne à choir sur le sol.

— Un café, ma tante ? lui dis-je, me sentant défaillir sous le poids des souvenirs.

La voix pleine de sanglots, Estelle accepte et enfin je réussis à me délester de ces…

— Tiens, mes vieilles voiturettes de police, il n'y pas si longtemps je les cherchais, dis-je apercevant en partie le contenu du carton que je pose au-dessus de ma table de cuisine pour y précipiter mes mains et y redécouvrir un passé pratiquement oublié.

Il y a des gommettes, des figurines articulées, des dessins gribouillés au fusain et à l'aquarelle. Des photos, des bibelots, des bouquins et cette œuvre qui soudain m'interpelle : un ouvrage littéraire au style ancien réédité que je récupère du bout des doigts. Cartonnée d'un rouge antique et gravée en lettres d'or, la couverture du bouquin en question est particulièrement seyante. Elle ravive en moi un sentiment profond mais flou, trop flou.

— Tu te souviens de ce livre, Lyssandre ? me demande Estelle qui vient poser sa main sur mon épaule.

Un geste qui me fait tressaillir tant son importance est cruciale, surtout lorsqu'elle s'avance et laisse échapper ce parfum d'amande amère que je connais bien malgré un souvenir qui commençait à devenir vague comme pour tout.

— Je… Je suis désolé, ma tante, mais je ne me souviens pas bien de ce bouquin, ni de ce qu'il raconte, je lui réponds, embêté.

Alors, surprise, elle retire sa main de mon épaule et me subtilise l'ouvrage brusquement mais sans violence.

— Comment ? Tu ne te souviens pas des *Contes du monde ?* Dois-je te rappeler, Lyssandre, que ce livre c'est toute ton enfance.

Hum ! Une enfance que j'ai décidé d'oublier, peut-être devrais-je le lui rappeler mais à quoi bon s'énerver encore pour cela… Je ne veux pas gâcher cet instant.

— Je suis sûre que tu t'en souviens, Lyssandre, tu trimballais ce gros livre partout, demandant à tout le monde de te faire la lecture. Et puis un jour, tu t'en es lassé et l'as oublié chez moi.

Étrange, lorsque ma tante ressasse ces anecdotes, je peine à me souvenir de tout cela quand bien même je m'applique à lorgner cet ouvrage sous toutes ses coutures et sur la tranche où je découvre les titres des trois contes : *Le Cornac et les colosses de Ceylan, Le Monstre du Mali*, ainsi que… *Fleur de cerisier.*

La fleur de cerisier ? En voilà une coïncidence ! Je me demande bien de quoi ça parle, je ne me souviens absolument de rien… à part peut-être quelques bribes de…

— Non, je ne me souviens pas de ces histoires mais je dois avouer que maintenant qu'on en parle, les éléphants de Ceylan… ça m'évoque deux trois choses, étonnement. Oui, comme le fait d'imaginer voir des éléphants et des cornacs en lieu et place des chars et des soldats de la caserne militaire de Bière. Forcément, ça doit venir de là !

— Et le lion ? L'effrayant monstre du Mali qui mange les enfants égarés. Tu te souviens ? Tu en avais si peur.

— Je ne vois pas, j'ai dû l'oublier tout comme la *Fleur de cerisier*, lui dis-je, embarrassé, même si je ne devrais pas me formaliser pour si peu.

Estelle ne va sûrement pas me juger pour cela, même si elle semble tenir à me rafraîchir la mémoire…

— Tu plaisantes, cette histoire était ta préférée ! Souviens-toi : une sorte de tragédie à la Shakespeare version féodale, ou *Roméo et Juliette* au temps des samouraïs. À l'époque, ta mère et moi trouvions cette histoire un peu violente et osée pour un gamin de ton âge mais tu l'adorais. D'ailleurs, à force de l'entendre tu la connaissais par cœur au point même de nous en réciter des paragraphes entiers simplement de tête. À cette époque, tu avais quoi… sept ans à peine ?

Effectivement, je devrais pouvoir me souvenir de cette histoire mais j'ai décidé de l'oublier au même titre que j'ai décidé d'oublier ma vie d'avant ; et pour ce qui est du reste, de ce qui perdure, l'amnésie s'en charge sûrement. Pourtant, lorsque ma tante me parle de samouraïs, je me tue de ne pas plus me rappeler des choses… Et si toutes ces images perturbantes n'étaient que des bribes de souvenirs liés à mon enfance et à cette fichue fable au nom révélateur de cette fleur qui me suit partout.

Ce serait un comble !

Ce serait absurde !

— Estelle, dis-moi… l'histoire des samouraïs… ça raconte quoi au juste ? Je lui demande, aussi curieux que nerveux.

Étonnée d'une telle demande, ma tante pourtant ne se fait pas prier pour creuser dans ses propres souvenirs et se souvenir de cette histoire. À voir son visage s'illuminer, le défi semble même un peu l'amuser.

— Si je me souviens bien, c'est l'histoire d'un guerrier et seigneur – son nom m'échappe maintenant. Bref, un être puissant qui ne craint pas la mort mais se découvre une faille lorsqu'il rencontre cette femme, cette geisha. Une fille de joie dont il tombe éperdument amoureux au point de prendre des risques inconsidérés, car son statut de noble et veuf éploré ne lui permet pas de conter fleurette à une autre femme et encore moins à une… une prostituée. Alors, pendant un temps, leur amour reste secret puis finalement il est révélé aux proches et au peuple qui s'indigne et proteste contre l'inceste. Un machiavélique complot est alors orchestré et la belle est brutalement tuée dans son sommeil, le corps pourfendu par le sabre de son assassin.

Le seigneur… la geisha… l'assassinat. Bon Dieu, mais presque une rétrospective de mon cauchemar de l'autre jour ! me fais-je réflexion pendant que ma tante poursuit son résumé :

— L'union étant sacrifiée, le guerrier est d'abord brisé puis désespéré : il se laisse dominer par le diable et n'écoute plus que sa haine. Alors, trompeur, il fait croire à son peuple qu'il est redevenu le guerrier d'antan en déclare une guerre de terrain. Vengeur, ce ne sera là qu'un prétexte pour envoyer ses hommes à la mort et… "*sous les ordres du seigneur fou, le sang des fidèles se répand sur le sol, abreuvant une terre devenue ocre.*"

— …et "*les corps éparpillés, les morts se comptent par centaines*".

Je me surprends à réciter ces mots toujours bien présents dans un coin de ma tête, ce qui m'a sans doute amené à faire cet autre rêve dans lequel je voyais un champ de bataille jonché de cadavres.

Bon sang !

— Oui ! C'est ça, Lyssandre, tu vois que tu t'en souviens ! répond Estelle ravie.

Et elle poursuit de plus belle :

— L'armée du seigneur périt et le héros se donne la mort d'un coup de poignard dans l'abdomen, un acte traditionnel mais surtout barbare.

— “*Du seppuku expiant ses fautes, le seigneur libère son âme et rejoint celle qu'il aime.*”

— Ah, ah ! Je vois que la poésie de ce conte est encore bien présente dans ton esprit, répond Estelle impressionnée mais sûrement pas autant que je le suis, moi, face à de telles révélations.

Comme si tous ces rêves n'étaient qu'idéalisation et souvenirs refoulés autour d'une affaire militaire impliquant un Japonais et une mise à mort traditionnelle. C'est aberrant !

— Des corbeaux… Est-ce qu'il y avait des corbeaux dans cette histoire, ma tante ? Et la geisha… Jouait-elle d'un instrument, un luth à cordes ? Je demande, affolé à l'idée de trouver d'autres coïncidences.

— Désolé, mon Lyssandre, mais je ne me souviens pas de tous les détails. Idéalement il me faudrait la relire, ça me permettrait aussi de me rappeler le nom du personnage principal… ce seigneur martyr… Ah ! Comment s'appelle-t-il déjà ?

— Watanabe ! Je lui réponds, motivé d'une effrayante conviction.

— Oui ! Wa-ta-na-be. Quelle mémoire, Lyssandre ! C'est dingue que tu te souviennes de cela mais pas du récit en lui-même ! Mais tout va bien, Lyssandre ? Tu fais une de ces têtes, on dirait une poule qui a trouvé un couteau.

— Ne t'en fais pas, Estelle, c'est juste la pilule qui peine à passer. Je… Je crois qu'il était temps que tu reviennes.

« *Silence.* »

Abasourdi, vacillant, je pose mes mains sur le carton de souvenirs et respire profondément. L'incompréhension est grande et le choc est rude, si rude que lorsque ma tante s'approche de moi pour me dire que quelqu'un sonne à la porte, je ne réagis pas.

— Tu attends quelqu'un, Lyssandre ? me demande Estelle.

Elle insiste maintenant pour avoir une réponse de ma part et, inquiète, se précipite vers moi, attrape mon visage de ses deux mains douces et réchauffées puis demande calmement :

— Lyssandre, que se passe-t-il ? Qui est à la porte ?

— Soraya… Je… Je vais te la présenter, lui dis-je hagard alors que dans ma tête c'est l'explosion…

Tout s'éclaire à présent.

— Lyssandre, ressaisis-toi, tu es tout pâle. Ça va ?

— Il me faut un café.

Imprimé en France
ISBN 979-10-203-0863-4
Dépôt légal : 1er trimestre 2016